JOHN GRISHAM

LA GRAN ESTAFA

John Grisham se dedicó a la abogacía antes de convertirse en un escritor de éxito internacional. Desde que publicó su primera novela, *Tiempo de matar,* ha escrito casi una por año, consagrándose como el rey del género con la publicación de su segundo libro, *La firma.* Todas sus novelas, sin excepción, han sido bestsellers internacionales y nueve de ellas han sido llevadas al cine, con gran éxito de taquilla. Traducido a veintinueve idiomas, Grisham es uno de los escritores más vendidos de Estados Unidos y del mundo. Actualmente vive con su esposa Renee y sus dos hijos, Ty y Shea, entre su casa victoriana en una granja en Mississippi y una plantación cerca de Charlottesville, Virginia.

JOHN GRISHAM

LA GRAN ESTAFA

Traducción de
Mª del Puerto Barruetabeña Diez

Vintage Español
Una división de Penguin Random House LLC
Nueva York

PRIMERA EDICIÓN VINTAGE ESPAÑOL, AGOSTO 2019

Copyright de la traducción © 2018 por Mª del Puerto Barruetabeña Diez

Información de catalogación de publicaciones disponible en la Biblioteca
del Congreso de los Estados Unidos.

Vintage Español ISBN en tapa blanda: 978-1-9848-9826-5

Para venta exclusiva en EE.UU., Canadá, Puerto Rico y Filipinas.

www.vintageespanol.com

Impreso en los Estados Unidos de América
10 9 8 7 6 5 4 3 2 1

LA GRAN ESTAFA

1

Llegó el final del año y con él las fiestas, aunque en la casa de los Frazier no había mucho que celebrar. La señora Frazier cumplió con la tradición de decorar un pequeño árbol, envolver unos cuantos obsequios y hornear unas cuantas galletas de esas que nadie quería, y, como siempre, mantuvo sonando sin pausa en el equipo de música *El Cascanueces* al tiempo que tarareaba animadamente en la cocina como si de verdad la familia estuviera pasando unos días alegres.

Pero las cosas eran de todo menos alegres para ellos. El señor Frazier había abandonado el hogar hacía tres años, y lo echaban de menos tanto como lo despreciaban. Al poco de dejarlos se había ido a vivir con su joven secretaria, que cada vez estaba más embarazada. La señora Frazier, a la que dejó plantada, humillada, hundida y deprimida, todavía luchaba por salir del bache.

Louie, su hijo menor, que cumplía un arresto domiciliario, por no decir que estaba en libertad bajo fianza, tenía por delante un año difícil ya que iba a enfrentarse a una acusación por un asunto de drogas y todo lo que conllevaba. No se había molestado en comprar un regalo a su madre, aduciendo como excusa que no podía salir de casa por el dispositivo de seguimiento que llevaba en el tobillo por orden judicial. En cualquier caso, aunque no lo hubiera llevado, nadie esperaba que Louie se tomara la molestia de comprar regalos. El año anterior, y el anterior, cuando no tenía el transmisor electrónico, tampoco les había comprado nada.

Mark, el hijo mayor, había vuelto al hogar tras la pesadilla de la facultad de Derecho y, aunque tenía bastante menos dinero que su hermano, había conseguido comprar a su madre un frasco de perfume. Se suponía que iba a graduarse en mayo, y que después, en julio, se presentaría al examen de colegiación a fin de obtener la licencia para ejercer como abogado y empezaría a trabajar en un bufete de Washington D. C. en septiembre, casualmente el mismo mes en que Louie tendría que comparecer ante el juez. Pero el caso de Louie no llegaría a juicio por dos buenas razones. Primera, unos policías de incógnito lo habían pillado in fraganti mientras vendía diez bolsitas de crack (incluso había un vídeo que lo atestiguaba) y, segunda, ni Louie ni su madre podían permitirse contratar un abogado decente que se ocupara de sacarlo del lío en el que estaba metido. Durante las vacaciones tanto la señora Frazier como Louie habían dejado caer a Mark que debería darse prisa y presentarse voluntario para defenderlo. Quizá podrían ir retrasándolo todo hasta que Mark estuviera colegiado; de hecho, le faltaba muy poco. Y ya con la licencia, ¿acaso no le resultaría sencillísimo encontrar uno de esos tecnicismos sobre los que siempre se hablaba y conseguir que retiraran los cargos?

Esa ilusión que compartían Louie y su madre tenía fallos de peso, pero Mark no quiso perder el tiempo en señalárselos. Cuando el día de Año Nuevo quedó claro que Louie pretendía pasarse por lo menos diez horas tirado en el sofá viendo siete partidos de fútbol americano seguidos en la tele, Mark se largó a casa de un amigo. Esa noche, mientras conducía de regreso al hogar, con unas copas de más, tomó la decisión de marcharse. Volvería a Washington D. C. y trabajaría en lo que fuera en el bufete que iba a contratarlo pocos meses después. Faltaban casi dos semanas para que empezaran las clases, pero tras diez días de oír las quejas continuas de Louie por sus problemas, además de *El Cascanueces*, Mark ya estaba harto y deseando que empezara su último semestre en la facultad.

A la mañana siguiente su despertador sonó a las ocho y, mientras se tomaba el café con su madre, le explicó que tenía que regresar a Washington. «Siento irme antes de lo previsto, mamá, y dejarte aquí sola con tu niño malo, pero esta no es mi guerra. Louie no es hijo mío y no tengo por qué ocuparme de él. Tengo mis propios problemas.»

El primero de ellos era su coche, un Ford Bronco que conducía desde que iba al instituto. El cuentakilómetros se había quedado bloqueado en los trescientos mil kilómetros cuando Mark todavía estaba a mitad de sus estudios de pregrado. Necesitaba desesperadamente una bomba de combustible, pero ese solo era uno de los muchos recambios que precisaba con urgencia. Durante los últimos dos años, Mark había conseguido a duras penas —con ayuda de cinta adhesiva y unos cuantos clips— parchear y sujetar el motor, la transmisión y los frenos, pero no había podido hacer nada con la bomba. Funcionaba, si bien con una capacidad más reducida de lo normal, de manera que el Bronco únicamente alcanzaba una velocidad máxima de ochenta kilómetros por hora, y eso en llano. Para evitar que lo arrollara un camión de dieciocho ejes en la autopista, Mark decidió viajar por las carreteras secundarias del Delaware rural y la costa Este. El viaje de Dover al centro de Washington D. C., que por lo general era de dos horas, a él le llevó el doble.

Eso le dio más tiempo para pensar en sus otros problemas. El segundo era el asfixiante préstamo que había tenido que pedir para estudiar. Al término del pregrado debía sesenta mil dólares y no tenía trabajo. Su padre, que en ese momento parecía felizmente casado pero también estaba ahogado por las deudas, le advirtió que no siguiera con sus estudios. «Joder, hijo, en cuatros años ya tienes un agujero de sesenta mil dólares. Déjalo ya y no lo empeores.» Pero Mark pensó que era una soberana estupidez aceptar los consejos financieros de su padre, así que trabajó un par de años en lo que le fue saliendo, de camarero y repartidor de pizzas, mientras negociaba con sus acreedores. No recordaba cómo se había planteado la posibilidad de ir a la facultad de Derecho. Sí se acordaba, en cambio, de haber oído una conversación entre dos compañeros de fraternidad que estaban arreglando el mundo mientras bebían una copa tras otra. Mark era el camarero, el bar no estaba muy lleno y, tras la cuarta ronda de vodka con zumo de arándanos, los dos muchachos ya hablaban lo bastante alto para que todo el mundo pudiera oírlos. De las muchas cosas interesantes que dijeron, a Mark se le habían quedado grabadas dos: «Los grandes bufetes de Washington D. C. no paran de contratar gente» y «Los sueldos iniciales que ofrecen son de ciento cincuenta mil al año».

Poco después se encontró con un amigo que había estudiado con él en pregrado y que por entonces estaba en primero en la facultad de Derecho de Foggy Bottom, en Washington D. C., y el chico no paró de hablarle de sus planes de acabar la carrera lo más rápido posible, en dos años y medio, y después firmar un contrato con un bufete importante y con un sueldo elevado. El gobierno federal estaba concediendo créditos a todos los estudiantes que lo solicitaban, decía; todo el mundo podía sacarse una carrera y, claro, ibas a acabar con un montón de deudas, pero podías quitártelas de encima en cinco años. Según su amigo, tenía mucho sentido «invertir en uno mismo», pues, a pesar del lastre de las deudas, podría contar con un buen sueldo en el futuro.

Mark se tragó el cuento y empezó a estudiar para el examen de acceso de Derecho, el Law School Admission Test (LSAT). Sacó una nota poco brillante, 146, pero eso no pareció importar a los responsables de admitirlo en la facultad de Foggy Bottom. Tampoco fue un problema para ellos su patético expediente de los estudios de pregrado, con su mediocre nota media de 2,8. Finalmente la facultad lo aceptó con los brazos abiertos. Sus solicitudes de crédito estudiantil se aprobaron a toda velocidad, y a partir de entonces el Departamento de Educación hacía cada año una transferencia de sesenta y cinco mil dólares a Foggy Bottom. A esas alturas, cuando solo le faltaba un semestre para acabar la carrera, Mark tenía que enfrentarse a la dura realidad de que iba a graduarse con una deuda total de doscientos sesenta y seis mil dólares, sumando a la cantidad inicial y los intereses la nueva por los estudios universitarios.

Otro problema era el trabajo. Resultó que el mercado laboral no estaba tan boyante como la gente contaba. Ni tampoco era tan prometedor como Foggy Bottom anunciaba en sus astutos folletos y en su web, que rozaba lo fraudulento. Los licenciados de las facultades más prestigiosas todavía encontraban trabajos con unos sueldos envidiables, pero la facultad de Derecho de Foggy Bottom no estaba precisamente entre ellas. Mark, tras muchas dificultades, había conseguido empleo en un bufete de tamaño medio especializado en «relaciones gubernamentales», es decir, que en esencia se dedicaba a hacer de intermediario de diferentes grupos de presión y representar sus intereses. Su salario inicial todavía no se había fijado dado que el comité de dirección del bufete no se reuniría hasta principios de enero para revisar la cuenta de beneficios del ejercicio anterior y después, supuestamente, ajustar los sueldos. Dentro de pocos meses Mark tendría que mantener una conversación importante con su «asesora crediticia» para renegociar la planificación de la liquidación de la deuda de sus préstamos estudiantiles y empezar a devolver esa montaña de dinero. Su asesora había transmitido a Mark su preocupación por el hecho de que él no supiera cuánto iba a ganar. Eso era algo que obsesionaba a Mark también, sobre todo teniendo en cuenta que no confiaba en ninguna de las personas que había conocido en el bufete. Por mucho que intentara engañarse, en el fondo tenía la sensación de que el trabajo que le habían prometido no estaba garantizado.

Y además estaba el problema del examen de colegiación. Debido a la alta demanda, el examen de Washington D. C. era uno de los más difíciles de todo el país, y últimamente lo había suspendido una cantidad alarmante de graduados de la facultad de Foggy Bottom. También en ese tema los graduados de las facultades de prestigio de la ciudad destacaban. Así, el año anterior Georgetown había alcanzado un noventa y uno por ciento de aprobados, y la universidad George Washington, un ochenta y nueve por ciento. En Foggy Bottom, en cambio, el porcentaje era un penoso cincuenta y seis por ciento. Para aprobar, Mark tenía que empezar a estudiar de inmediato, desde principios de enero, y no despegar los codos de la mesa durante los siguientes seis meses.

Pero no tenía energía para hacerlo, sobre todo durante esos días fríos, oscuros y deprimentes del invierno. A veces le parecía que esa deuda era como un bloque de hormigón que llevaba atado a la espalda. Caminar con ese peso ya era una hazaña. Hasta le costaba sonreír. Vivía en la más absoluta pobreza y su futuro, aunque finalmente consiguiera el trabajo, era incierto. Y él era de los afortunados. Muchos de sus compañeros de clase tenían las deudas pero no la posibilidad de encontrar un empleo. Pensándolo bien, había oído quejas desde que entró en la facultad y, con cada semestre que pasaba, el ambiente era más y más sombrío y crecían las suspicacias. El mercado laboral empeoraba. Los resultados del examen de colegiación eran una vergüenza para todos los de Foggy Bottom. Las deudas de los estudiantes crecían. Y a esas alturas, en su tercer y último año, no era raro que los alumnos se lo echaran en cara a los profesores en plena clase. El decano no se atrevía a salir de su despacho. En los blogs se cebaban con la facultad y no paraban de hacer preguntas de difícil respuesta como: «¿Todo esto es un engaño? ¿Nos han timado? ¿Qué han hecho con nuestro dinero?».

Prácticamente toda la gente que Mark conocía estaba más o menos convencida de que: 1) la facultad de Derecho de Foggy Bottom era un centro de bajo nivel, 2) hacía demasiadas promesas, 3) era cara para lo que ofrecía, 4) animaba a los alumnos a contraer unas deudas excesivas, 5) admitía a muchos estudiantes mediocres que no deberían estar en ninguna facultad de Derecho, y que o bien 6) no los preparaban adecuadamente para el examen de colegiación, o bien 7) eran demasiado lerdos para aprobarlo.

Se rumoreaba que las solicitudes de admisión en la facultad de Derecho de Foggy Bottom habían caído un cincuenta por ciento. Sin apoyo estatal y sin donaciones privadas, semejante descenso obligaría a aplicar todo tipo de dolorosos recortes, y esa facultad, que ya era mala de por sí, solo podía ir a peor. A Mark Frazier y sus amigos eso les importaba poco: únicamente tenían que aguantar los cuatro meses que les quedaban y luego se irían de allí, encantados, para no volver a pisar ese lugar nunca más.

Mark vivía en un edificio de apartamentos de cinco plantas que tenía ochenta años y estaba visiblemente deteriorado, pero el alquiler era bajo y eso atraía a los alumnos de las universidades George Washington y Foggy Bottom. En su primera época la gente lo conocía como Cooper House, pero tras tres décadas de desgaste y destrozos de generaciones de estudiantes de fraternidad, se había ganado el apodo de The Coop. Como los ascensores rara vez funcionaban, Mark subió por la escalera hasta la tercera planta y entró en su diminuto piso, de poco más de cuarenta y cinco metros cuadrados y con los muebles justos, por el que pagaba ochocientos dólares al mes. En un arranque, había limpiado la casa después de su último examen antes de las vacaciones, y al encender las luces le agradó ver que todo estaba en orden. ¿Y por qué no iba a estarlo? El casero nunca se dejaba caer por allí. Soltó sus bolsas de viaje y le sorprendió el silencio. Por lo general se oía jaleo siempre, dado que allí vivían un montón de estudiantes y, además, las paredes eran muy finas. Equipos de música y televisores a todo volumen, discusiones, bromas, partidas de póquer, peleas, alguien tocando una guitarra o incluso el empollón de la cuarta planta con su trombón, que hacía temblar todo el edificio. Pero ese día no. Todos seguían en sus respectivas casas, disfrutando de las vacaciones, y las zonas comunes estaban extrañamente silenciosas.

Mark empezó a aburrirse al cabo de media hora y decidió salir. Cuando caminaba por New Hampshire Avenue el viento se colaba bajo su fina chaqueta polar y sus viejos pantalones chinos, así que optó por doblar la esquina de la calle Veintiuno y pasarse por la facultad para ver si estaba abierta. En una ciudad en la que los edificios modernos horribles no escaseaban, la facultad de Derecho de Foggy Bottom se llevaba la palma. Se había construido después de la guerra, y estaba cubierto con ocho niveles de unos insulsos ladrillos amarillos unidos formando alas asimétricas, el intento fallido de algún arquitecto por dejar su impronta. Al parecer, había sido un edificio de oficinas, pero después tiraron paredes sin planificación alguna para crear aulas agobiantes en las cuatro plantas inferiores. En la quinta estaba la biblioteca, una madriguera con grandes y avanzadas salas repletas de libros que casi nunca tocaba nadie y algunas reproducciones de retratos de jueces y estudiosos de la ley desconocidos para todos. Los despachos de la facultad estaban en las plantas sexta y séptima, y en la octava, lo más lejos posible de los alumnos, se situaba la zona de administración, donde el decano se ocultaba encerrándose en un despacho que hacía esquina, del que salía en muy contadas ocasiones.

La puerta principal estaba abierta y Mark entró en el vestíbulo vacío. Aunque agradeció el calorcito que hacía allí, esa zona le resultó, como siempre, muy deprimente. Una de las paredes la ocupaba totalmente un enorme tablón de anuncios lleno de todo tipo de avisos, carteles y ofertas de toda índole. Había unos cuantos llamativos pósteres que publicitaban oportunidades para estudiar en el extranjero y la habitual variedad de anuncios escritos a mano en los que se ofrecía un poco de todo, desde libros, bicicletas y entradas, hasta temarios de cursos y profesores particulares por horas, o se anunciaban apartamentos en alquiler. El examen de colegiación se cernía sobre toda la facultad como un nubarrón, de modo que también había carteles que destacaban las virtudes de unos cursos de preparación. Si buscaba bien, podría encontrar unas cuantas ofertas de empleo, pero en esa facultad cada año que pasaba escaseaban más. En un rincón estaban los mismos folletos de siempre que buscaban que la gente contratara más créditos estudiantiles. En el extremo del vestíbulo había máquinas expendedoras y una pequeña barra para tomarse un café, pero en esos días de vacaciones allí nadie tomaba nada.

Se dejó caer en un sillón de cuero gastado y el deprimente ambiente de su facultad caló en él. ¿De verdad era una facultad o solo una fábrica de títulos? Cada vez tenía más clara la respuesta. Por enésima vez deseó no haber cruzado nunca la puerta principal de aquel lugar cuando era un incauto alumno de primero. En ese momento, casi tres años después, lo abrumaba el peso de unas deudas que no sabía cómo iba a pagar. Si había luz al final del túnel, él no la veía.

De pronto se planteó por qué alguien pondría a una facultad el nombre de Foggy Bottom. Como si estudiar Derecho no fuera ya bastante penoso, a algún iluminado se le había ocurrido, veinte años atrás, bautizar aquel lugar con un nombre, «Fondo Nebuloso», que solo servía para desmoralizar aún más a los alumnos. Ese tío, que ya estaba muerto, había vendido la facultad a un grupo inversor de Wall Street que tenía una especie de cadena de facultades de Derecho, las cuales, según se decía, estaban proporcionándole muy buenos beneficios, aunque no aportaban al mundo ningún joven licenciado en leyes brillante.

¿Cómo se compraban y vendían facultades de Derecho? Eso era un misterio para Mark.

Oyó voces y salió apresuradamente del edificio. Volvió a New Hampshire Street y caminó hasta Dupont Circle, donde entró en Kramer Books para tomarse un café y quitarse el frío de encima. Iba andando a todas partes. Su Bronco era lento y se calaba demasiadas veces en medio del tráfico de la ciudad, así que lo tenía fuera de la circulación en una plaza de aparcamiento detrás de The Coop, siempre con la llave en el contacto. Por desgracia, hasta entonces nadie había intentado robárselo.

Una vez que entró en calor de nuevo, caminó seis manzanas en dirección norte por Connecticut Avenue. El bufete de Ness Skelton ocupaba unas cuantas plantas de un edificio moderno cerca del hotel Hinckley Hilton. El verano anterior Mark había conseguido un trabajo allí al aceptar unas prácticas en las que le pagaban menos del salario mínimo. En los grandes bufetes utilizaban las becas de verano para tentar a los mejores estudiantes con las ventajas de la buena vida. No les pedían que trabajasen mucho. A los becarios les proponían unos horarios ridículamente cómodos, les regalaban entradas para partidos y los invitaban a fiestas elegantes en los espléndidos jardines de los socios ricos. Una vez seducidos, los jóvenes firmaban un contrato y, tras graduarse, en un abrir y cerrar de ojos se veían atrapados en un trabajo de cien horas semanales.

Pero Ness Skelton no era de esos. El bufete solo contaba con cincuenta abogados, y estaba muy lejos de hallarse entre los diez mejores. Sus clientes eran principalmente asociaciones profesionales, como el Foro de la Soja, la Asociación de Trabajadores de Correos Jubilados, el Consejo del Vacuno y el Ovino, la Asociación Nacional de Contratistas del Asfalto o la Asociación de Ingenieros Ferroviarios Discapacitados, y varios contratistas militares, desesperados por conseguir su parte del pastel en cuestiones de defensa nacional. La principal especialidad del bufete, si es que podía decirse que tenía una, era las relaciones con el Congreso. Su programa de becas de verano estaba diseñado más bien para explotar mano de obra barata que para atraer a alumnos brillantes. Mark había trabajado mucho y había sufrido con aquel empleo mortalmente aburrido. A final del verano, cuando le hicieron una oferta con visos de ser un contrato de trabajo, si aprobaba el examen de colegiación, no supo si alegrarse o echarse a llorar. Pero decidió aprovechar la oportunidad que le ofrecían (no tenía ninguna otra sobre la mesa) y se convirtió, orgulloso, en uno de los pocos alumnos de Foggy Bottom con un futuro. Durante el otoño había intentado varias veces sonsacar a su supervisor cuáles serían los términos de su nuevo empleo, pero no le sacó nada en claro. Cabía la posibilidad de que estuviera preparándose una fusión. O tal vez una división. Cabían muchas posibilidades, pero un contrato de trabajo no era una de ellas.

Así que, de cuando en cuando, Mark se pasaba por allí. Por las tardes, los sábados, las vacaciones, cada vez que estaba aburrido iba al bufete, siempre con una enorme sonrisa falsa y un gran entusiasmo por participar y ayudar con las tareas más rutinarias. No estaba claro si eso lo beneficiaba de alguna forma, pero suponía que tampoco le perjudicaría.

Su supervisor, Randall, era un tipo que llevaba en la empresa diez años y estaban a punto de hacerlo socio, de manera que se veía sometido a mucha presión. A un abogado asociado de Ness Skelton que no llegaba a socio tras una década al final acababan acompañándolo amablemente hasta la puerta. Randall era licenciado por la Universidad George Washington que, en el orden de las universidades de la ciudad, estaba un escalón por debajo de la Georgetown, aunque muchos por encima de Foggy Bottom. La jerarquía era clara y rígida, y los peores cuando se trataba de mantenerla eran los abogados salidos de la George Washington. Detestaban que los de Georgetown los hicieran de menos y, por tanto, estaban deseando poder mirar por encima del hombro y desdeñar a cualquiera que viniera de Foggy Bottom. El bufete apestaba a corporativismo y a esnobismo, y Mark muchas veces se preguntaba cómo demonios había acabado allí. Dos de los asociados de Ness Skelton habían estudiado en Foggy Bottom, pero se esforzaban tanto por intentar distanciarse de su facultad que jamás se les habría ocurrido echar una mano a Mark. De hecho, eran los que más lo ignoraban de todos. «Vaya forma de llevar un bufete», se decía Mark a menudo. Pero después reconocía que en todas las profesiones debía de haber estatus y niveles. Estaba demasiado preocupado por su propio pellejo para que el lugar donde habían estudiado sus feroces competidores le importara. Tenía sus propios problemas.

Había enviado un email a Randall para avisar de que se pasaría por allí para ayudar en lo que hiciera falta. Sin embargo, Randall se mostró cortante cuando lo vio aparecer.

—¿Ya has vuelto? ¿Tan pronto? —le espetó.

«Hola, Randall —pensó Mark—. ¿Qué tal tus vacaciones? Me alegro de verte.»

—Sí, me aburría con todo el rollo de las fiestas —dijo, no obstante—. ¿Qué novedades hay?

—Dos de las secretarias están de baja con gripe —fue la respuesta de Randall, y le señaló una pila de documentos de unos treinta centímetros de alto—. Necesito catorce copias de eso, en orden y grapadas.

«Vale, otra vez a la fotocopiadora», pensó Mark.

—Claro —contestó, como si estuviera deseando ponerse a ello.

Se llevó los documentos al sótano, una especie de mazmorra llena de fotocopiadoras. Y se pasó las tres horas siguientes haciendo un trabajo mecánico por el que no iban a pagarle ni un céntimo.

Casi echó de menos a Louie y su dispositivo tobillero de seguimiento.

2

Como le había ocurrido a Mark, a Todd Lucero se le ocurrió la idea de convertirse en abogado por unas conversaciones acompañadas de mucho alcohol que oyó en un bar.
Llevaba tres años preparando y sirviendo bebidas en el Old
Red Cat, un garito similar a un pub al que solían ir alumnos
de la George Washington y de Foggy Bottom. Cuando terminó sus estudios de pregrado en Frostburg State, abandonó Baltimore y se plantó en Washington D. C. para labrarse
una carrera profesional. Como no vio cómo, se puso a trabajar a tiempo parcial en el Old Red Cat y pronto se dio
cuenta de que le gustaba servir pintas y hacer cócteles. Le
encantaba la vidilla del bar, y tenía un don para conversar
con los bebedores empedernidos y para calmar a los que
armaban bronca. Todd era el camarero favorito de todo el
mundo y se sabía el nombre de cientos de sus clientes habituales.

Durante los últimos dos años y medio muchas veces había pensado en dejar la facultad de Derecho y perseguir su
sueño de tener un bar propio. Pero su padre se negaba rotundamente a ello. El señor Lucero, que era policía en Baltimore, siempre había presionado a su hijo para que se sacara
una carrera. Con todo, presionarlo para que tuviera estudios
era una cosa y pagárselos otra muy distinta, razón por la que

Todd también había caído en la trampa de pedir prestado dinero fácil para que se lo entregaran a los avariciosos de la facultad de Derecho de Foggy Bottom.

Mark Frazier y él se habían conocido el primer día de clases, durante la sesión de orientación, en una época en la que los dos lo miraban todo con ojos soñadores y se imaginaban como profesionales en grandes bufetes con sueldos envidiables; en aquel entonces ellos, y sus otros trescientos cincuenta compañeros, todavía eran tremendamente inocentes. Cuando Todd acabó primero quiso dejar la facultad, pero su padre le quitó la idea de la cabeza a gritos. Debido a que trabajaba en el bar, nunca había tenido tiempo para recorrerse Washington D. C. en busca de unas prácticas en un bufete ni para conseguir una beca de verano. Se planteó, de nuevo, abandonar los estudios cuando acabó el segundo año para así dejar de acumular deudas, pero su asesor crediticio le aconsejó insistentemente que no lo hiciera. Mientras estuviera en la facultad no tendría que enfrentarse a un plan de devolución de semejante cantidad de dinero, así que lo que más sentido tenía era seguir pidiéndolo prestado para poder acabar la carrera y encontrar uno de esos lucrativos trabajos que, en teoría, con el tiempo le permitirían saldar el crédito. Pero en ese momento, cuando ya le quedaba solo un semestre, era perfectamente consciente de que esos trabajos no existían.

Debería haber pedido prestados los ciento noventa y cinco mil dólares a un banco para abrir su bar y a esas alturas estaría ganando pasta a espuertas y disfrutando de la vida.

Mark entró en el Old Red Cat cuando empezaba a anochecer y ocupó su sitio favorito al final de la barra. Saludó a Todd chocando el puño con él.

—Me alegro de verte, tío.

—Yo también —respondió Todd mientras le pasaba una jarra helada de cerveza ligera.

Llevaba trabajando en ese bar el tiempo suficiente para poder invitar a quien le diera la gana, y Mark hacía años que no pagaba una copa allí.

Como los estudiantes estaban de vacaciones, el Old Red Cat estaba muy tranquilo. Todd apoyó los codos en la barra y siguió conversando con Mark.

—¿Qué has estado haciendo?

—Me he pasado la tarde en mi adorado Ness Skelton, ordenando en la sala de las fotocopiadoras documentos que nadie leerá jamás. Más trabajo estúpido. Hasta los ayudantes de los abogados me miran con aires de superioridad. Odio ese sitio, y eso que todavía no me han contratado.

—¿No sabes nada del contrato aún?

—Nada en absoluto, y el asunto está cada vez menos claro.

Todd dio un trago rápido a la cerveza que tenía guardada bajo el mostrador. Aunque era un camarero veterano en el Old Red Cat, se suponía que no debía beber mientras trabajaba, pero su jefe no estaba.

—¿Qué tal la Navidad en el hogar de los Frazier? —preguntó.

—¡Jo, jo, jo...! —parodió Mark—. He aguantado diez días horribles y luego me he largado. ¿Y las tuyas?

—Tres días en casa. Después el deber me llamaba y tenía que volver al trabajo. ¿Cómo va Louie?

—Todavía pesa sobre él una acusación grave y se enfrenta a un largo período en la cárcel. Debería sentir lástima por mi hermano, pero un tío que se pasa la mitad del día durmiendo y la otra mitad tirado en el sofá mirando los juicios televisivos de *Juez Judy* y quejándose de la pulsera de vigilancia que lleva en el tobillo no inspira compasión. A quien compadezco es a mi madre.

—Estás siendo un poco duro con él.

—No lo bastante. Ese es el problema, que nadie ha sido duro con Louie. Lo pillaron con maría cuando tenía trece años, él echó la culpa a un amigo y mis padres se pusieron de su parte, claro. Nunca ha sido responsable de nada. Hasta ahora.

—Vaya mierda, colega. No me imagino cómo puede ser tener a un hermano en la cárcel.

—Sí, es una mierda. Ojalá pudiera ayudarlo, pero no hay forma.

—Mejor no te pregunto por tu padre, ¿eh?

—No lo he visto. Tampoco he sabido nada de él. Ni siquiera ha enviado una tarjeta de felicitación. Tiene cincuenta años y es el orgulloso papi de un niño de tres, así que supongo que estará jugando a ser Papá Noel: pondrá un montón de juguetes debajo del árbol y sonreirá como un idiota cuando el crío baje la escalera chillando. Menudo capullo...

Dos chicas se acercaron a la barra y Todd fue a atenderlas. Mark sacó el móvil y se puso a leer sus mensajes hasta que su amigo regresó.

—¿Ha salido alguna nota ya, Todd?

—No. ¿Acaso le importa a alguien? Todos somos estudiantes de sobresaliente.

Las notas en Foggy Bottom eran de risa. Era fundamental que los alumnos terminaran la carrera con unos expedientes brillantes, y para ello los profesores repartían notables y sobresalientes como si fueran caramelos. Nadie suspendía en la facultad de Derecho de Foggy Bottom. Eso, por supuesto, había creado una cultura en la que ningún alumno ponía ningún interés en los estudios, algo que aniquilaba cualquier posibilidad de aprendizaje competitivo, de manera que conformaban un alumnado mediocre que cada vez lo era más. No era de extrañar, por tanto, que el examen de colegiación supusiera un reto enorme para ellos.

—Y tampoco puede esperarse de una pandilla de profesores tan bien pagados que corrijan exámenes durante las vacaciones, ¿a que no? —añadió Mark.

Todd dio otro sorbo a la cerveza y se inclinó un poco más hacia Mark.

—Tenemos un problema mayor.

—¿Gordy?

—Precisamente.

—Me lo temía. Le he escrito mensajes y he intentado hablar con él por teléfono, pero lo tiene apagado. ¿Qué pasa?

—Nada bueno —respondió Todd—. Evidentemente se fue a su casa para pasar la Navidad, pero ha estado todo el tiempo discutiendo con Brenda. Ella quiere una gran boda por la iglesia con un montón de invitados y Gordy pasa de casarse. La madre de Brenda no para de meterse en todo. La de Gordy no se habla con ella. Así que la cosa está a punto de irse al traste.

—Se casan el 15 de mayo, Todd. Si no recuerdo mal, tú y yo vamos a ser los padrinos.

—Pues no estés tan seguro de ello. Gordy ha regresado ya a Washington y ha dejado de tomar la medicación. Zola se ha pasado por aquí esta tarde y me lo ha contado.

—¿Qué medicación?

—Es un poco complicado de contar.

—¿Qué medicación?

—Es bipolar, Mark. Se lo diagnosticaron hace unos años.

—Es broma, ¿no?

—¿Y por qué iba a bromear con algo así? Es bipolar, y Zola dice que no se toma sus pastillas.

—¿Y por qué no nos lo ha explicado el propio Gordy?

—No tengo ni idea.

Mark dio un trago largo a su cerveza y sacudió la cabeza.

—¿Zola también está de vuelta? —preguntó.

—Sí, evidentemente Gordy y ella volvieron antes para

pasar unos cuantos días de diversión juntos, pero me parece que se han divertido más bien poco. Zola cree que dejó la medicación hace alrededor de un mes, cuando estábamos estudiando para los finales. Un día está hiperactivo y subiéndose por las paredes y al siguiente está como ido, bebiendo tequila y fumando hierba. No dice más que disparates. Habla de dejar la facultad e irse a Jamaica. Con Zola, claro. Ella cree que puede cometer una estupidez y acabar haciéndose daño.

—Gordy es imbécil. Está comprometido con su novia del instituto, que es un bombón y además tiene dinero, y está tirándose a una chica africana cuyos padres y hermanos están en este país sin papeles. Sí, definitivamente Gordy es imbécil.

—Tiene problemas, Mark. Lleva varias semanas a la deriva y necesita que lo ayudemos.

Mark apartó su cerveza, pero solo unos centímetros, y entrelazó las manos detrás de la cabeza.

—Como si no tuviéramos ya suficientes cosas de las que preocuparnos. ¿Y cómo se supone que vamos a ayudarlo?

—Pues a ver si se te ocurre a ti algo. Zola está muy pendiente de él, y quiere que vayamos a su casa esta noche.

Mark se echó a reír y dio otro sorbo.

—¿De qué te ríes? —preguntó Todd.

—De nada, pero ¿te imaginas el escándalo que se armaría en Martinsburg, Virginia Occidental, si se enteraran de que Gordon Tanner, cuyo padre es diácono de la iglesia y cuya prometida es la hija de un importante médico, ha perdido la cabeza y ha dejado la facultad de Derecho para fugarse a Jamaica con una africana musulmana?

—No me parece que eso tenga gracia.

—Piénsalo bien. Sería para troncharse —dijo Mark, pero ya no se reía—. Mira, Todd, no podemos obligarlo a que se tome la medicación. Si lo intentamos, nos mandará a la mierda a los dos.

—Necesita que lo ayudemos, Mark. Cuando salga de aquí esta noche a las nueve, vamos a su casa.

Un hombre con un buen traje se sentó a la barra y Todd fue a ver qué quería tomar. Mark dio otro trago a la cerveza y se hundió aún más en su profundo abatimiento.

3

Los padres de Zola Maal habían escapado de Senegal tres años antes de que ella naciera. Se establecieron con sus dos hijos pequeños en un barrio marginal de Johannesburgo, donde malvivían limpiando suelos y cavando zanjas. Al cabo de dos años, por fin ahorraron lo suficiente para unos pasajes de barco. Tras recurrir a los servicios de un intermediario/traficante, pagaron por un viaje a Miami en condiciones infames a bordo de un carguero liberiano en el que iban otros doce senegaleses. Cuando los desembarcaron clandestinamente sanos y salvos, uno de sus tíos fue a buscarlos y los llevó a su casa en Newark, New Jersey, donde vivieron en un apartamento de dos habitaciones en un edificio lleno de senegaleses como ellos, todos sin permiso de residencia.

Zola vino al mundo año después de que la familia Maal llegara a Estados Unidos. Nació en el Newark's University Hospital, y en ese mismo instante se convirtió en ciudadana estadounidense. Mientras sus padres trabajaban en dos o tres sitios distintos, cobrando siempre en negro y con sueldos por debajo del salario mínimo, Zola y sus hermanos iban al colegio y se integraban en la comunidad. Los Maal eran devotos musulmanes practicantes, pero Zola, desde muy pequeña, se sintió atraída por las costumbres occidentales. Su padre era un hombre estricto que insistía en que en casa no hablaran sus idiomas maternos, el wolof y el francés, sino solo inglés. Los niños aprendieron con rapidez el nuevo idioma y ayudaban a sus padres a ir mejorándolo.

La familia se mudó varias veces a diferentes lugares de Newark, siempre a apartamentos muy pequeños, el último un poco más grande que el anterior, y en todas las ocasiones cerca de otros senegaleses. Todos vivían temiendo que los deportaran, pero la proximidad de sus congéneres les proporcionaba seguridad, o al menos esa era su percepción. Cada vez que alguien llamaba a la puerta, sentían un breve estremecimiento de miedo. Era esencial no crear problemas, y a Zola y sus hermanos les enseñaron a evitar atraer una atención no deseada. Aunque ella tenía los papeles en regla, sabía que su familia corría peligro. Siempre tenía la horrible sensación de que sus padres y sus hermanos podían acabar arrestados y enviados de vuelta a Senegal.

Cuando tenía quince años encontró su primer empleo, como friegaplatos en un restaurante, en el que cobraba en negro, por supuesto, y además bastante poco. Sus hermanos trabajaban también, y la familia al completo controlaba los gastos y ahorraba cuanto podía.

Todo el tiempo que Zola tenía libre lo pasaba estudiando. Acabó el instituto con buenas notas y entró en una universidad pública, pero solo podía matricularse en unas cuantas asignaturas. Gracias a una pequeña beca, no obstante, logró inscribirse en el curso completo y también a conseguir un trabajo en la biblioteca de la universidad. Sin embargo, todavía tenía que fregar platos, limpiar casas con su madre y hacer de canguro a algunos amigos de la familia que tenían mejores empleos. Su hermano mayor se casó con una chica estadounidense que no era musulmana pensando que eso lo ayudaría a la hora de obtener la ciudadanía, pero sus padres lo tomaron a mal, y al final el muchacho y su joven esposa se mudaron a California para empezar una nueva vida.

Zola dejó la casa familiar cuando tenía veinte años y, para ampliar sus estudios de pregrado, se matriculó como alumna de primer curso en la Universidad de Montclair State. Vivía en una residencia, compartiendo habitación con dos chicas estadounidenses que también iban justas de dinero. Eligió como especialidad la contabilidad porque le gustaban los números y la economía se le daba bien. Estudiaba mucho siempre que podía, pero el tiempo que le dejaban los dos, y a veces tres, trabajos que tenía que mantener era escaso. Sus compañeras de cuarto la introdujeron en el mundo de las fiestas universitarias y descubrió que eso también se le daba bien. No bebía nada que llevara alcohol, porque su religión no se lo permitía y, además, porque no le gustaba su sabor, pero sí se mostró abierta a otras tentaciones, sobre todo a la moda y el sexo. Medía un metro ochenta, y a menudo le decían lo bien que le quedaban los vaqueros ajustados. Su primer novio le enseñó, encantado, todo sobre el sexo. El segundo la introdujo en las drogas recreativas. Para el final de su primer curso ya se consideraba una musulmana no practicante, aunque solo ella lo sabía; sus padres no tenían la menor idea.

Pronto los señores Maal tuvieron que enfrentarse a problemas más serios. Durante el semestre de otoño del segundo y último curso universitario de Zola su padre fue arrestado y estuvo en prisión durante dos semanas, hasta que se fijó la fianza. En aquel entonces trabajaba para un pintor, un senegalés que sí tenía papeles. Al parecer, el jefe del señor Maal había hecho una oferta muy baja para quedarse con el trabajo de pintura del interior de un gran complejo de oficinas de Newark y había arrebatado el encargo a otro profesional sindicado, quien informó al ICE, el Servicio de Inmigración y Control de Aduanas de Estados Unidos, de que aquel tenía operarios en situación ilegal. Por si eso fuera poco, supuestamente habían desaparecido suministros en las oficinas y hubo acusaciones: atribuyeron el hurto al padre de Zola y otros cuatro trabajadores en situación irregular. Le entregaron una citación para que compareciera en el tribunal de inmigración y lo acusaron de la sustracción.

Zola contrató a un abogado que le aseguró que estaba especializado en esos asuntos y la familia le pagó, en concepto de honorarios, nueve mil dólares, prácticamente todos sus ahorros. El abogado estaba muy ocupado y rara vez les devolvía las llamadas cuando lo llamaban por teléfono. Con sus padres y sus hermanos intentando esconderse por todo Newark, fue Zola quien tuvo que tratar con el abogado. Acabó odiando a aquel hombre, un tipo que hablaba muy rápido y al que le gustaba maquillar la verdad, y lo habría despedido si no hubiera sido por el dinero que ya le habían pagado. No tenían más para contratar a otro. Cuando no se presentó en el juzgado, el juez lo retiró del caso. Al final, Zola consiguió convencer a un abogado de oficio que logró que retiraran la acusación de hurto contra su padre. Sin embargo, la orden de deportación se mantuvo. El caso se alargó y la distrajo de sus estudios, tanto que sus notas se vieron afectadas. Tras varias comparecencias y vistas, acabó convencida de que todos los abogados eran unos vagos o unos idiotas y se dijo que ella podría hacer ese trabajo mucho mejor.

Cayó en la trampa del dinero fácil que ofrecía el gobierno federal, que hacía que la facultad de Derecho estuviera al alcance de cualquiera, y dio los primeros pasos que la llevarían a Foggy Bottom. En ese momento, cuando le quedaba solo un semestre para acabar Derecho, debía más dinero del que era capaz de imaginar. Tanto sus padres como Bo, su hermano soltero, vivían con la amenaza de la deportación sobre sus cabezas, mientras sus casos acumulaban polvo en un saturado tribunal de inmigración.

Ella vivía en la calle Veintitrés, en un edificio que no estaba en tan malas condiciones como The Coop aunque podía compararse con este en muchos aspectos, pues también estaba lleno de estudiantes que compartían pisos pequeños con muebles baratos. A principios del tercer curso conoció a Gordon Tanner, un chico rubio, guapo y atlético que residía en el apartamento de enfrente, al otro lado del pasillo. En poco tiempo una cosa llevó a la otra y ambos iniciaron un romance que no podía salir bien y que pronto los llevó a plantearse vivir juntos, según ellos para ahorrar dinero. Gordon finalmente descartó la idea porque a Brenda, la atractiva prometida que había dejado en su pueblo natal, le encantaba la gran ciudad e iba a visitarlo a menudo.

Mantener una relación con dos mujeres fue demasiado para Gordy. Llevaba comprometido con Brenda una eternidad, pero estaba desesperado por encontrar la forma de evitar casarse con ella. Su relación con Zola le suponía otros problemas totalmente diferentes: no estaba convencido de ser lo bastante valiente para escaparse con una chica negra y no volver a ver a su familia ni a sus amigos. Y además estaba el estrés que le producía un mercado de trabajo flojo, o más bien inexistente, una deuda asfixiante y la posibilidad de suspender el examen de colegiación. Todo eso había hecho que Gordy perdiera el control. Le habían diagnosticado un trastorno bipolar hacía ya cinco años. Los fármacos y la psicoterapia le iban bien y, a excepción de un episodio un poco perturbador que sufrió durante sus estudios de pregrado, su vida había sido bastante normal. Pero todo cambió alrededor del día de Acción de Gracias de su tercer año en Foggy Bottom, cuando dejó de tomar su medicación. A Zola le llamaron la atención sus cambios de humor y al final sacó el tema. Gordy le confesó que sufría esa enfermedad y volvió a tomar las pastillas. Los altibajos se moderaron durante un par de semanas.

Terminaron los exámenes y se marcharon a sus respectivos hogares para pasar las vacaciones de Navidad, aunque ninguno de los dos tenía ganas de hacerlo. Gordy estaba decidido a provocar una pelea definitiva con Brenda y así librarse de una vez de la boda. Zola no deseaba quedarse con su familia, pues su padre, a pesar de todos sus problemas, todavía tenía ganas de darle sermones y reprenderla por el pecaminoso estilo de vida occidental que la joven llevaba.

Una semana después de haberse ido de Washington D. C., ambos habían regresado ya. Gordy seguía comprometido y la boda del 15 de mayo se mantenía en pie. Pero había vuelto a dejar la medicación y su comportamiento era inestable. Durante dos días no abandonó su cuarto; se pasaba muchas horas durmiendo, y cuando se levantaba se sentaba con la barbilla apoyada en las rodillas y la mirada fija en las paredes oscuras. Zola entraba y salía de allí, sin saber muy bien qué hacer. Gordy desapareció durante tres días, aunque le enviaba mensajes en los que le decía que iba en tren a Nueva York para «entrevistarse con unas personas». Según él, estaba muy ocupado intentando destapar una gran conspiración. Zola dormía en su piso cuando Gordy irrumpió en él a las cuatro de la madrugada y se arrancó la ropa, buscando sexo. Horas después volvió a desaparecer para perseguir a los malos y «escarbar un poco más». Cuando regresó seguía en el mismo estado maníaco y se pasó horas delante de su portátil. Le dijo que no entrara en su apartamento porque tenía mucho trabajo.

Al final, asustada y harta, Zola fue al Old Red Cat y habló con Todd.

4

Zola los esperaba delante de la entrada del edificio y los tres subieron la escalera hasta su apartamento de la segunda planta. Cuando entraron, la joven cerró la puerta y les dio las gracias por haber ido. Estaba a todas luces preocupada, casi desesperada.

—¿Dónde está? —preguntó Mark.

—Allí. —Zola señaló con la cabeza hacia el otro lado del pasillo—. No me deja entrar y se niega a salir. No creo que haya dormido mucho estos dos últimos días. No para y ahora mismo está frenético.

—¿Y no está tomando las pastillas? —preguntó Todd.

—Evidentemente no, al menos no toma nada que haya salido de una farmacia. Sospecho que debe de estar automedicándose.

Se miraron, todos esperando que fuera otro quien diera el siguiente paso. Al final fue Mark quien habló.

—Vamos.

Cruzaron el pasillo y Mark llamó a la puerta.

—Gordy, soy Mark. Estoy con Todd y con Zola, y queremos hablar contigo.

Silencio. De fondo, sonaba una canción de Bruce Springsteen.

Mark llamó otra vez y repitió lo que había dicho. La música cesó en el apartamento de Gordy. Oyeron que una silla o un taburete caía al suelo después de que, al parecer, su amigo tropezara. Más silencio y después se abrió el pestillo. Tras unos segundos, Mark abrió la puerta.

Gordy estaba de pie en medio de la diminuta habitación y solo llevaba puestos unos pantalones de deporte Redskin amarillos, unos que le habían visto miles de veces. No dejaba de mirar una pared y los ignoró cuando entraron. A su izquierda, la pequeña cocina abierta al salón era un desastre, con latas de cerveza vacías y botellas de alcohol en el fregadero y tiradas por las encimeras. El suelo estaba cubierto de vasos de papel, servilletas usadas y envoltorios de sándwiches. A su derecha, la mesa del comedor estaba repleta de pilas de papeles de diferentes tamaños que rodeaban el portátil y la impresora. Debajo había más papeles, carpetas y artículos de revistas desechados. El sofá, el televisor, la butaca reclinable y la mesita del café estaban agrupados en un rincón, lejos de la pared, como si Gordy pretendiera dejarla libre.

Esa pared era una confusión de cartulinas blancas y montones de folios colocados en un orden incomprensible y fijados con chinchetas de colores y celo. Con rotuladores negros, azules y rojos, Gordy había intentado unir las piezas de un puzle corporativo gigante, alguna especie de conspiración global que acababa en las caras serias, que no presagiaban nada bueno, de unos cuantos hombres que había en la parte superior.

Les pareció que Gordy miraba esos rostros. Estaba pálido y demacrado, y obviamente había perdido mucho peso, algo que Mark y Todd ya habían comenzado a notar dos semanas antes, durante los exámenes finales. Gordy era un muchacho atlético que adoraba ir al gimnasio, pero sus músculos ya no estaban tonificados. Y era evidente que hacía días que no se peinaba ni se lavaba ese pelo rubio y abundante del que solía estar tan orgulloso. Solo con verlo a él y el estado de su apartamento, supieron al instante que su amigo había perdido la cabeza. Estaban en presencia de un artista trastornado, recluido y obsesionado con su trabajo en ese enorme lienzo.

Gordy se volvió hacia ellos y los miró. Tenía ojeras, las mejillas hundidas y barba de una semana.

—¿Qué os trae por aquí? —les preguntó.

—Tenemos que hablar —dijo Mark.

—Sí —confirmó él—. Pero soy yo quien va a hablar, porque tengo mucho que deciros. Ya lo he descubierto todo. He pillado a esos cabrones y ahora tenemos que actuar rápido.

—Vale, Gordy —contestó Todd, vacilante—. Hemos venido a escucharte. ¿Qué es lo que pasa?

Gordy les señaló el sofá.

—Sentaos, por favor —les pidió con mucha calma.

—Prefiero quedarme como estoy, Gordy, si no te importa —contestó Mark.

—¡No! —gritó—. Sí que me importa. Haz lo que te digo y todo irá bien. Sentaos —masculló, furioso de repente, y parecía a punto de liarse a puñetazos.

Ni Mark ni Todd habrían aguantado diez segundos si se hubieran enfrentado con Gordy. Durante los años que llevaban en la facultad habían tenido dos broncas en bares, y en ambas Gordy había sido el único que quedó en pie.

Todd y Zola se sentaron en el sofá y Mark en un taburete junto a la barra de la cocina, con la mirada fija en la pared. Estaban alucinados. Era una locura de organigramas con flechas que salían en todas direcciones y unían un montón de empresas, bufetes, nombres y números. Como niños que acabaran de recibir una regañina, permanecieron sentados y quietos, esperando, y examinaron la pared.

Gordy fue hasta la mesa de la cocina, donde había una botella de tequila medio vacía. Se sirvió un poco en su taza de café favorita y le dio un sorbo, como si estuviera tomándose un té.

—Has adelgazado mucho, Gordy —apuntó Mark.

—No me había dado cuenta. Ya recuperaré peso. Pero no estamos aquí para hablar de eso. —Con la taza en la mano y, al parecer, sin que se le pasara por la cabeza ofrecer algo de beber a sus amigos, se acercó a la pared y señaló la foto de arriba—. Este es el Diablo Supremo. Se llama Hinds Rackley, un abogado de Wall Street convertido en inversor sin escrúpulos cuya «pequeña» fortuna asciende a unos cuatro mil millones, cifra con la que entra en la lista Forbes solo por los pelos. Un multimillonario de segunda, supongo, pero aun así tiene todo lo que tienen los de primera: una mansión en la Quinta Avenida con vistas al parque, una finca inmensa en los Hamptons, un yate, un par de jets privados, una esposa trofeo... Vamos, lo habitual. Estudió en la facultad de Derecho de Harvard y después estuvo varios años en un bufete de los grandes. No acabó de encajar allí, así que se fue y montó su propio chiringuito con unos cuantos colegas, hizo varias fusiones con unos y con otros, y ahora o bien posee, o bien controla cuatro bufetes. Como todos los multimillonarios, es muy reservado y es muy celoso de su privacidad. Opera tras el parapeto de muchas empresas distintas. Solo he logrado encontrar unas cuantas, pero han sido suficientes.

Gordy hablaba mirando a la pared, de espaldas a su auditorio. Levantó la taza para beber más tequila y se le marcaron las costillas. En efecto, había perdido mucho peso. De repente hablaba con mucha calma, como si estuviera exponiendo hechos que nadie más había sido capaz de descubrir.

—La principal empresa con la que Rackley opera es Shiloh Square Financial, una corporación privada de inversiones que también se dedica a compras financiadas por terceros, inversión en deuda de riesgo y todos los jueguecitos habituales en Wall Street. Shiloh posee una parte de Varanda Capital, ignoro qué tanto por ciento porque la información es escasa; todo lo que tiene que ver con ese tío es engañoso. Varanda, a su vez, posee un parte de Baytrium Group. Como puede que ya sepáis, Baytrium es el dueño de, entre otras muchas empresas, nuestra querida facultad de Derecho de Foggy Bottom. De la nuestra y de otras tres. Lo que no sabéis es que Varanda también posee una empresa que se llama Lacker Street Trust, ubicada a las afueras de Chicago, y Lacker Street tiene otras cuatro facultades de Derecho privadas. Con eso hacen ocho.

En la parte derecha de la pared, dentro de cuadrados grandes, estaban los nombres de Shiloh Square Financial, Varanda Capital y Baytrium Group. Debajo, en una fila perfecta, estaban las ocho facultades de Derecho: Foggy Bottom, Midwest, Poseidon, Gulf Coast, Galveston, Bunker Hill, Central Arizona y Staten Island. Bajo cada nombre había números y palabras escritos con una letra demasiado pequeña para que pudieran leerla desde el otro lado de la habitación.

Gordy fue hasta la mesa y se sirvió otra ración de tequila. Le dio un sorbo, volvió a la pared y se dio la vuelta para mirarlos.

—Rackley empezó a coleccionar facultades hace unos diez años, siempre oculto tras sus muchas empresas, claro. No es ilegal tener una universidad de pregrado o una facultad de Derecho privadas; aun así, él quiere que todo quede oculto. Supongo que tiene miedo de que alguien descubra su sucio plan. Pero yo lo he descubierto. —Dio otro sorbo y los miró con los ojos muy abiertos y brillantes—. En 2006, a los inteligentes miembros del Congreso les pareció que todo el mundo podría mejorar mucho su vida si tenía posibilidades de ampliar su educación, así que esa gente tan lista decidió que básicamente cualquiera, nosotros cuatro, por ejemplo, podría pedir todo el dinero que necesitara para sacarse una carrera. Préstamos para todos, dinero fácil. Docencia, libros, gastos de comida y alojamiento, fuera cual fuese la cantidad, y contando con el aval del gobierno federal.

—Eso lo sabe todo el mundo, Gordy —repuso Mark.

—Oh, gracias, Mark. Pero limítate a quedarte ahí sentado y callado, y deja que sea yo quien hable.

—Sí, señor.

—Lo que no sabe todo el mundo es que cuando Rackley se hizo con las facultades, con las ocho, todas empezaron a crecer rápidamente. En 2005 Foggy Bottom tenía cuatrocientos alumnos. Para cuando llegamos nosotros, en 2011, el número había aumentado hasta mil, los que tiene ahora. Pasó igual en las otras facultades: todas tienen ahora más o menos un millar de alumnos. Las facultades compraron edificios, contrataron a todos los profesores de medio pelo que encontraron, pagaron mucho dinero a administradores con credenciales solo pasables y, por supuesto, empezaron a publicitarse como locas. ¿Y por qué? Bueno, lo que no sabe todo el mundo es lo que hay en las cuentas de las facultades privadas.

Dio otro sorbo al tequila y se trasladó al extremo derecho de la pared, donde había una cartulina llena de números y operaciones aritméticas.

—Vamos a echar un vistazo a las matemáticas de las facultades de Derecho. Foggy Bottom, por ejemplo. Nos sacan cuarenta y cinco mil dólares al año de matrícula y todo el mundo tiene que pagarla. No hay ningún tipo de beca, nada de lo que las facultades de verdad ofrecen. Son cuarenta y cinco millones brutos. Pagan a los profesores más o menos cien mil dólares al año, lo que está por debajo de la media nacional de las buenas facultades, que es de doscientos veinte mil, pero aun así es un regalo para los payasos que nos dan clase a nosotros. Hay un suministro infinito de profesores de Derecho que buscan trabajo, así que hacen cola para solicitar empleos como estos, porque les encanta estar con estudiantes como nosotros, claro. A las facultades les gusta alardear de su baja tasa de alumnos por profesor, diez por clase, como si nos enseñaran unos profesionales excepcionales en aulas acogedoras y pequeñas, ¿no? ¿Os acordáis de la clase de Derecho Civil del primer semestre? Éramos doscientos metidos en el aula de Steve el Tartamudo.

—¿Cómo te has enterado de lo que cobran? —lo interrumpió Todd.

—He hablado con uno de ellos, lo he localizado. Enseñó Derecho Administrativo durante tres años, pero nunca nos dio clase a nosotros. Lo despidieron hace dos años por beber en el trabajo. Así que nos tomamos unas copas juntos y me lo contó todo. Tengo mis fuentes, Todd, y sé de lo que hablo.

—Vale, vale, solo tenía curiosidad.

—Foggy Bottom cuenta con unos ciento cincuenta profesores, ese es su mayor gasto, unos quince millones de dólares al año, más o menos. —Señaló una maraña de cifras que ellos apenas podían distinguir—. Después está el personal de administración, los de la planta más alta. ¿Sabíais que nuestro incompetente decano gana ochocientos mil dólares anuales? Claro que no. El decano de la facultad de Derecho de Harvard gana medio millón al año, pero él no está a cargo de una fábrica de títulos en la que siempre hay alguien controlando la cifra de beneficios. Nuestro decano cuenta con un buen expediente, tiene buena pinta sobre el papel, habla bien cuando habla, y ha demostrado ser bastante hábil a la hora de dirigir este tinglado. Rackley paga como es debido a todos sus decanos y espera que ellos vendan el sueño. Pongámosle unos tres millones más para otros sueldos inflados de los que trabajan ahí, y creo que no me equivoco si aventuro que la administración costará cuatro millones por ejercicio. Seamos generosos y digamos que son cinco, y así tenemos veinte millones en sueldos. El año pasado el coste por mantener el lugar en funcionamiento, y me refiero tanto al edificio y el personal como, por supuesto, el marketing, ascendió a cuatro millones. Prácticamente dos se les fue en propaganda para engatusar a más infelices que se matricularan, empezaran a pedir créditos y se pusieran a perseguir sus gloriosas carreras en el mundo del Derecho. Sé todo esto porque tengo un amigo que es un hacker bastante bueno. Encontró algunas cosas, otras no las encontró y se quedó impresionado por la seguridad de la facultad. Dice que se esfuerzan mucho para proteger sus archivos.

—Eso hace veinticuatro millones —sumó Mark.

—Muy ágil, Mark. Redondeémoslo a veinticinco y el Diablo Supremo se embolsa veinte millones al año provenientes de nuestra querida Foggy Bottom. Si lo multiplicáis por ocho, la cifra os va a marear.

Gordy carraspeó y escupió a la pared. Dio otro sorbo al tequila, y tragó despacio mientras caminaba arriba y abajo.

—¿Cómo lo hace Rackley? —preguntó a continuación—. Vende el sueño y nosotros mordemos el anzuelo. Las ocho facultades se expandieron de la noche a la mañana porque abrieron las puertas a todo el que quisiera entrar, sin importarles el expediente académico que los candidatos tuvieran o la puntuación que habían obtenido en el LSAT. La puntuación media en el LSAT que hace falta para entrar en Georgetown, que sabemos con total seguridad que es una de las mejores facultades, es de 165. Para las ocho universidades más prestigiosas de nuestro país, las que forman la Liga Ivy, es aún más alta. No sabemos cuál es la media en el LSAT que piden en Foggy Bottom, porque es prácticamente un secreto de Estado. Mi hacker no ha podido entrar en ese archivo. Pero seguro que no me equivoco si digo que está por debajo de 150, probablemente cerca de 140. Un error importante en este sistema defectuoso es que no hay resultado en el LSAT que sea demasiado bajo, cualquiera puede matricularse en Foggy Bottom. Estas facultades para lerdos aceptan a cualquiera que pueda pedir prestado dinero federal y, como he dicho antes, todo el mundo puede solicitarlo. Si una guardería quisiera llamarse facultad de Derecho, la Asociación de la Banca Americana le daría su aprobación. A nadie le importa lo idiota que sea un futuro estudiante, ni siquiera al programa de créditos federales. No es mi intención ofender a ninguno de los que estáis en esta habitación, pero los cuatro sabemos cuáles eran nuestras notas. Todos hemos estado lo bastante borrachos para comentarlas... Bueno, Zola es la excepción, claro, y, por cierto, tiene la más alta de nosotros. Para ser diplomático voy a decir que la media de nuestro grupito está en 145. Basándome en los porcentajes, las posibilidades de aprobar el examen de colegiación con esa media son más o menos del cincuenta por ciento. Nadie nos contó eso cuando nos matriculamos, porque a ellos no les importamos nada; lo único que querían era nuestro dinero. Estábamos jodidos desde el mismo día que entramos en esa facultad.

—Estás predicando a unos conversos —interrumpió Mark.

—Pues aún no he acabado con el sermón —repuso Gordy, y después volvió a mirar la pared y los ignoró por completo.

Mark, Todd y Zola volvieron a intercambiar miradas de intranquilidad y de temor. El sermón era interesante y al mismo tiempo deprimente, pero lo que les preocupaba de verdad era su amigo.

—Nosotros estamos metidos en este lío —continuó Gordy— porque vimos la oportunidad de perseguir un sueño, uno que no podíamos permitirnos. Ninguno de nosotros debería estar en una facultad de Derecho y ahora estamos sobrepasados. No pertenecemos a este lugar, pero nos engañaron para que creyéramos que estábamos hechos para tener unas carreras con un porvenir muy lucrativo. Todo se basa en el marketing y la promesa de trabajo. Trabajo, trabajo, trabajo... Buenos trabajos con grandes sueldos. Pero la realidad es que esos trabajos no existen. El año pasado los grandes bufetes de Wall Street ofrecían ciento setenta y cinco mil dólares a los mejores graduados. Aquí, en Washington D. C., unos ciento sesenta mil dólares. Durante años oímos hablar de esos trabajos y nos convencimos de que podríamos conseguir uno de ellos. Ahora sabemos la verdad, que es que hay empleos, unos pocos, en los que se pueden ganar unos cincuenta mil dólares al año, algo así como el que has conseguido tú, Mark, aunque aún no te han dicho cuánto vas a cobrar. Se trata de bufetes más pequeños donde el trabajo es brutal y el futuro incierto. Los grandes bufetes pagan ciento sesenta, como mínimo. Y no hay nada entre esos dos extremos. Nada. Todos hemos tenido que hacer entrevistas, llamar a muchas puertas y buscar durante horas en internet, y sabemos lo mal que está el mercado.

Sus amigos asintieron, sobre todo para calmarlo. Gordy dio otro sorbo, fue a la parte izquierda de la pared y señaló.

—Aquí está lo peor, la parte de la que no sabéis nada. Rackley posee un bufete de Nueva York que se llama Quinn & Vyrdoliac, ignoro si habréis oído ese nombre alguna vez. Yo no. En el mundillo lo conocen simplemente como Quinn. Tiene sucursales en seis ciudades, unos cuatrocientos abogados, pero no es uno de los cien mejores. Una de sus oficinas, una pequeña, está aquí, en Washington D. C., y cuenta con treinta abogados. —Señaló un folio con el nombre del bufete en negrita—. Quinn trabaja sobre todo en servicios financieros, pero en el lado más sucio. Gestiona muchas ejecuciones hipotecarias, embargos, cobros a morosos, intereses de demora, quiebras y casi todo lo relacionado con deudas no liquidadas. Créditos estudiantiles también. Quinn paga bien, al menos inicialmente. —Señaló un folleto muy colorido, un tríptico abierto que había fijado a la pared—. Vi esto hace cuatro años, cuando me planteaba matricularme en Foggy Bottom. Vosotros también os lo encontrasteis, me figuro. Tiene la cara sonriente de Jared Molson, un feliz graduado supuestamente contratado por Quinn con un sueldo inicial de ciento veinticinco mil dólares. Recuerdo haber pensado: «Oye, si de Foggy Bottom está saliendo gente que consigue trabajos como ese, me apunto». Bueno, pues encontré al señor Molson y tuve una larga conversación con él mientras tomábamos unas copas. Le ofrecieron un trabajo en Quinn, pero no llegó a firmar el contrato hasta que aprobó el examen de colegiación. Trabajó allí seis años y al final lo dejó, y lo hizo porque su sueldo bajaba sin parar. Me dijo que la dirección revisaba todos los días la cuenta de beneficios y siempre decidía que había que recortar. Su último año ganó un poco más de cien mil y decidió mandarlos a la mierda. Me contó que vivía como un indigente, agobiado por la necesidad de pagar su deuda, y ahora trabaja de comercial para una inmobiliaria y es chófer de Uber a tiempo parcial. En ese bufete son unos negreros, y dice que Foggy Bottom lo utilizó para su mecanismo de propaganda.

—Y él no es el único, ¿verdad? —preguntó Todd.

—Oh, no. Molson solo es uno de muchos. Quinn tiene una bonita página web y me he leído las biografías de todos los abogados, los cuatrocientos. El treinta por ciento proviene de las facultades de Rackley. ¡El treinta por ciento! Así que, amigos míos, Rackley los contrata con sueldos envidiables, y después utiliza sus caras sonrientes y sus estupendas historias de éxito para su propaganda.

Se calló, dio otro sorbo y después sonrió con aire de suficiencia, como si estuviera esperando que le aplaudieran. Se acercó más a la pared y señaló otra cara, una foto en blanco y negro impresa en un folio, una de las tres que había justo debajo de la del Diablo Supremo.

—Este tipo es Alan Grind, un abogado que trabaja en

Seattle y que es socio minoritario de Varanda. Grind tiene un bufete que se llama King & Roswell, otra de esas firmas de poca importancia que emplea a doscientos abogados y cuenta con oficinas en cinco ciudades, sobre todo del Oeste. —Señaló a la izquierda, donde King & Roswell estaba colocado junto a Quinn & Vyrdoliac—. De los doscientos abogados de Grind, cuarenta y cinco provienen de las ocho facultades.

Dio otro sorbo y volvió a la mesa para rellenarse la taza.

—¿Vas a beberte toda la botella? —preguntó Mark.

—Si me apetece, sí.

—Creo que deberías bajar el ritmo.

—Y yo creo que deberías ocuparte de tus propios problemas. No estoy borracho, solo achispado. Y de todas formas, ¿quién eres tú para controlar lo que bebo?

Mark inspiró hondo y lo dejó estar. El discurso de Gordy sonaba bastante coherente. Su mente estaba funcionando correctamente. A pesar de su apariencia desaliñada, parecía tenerlo todo bajo control, por lo menos hasta ese momento. Regresó junto a la pared y señaló las fotos.

—El tío de en medio es Walter Baldwin, dirige un bufete de Chicago que se llama Spann & Tatta, trescientos abogados en siete ciudades de costa a costa. El mismo tipo de trabajo, la misma tendencia a contratar abogados de facultades de bajo nivel. —Señaló una tercera cara que había debajo de la de Rackley—. Y para completar la banda tenemos al señor Marvin Jockety, socio sénior de un bufete de Brooklyn cuyo nombre es Ratliff & Cosgrove. Misma organización, mismo modelo de negocio. —Gordy dio otro sorbo y admiró su trabajo. Se volvió y miró a sus tres amigos—. No quiero insistir en lo que ya debería ser obvio, pero Rackley tiene a su disposición cuatro bufetes, con mil cien abogados, repartidos por veintisiete oficinas. Entre los cuatro contratan suficientes de sus graduados para dar a sus facultades mucho de lo que alardear y a fin de que un puñado de idiotas como nosotros vayan corriendo a estudiar en ellas con un montón de dinero proporcionado por el Congreso. —De repente hablaba demasiado alto y con la voz alterada—. ¡Es perfecto! ¡Es maravilloso! Es una enorme estafa, basada en las facultades de Derecho, que no supone ningún riesgo. Si nosotros no podemos pagar, los contribuyentes serán quienes cargarán con la satisfacción de la deuda. Rackley privatiza los beneficios y socializa las pérdidas.

Y, sin previo aviso, estampó la taza de café contra la pared. Rebotó en la fina placa de yeso, cayó al suelo y, sin romperse, siguió rodando. Gordy se sentó con la espalda contra la pared, mirándolos, y estiró las piernas. Tenía las plantas de los pies negras por la mugre y la suciedad.

El golpe resonó durante unos cuantos segundos mientras los demás lo observaban. No dijeron nada durante un largo rato. Mark miraba la pared, asimilando la información de la trama. No había ninguna razón para dudar de la investigación de Gordy. Todd no apartaba los ojos del organigrama, como si estuviera hipnotizado por la conspiración. Zola contemplaba a Gordy y se preguntaba qué iban a hacer con él.

Al final fue Gordy quien habló, casi en un susurro.

—Mi deuda es de doscientos setenta y seis mil dólares en créditos, incluyendo lo que corresponde a este semestre. ¿Y la tuya, Mark?

—Incluyendo este semestre, doscientos sesenta y seis —contestó Mark.

—¿Y tú cuánto debes, Todd?

—Ciento noventa y cinco mil.

—¿Zola?

—Ciento noventa y un mil.

Gordy sacudió la cabeza y rio, pero no divertido, sino incrédulo.

—Casi un millón, entre todos. ¿Y quién en su sano juicio nos prestaría a nosotros cuatro un millón de dólares?

En ese momento sí que parecía absurdo, como para echarse a reír incluso.

Tras otra larga pausa, Gordy continuó hablando.

—No hay salida. Nos han mentido, engañado, estafado y arrastrado a este nivel de desesperación. No hay salida.

Todd se puso de pie despacio y fue hasta la pared. Señaló al centro.

—¿Qué es Sorvann Lenders?

Gordy rio entre dientes, otra risa desganada.

—El resto de la historia —dijo—. Rackley, a través de otra empresa, y este tío tiene más fachadas que un centro comercial con locales baratos, es el dueño de Sorvann, que ahora mismo es la cuarta entidad privada de créditos estudiantiles más importante del país. Si el gobierno no te da suficiente dinero, vas a pedírselo a una entidad privada en la que, oh sorpresa, los intereses son más altos y tienen unos cobradores que hacen que los de la mafia parezcan unos aficionados. Sorvann también presta dinero para los estudios de pregrado y dispone de una cartera de unos noventa millones. Es una empresa en expansión. Evidentemente, Rackley se ha olido que hay negocio en el sector privado también.

—¿Y qué es Passant? —insistió Todd.

Otra risa amarga de Gordy. Se puso de pie despacio y fue hasta la mesa, donde cogió la botella de tequila y le dio un largo trago. Hizo una mueca, tragó con dificultad y se limpió la boca con el antebrazo.

—Passant es Piss Ant —dijo por fin—, el tercer tinglado de cobro de créditos estudiantiles más grande de Estados Unidos. Tiene contratos con el Departamento de Educación para «gestionar», como ellos sostienen, la deuda de los estudiantes. Hay más de un billón de dólares ahí fuera, que debemos imbéciles como nosotros. Passant está formado por un grupo de matones a los que han demandado muchas veces por prácticas abusivas a la hora de cobrar las deudas. Rackley posee una parte de la empresa. Ese hombre es la personificación del mal.

Gordy fue hasta el sofá y se sentó al lado de Zola. Cuando pasó a su lado, Mark notó su fuerte olor corporal. Todd se dirigió a la cocina, intentó no pisar la basura que cubría el suelo, abrió la nevera y sacó dos latas de cerveza. Dio una a Mark, y los dos las abrieron. Zola acarició la pierna a Gordy, ignorando su mal olor.

Mark señaló la pared con la cabeza.

—¿Cuánto tiempo llevas trabajando en todo esto? —quiso saber.

—Eso no importa. Hay más, si queréis oírlo.

—Yo he oído bastante —aseguró Mark—. Por ahora, cuando menos. ¿Y si vamos a la vuelta de la esquina a por una pizza? Mario's está abierto todavía.

—Genial —dijo Todd.

Sin embargo, ninguno de los cuatro se movió.

—Mis padres tienen que pagar noventa mil dólares de mi deuda. —Gordy siguió hablando—. Arrastro ese dinero de una entidad privada desde el pregrado. ¿Os lo podéis creer? Dudaron, y con razón, pero yo los presioné. ¡Qué idiota! Mi padre gana cincuenta mil al año vendiendo maquinaria agrícola y no tenía deudas, solo la hipoteca, hasta que yo empecé a pedir dinero. Mi madre trabaja en el colegio a tiempo parcial. Les he mentido, les he dicho que tengo un trabajo estupendo esperándome y que podré ocuparme de liquidar mis deudas. También he mentido a Brenda. Cree que vamos a vivir en la gran ciudad y que yo iré al trabajo todos los días con un bonito traje, para después ir subiendo escalafones hasta la cima. Estoy en un atolladero, chicos, y no veo la salida.

—Sobreviviremos, Gordy —afirmó Mark, pero con poca convicción.

—Podremos con ello —dijo Todd, sin especificar a qué se refería con ese «ello». ¿A la facultad? ¿A las deudas? ¿A la crisis de Gordy? Había muchos frentes abiertos en ese momento.

Otra pausa larga y deprimente. Mark y Todd bebieron sus cervezas en silencio.

—¿Cómo podemos sacar a la luz lo que hace Rackley? —preguntó Gordy—. He pensado en hablar con algún periodista, alguien que escriba sobre temas legales en *The Washington Post* y tal vez en *The Wall Street Journal*. Incluso me he planteado la posibilidad de interponer una demanda colectiva contra ese cabrón. Pensad en los miles de idiotas jóvenes que, como nosotros, van en el mismo barco que se hunde y que estarían deseando intentar sacar algo a ese tío cuando la verdad se conozca.

—No veo lo de la demanda —contestó Mark—. Quiero decir que sí, bueno, ha creado un sistema brillante, pero no ha hecho nada ilegal. No hay ninguna ley que prohíba poseer fábricas de títulos como la suya, ni siquiera tratar de ocultarlo por todos los medios. Sus bufetes pueden contratar a quienes quieran. Es retorcido, injusto y engañoso, pero no basta para demandarlo.

—Tienes razón —corroboró Todd—. Pero me encanta la idea de ayudar a un periodista de investigación a poner al descubierto a ese tío.

—¿No hubo un caso en California en el que una estudiante de Derecho demandó a su facultad porque no lograba encontrar trabajo? —preguntó Zola.

—Sí —respondió Mark—, ha habido varios casos así, y todos se desestimaron excepto el de California. Fue a juicio y el jurado falló a favor de la facultad.

—No voy a renunciar a la idea de la demanda —insistió Gordy—. Es la mejor forma de sacar a la luz de lo Rackley. ¿Os imagináis cómo sería si lo descubriéramos?

—Genial, pero él no es tonto —replicó Mark—. Tiene cuatro bufetes, joder. Piensa en la artillería pesada que nos caería encima. Los demandantes se pasarían los próximos cinco años enterrados en papeleo.

—¿Y qué sabes tú de demandas? —preguntó Gordy.

—Todo lo que hay que saber. ¡He estudiado en Foggy Bottom!

—No hay más preguntas, señoría.

Ese chiste tan flojo quedó en el aire y todos fijaron la vista en el suelo.

—Vamos a por pizza, Gordy —dijo Todd.

—Yo no voy a ninguna parte, pero creo que es hora de que os vayáis vosotros.

—Pues nosotros no nos vamos tampoco —lo contradijo Mark—. Nos quedamos aquí.

—¿Por qué? No necesito niñeras. A la calle.

Todd, que todavía estaba de pie, fue hasta el sofá y se quedó mirando a Gordy.

—Vamos a hablar un poco de ti, Gordy, de ti y de tu enfermedad. No comes, no duermes... y no te duchas, por lo que veo. ¿Estás tomando las pastillas?

—¿Qué pastillas?

—Vamos, Gordy, somos tus amigos y queremos ayudarte.

—¿Qué pastillas? —repitió.

—Gordy, sabemos lo que te pasa —dijo Mark.

Gordy se volvió hacia Zola.

—¿Qué les has contado? —preguntó con un gruñido.

Zola estaba a punto de responder cuando Todd intervino.

—Nada. No nos ha contado nada, pero no estamos ciegos, Gordy. Somos tus mejores amigos y sabemos que necesitas ayuda.

—No necesito pastillas —replicó, se puso de pie de un salto, pasó rozando a Todd y se fue a su cuarto. Segundos después gritó—: ¡Fuera todos! —Y cerró con un portazo.

Los tres suspiraron y se miraron. Momentos después la puerta se abrió y Gordy salió. Cogió la botella de tequila y repitió:

—¡Fuera! ¡Ya! —Y volvió a desaparecer en el interior de su habitación.

Pasó un minuto sin que se oyera nada. Zola se levantó y cruzó el salón. Pegó una oreja a la puerta y escuchó.

—Creo que está llorando —susurró a Mark y Todd.

—Genial —contestó Mark también en susurros.

Pasó otro minuto.

—No podemos dejarlo —dijo Todd.

—Ni hablar —contestó Mark—. Hagamos turnos. Yo me quedó en el sofá para hacer el primero.

—Yo no me voy —aseguró Zola.

Mark miró el salón y se terminó la cerveza.

—De acuerdo —dijo casi en un murmullo—, tú te quedas en el sofá y yo en la butaca. Todd, tú vete a dormir al sofá de Zola y nos sustituyes dentro de unas horas.

Todd asintió.

—Me parece bien.

Fue a la nevera, cogió otra cerveza y se fue. Mark apagó las luces y se acomodó en la gastada butaca de cuero. Un poco más allá, Zola se acurrucó en el sofá.

—Puede ser una noche muy larga —murmuró Mark.

—Deberíamos estar callados —contestó ella—. Las paredes son finas, y seguro que Gordy nos oye.

—Vale.

El reloj digital del microondas emitía una luz azulada que pareció volverse más brillante cuando sus ojos se adaptaron a la oscuridad. Su brillo definía las siluetas de la pequeña mesa del comedor, el ordenador y la impresora. Aunque todavía estaban despiertos, en la habitación reinaba el silencio. No se oía ningún ruido procedente del dormitorio de Gordy. Una música suave y lejana se colaba desde el pasillo. Diez minutos después, Mark sacó su teléfono y miró sus mensajes y sus emails. Nada importante. Los siguientes diez minutos le parecieron una hora y la butaca le resultó cada vez más incómoda.

Miró la pared. No veía la foto de Hinds Rackley, pero sintió sus ojos mirándolo con expresión de suficiencia. Con todo, en ese momento a Mark no le preocupaba Rackley ni su gran conspiración. Le preocupaba Gordy. Al día siguiente tendrían que ingeniárselas para llevar a su amigo al médico.

5

A las dos de la madrugada Todd entró en el apartamento de Gordy sin hacer ruido y se encontró a Mark y a Zola dormidos. Zarandeó a Mark de un abrazo.

—Me toca a mí —le susurró.

Mark se levantó, estiró los músculos y las articulaciones, que se le habían quedado rígidos, y cruzó el pasillo para caer redondo en el sofá de Zola.

Antes del amanecer, Gordy salió de la cama y se puso los vaqueros, la sudadera, los calcetines y una chaqueta vaquera. Se acercó a la puerta y, con las botas de montaña en una mano, prestó oído. Sabía que sus amigos estaban en el salón, esperando a que él diera señales de vida. Abrió despacio la puerta del dormitorio y se quedó otra vez escuchando. Entró en el salón, vio las siluetas en el sofá y en la butaca y oyó las respiraciones lentas. Entonces fue en silencio hasta la puerta y salió. Cuando llegó al final del pasillo se calzó las botas y abandonó el edificio.

Zola se despertó con el primer rayo de sol y se incorporó. Al ver abierta la puerta del dormitorio se levantó de un salto, encendió las luces y se dio cuenta de que Gordy se había escapado.

—¡No está aquí! —gritó a Todd—. ¡Se ha ido!

Todd se levantó como pudo de la butaca y pasó a su lado

para ir hasta el dormitorio, un pequeño espacio cuadrado en el que no había dónde esconderse. Buscó en el armario y en el baño.

—¡Mierda! —exclamó—. Pero ¿qué ha pasado?

—Se ha despertado y se ha largado —contestó ella.

Se quedaron mirándose, sin poder creérselo, y después cruzaron el pasillo para contárselo a Mark. Los tres bajaron la escalera a toda prisa y recorrieron el pasillo de la primera planta hasta la puerta trasera del edificio. Había una docena de coches en el aparcamiento, pero no el de Gordy. Su pequeño Mazda no estaba allí, como se temían. Zola llamó al móvil a Gordy, quien, por supuesto, no respondió. Volvieron a los apartamentos, los cerraron con llave y caminaron tres manzanas hasta un restaurante, donde se sentaron alrededor de una mesa e intentaron pensar con un café fuerte delante.

—No hay forma de encontrarlo en esta ciudad —dijo Mark.

—Él no quiere que lo encontremos —respondió Todd.

—¿Y si llamamos a la policía? —propuso Zola.

—¿Y qué les decimos? ¿Que nuestro amigo está desaparecido y que es posible que cometa alguna locura? Los polis estarán ocupados con los asesinatos y las violaciones de anoche.

—¿Y si avisamos a sus padres? —dijo Todd—. Seguramente no tienen ni idea de cómo está.

Mark negó con la cabeza.

—No, Gordy no nos lo perdonaría nunca. Además, ¿qué podrían hacer ellos? ¿Venir corriendo a la gran ciudad y ponerse a buscar?

—Tienes razón. Pero Gordy ha de tener por fuerza un médico en alguna parte, aquí o en su casa. Un médico que lo conoce, que está tratándolo, que le receta sus medicinas, alguien que debería saber que no está bien. Si se lo explicamos a sus padres, al menos podrán informar a su médico. ¿A quién le importa que se enfade si lo ayudamos?

—Lo que dices tiene sentido, Mark —intervino Zola—. Y su médico está aquí. Gordy va a verlo una vez al mes.

—¿Sabes cómo se llama?

—No. Intenté enterarme, pero no lo conseguí.

—Vale, nos ocuparemos de eso después —dijo Mark—. Por ahora centrémonos en encontrar a Gordy.

Se tomaron el café y consideraron las pocas posibilidades que tenían de hallarlo en la ciudad. Una camarera se acercó a su mesa y les preguntó si querían desayunar. Los tres dijeron que no. Ninguno de ellos tenía hambre.

—¿Se te ocurre algún sitio? —preguntó Mark a Zola.

Ella negó con la cabeza.

—La verdad es que no. La semana pasada desapareció dos veces. La primera cogió un tren para ir a Nueva York y estuvo fuera tres días. Cuando volvió no me contó gran cosa, solo que iba detrás del Diablo Supremo. Creo que habló con unas cuantas personas cuando estuvo allí. Pasó aquí alrededor de un día y estuvimos juntos la mayor parte del tiempo. Bebía y dormía mucho. Y cuando llegué a casa después del trabajo de repente había desaparecido otra vez. No supe nada de él durante un par de días. Fue cuando encontró al profesor que habían despedido de Foggy Bottom.

—¿Sabías lo que estaba haciendo? —preguntó Todd.

—No. Hace dos días se encerró en su apartamento y no quiso verme. Debió de ser entonces cuando apartó todos los muebles y empezó con lo de la pared.

—¿Cuánto sabes de su enfermedad? —preguntó Mark.

Zola inspiró hondo y reflexionó.

—Eso es confidencial, chicos, tenéis que entenderlo. Me ha hecho jurar que guardaría el secreto.

—Vamos, Zola, estamos juntos en esto —insistió Mark—. Seguirá siendo confidencial.

Zola miró a su alrededor, como para comprobar si había alguien escuchando.

—En septiembre encontré su medicación y hablamos del tema. Le diagnosticaron trastorno bipolar durante sus estudios de pregrado y no se lo dijo a nadie, ni siquiera a Brenda. Pero sí se lo explicó más adelante, así que ella lo sabe. Cuando hace la terapia y se toma sus medicinas lo lleva todo bastante bien.

—Yo no tenía ni idea —confesó Mark.

—Ni yo —afirmó Todd.

Zola continuó.

—No es raro que las personas bipolares crean en algún momento que no necesitan medicación. Se sienten muy bien y se convencen de que pueden vivir perfectamente sin ella. Así que dejan de tomarla, pronto las cosas empeoran y, muchas veces, empiezan con la automedicación. Eso es lo que le ha pasado a Gordy, aunque también tiene muchas otras preocupaciones. Todo este lío de la facultad, no encuentra trabajo, los préstamos y, para empeorar aún más la situación, sentía que estaban obligándolo a casarse. En Acción de Gracias ya no estaba bien, pero hizo todo lo que pudo para ocultarlo.

—¿Y por qué no nos lo contaste?

—Porque Gordy no me lo habría perdonado. Estaba convencido de que era capaz de apañárselas o sobrevivir de alguna forma. Y, ahora que lo pienso, la mayor parte del tiempo no estaba tan mal. Pero empeoraron sus cambios de humor y cada vez bebía más.

—Deberías habérnoslo explicado, Zola —le recriminó Mark.

—No sabía qué hacer. Nunca me había enfrentado a algo como esto.

—Ahora mismo no tiene ningún sentido culpar a nadie —dijo Todd a Mark.

—Lo siento.

Todd miró su teléfono.

—Son casi las ocho —anunció—. Y sin noticias de Gordy. Tengo que ir al bar a mediodía y hacer un turno. ¿Qué vais a hacer vosotros hoy?

—Yo entro en el curro a las diez y he de quedarme allí unas cuantas horas —respondió Zola, que trabajaba a tiempo parcial en una pequeña empresa de contabilidad.

—Yo he venido antes de tiempo porque necesitaba salir de mi casa y esperaba planificarme para ponerme a estudiar ya de cara al examen de colegiación —explicó Mark—, pero la verdad es que no tengo ganas. Supongo que me pasaré por Ness Skelton y perderé un poco el tiempo lamiendo el culo a mis futuros jefes, intentando parecer imprescindible e importante. Seguro que necesitan a alguien que se ocupe de las fotocopias.

—Sí que te tiene que gustar el Derecho —comentó Todd—. A mí me va mejor en el bar.

—Gracias.

—Supongo que lo único que podemos hacer es esperar —reconoció Zola.

Todd pagó los cafés y todos se fueron del restaurante. Solo habían avanzado una manzana cuando el teléfono de Zola empezó a vibrar. Lo sacó del bolsillo, lo miró y se detuvo.

—Es Gordy —dijo—. Está en la comisaría central.

A las 4.35 de la madrugada un policía paró a Gordy tras verlo conducir haciendo eses por Connecticut Avenue. Lo sometió a una prueba de alcoholemia allí mismo, primero pidiéndole que caminara en línea recta, algo que no hizo muy bien, y después haciéndole soplar. El dispositivo portátil registró 0,11, así que automáticamente lo esposaron y lo metieron en el asiento de atrás del coche patrulla. Una grúa se llevó el coche de Gordy al depósito de la ciudad. En la comisaría volvió a soplar y dio el mismo resultado. Le tomaron las huellas, le hicieron fotografías, lo ficharon y lo encerraron en la celda de los borrachos con otras seis personas. A las ocho de la mañana un alguacil lo llevó a una sala pequeña, le dio el teléfono y le dijo que podía hacer una llamada. Gordy llamó a Zola, y después el alguacil volvió a quitarle el teléfono y lo condujo de regreso a la celda.

Treinta minutos más tarde Mark, Todd y Zola cruzaron la puerta principal de la comisaría central. Les pasaron el detector de metales y los dirigieron a una sala grande donde era evidente que las familias y los amigos esperaban para recoger a sus seres queridos tras una mala noche. Había hileras de sillas junto a las tres paredes y revistas y periódicos esparcidos por allí. Tras una gran ventanilla situada en un extremo, vieron dos funcionarias uniformadas, ocupadas con unos papeles. Unos cuantos agentes de policía conversaban con gente desconcertada y nerviosa. La sala estaba ocupada por una docena de personas (padres, cónyuges, amigos), todas con las mismas miradas de preocupación e idéntica inquietud. Dos hombres con trajes baratos y maletines gastados parecían estar cómodos allí. Uno charlaba con un policía que parecía conocerlo bien. El otro estaba hablando en voz baja con una pareja de mediana edad. La mujer, una madre sin duda, estaba llorando.

Mark, Todd y Zola se sentaron en unas sillas en un rincón y observaron lo que pasaba a su alrededor. Al cabo de unos minutos Mark fue hasta la ventanilla y se dirigió a la funcionaria con una sonrisa amable. Le explicó que habían ido a recoger a su amigo Gordon Tanner, y la funcionaria miró sus papeles. Le señaló con la cabeza las sillas y dijo que el trámite iba a llevarle un rato. Mark volvió a la silla y se sentó entre Todd y Zola.

El abogado que charlaba con el policía los observó un

momento y no tardó en acercarse a ellos. Su traje de tres piezas estaba confeccionado con una tela brillante de color bronce. Sus zapatos eran negros y lustrosos, con una afilada puntera que se elevaba un poco en el extremo. La camisa que llevaba era celeste y la corbata de color verde pálido, con un grueso nudo, no pegaba con el resto de su vestimenta. En una muñeca lucía un enorme reloj de oro con diamantes y en la otra dos gruesas pulseras, también de oro. Tenía el pelo peinado hacia atrás con gomina y bien colocado detrás de las orejas. Los saludó sin dedicarles una sonrisa.

—¿Estáis aquí por una acusación de conducción bajo los efectos del alcohol?

—Sí —contestó Mark.

El recién llegado, sin perder un segundo, comenzó a repartir tarjetas, una a cada uno. «Darrell Cromley, abogado. Especialista en conducción bajo los efectos del alcohol», se leía en ellas.

—¿Y quién es el afortunado? —preguntó el tal Darrell.

—Un amigo nuestro. —Fue Todd quien contestó en esa ocasión.

—¿Es la primera vez? —preguntó Darrell alegremente.

—Sí, la primera —dijo Mark.

—Lo siento. Sin embargo, puedo ayudaros. Me paso la vida ocupándome de este tipo de casos. Conozco a los policías, a los jueces, a los funcionarios y a los alguaciles, y todos los entresijos del sistema. Soy el mejor.

Con mucho cuidado de no decir nada que pudiera mostrar el menor interés por contratar a ese tipo, Mark le formuló una pregunta.

—Vale. ¿Y a qué se enfrenta nuestro amigo?

Darrell acercó una silla plegable y se sentó delante de ellos tres.

—¿Cómo se llama? —se interesó de inmediato.

—Gordon Tanner.

—Bueno, Tanner ha dado 0,11 en aire, así que no hay mucho que pueda hacerse por esa parte. Primero tendréis que pagar doscientos dólares para sacarlo de aquí. Libertad con cargos. Harán las gestiones en una hora, aproximadamente, y después podrá irse. Os va a costar otros doscientos recuperar su coche. Está en el depósito municipal. Tardaréis una media hora en retirarlo. Vuestro amigo tendrá que comparecer en el juzgado, dentro de una semana más o menos. Ahí es donde entro yo. Mis honorarios son de mil dólares en efectivo.

—¿Y no perderá su carnet de conducir? —preguntó Todd.

—No, al menos hasta que lo condenen, para lo que falta alrededor de un mes. Después se quedará sin carnet durante un año y tendrá que pagar una multa de cinco mil dólares. Sin embargo, está en mi mano conseguir que se libre de una de las dos cosas. Merece la pena contratarme, de verdad. Además, tendría que pasar cinco noches en la cárcel, pero puedo hacer mi magia con eso también. Lo apuntaremos para que realice servicios comunitarios y así no llegará a entrar en la cárcel. Creedme, conozco los hilos de los que hay que tirar. ¿Estáis en la universidad o algo así?

—Sí, somos estudiantes de Derecho —respondió Mark. Aunque no tenía intención de darle el nombre de la facultad.

—¿Georgetown?

—No, Foggy Bottom —confesó en voz baja Todd.

Cromley sonrió.

—Esa es la facultad a la que fui yo —dijo—. Acabé hace doce años.

La puerta se abrió y entraron otro par de padres preocupados. Cromley los examinó como un perro hambriento. Cuando volvió a mirarlos a ellos tres, Todd echó cuentas.

—Necesitamos cuatrocientos dólares en efectivo ya.

—No, necesitáis mil cuatrocientos. Doscientos para que vuestro amigo salga del calabozo con cargos. Doscientos más para su coche. Y mil para mí.

—Vale —intervino Zola—, pero seguramente nuestro amigo llevará dinero encima. ¿Cómo vamos a saber cuánto tiene?

—Yo puedo enterarme. Contratadme y me pondré a trabajar ahora mismo. Vuestro amigo necesita protección, y ahí es donde intervengo yo. En esta ciudad, la maquinaria en casos como este, de conducción bajo los efectos del alcohol, acabará tragándoselo para después escupirlo.

—Mire, a nuestro amigo no le van bien las cosas —explicó Zola—. Él... tiene problemas, digamos, y no está tomando su medicación. Necesitamos llevarlo al médico.

A Darrell le encantó oír eso. Entornó los ojos y se lanzó directo a rematar.

—Claro, cuando lo saquemos puedo solicitar que se celebre un juicio rápido. Ya os he dicho que conozco a los jueces y lograré que aceleren los trámites. Aunque mis honorarios serán más altos, lógicamente. Pero mejor no retrasar más las cosas.

—Está bien, denos un poco de tiempo para pensarlo —pidió Mark.

Cromley se puso en pie de un salto.

—Ya tenéis mi teléfono —dijo.

Se alejó y encontró otro policía con el que hablar mientras inspeccionaba a la gente, buscando a su siguiente víctima.

—Nosotros podríamos ser como él dentro de un par de años —susurró Mark mientras lo miraba.

—Qué sinvergüenza —masculló Todd.

—Yo tengo ochenta dólares —cambió de tema Zola—. ¿Cuánto tenéis vosotros?

Mark frunció el ceño.

—Yo no llevo mucho encima. Tal vez treinta.

—A mí me pasa igual, pero tengo suficiente en el banco —dijo Todd—. Iré a buscar un cajero mientras vosotros os quedáis esperando.

—Estupendo.

Todd salió apresuradamente de esa sala en la que no dejaba de entrar gente. Mark y Zola observaron a Cromley y el otro abogado trabajándose a todas aquellas personas. Entre una víctima y otra, Cromley charlaba con algún policía o contestaba llamadas importantes en su teléfono. Salió varias veces de la sala, siempre hablando por teléfono, como si estuviera atendiendo asuntos legales trascendentales que sucedían en otra parte. Pero siempre volvía, y con un objetivo.

—Las cosas que no nos han enseñado en la facultad —comentó Mark.

—Seguramente no tendrá ni despacho —apuntó Zola.

—¿Estás de broma? Su despacho es este.

Dos horas después de llegar a la comisaría central, salieron los tres con Gordy. Como Zola no tenía coche y el Bronco de Mark no podía con el tráfico de la ciudad, se metieron como pudieron en el pequeño Kia de Todd y se dirigieron al depósito de la ciudad, en Anacostia, cerca del astillero. Gordy iba en el asiento de atrás, al lado de Zola, con los ojos cerrados y sin decir nada. Ninguno habló gran cosa, de todas formas, aunque había mucho que decir. Mark quería poner todas las cartas sobre la mesa, empezando con algo así como: «Vamos a ver, Gordy, ¿eres mínimamente consciente de lo que una condena por conducción bajo los efectos del alcohol podría hacer a tus ya escasas posibilidades de conseguir un trabajo?». O como: «Gordy, ¿te das cuenta de que, incluso aunque llegues a aprobar el examen de colegiación, te resultará casi imposible que te admitan en el colegio si tienes una condena por conducir borracho?».

Todd quería abordarlo con un: «Gordy, ¿adónde ibas a las cuatro de la madrugada con dos botellas de tequila vacías tiradas bajo el asiento de tu coche?».

A Zola, mucho más empática, habría preferido preguntarle: «¿Quién es tu médico y cuándo puedes ir a verlo?».

Tenían tantas cosas que decir que, al final, no dijeron nada. En el depósito de vehículos, Mark se entendió con el funcionario. Dijo que el señor Tanner estaba indispuesto y que no podía ocuparse de nada en ese momento.

«Seguramente seguirá borracho», pensó el funcionario, porque eso era lo habitual.

Mark pagó los doscientos dólares, la mitad de los cuales había salido de la cartera de Gordy, y firmó los formularios necesarios. Y después se fueron, Todd a llevar a Zola a trabajar y Mark con Gordy en su Mazda.

Mientras avanzaban lentamente entre el tráfico de la ciudad, Mark se dirigió a su amigo.

—Gordy, espabila y háblame —le dijo.

—¿Qué quieres? —murmuró él sin abrir los ojos. Despedía un fuerte hedor a alcohol y olor corporal.

—Quiero saber quién es tu médico y dónde tiene la consulta. Y vamos a ir allí ahora mismo.

—No, no iremos. Yo no voy a ningún médico.

—Pues si no vas, necesitas ir. Gordy, deja ya de mentir. Sabemos lo de tu trastorno bipolar y lo del médico, terapeuta o lo que sea que estás viendo. Es evidente que has dejado la medicación y que precisas ayuda.

—¿Quién os lo dijo?

—Zola.

—Cabrona...

—Vamos, Gordy, ya basta. Si no me dices ahora mismo quién es tu médico, llamaré a tus padres y a Brenda.

—Si lo haces, te mato.

—De acuerdo, paramos el coche y nos liamos a navajazos.

Gordy inspiró hondo y se estremeció de la cabeza a los pies. Abrió los ojos y miró por la ventanilla.

—Deja de gritarme, te lo ruego, Mark. He tenido una mala noche.

—Está bien, no te grito más, pero pienso llevarte a que te ayuden, Gordy.

—Llévame a casa, por favor.

—A Martinsburg. Me parece bien.

—Coño, no, allí no. Me reventarían la cabeza, aunque ahora mismo eso no me parece tan mala idea.

—Vale ya, Gordy. Vamos a tu apartamento para que te des una ducha larga. Y a continuación tal vez deberías echarte una siesta. Luego comeremos algo y te llevaré al médico.

—Lo de dormir me parece bien. Lo demás no.

Un momento después Mark se dio cuenta de que su amigo estaba limpiándose las lágrimas de las mejillas con el dorso de la mano.

6

En cuanto Gordy se tiró sobre la cama pidió a Mark que se fuera, pero este se negó y los dos discutieron un rato. Gordy se rindió, se tapó la cabeza con una manta y se durmió. Mark cerró la puerta del dormitorio, se sentó en el sofá y se puso a mirar el teléfono. Brenda lo había llamado dos veces esa mañana y ya estaba en pleno ataque de pánico. Sus mensajes de voz y los de texto, largos y confusos, eran cada vez más urgentes. No sabía nada de su prometido desde hacía dos días y estaba a punto de salir para Washington D. C. Por un lado, Mark casi agradeció que Brenda hubiera aparecido. Ella tenía que saber lo que estaba pasando. Podría tomar las riendas de la situación y quitar parte de la presión a Mark y a los demás. Probablemente pediría ayuda a los padres de él, que en ese momento eran más que necesarios.

Pero, por otro lado, todo eso quizá empeorara una situación que ya estaba bastante mal. Nadie podía predecir cómo reaccionaría Gordy si su novia aparecía de repente y empezaba a echarle la bronca. Seguro que se pondría como una fiera con Mark por habérselo contado. Y lo último que Gordy necesitaba era más dramas.

Mark salió al pasillo y llamó a Brenda. Le mintió diciéndole que Gordy había pillado una gripe muy mala, que estaba en la cama y todavía en fase muy contagiosa, y que ellos se ocupaban de que tomara muchos líquidos y medicinas para la enfermedad. Mark y Todd lo cuidaban, y todo estaba bajo control. Si no mejoraba para el día siguiente, Mark le prometió que lo llevaría al médico. ¿No sabría por casualidad el nombre de su médico? No, no lo sabía. Ya la llamaría para ponerla al día cuando hubiera algún cambio. Brenda seguía preocupada cuando colgó, pero antes de hacerlo dijo que esperaría un día o dos para ir a la ciudad.

Mark se paseó por el pasillo sintiéndose fatal por haber mentido y sin saber qué hacer después. Estuvo a punto de volver a llamar a Brenda para confesarle la verdad. Si lo hacía, ella estaría allí en dos horas y Gordy pasaría a ser problema suyo. Su novia lo conocía mejor que nadie. Llevaban juntos desde que tenían trece años. Mark solo conocía a Gordy desde hacía dos años y medio. ¿Quién era él, que acababa de aparecer en su vida, para involucrarse en sus problemas? Gordy necesitaba atención médica y tal vez su prometida era la única persona que podía hacer que lo aceptara.

Pero si Brenda entraba en escena en ese momento cabía esperar que las cosas se descontrolaran. Se enteraría de lo de los cargos por conducción bajo los efectos del alcohol. Conocía a Mark y a Todd, y no le gustaría que se lo hubieran ocultado todo. Tal vez llegara a enterarse de lo de Zola, algo demasiado terrible para pensarlo siquiera. En medio del caos, quizá se diera cuenta de que Gordy estaba mintiendo sobre ese buen trabajo que supuestamente lo aguardaba en cuanto terminara la carrera. La situación se volvería impredecible y todos sufrirían, Gordy en especial. Y lo más importante era que Gordy no quería por nada del mundo que Brenda estuviera con él. Deseaba cancelar la boda, aunque hasta entonces no había tenido las agallas suficientes para romper con ella.

Cuanto más paseaba Mark arriba y abajo, cavilando, más confundido estaba. Al final decidió que la única estrategia segura era seguir con el cuento, al menos por el momento, mantener la mentira y ver qué tal avanzaba la tarde.

A mediodía Gordy continuaba en un estado semicomatoso. Mark limpió la cocina sin hacer ruido y bajó tres bolsas de basura al contenedor. Fregó los platos, los secó y los guardó. Limpió el suelo y ordenó el desastre que rodeaba el espacio de trabajo de Gordy en la mesa del comedor. Intentó recolocar los muebles, pero era imposible conseguirlo en silencio, y se pasó mucho rato mirando la pared tratando de comprender las conexiones que unían las empresas, los bufetes y los peones del imperio de Hinds Rackley. Era una conspiración impresionante, y Gordy se había pasado muchas horas armando aquel rompecabezas. ¿Era precisa su investigación? Trastornado como estaba, ¿era capaz de pensar con claridad?

Mark cogió su teléfono para buscar en internet y se puso a leer todo lo que encontró sobre el trastorno bipolar y la depresión. Había mucho material. A eso de las tres oyó ruido en el dormitorio y fue a echar un vistazo. Se oía correr el agua en el cuarto de baño; Gordy por fin se había metido en la ducha. Media hora después entró en el salón aseado y recién afeitado, con su pelo rubio y abundante tan envidiable como siempre. Llevaba vaqueros y un jersey. Miró a Mark.

—Tengo hambre —dijo.

—Genial —contestó Mark con una sonrisa.

Caminaron unas manzanas hasta su restaurante favorito, donde pidieron sándwiches y café. La conversación no fluía, era casi inexistente. Gordy no quería hablar y Mark no quería presionarlo. Gordy se puso a quitar cosas a su sándwich de beicon, tomate y lechuga, y al final hasta dejó el pan y se limitó a comerse el beicon con los dedos. Bebieron varios cafés prácticamente en cuanto la camarera se los sirvió, y la cafeína pareció reanimar un poco a Gordy.

—Ya me encuentro mejor, Mark, gracias —dijo con la boca llena de patatas fritas.

—Muy bien. Pues acabemos de comer y vayamos a ver a tu médico.

—No, no es necesario, Mark, ya estoy bien.

—Vamos al médico, Gordy, o terapeuta o lo que quiera que sea. Tú crees que estás bien, pero es una sensación pasajera.

—El terapeuta no me sirve para nada, no puedo soportarlo.

La camarera les sirvió más café. Gordy se terminó las patatas y apartó el plato. Después dio un sorbo, evitando mirar a Mark.

—¿Quieres hablar sobre los cargos por conducción bajo los efectos del alcohol? —preguntó Mark.

—La verdad es que no. Demos un paseo. Necesito aire fresco.

—Muy buena idea.

Mark pagó con la tarjeta de crédito y salieron del restaurante. Fueron hasta Dupont Circle y después hacia el oeste por la calle M. La temperatura había subido y el cielo estaba despejado; no era mal día para dar un largo paseo. Cruzaron Rock Creek, entraron en Georgetown y siguieron a las multitudes por Wisconsin Avenue, donde se detuvieron de vez en cuando para mirar escaparates. En una librería de segunda mano estuvieron rebuscando en la sección de deportes. Gordy, que había jugado al fútbol y al lacrosse en la Washington and Lee University, adoraba los deportes.

Fuera lo que fuese lo que estaba pensando, no comentó nada. Parecía relajado y sonreía de vez en cuando, pero no era el Gordy de siempre. Ni rastro de su habitual arrogancia ni de sus bromas de sabiondo. Estaba preocupado, y con razón, y Mark echaba de menos sus ocurrencias y esas observaciones cínicas tan suyas. Al final de la tarde se levantó viento y entraron en una cafetería para tomar un *caffè latte*. Sentados a una mesita, Mark intentó entablar conversación, pero Gordy estaba en otro mundo. En un momento dado fue al baño, y Mark aprovechó para enviar un mensaje a Todd y a Zola en el que les contaba las novedades. También envió otro a Brenda; le explicaba que Gordy estaba un poco mejor, pero que les había pegado la gripe a Mark y a Todd y que estaban los tres enfermos en el apartamento de Gordy, cuidándose los unos a los otros. Añadió que la gripe era muy contagiosa y que había una epidemia en Washington D. C., así que le aconsejó que se quedara en casa.

Al salir de la cafetería Gordy dijo que le apetecía pasear por la orilla del río Potomac. Cruzaron la calle M por la esquina con Wisconsin Avenue y caminaron hasta el Georgetown Waterfront, un complejo moderno de tiendas, restaurantes y cafeterías pijas que, cuando hacía buen tiempo, estaba lleno de estudiantes y turistas sentados en las terrazas tomando el sol. Pero en invierno no había mucha gente por allí. Plantado en el paseo que seguía el curso del gélido Potomac, Gordy pareció disfrutar de las vistas. A su derecha estaba el Key Bridge, que unía Georgetown con Rosslyn. A su izquierda, Theodore Roosevelt Island y otro puente. Un poco más allá se encontraba el Kennedy Center y, a lo lejos, el Lincoln Memorial y otros monumentos. Cerca del agua el aire se notaba bastante más frío. Había grandes fragmentos de hielo flotando por su superficie.

Cuando Gordy se volvió, estaba sonriendo. Tenía una mirada extraña, como de paz y satisfacción.

—Estoy congelándome —dijo Mark.

—Vámonos.

Todd y Zola llegaron después de anochecer, y encontraron a Mark leyendo un libro. Gordy estaba dormido otra vez. Se pusieron al día en voz baja y planificaron lo que harían esa noche. Hablaron de llamar a Brenda para contarle la verdad, pero nadie se atrevía. Mucho menos Zola. Aparte de comentar que tenían que averiguar quién era el médico de Gordy, no concretaron qué harían al día siguiente. Sin armar jaleo movieron los muebles y ordenaron el salón. Mark quería quitar todo lo de la pared. Estaba harto de la cara de Hinds Rackley y su banda. Ya era bastante malo verse envuelto en esa gran conspiración, pero era aún peor tener a toda esa gente en la habitación. Todd y Zola, sin embargo, se opusieron. Gordy había trabajado mucho en su obra maestra. Destruirla podía desquiciarlo de nuevo.

Cuando la pizza llegó Zola entró en el dormitorio e intentó despertar a Gordy. Pero volvió sola y les explicó que apenas había respondido, y lo poco que había dicho había sido desagradable. Se comieron la pizza, bebieron solo agua y durante un rato se dedicaron simplemente a matar el tiempo. Mark tenía las llaves de Gordy en el bolsillo y ahí iban a quedarse. Decidieron hacer turnos esa noche, como la anterior; Zola se quedaría en el sofá a hacer el primero. Todd cruzó el pasillo hasta el apartamento de su amiga, y Mark caminó las cuatro manzanas que había hasta su casa y se dio una ducha por primera vez ese día.

Después de que se fueran, con el salón a oscuras y en silencio, Zola se puso a enviar mensajes. Para empeorar aún más un día terrible, su padre la había llamado y le había explicado que el juez del tribunal de inmigración había desestimado su último recurso y que se había cursado una orden para deportarlos a él, a su madre y a su hermano soltero, Bo. Tras residir durante veintiséis años en Estados Unidos, los devolverían a Senegal, junto con otro cargamento de refugiados. Veintiséis años de duro trabajo en empleos precarios por sueldos de miseria. Veintiséis años de arañar de aquí y de allá para ahorrar todo lo posible y de cumplir todas las leyes, incluso los límites de velocidad. Veintiséis años de considerarse estadounidenses y de estar agradecidos de vivir en ese país. Y de repente los obligaban a volver a una tierra que no conocían y en la que no querían estar.

Zola era una mujer fuerte que se enorgullecía de su capacidad de resistencia, pero agobiada por más preocupaciones de las que la mayoría de las personas podría soportar, cometió el error de cerrar los ojos.

A la 1.42 de la madrugada, su teléfono empezó a sonar y a vibrar. Se lo había puesto en el bolsillo de los vaqueros y al final consiguió despertarla. Tenía una llamada perdida. Era de Gordy. Necesitó un par de segundos para darse cuenta de lo que estaba pasado y entonces se levantó de un salto y fue al dormitorio. Miró en el baño, aunque sabía que no lo encontraría allí, y fue corriendo a despertar a Todd. Por segunda noche consecutiva, bajaron al pasillo de la primera planta a toda prisa y después fueron al aparcamiento que había detrás del edificio. El Mazda de Gordy no estaba. Todd llamó a Mark y le dijo que pasaban a por él. Ya en el coche de Todd, el aviso de un mensaje entrante en el teléfono de Zola captó la atención de ambos.

—Es él. Dice: «Zola, no puedo seguir con esto. No hay salida. Lo siento mucho».

—¡Mierda! ¡Llámalo!

—No me lo cogerá —dijo mientras marcaba el número, pero la llamada fue directa al buzón de voz: «Hola, soy Gordy. Deja un mensaje»—. Ha saltado el contestador —explicó Zola—. Le mando un mensaje: «Gordy, ¿dónde estás? Vamos a buscarte». —Se quedó mirando el teléfono esperando una respuesta, pero como no la recibió volvió a enviar el mismo mensaje—. Nada —dijo al final.

—¿Y no te has enterado de cuándo se ha ido?

—Claro que no, Todd. Intenté mantenerme despierta, pero... Supongo que tendría otra llave.

—Evidentemente. Va a cometer una locura.

—No digas eso.

Mark salió corriendo de su edificio, pegado al teléfono, intentando contactar con Gordy. Pero no lo consiguió. Se sentó en el asiento de atrás del coche.

—¿Y ahora qué?

—¿Todavía tienes sus llaves? —preguntó Todd.

—En el bolsillo. Pero ¿quién conserva todavía la segunda llave de un coche que tiene diez años?

—Gordy, supongo. Va a hacer alguna estupidez, lo sabes, ¿verdad?

—Es muy útil que digas eso ahora mismo —apuntó Zola—. Lo siento, chicos, no he podido evitar quedarme dormida.

«Dos noches seguidas», pensaron Mark y Todd, pero no dijeron nada. Machacar a Zola no serviría de nada, y su amiga ya se sentía bastante mal. En cualquier caso, si Gordy estaba decidido a cometer una locura, no podrían impedírselo.

—¿Alguna idea? —preguntó Todd, todavía con las manos aferradas al volante.

No hubo respuesta. Los tres se quedaron sentados en medio de un silencio incómodo mientras el motor zumbaba y la calefacción emitía aire caliente. Zola fue quien rompió el silencio.

—Le gusta correr por Rock Creek.

—Dudo que haya salido a correr esta noche —dijo Todd—. Estamos a seis grados bajo cero.

—Vamos a mirar en Coney's —propuso Mark—. Siempre ha sido nuestro lugar favorito para calmarnos y pensar.

—Buena idea —contestó Todd, y arrancó—. Seguid llamándolo y mandándole mensajes.

Coney's era un restaurante de gofres que estaba en la calle Diecinueve. Estaba abierto durante toda la noche, así que muchos de sus asiduos eran personas sin techo y estudiantes. Todd aparcó en la esquina y Mark entró. Volvió segundos después.

—No hay rastro de él —dijo—. Pero tengo una idea. Vayamos al Georgetown Waterfront. Hemos estado allí esta tarde y tuve la impresión de que ese sitio le gustaba.

—¿Qué quieres decir con eso de que te pareció que «ese sitio le gustaba»? —preguntó Todd.

—No sé. Tú conduce.

Cuando giraron hacia la calle M, sonó el teléfono de Mark.

—¡Mierda! Es Brenda, ¿lo cojo?

—Sí —respondió Todd—. Ahora mismo tienes que cogerlo.

Mark puso el manos libres.

—Hola, Brenda.

Estaba como loca.

—Mark, ¿qué está pasando? Acabo de recibir un mensaje de Gordy. Dice que lo siente, que no hay salida y que no puede seguir adelante. ¿Qué demonios está pasando, Mark? ¡Cuéntamelo!

—Está por ahí con el coche, Brenda. Todd y yo estamos intentando encontrarlo. Ha dejado la medicación y está haciendo cosas raras.

—Creía que estaba en la cama con gripe. Y vosotros también.

—Estaba enfermo y en la cama, ¿vale? Lo acompañábamos, pero ha conseguido escaparse. ¿Lo has llamado?

—¡Claro! ¿Por qué no me habéis dicho que había dejado la medicación? —preguntó casi gritando.

—Yo no sabía que estaba tomando medicación hasta ayer, Brenda. No nos lo contó. Y tú tampoco.

—No es algo que se vaya contando por ahí. ¡Mark, encontradlo, por favor!

—Eso procuramos.

—Voy para allá lo más rápido que pueda.

—No, no vengas todavía. Quédate en casa y te llamaré después.

Al llegar a Waterfront aparcaron junto a la acera y salieron del coche. Iban corriendo hacia el río cuando un guardia de seguridad los detuvo.

—Señor, estamos buscando a un amigo —explicó Mark—. Conducía un Mazda azul y necesita ayuda. ¿Lo ha visto?

—No hay nadie por aquí a esta hora de la noche —aseguró el guardia.

—Vale, pero ¿podemos echar un vistazo?

—Claro.

Caminaron por el paseo y se detuvieron junto a la orilla del Potomac, en el mismo lugar en que Gordy y Mark habían estado hacía solo algunas horas. A su derecha unos cuantos coches cruzaban el río por Key Bridge. A su izquierda, detrás de Roosevelt Island, había algún tipo de emergencia en Arlington Memorial Bridge. Se veían luces rojas y azules parpadeando.

7

Para cuando llegaron, los tres carriles del puente en dirección oeste estaban bloqueados y los vehículos reculaban. Todd aparcó en un montículo de hierba cerca de una rampa y todos corrieron hacia el lugar. Había media docena de coches de policía aparcados sin orden por el puente, con las puertas abiertas y las luces azules parpadeando. Se oían mensajes por las radios en medio del ir y venir de agentes. Dos de ellos estaban de pie en la acera, junto a la barandilla, mirando hacia las oscuras aguas del río. Una ambulancia con la sirena aullando trataba de sortear el atasco y avanzaba lentamente hasta allí.

Mark, Todd y Zola habían recorrido unos treinta metros por el puente cuando uno de los policías les cerró el paso.

—¡Atrás! —gritó—. ¿Dónde creéis que vais?

Se pararon e intentaron asimilar el caos que tenían delante. Por encima del hombro del agente y más allá de los coches vieron el Mazda azul de Gordy, abandonado en el carril central con las luces encendidas. La puerta del lado del conductor estaba abierta.

—¿Qué ha ocurrido? —preguntó Mark al policía.

—No es asunto vuestro. Fuera de aquí.

—Señor, conocemos al conductor —intervino Todd—. Es amigo nuestro. ¿Qué le ha pasado?

El policía inspiró hondo y se relajó.

—Ha saltado, ¿vale? —dijo—. Detuvo el coche y se tiró al vacío.

Zola chilló y se cubrió la cara con las manos. Todd la agarró para evitar que se desplomara. A Mark le fallaron las rodillas y estuvo a punto de vomitar.

—No, no puede ser... —logró decir a duras penas.

El policía sujetó a Mark por los hombros y señaló con la cabeza a su izquierda, donde otros dos agentes estaban consolando a una mujer de mediana edad.

—Esa mujer iba detrás de él cuando se paró —explicó—. Lo vio correr hasta el borde y saltar. Lo siento.

—No puede ser —repitió Mark.

Todd llevó a Zola hasta la amplia acera que había a unos metros de donde se encontraban. La joven apoyó la espalda en la barandilla de hormigón del puente, se dejó caer hasta quedar sentada en el suelo y prorrumpió en un llanto inconsolable.

—Lo siento —dijo una vez más el agente—. Estábamos comprobando su matrícula. Es de Virginia Occidental, ¿no?

—Sí. Se llama Gordon Tanner. Somos estudiantes.

—Ven conmigo.

Mark lo siguió al otro lado de la barrera de automóviles y policías congregados y se detuvieron detrás del coche de Gordy. Mark se quedó mirándolo horrorizado y sacudió la cabeza.

—Allí —dijo el agente, y acompañó a Mark hasta el borde del puente.

Dos policías con focos portátiles estaban iluminando las aguas oscuras del Potomac. Una lancha con más luces azules se acercaba a toda velocidad hacia donde se encontraban.

—Desde aquí saltó —continuó el agente—. Hay hielo ahí abajo. Nadie sería capaz de aguantar en esas aguas más de dos minutos.

Mark miró hacia el Potomac y vio que la lancha pasaba debajo del puente. Se tapó los ojos y empezó a sollozar.

Un inspector con una gabardina se acercó a ellos.

—¿Y este quién es? —preguntó al agente.

—Conocía al joven, era amigo suyo —explicó el policía.

Mark miró al inspector e intentó recuperar la compostura.

—Lo siento, muchacho —dijo el detective—. ¿Qué puedes contarnos?

Mark se secó los ojos.

—Es amigo nuestro —logró decir con la mandíbula tensa y la voz temblorosa—. Ha tenido problemas últimamente. Anoche lo arrestaron por conducir ebrio y durante todo el día hemos estado con él, vigilándolo. Nos temíamos que hiciera una estupidez.

—¿Tiene problemas mentales?

—No, solo ha dejado su medicación. —Se le quebró la voz y tuvo que secarse los ojos otra vez—. No me lo puedo creer.

—Lo siento mucho. Soy el inspector Swayze, del departamento de Policía de Washington D. C. Toma mi tarjeta con mi número de móvil.

Mark la cogió.

—Gracias —logró decir.

—Ahora mismo estamos buscándolo. Nos llevará un tiempo, pero lo encontraremos. ¿Conoces a su familia?

—Sí.

—¿De dónde es?

—De Martinsburg, en Virginia Occidental.

—¿Te importaría llamarlos? Seguro que querrán venir.

Esa llamada era la última que Mark habría querido hacer, pero asintió.

—Claro. ¿Podemos ayudar con la búsqueda o en lo que sea?

—No, lo siento, no podéis hacer nada más que esperar.

Envíame tu número de teléfono en un mensaje y te llamaré cuando lo encontremos.

—¿Cuánto tiempo les llevará?

El inspector se encogió de hombros.

—Con estas cosas nunca se sabe. Lo mejor será que esperéis en algún lugar donde no haga frío. Te llamaré más tarde para contarte las novedades. Di a la familia de tu amigo que me telefonee también. Hemos mirado en el coche, pero no ha dejado ninguna nota. ¿Sabes dónde vive?

—Sí.

—Vale. ¿Por qué no miras en su casa a ver si allí ha dejado una nota? Muchas veces lo hacen. Si encuentras algo, llámame de inmediato.

—Lo haré.

Swayze puso una mano en el hombro a Mark.

—Lo siento, muchacho —repitió.

—Gracias.

Mark empezó a caminar por la acera. Otra ambulancia se acercaba desde el oeste y también los coches empezaban a dar marcha atrás en esa dirección. Parecía que hubiera un millón de luces parpadeando. Dos barcos grandes con focos se habían unido a la lancha y navegaban en círculo debajo de los arcos del puente.

Mark y Todd ayudaron a Zola a levantarse del suelo. Estaban helados y entumecidos, pero se encontraban tan afectados que no sentían nada. Llevaron a la chica casi en volandas al coche, que ya había quedado bloqueado por otros. Todd arrancó el motor y puso en marcha la calefacción, y los tres permanecieron allí sentados, horrorizados y estupefactos, contemplando esa pesadilla. Zola lloraba en el asiento del acompañante. Todd se derrumbó contra su ventanilla, pálido como un fantasma. Mark sollozaba sin parar e intentaba recuperar el aliento. Los minutos pasaron y su teléfono no dejaba de vibrar. Al final se lo sacó del bolsillo.

—Brenda me ha llamado cuatro veces. Alguien tiene que decírselo.

—Ese alguien eres tú, Mark —afirmó Todd—. No tienes otra opción.

—¿Y por qué no puedes llamarla tú?

—Porque tú la conoces mejor. Y además te está llamando a ti, no a mí.

Mark sostuvo el teléfono en la mano y esperó. Una grúa con unas luces amarillas se abría paso entre la aglomeración de vehículos y sorteaba los coches de policía. Alguien con autoridad decidió que las ambulancias no eran necesarias, así que se fueron, y con ellas unos cuantos coches patrulla.

—¿La llamarás? —preguntó Todd.

—Estoy intentando reunir el valor —contestó Mark.

—Es culpa mía —dijo Zola sin dejar de sollozar.

—No es culpa de nadie y lo sabes —la contradijo Todd, si bien no parecía muy convencido.

—Yo he provocado esto —dijo ella—. He sido yo.

Las luces amarillas giraron y todos vieron que la grúa se dirigía en su dirección por un carril que iba al este. Pasó a su lado remolcando el coche de Gordy, que rodaba sobre los neumáticos de atrás. Llegaron más barcos y la flotilla se abrió en abanico al sur del puente, buscando. La policía liberó dos carriles en dirección oeste y los vehículos empezaron a moverse lentamente.

—¿Y qué le digo? —preguntó Mark—. No puedo soltarle que está muerto, porque no lo sabemos con seguridad, ¿no?

—Está muerto, Mark —aseguró Todd—. Dile que ha saltado de un puente al río Potomac y que están tratando de localizar su cadáver.

—No puedo hacerlo.

—No tienes otra opción —volvió a decir Todd.

Mark inspiró hondo, pero no llamó a Brenda.

—Yo estaba con él cuando tomó la decisión —dijo—. Estábamos en Waterfront y Gordy se quedó mirando este puente. Cuando se volvió hacia mí estaba tranquilo y sonreía. Ya había tomado la decisión y ese plan le hacía sentirse en paz. Pero fui demasiado idiota para darme cuenta.

—Basta ya de echarse las culpas, ¡joder! —exclamó Todd.

—Pues seguro que Brenda sí se pondrá a buscar culpables, y su principal candidato voy a ser yo. Le he mentido esta tarde. Debería haberle contado la verdad y haber dejado que ella se ocupara de Gordy.

—Hemos hecho cuanto hemos podido. No es culpa nuestra que no haya soportado la presión.

—¡Es todo culpa mía! —chilló Zola—. Todo esto.

—¡Ya está bien, Zola! —le gritó Todd.

Un agente con una linterna les hizo una señal para que se movieran, y Todd sacó el coche del césped y se incorporó en un carril en dirección oeste. Avanzaron despacio por el puente. Tres coches patrulla estaban aparcados, parachoques contra parachoques, en el carril exterior. Había un grupo de policías en la acera, cerca del lugar exacto desde donde Gordy había saltado.

—¿Adónde vamos? —preguntó Mark.

—No lo sé.

Cruzaron el río, giraron hacia el sur por GW Parkway y acabaron en Columbia Island. Todd estacionó el coche en el aparcamiento del LBJ Memorial Grove. Delante de ellos había un puerto deportivo con cientos de barcos meciéndose con suavidad en sus atracaderos. Se quedaron mirando hacia la oscuridad mientras la calefacción del coche escupía calor trabajosamente. El teléfono de Mark empezó a vibrar de nuevo en su bolsillo.

—¿No ibas a llamarla?

Mark miró el teléfono.

—Ya no tengo que hacerlo —dijo—. Está llamándome ella.

Abrió la puerta de atrás, salió y, mientras caminaba hacia el muelle, se acercó el teléfono a la oreja.

—Brenda, ha ocurrido una desgracia.

8

Llevaron a Zola a su apartamento y la ayudaron a echarse en el sofá. Mark la tapó con una manta y se sentó en un extremo, con los pies de ella sobre su regazo. Todd preparó una cafetera y, mientras hervía, se sentó en el suelo con la espalda apoyada en el sofá. Zola le puso una mano en el hombro. No dijeron nada durante un buen rato; lo único que se oía era el silbido de la cafetera.

El teléfono de Mark vibró de nuevo.

—Es el padre de Brenda otra vez —anunció después de sacárselo del bolsillo. Tocó la pantalla y activó el altavoz—. Dígame, doctor Karvey.

—Mark, estamos de camino, llegaremos dentro de una hora. Nos alojaremos en el Marriott de Pentagon City. ¿Puedes pasarte sobre las siete? —Su voz sonaba tranquila.

—Por supuesto, doctor Karvey. Allí estaré.

—Gracias. Ya he contactado con el inspector Swayze y él ya tiene mi número.

—Bien. Le veo a las siete.

Mark colgó.

—Eso es justo lo que más me apetece. Vérmelas con una mujer histérica.

—Voy contigo —se ofreció Todd—, pero ya sabes que va a cargar contra nosotros.

—Seguro. Ya me ha gritado dos veces. Todo es culpa nuestra porque le mentí, porque dejamos que se largara, porque no llamamos a su familia, porque no lo llevamos al médico... Por todo.

—La culpa es mía —murmuró Zola sin abrir los ojos.

—Eso no es verdad. Además, nadie ha mencionado tu nombre siquiera —repuso Mark—. Y mejor que así sea.

—Pues si se pone a gritar, yo me abro —avisó Todd—. Ya me siento bastante mal sin todo ese drama de Brenda y las familias.

—Cuando salíamos del depósito de vehículos ayer, Gordy me amenazó con matarme si la llamaba —contó Mark—. Bueno, no lo dijo en serio, creo, pero esas fueron sus palabras. No quería que Brenda lo supiera. Y se negó a escucharme cuando le planteé que debía ir al médico. ¿Qué se suponía que íbamos a hacer?

—Ya hemos hablado de todo esto, Mark —concluyó Todd.

Se levantó y sirvió tres tazas de café. Eran casi las cuatro de la madrugada y estaban todos agotados, tanto física como emocionalmente. Zola se sentó en el sofá, cogió la taza e intentó sonreír. Tenía los ojos enrojecidos e hinchados; parecía a punto de derrumbarse de nuevo.

—Creo que no estoy en condiciones de ir con vosotros, chicos —dijo.

—No, te quedarás aquí a descansar —respondió Mark.

—Buena idea —añadió Todd—. No deberías estar cerca de Brenda.

—Me la presentó una vez. Para ella solo éramos buenos amigos. Gordy me dijo que no tenía ni idea de lo nuestro.

—Seguro que no. Aun así, podría ponerse celosa —dijo Mark—. No le gustaba que Gordy estuviera aquí, en la gran ciudad, sin ella.

Otra larga pausa durante la que fueron bebiéndose el café. Mark rompió el silencio.

—Ah, por cierto: tenemos que buscar una nota de suicidio en su casa. El inspector me lo pidió.

—Eso suena entretenido —comentó Todd.

Cruzaron el pasillo, entraron en el apartamento de Gordy y encendieron las luces. Todo estaba como lo habían dejado cuando salieron de allí asustados. Si había una nota, tendría que estar en el dormitorio, pero no encontraron nada.

—Este lugar da asco —dijo Mark mirando a su alrededor.

Las sábanas estaban arrugadas a un lado de la cama, dejando al descubierto la mitad del colchón. Había ropa amontonada por el suelo. Y dos botellas de alcohol vacías sobre la cómoda.

—Ya limpiaré cuando os vayáis —se ofreció Zola—. Seguro que su familia querrá ver el apartamento.

Entraron en el salón y observaron la pared de la conspiración de Gordy.

—¿Alguna idea? —preguntó Todd.

—Quitemos todo esto y guardémoslo —dijo Mark—. A su familia no le servirá para nada.

Zola llenó el cesto de la colada con las sábanas, las toallas y la ropa sucia. La llevó al cuarto de las lavadoras que había en el sótano mientras Mark y Todd quitaban con cuidado las cartulinas y los folios de la pared. Las caras de Rackley y sus compinches quedaron apiladas en un montón que después iban a llevarse. Mark encontró al lado del ordenador de Gordy dos lápices de memoria e instintivamente se los metió en el bolsillo sin decir nada.

A las seis, Todd y él salieron del edificio para ir a Pentagon City. Como no había tráfico, llegaron al Marriott en veinte minutos y entraron en la cafetería para tomar café con galletas. Mientras comían, intentaron armarse de valor para la reunión.

—Casi seguro que Brenda nos dirá unas cuantas cosas horribles —se quejó Todd.

—Ya las ha dicho.

—Pero no dejaremos que se pase de la raya, Mark.

—Debemos tener paciencia, Todd, y ser comprensivos. La pobre chica ha perdido a su prometido, al que adoraba.

—Bueno, pues él no la adoraba a ella. Ya no.

—Pero ella no tiene ni idea... ¿O sí?

—¡Quién sabe! Según Zola, Brenda y él tuvieron varias broncas antes de Navidad. ¿Quién sabe lo que le dijo? Tal vez llegó a cancelar la boda.

—Gordy nos lo habría explicado. Éramos sus mejores amigos, Todd, al menos aquí en Washington D. C. ¿Qué te apuestas a que la boda seguía en pie y que Brenda estaba soñando con su gran día? Y ahora su amor de infancia ha muerto.

—¿Deberíamos haber procedido de otra forma, Mark? —planteó Todd.

—No lo sé. Pero no estoy seguro de que llamar a Brenda hubiera sido lo más adecuado. Gordy se habría cabreado con nosotros y la situación habría empeorado.

—Ya había empeorado.

—Es verdad. Vámonos, es la hora.

Cogieron el ascensor hasta el tercer piso y llamaron a la puerta. El doctor Karvey estaba esperándolos y no tardó en abrir. Se presentó con una voz suave. Les estrechó la mano con fuerza y les ofreció una sonrisa tensa, lo que, dadas las circunstancias, les extrañó. Les hizo un gesto para que entraran en el saloncito de la suite. Les ofreció café y ellos lo rechazaron. No había señales de Brenda ni de ninguna otra persona.

Gordy les había hablado de su futuro suegro varias veces y sabían que la familia Karvey era rica, tanto en propiedades como en dinero. El doctor Karvey era un cardiólogo muy respetado en Martinsburg. Tenía alrededor de cincuenta años, muchas canas y el mentón firme. Llevaba chaqueta sin corbata y su ropa era claramente cara. Gordy, que normalmente hacía afirmaciones mordaces sobre todo el mundo, nunca había dicho nada malo sobre ese hombre.

Se sentaron alrededor de una mesita y hablaron en voz baja. Brenda estaba en el dormitorio, con su madre. El doctor Karvey le había dado un sedante y estaba descansando. La policía acababa de irse tras informar a la familia. Los padres de Gordy estaban de camino y llegarían a la ciudad una hora después.

—Contadme lo que sabéis, por favor —pidió el doctor Karvey.

Mark hizo un gesto con la cabeza a Todd, quien tragó saliva con dificultad y empezó a relatar cuanto había ocurrido esos últimos días. Le contó que una amiga que también estudiaba Derecho y que vivía en el edificio de Gordy había ido al bar en el que Todd trabajaba pedirle ayuda porque le preocupaba el comportamiento de Gordy. Fueron a su apartamento y lo encontraron allí; al parecer, llevaba encerrado un par de días. Estaba hecho un desastre, bebiendo, trastornado, y todos se dieron cuenta de que los necesitaba. Tenían miedo de dejarlo solo y se quedaron con él, pero logró escaparse. Cuando Todd explicó lo del arresto por conducir borracho que había sucedido veinticuatro horas antes, el doctor Karvey hizo una mueca y sacudió la cabeza, su primera reacción visible. Mark continuó con el relato a partir de ahí y describió los esfuerzos que había hecho durante todo el día anterior para mantener a Gordy bajo control. Él se negó a hablar de su enfermedad y no quiso facilitar a Mark el nombre de su médico. Lo amenazó para que no llamara a sus padres ni a Brenda. Durmió mucho, dejó de beber y pareció mejorar. Se quedaron con él la noche anterior también, pero logró largarse del apartamento una vez más sin que se dieran cuenta.

Cuando descubrieron que se había ido, se alarmaron y se pusieron a buscarlo de inmediato. No contestaba al teléfono. Salieron a recorrer la ciudad hasta que vieron las luces de los vehículos de emergencias en el puente.

Cuando Mark terminó, miró a Todd, quien asintió. La historia estaba casi completa y eso era suficiente por el momento.

—Gracias —dijo el doctor Karvey—. Cuando Gordy volvió a casa durante las vacaciones, Brenda y él tuvieron unas cuantas conversaciones muy serias sobre su futuro, como les pasa a muchas parejas. Definitivamente fue un momento difícil, aunque Brenda creía que habían arreglado las cosas. Pero él se fue sin despedirse y volvió aquí.

—Nos contó algo de eso —reconoció Mark.

—¿Brenda sabía que no estaba tomando la medicación? —preguntó Todd.

—Ignorábamos que Gordy era bipolar hasta hace unos meses. Ese fue uno de los motivos de las discusiones. Él intentó mantenerlo en secreto, algo que no es raro en estos casos.

Mark y Todd negaron con la cabeza, sin poder creérselo.

—Sé que Brenda os dijo cosas muy duras hace unas horas, y me disculpo por ello —continuó el doctor Karvey—. Está destrozada y desolada. Estamos tan impactados como vosotros. Conocíamos a Gordy desde que era pequeño y para nosotros era prácticamente un miembro más de la familia.

—No se preocupe —contestó Mark.

—Lo sentimos mucho, doctor Karvey. No sabíamos qué hacer. No teníamos ni idea de que fuera capaz de hacer algo así.

—Dadas las circunstancias, procedisteis como mejor podíais —aseguró el doctor Karvey con sus serena voz de médico.

Mark y Todd se relajaron por primera vez desde que entraron en la suite, hasta que el doctor Karvey, en voz aún más baja, les formuló una pregunta.

—¿Había otra chica?

Ambos se estremecieron y se miraron las manos. Mark reaccionó con rapidez.

—Si la respuesta fuera que sí —le planteó—, ¿se lo contaría a Brenda?

—No. Eso solo lo empeoraría todo.

—Entonces ¿por qué quiere saberlo? —inquirió Todd.

El doctor Karvey se quedó pensando un momento.

—Dejémoslo estar —dijo al fin.

—Buena idea.

Ansiosos por largarse de allí antes de que alguien saliera del dormitorio, Mark y Todd dieron por terminada la conversación y se despidieron. Abandonaron a toda prisa la suite y el hotel, y condujeron sin rumbo por los alrededores del aeropuerto Reagan. Estaban preocupados por Zola, pero no querían volver al apartamento de Gordy, al menos hasta dentro de un rato. Cruzaron Alexandria, se dirigieron al sur y luego giraron hacia el este, cruzaron el río por Woodrow Wilson Bridge y aparcaron en el National Harbor Marina. El Potomac se extendía ante ellos, una lengua de agua que parecía tener más de un kilómetro de anchura, que seguía fluyendo hacia el sur como si no pasara nada. No había señales de que continuaran con la búsqueda de Gordy. Habían visto dos barcos de los guardacostas y otras embarcaciones de la policía cerca del aeropuerto, pero no había ninguno tan lejos del Arlington Memorial Bridge.

—¿Crees que son capaces de calcular la velocidad a la que se desplaza un cuerpo por el río y hasta dónde puede llegar? —preguntó Mark.

—¿Y me lo preguntas a mí?

—Suponía que sabías de esas cosas. ¿No tienes un amigo que se ahogó cuando estabas en el instituto?

—Sí, Joey Barnes. Tenía quince años. —Todd tamborileó con los dedos sobre el volante y pensó en su amigo—. Los ahogados se quedan bajo la superficie y se hunden hasta el fondo, sea cual sea la profundidad de las aguas. Si están frías, tardan más tiempo. Cuando llegan al fondo se producen unas reacciones químicas que hacen que el cuerpo emerja. Casi todos afloran, por lo general cerca de donde cayeron. Aunque existe la posibilidad de que se enreden con algo y permanezcan en el fondo.

Se quedaron pensando en eso mientras la calefacción ronroneaba.

—Gordy saldrá, ¿no crees? —dijo Mark.

—Lo encontrarán. Necesitamos un funeral, un entierro... y un punto y final para todo esto. No me imagino una misa algún día sin cadáver.

—Lo encontrarán —repitió Todd—. Y lo enterraremos. Y después se supone que debemos volver a la facultad de Derecho para enfrentarnos a nuestro último semestre.

—No puedo ni pensar en eso ahora.

—La facultad es la razón por la que Gordy está muerto, Todd. Si nunca hubiera pisado esa facultad, ahora estaría bien.

—¿Y no nos pasa eso a todos?

—Soy incapaz de volver.

—Ya hablaremos de eso más adelante. Ahora mismo necesitamos dormir un poco.

A primera hora de la tarde el doctor Karvey llamó a Mark y le pidió que recogieran el coche de Gordy y lo llevaran al hotel, donde estarían el señor y la señora Tanner. No se les ocurría nada más horrible que eso, pero en ese momento la familia de su amigo los necesitaba y no contaban con nadie más. Así que por segunda vez en dos días fueron al depósito municipal a buscar el pequeño Mazda azul de Gordy. Segundos antes de saltar, él debió de apagar el motor y guardarse la llave de repuesto en el bolsillo. Por suerte, Mark todavía tenía las llaves de Gordy. La ciudad, en un amable gesto, renunció a las tasas por el servicio de grúa y la custodia del vehículo, y pudieron ahorrarse los doscientos dólares.

La suite de los Karvey era peor que un tanatorio. Brenda estaba sentada en un sofá entre su madre y la señora Tanner, dos mujeres que en teoría se odiaban y que no habían parado de pelearse por la organización de la boda. Pero en esos momentos todo había quedado atrás y ambas sufrían unidas.

Una vez más Todd y Mark contaron entre los dos el doloroso relato de cómo habían sido los últimos días e intentaron desviar todas las culpas que pudieron. En esta ocasión no se encontraron con la comprensión que el doctor Karvey había mostrado esa mañana, aunque él intentó mantener a todo el mundo tranquilo. El señor Tanner hizo varias preguntas crueles sobre las cosas que Mark y Todd hicieron o no hicieron. ¿Por qué mintió Mark diciendo que Gordy estaba con gripe? ¿Por qué no llamaron a la familia para pedirles ayuda? ¿Cómo permitieron que Gordy se escapara del apartamento no una, sino dos veces? ¿Por qué no le impidieron que bebiera tanto? Etcétera. Brenda apenas dijo nada. O miraba fijamente al suelo y se limpiaba los ojos o los atravesaba con la mirada a ambos, como si hubieran sido ellos quienes lo hubieran empujado desde el puente. Fue una reunión horrible y angustiosa, y en un determinado momento cuantos estaban en la habitación acabaron llorando, Mark y Todd incluidos. El ambiente empeoró, y Mark levantó ambas manos, dijo que ya era suficiente y salió hecho una furia de la habitación, con Todd pisándole los talones.

Se alejaron de allí conduciendo sin decirse nada, sintiéndose mal al darse cuenta de que las familias siempre los considerarían responsables de la muerte de Gordy, pero a la vez furiosos porque los culparan. Era muy fácil hacerlo entonces, después de verlo todo en retrospectiva, analizar minuciosamente lo que hicieron o no hicieron y criticar sus decisiones. La verdad era que Gordy estaba enfermo y ellos hicieron lo que pudieron para ayudarlo.

El nombre de Zola no llegó a mencionarse.

9

La espera les resultó insoportable. Todd decidió entretenerse unas horas trabajando en el bar. Mark y Zola salieron del edificio y fueron a ver una película. Daban un respingo cada vez que vibraban sus móviles, pero ninguna de las veces eran novedades sobre la búsqueda. Varios amigos de la facultad de Derecho les preguntaron, desesperados por saber algo. Las redes sociales estaban llenas de noticias y cotilleos. La edición digital de *The Washington Post* se había hecho eco de la historia.

Después del trabajo, Todd llegó al apartamento de Zola con seis cervezas y pidieron pizza. Mientras comían, Zola les contó lo de sus padres y su hermano. Esa tarde se los habían llevado a un centro de detención de inmigrantes en Pennsylvania. Agentes armados del Servicio de Inmigración y Control de Aduanas les dieron una hora para recoger algunas prendas de ropa y unos cuantos objetos personales y, acto seguido, los metieron esposados, junto con otras cuatro personas, en una furgoneta. Su padre la había llamado desde el centro, que él describía como «poco más que una cárcel». No tenía ni idea de cuánto tiempo estarían allí antes de que los subieran a un avión de vuelta a Senegal.

Mark y Todd se mostraron indignados y enfadados. Era una verdadera crueldad que todo ocurriera justo en ese momento. Zola estaba deshecha y tratando de asimilar aún el suicidio de quien consideraba su novio y, para colmo, ocurría eso. Decidieron quedarse todos juntos a pasar la noche. Alrededor de las doce por fin se durmieron, Zola en su cama, Mark en el sofá y Todd en la butaca que había a su lado.

A la mañana siguiente, temprano, mientras los tres bebían café para quitarse las telarañas que les había dejado la mala noche que habían pasado, oyeron voces y movimiento al otro lado del pasillo. Mark abrió la puerta una rendija y todos escucharon.

El doctor Karvey, Brenda y los Tanner estaban en el apartamento de Gordy. Lo encontraron inmaculado, con los platos fregados y guardados, la nevera sin comida rancia y ni una gota de alcohol por ninguna parte. El salón estaba ordenado, como también el espacio de trabajo de la mesa del comedor. El suelo estaba impoluto. La cama estaba perfectamente hecha, y todas las prendas de ropa estaban limpias y en su sitio. Sobre la cómoda había una gran foto enmarcada de Brenda, una que Gordy solía tener dentro de un cajón. En el baño, las toallas estaban dobladas y apiladas. El suelo, el retrete, la ducha y el lavamanos relucían. En el botiquín no había ni rastro de su medicación. Los Tanner y los Karvey asumieron que Gordy se había esforzado por dejar su hogar impecable antes de irse para siempre.

En un momento dado Brenda se vino abajo. Se sentó en el sofá y se echó a llorar mientras su padre le acariciaba la rodilla. Desde el otro lado del pasillo, los tres amigos escucharon en un silencio sobrecogedor.

Los Tanner decidieron que con haber echado un vistazo tenían suficiente por ahora. Ya volverían más adelante para recoger las cosas de Gordy. Cerraron el apartamento y se fueron con Brenda y su padre. Desde una ventana del rellano del segundo piso Mark, Todd y Zola los vieron alejarse y sintieron una dolorosa compasión por ellos.

Era lunes, 6 de enero. Las clases se reanudaban una semana después, pero en lo último que los tres amigos pensaban era en la facultad de Derecho. Y aunque visitar por primera vez un centro de detención de inmigrantes no era su idea de un viaje divertido, necesitaban salir de la ciudad. Zola llamó al trabajo para decir que estaba enferma y Todd pidió un día libre en el Old Red Cat. Salieron de Washington D. C. antes del mediodía y se dirigieron al norte. Para evitar el río Potomac, Todd siguió Connecticut Avenue hasta Chevy Chase y después hacia Maryland. Durante la primera media hora no hablaron gran cosa. Zola, en el asiento del acompañante, estaba apagada y con la vista fija en la ventanilla. Todd daba sorbos a un café que llevaba en un vaso alto de cartón y no paraba de toquetear la radio, hasta que al final se decidió por una emisora de viejos clásicos, pero la dejó con el volumen bajo.

En el asiento de atrás, Mark hojeaba unos papeles; de entre ellos, sacó un artículo de revista.

—Según el *Post* —dijo—, el Servicio de Inmigración y Control de Aduanas tiene quince centros de detención por todo el país, en los que se encuentran detenidas unas treinta y cinco mil personas. El año pasado el ICE detuvo a más de cuatrocientos mil trabajadores sin papeles y deportó más o menos al mismo número, con un coste de más de veinte mil dólares por deportado. Todo el sistema de detención supone un gasto que supera los dos mil millones de dólares anuales. Es el sistema de detención de inmigrantes más grande del mundo. Y además de los quince centros de detención, los federales tienen contratos con cientos de cárceles regionales, centros de detención juvenil y prisiones estatales para alojar en ellos a sus detenidos, lo cual supone un coste de ciento cincuenta dólares al día por persona y trescientos cincuenta por familia. Dos terceras partes de todos los centros los gestionan empresas privadas. Cuantos más detenidos tienen, más dinero ganan. Seguridad Nacional, que es el organismo responsable del ICE, tiene una cuota establecida por el Congreso. Ningún otro organismo de seguridad del gobierno opera con un sistema de cuotas.

—Y las condiciones son deplorables —añadió Zola, como si supiera más que Mark.

—Cierto. Como no hay supervisión independiente, los detenidos muchas veces sufren diversos maltratos; por ejemplo, confinamiento en situación de aislamiento durante largos períodos, atención médica inadecuada o mala comida. Están indefensos ante las agresiones, o incluso violaciones. El año pasado ciento cincuenta de esas personas murieron mientras se hallaban bajo custodia. Los detenidos muchas veces están en el mismo lugar que criminales violentos. A menudo ni siquiera tienen representante legal. En teoría, el ICE tiene unos estándares para las instalaciones, pero las normas no se cumplen. Hay muy pocos registros sobre cómo se gastan los fondos federales. La verdad es que nadie lo supervisa y a nadie le importa, excepto a los detenidos y sus familias. Son personas olvidadas.

—No sigas —pidió Zola.

—Sí, vale ya. ¿Y por qué estás hablando de eso? —intervino Todd.

—¿Y de qué queréis hablar? ¿De Gordy? ¿De Brenda? ¿De la facultad? Las clases empiezan dentro de una semana y estoy deseando volver.

Eso acabó con la conversación durante un rato. Mark siguió hojeando artículos mientras tarareaba canciones de la radio.

—Entonces ¿podemos hablar de tu familia, Zola? —preguntó.

—Claro.

—¿Por qué se fueron de Senegal?

—Mis padres nunca han hablado mucho de su país. Estaban contentos de estar lejos de allí y decididos a buscarse una nueva vida aquí. Según iba creciendo, fui planteándome preguntas, pero las respuestas que me daban eran evasivas. Mi padre trabajaba para una especie de cooperativa de granjeros y hubo un problema con el gobierno. Se granjeó algunos enemigos, perdió el trabajo y pensó que lo mejor era irse de allí. Siempre ha tenido terror a volver. La mayoría de su familia está desperdigada por Senegal y allí ya no hay nada para él, solo problemas. Tiene miedo de que lo persigan si vuelve.

—¿Y tus hermanos?

—Sory, el mayor, se casó con una estadounidense y ahora vive en California. Su mujer no es musulmana y mi padre no quiere saber nada de él. El pequeño, al que llamamos Bo, nació en Senegal, así que también está en peligro. No se ha casado y es muy religioso.

—Creía que el ICE tenía la política de no separar a las familias —comentó Todd.

—Puede que eso esté escrito en alguna parte —contestó Mark—, pero no siempre lo cumplen. Anoche leí un artículo sobre una familia de Camerún, unos padres con cinco hijos, que vivían todos juntos en un apartamento en el Bronx. Una noche el ICE echó abajo su puerta, arrestó al padre y, cumplimentados los trámites necesarios, lo devolvieron a África. La madre tampoco tenía papeles, y ella y sus hijos vivían con miedo de que el ICE volviera para llevársela a ella también. Imagínate cómo debe de ser eso. Los niños habían nacido aquí, como Zola, así que podían quedar separados de sus padres. Cuando preguntaron al ICE por ese caso, un agente contestó algo así como: «El estado de Nueva York tiene un excelente sistema de acogida infantil». ¿Os lo podéis creer?

—Prefiero hablar de la facultad —interrumpió Zola.

—Yo no —repuso Mark—. Yo no puedo regresar. ¿Vosotros de verdad pensáis volver a pisarla para ir a clase el lunes que viene?

—¿Y qué otras opciones tienes, Mark? —preguntó Zola—. Si lo dejas, perderás tu trabajo. No puedes abandonar cuando solo te queda un semestre.

—Tendré trabajo únicamente si apruebo el examen de colegiación lo que, en este momento, me parece imposible. Ahora mismo no tengo suficiente estabilidad mental ni emocional para soportar los cursos de preparación. ¿Y tú, Todd?

—Me da náuseas solo pensarlo.

—Pero aún quedan siete meses —apuntó Zola.

—¿Y por qué no podemos tomarnos libre este semestre? ¿Y si lo dejamos todo aparcado una temporada? —propuso Todd.

—No podemos hacerlo porque las alimañas de los préstamos nos comerían vivos. Si no estamos estudiando, tenemos que empezar a devolver el dinero. Seguramente habrá algún resquicio legal en alguna parte, pero dudo que logremos encontrarlo.

—No, no íbamos a tener esa suerte.

—Hablemos de otra cosa —pidió Zola.

—Como quieras, pero estamos quedándonos sin temas de conversación —comentó Mark.

Otro largo silencio, que Mark rompió al final.

—Vale, yo tengo que hacer una confesión. Cuando estuvimos limpiando el apartamento de Gordy el sábado, vi dos lápices de memoria al lado del ordenador y los cogí, pensando que ni a sus padres ni a Brenda les servirían para nada. Les eché un vistazo anoche y no encontré nada que tuviera que ver con el suicidio. Pero me enteré de que Gordy estaba tras la pista de algo.

—¿Rackley?

—Sí, pero hay más. ¿Habéis estado siguiendo el escándalo del Swift Bank?

—He visto alguno de los titulares —respondió Zola.

—Yo no, ya tengo bastantes problemas —fue la contestación de Todd.

—El Swift Bank es ahora mismo el noveno banco más grande del país. Hace unos años intentó por todos los medios que le otorgaran la calificación de banco que es demasiado grande para hundirse, pero el gobierno federal se negó. Por desgracia, el banco no se hundió y le ha ido bastante bien desde entonces. Estaba hasta arriba de hipotecas *subprime* y tiene un amplio historial de fraude y corrupción. Es un tinglado muy sórdido que está metido en todo tipo de financiación barata y, al mismo tiempo, gasta toneladas de dinero en marketing porque busca ser para sus clientes «el banco de confianza de toda la vida».

—Hemos visto los anuncios —comentó Todd.

—Bien. Pues Gordy piensa..., pensaba que Rackley también poseía parte de Swift. No sabía cómo era de grande esa parte, porque, como siempre, Rackley opera tras un muro de empresas pantalla, la mayoría de ellas registradas en paraísos fiscales. Esas tapaderas han ido comprando acciones de Swift, poco a poco y sin llamar la atención, manteniendo siempre las adquisiciones por debajo del cinco por ciento. Si compraran más que eso, como sabemos, tendrían que registrarse en la SEC, la Comisión de Bolsa y Valores. Gordy iba tras el rastro de tres compañías pantalla, independientes y que aparentemente no tenían ninguna relación entre ellas, que poseían entre todas un doce por ciento de Swift. El valor actual de ese porcentaje son unos cuatro mil millones y convierten a Rackley en el accionista mayoritario con diferencia, algo que quiere mantener en secreto.

—Vale, ¿y dónde entramos nosotros? —preguntó Todd.

—No sé si tenemos algo que ver en esto, pero me interesó leerlo y, como no tenemos otro tema de conversación, voy a seguir contándoos lo de Swift Bank y Hinds Rackley. ¿Alguna objeción? Bien, pues hace alrededor de un mes Swift apareció en las portadas con otro escándalo, nada nuevo para esos canallas, pero puede que esta vez se hayan superado a sí mismos. Digamos que tú, Todd, entras en tu sucursal local de Swift y abres una cuenta corriente normal. Ingresas mil dólares, consigues unos estupendos cheques provisionales, todo parece fenomenal y te cae muy bien la guapa directora, que es muy amable. Pues resulta que nada más irte, ella se convierte en un bicho retorcido y se dedica a abrir más cuentas a tu nombre. Una de ahorro, o dos, una a plazo fijo, una tarjeta de crédito, otra de débito y tal vez también una cuenta de valores. Y en vez de una sola cuenta con Swift, de repente tienes siete. Ella consigue una bonificación, una palmadita en la espalda y felicitaciones por ser tan buena. Tú no sabes nada de las otras seis cuentas, pero tus amigos de Swift te cargan unos pocos dólares cada mes por misteriosas comisiones de mantenimiento.

—¿Y quién lo contó? —preguntó Zola.

—La directora. Resulta que los directores de Swift de todo el país recibieron formación sobre prácticas ilegales para convencer a los clientes de que se abrieran cuentas que no querían y, si las rechazaban, se las abrían igualmente. Millones de cuentas. Nuestra chica y unos cuantos más salieron a la palestra y levantaron la liebre. Afirmaron que desde arriba los sometían a una presión enorme para que abrieran cuentas. Ahora todo el banco está patas arriba y las comparecencias en el Congreso empiezan la semana que viene.

—Espero que sea todo verdad, por lo que respecta a Rackley, por lo menos —comentó Todd.

—¿Y no hay pleitos? —preguntó Zola.

—Claro. El número de demandantes crece por momentos. Dos demandas colectivas por ahora, y más por llegar. Podría haber un millón de clientes afectados.

—Ojalá hubiera tenido tratos con Swift —dejó caer Todd—. Así podría intentar joder a ese gilipollas.

—Ya nos ha clavado bien sus garras a los tres.

—Hablemos de otra cosa —pidió Zola.

10

El centro federal de detención de Bardtown estaba en un valle aislado a unos cinco kilómetros de la interestatal 99 y a poco más de treinta kilómetros al sur de Altoona. Si había alguna ciudad cerca, desde allí no se veía. La entrada era una ancha carretera de asfalto que parecía nueva y que, dado que descendía, les ofrecía una vista panorámica del lugar mientras se acercaban. Ante ellos había un complejo de edificios rectangulares con el tejado plano, que recordaban a esas aulas portátiles que se instalan en los colegios con demasiados alumnos. Una doble alambrada de tela metálica rodeaba las hileras de edificios formando un cuadrado perfecto. Gruesas concertinas de alambre de cuchillas brillaban sobre las vallas y daban a todo el complejo la funesta sensación de que aquello no era otra cosa que una prisión.

Todd redujo la velocidad.

—Parece una de esas fotos antiguas en blanco y negro de Auschwitz —comentó.

—Gracias, Todd —respondió Zola.

Era una imagen desalentadora, y Zola no pudo seguir controlando sus emociones. Estaba llorando cuando Todd estacionó en el aparcamiento de gravilla. Se quedaron unos minutos sentados en el coche, mirando el edificio de dos plantas que había delante, obviamente el lugar por donde tendrían que acceder. También tenía el tejado plano y parecía hecho de placas de yeso prefabricadas. Hasta ese momento daba la impresión de que habían construido de la noche a la mañana la totalidad del centro.

—Vamos —dijo Zola al rato.

Y los tres fueron caminando hasta la puerta principal. A su lado había un cartel provisional en el que se leía: «Centro federal de detención de Bardtown. Servicio de Inmigración y Control de Aduanas (ICE). Oficina de Operaciones de Detención y Deportación (DRO). Departamento de Seguridad Nacional (DHS). Edificio de Administración».

Se quedaron mirando el cartel.

—Menuda sopa de letras —murmuró Todd.

—Esperemos que también haya pasado por aquí la ACLU, la Unión Americana de Libertades Civiles —comentó Mark.

Cruzaron las puertas y entraron en la zona de recepción. No había ningún cartel para guiarlos, así que Mark paró a un hombre joven y corpulento que llevaba un uniforme.

—Disculpe, señor, ¿dónde está la zona de visitantes?

—¿Qué tipo de visitantes?

—Venimos a ver a uno de los internos.

—Nosotros los llamamos «detenidos».

—Bien, pues venimos a ver a uno de sus detenidos.

A regañadientes el hombre señaló al otro extremo del pasillo.

—Pregunten allí.

—Muchas gracias.

Recorrieron el amplio pasillo, buscando algún cartel que informara de cualquier cosa relacionada con las visitas. Como se trataba de un centro federal, había empleados por todas partes y con diferentes uniformes. Unos hombres jóvenes y fornidos iban por allí muy erguidos y con armas en el cinturón. En la parte de atrás de sus chaquetas era visible la sigla ICE, escrita con letras gruesas. Los funcionarios llevaban camisa blanca, y corbata, así como una placa dorada sobre el bolsillo. Y había unos policías que parecían ayudantes del sheriff del condado.

Fueron hasta un mostrador tras el que había tres mujeres. Una estaba revisando unos papeles mientras las otras dos merendaban.

—Disculpen —las abordó Zola—. He venido a ver a mis padres.

—¿Y quiénes son sus padres? —preguntó la chica de los papeles.

—Los Maal. Abdou y Fanta Maal. M-A-A-L.

—¿Y de dónde son?

—Son de New Jersey, pero vinieron de Senegal. Los arrestaron ayer.

—Oh, ¿son detenidos?

Mark se mordió la lengua para no soltarle: «Claro que son detenidos. ¿Por qué iban a estar aquí si no?», pero miró a Todd y no dijo nada.

—Sí —fue lo único que Zola, muy educadamente, contestó.

—¿Tiene cita?

—No, pero hemos hecho un viaje de dos horas para poder verlos.

La chica negó con la cabeza mientras otra dejaba el brownie que estaba comiéndose y pulsaba algunas teclas de un ordenador. La segunda, una mujer blanca de más edad, intervino.

—Todavía no los han procesado —anunció.

Y eso significaba que no había nada que hacer.

—Bien, pues procésenlos —respondió Zola.

—Ya lo haremos, ¿vale? —intervino la primera—. Pero me temo que nadie puede verlos hasta que los hayan procesado.

—¡No lo dirá en serio! —exclamó Zola.

—Lo siento —contestó la chica, con una voz en la que no había ni un ápice de compasión.

—¿Cómo pueden tenerlos retenidos si no los han procesado? —inquirió Zola.

Fue la número uno, una mujer negra de mediana edad, quien contestó con aire despectivo, como si disfrutara poniendo a Zola en su sitio.

—Tenemos nuestras reglas —dijo muy seria.

Mark y Todd se acercaron al mostrador. Todd llevaba vaqueros, zapatillas de deporte y una chaqueta de cuero vieja. Mark iba un poco mejor vestido con pantalones chinos, botas de montaña y un plumífero sin mangas. Todd hizo un gesto con la cabeza a Mark, quien se inclinó hacia delante.

—Soy su abogado, ¿sabe? —alegó—. Ella es ciudadana estadounidense y tiene derecho a ver a su familia. Hemos hecho un viaje de dos horas para hacer esta visita y ustedes no pueden negársela. Sus padres y su hermano fueron detenidos ayer y van a ser enviados a África. Es posible que sea la última vez que esta joven los vea.

La tercera mujer dejó de comer. La segunda paró de teclear. La primera se apartó un poco y logró decir:

—Me temo que tendrán que ver al supervisor.

—¡Estupendo! —gritó Mark—. ¡Que venga!

El alboroto atrajo cierta atención y se acercaron dos de los chicos con la sigla ICE en la chaquetas.

—¿Hay algún problema? —preguntó uno de ellos, cuyo nombre era Gibson.

—¡Claro que hay un problema! —exclamó Mark, indignado—. Mi cliente, aquí presente, ha venido desde Washington D. C. para ver a sus familiares por última vez antes de que los deporten a Senegal y ahora nos dicen que no puede verlos por un asunto de papeleo.

Los chicos del ICE miraron a las tres funcionarias.

—Ya conocéis las reglas —dijo la primera—. No pueden recibir visitas hasta que los hayan procesado.

Gibson volvió a mirar a Mark.

—Ahí lo tiene —replicó—. Las reglas son las reglas.

—¡Me gustaría ver al supervisor! —exigió Mark.

—Y a nosotros nos gustaría que dejara de gritar.

Y se le acercó un poco, buscando la confrontación física. Aparecieron otros dos agentes para apoyar a sus compañeros.

—Solo pido que me dejen hablar con el supervisor —insistió Mark.

—No me gusta su actitud —contestó Gibson.

—Y a mí no me gusta la suya. ¿Y por qué la actitud importa en este momento? ¿Por qué no pueden permitir que mi cliente vea a su familia? Por Dios, van a deportarlos. Es posible que no vuelva a verlos.

—Si van a deportarlos, es porque lo ha dicho un juez. Si no le gusta, vaya a ver al juez.

—Pues mire, si hablamos de jueces, entramos en mi terreno. Los demandaré mañana mismo en un juzgado federal. ¿Cuál es su nombre de pila, Gibson? —Mark se acercó y examinó su placa identificativa—. M. Gibson. ¿A qué corresponde la M?

—A Morris.

—Muy bien, Morris Gibson. Apúntalo, Todd.

Todd sacó un bolígrafo y cogió un papel del mostrador. Mark miró a otro agente del ICE.

—¿Y su nombre cuál es?

—¿Por qué quiere saberlo? —respondió el aludido con una sonrisita.

—Para la demanda, señor. No puedo demandarlo si no sé su nombre.

—Jerry Dunlap.

Mark se volvió y miró a las tres funcionarias, que parecían petrificadas.

—¿Cómo se llama usted? —preguntó con un gruñido a la primera.

La mujer miró su placa, sujeta encima de su bolsillo izquierdo, como si quisiera verificar algo.

—Phyllis Brown —dijo al cabo.

Todd lo escribió.

—¿Y usted? —preguntó Mark a la segunda.

—Debbie Ackenburg.

—¿Podría deletreármelo? —pidió Todd, y la funcionaria accedió.

Mark miró a la tercera.

—¿Y el suyo?

—Carol Mott —respondió la interpelada con un hilo de voz y expresión atemorizada.

Mark se volvió de nuevo y vio que otros agentes del ICE estaban escuchando la conversación.

—¿Alguno de ustedes quiere participar? Hablamos de un pleito en un juzgado federal que presentaré mañana a primera hora. Tendrán que contratar abogados, al menos uno cada uno, y voy a hacer que se alargue al menos un par de años. ¿Alguien se apunta?

Los cuatro se apartaron al unísono.

Un hombre con un traje apareció ante ellos tras doblar una esquina.

—¿Qué demonios está pasando aquí? —preguntó enfadado.

Mark se le acercó.

—Estoy haciendo una lista de nombres para un pleito en un juzgado federal —explicó sin bajar el tono de voz—. ¿Es usted el supervisor?

—Sí —respondió orgulloso el recién llegado.

—Muy bien. ¿Y su nombre es...?

—Pero ¿quién es usted?

—Mark Frazier, del bufete Ness Skelton, de Washington

D. C. Soy el abogado de Zola Maal, esta señorita de aquí. Hemos venido desde Washington para que mi cliente, que es ciudadana estadounidense, pueda ver a sus familiares antes de que los deporten, a lo que tiene derecho. Dígame su nombre, por favor.

—George McIlwaine.

—Gracias. ¿Y usted es quien manda en este sitio?

—Sí.

Todd había anotado todos los nombres. Mark sacó su teléfono y tocó la pantalla.

—Hola, Kelly —dijo, si bien no había llamado a nadie—. Soy Mark. Ponme con Kinsey, de litigios, de inmediato. Dile que es muy urgente. —Una pausa—. Me da igual que esté en una reunión. ¡Que se ponga al teléfono ahora mismo! —Una pausa más larga, y Mark se aproximó a un tercer agente del ICE que estaba demasiado cerca y dijo a Todd por encima del hombro—: Apunta a un tal T. Watson en la lista. ¿A qué corresponde la T?

Watson miró a su alrededor y cambió el peso de un pie al otro.

—Vamos, señor Watson, ¿es que no sabe cómo se llama?

—Travis.

—Muy bien. Añade a Travis Watson al pleito.

Todd lo escribió. Zola se apartó, poniendo un poco de distancia entre ella y ese hombre en pleno ataque de locura. Mark volvió a hablar al teléfono.

—Hola, Kinsey. Me encuentro en el centro de detención de Bardtown y están negando a nuestro cliente el derecho a ver a su familia. Quiero que prepares una demanda y la presentes lo antes posible. Te envío ahora, en un mensaje, los nombres de los demandados. —Una pausa para oír el silencio que había al otro lado—. Eso es. Empecemos por Seguridad Nacional y el ICE, y después añade los nombres de... Un momento. —Señaló a las tres mujeres, los tres agentes del ICE y McIlwaine—. Los siete que te mando. Individual-mente. —Mark miró a los otros agentes y repitió—: ¿Alguno de ustedes quiere participar también? —Todos se alejaron un poco más—. Parece que no. Hazlo de inmediato, Kinsey. —Otra pausa. Gibson y Watson lanzaron miradas asustadas a McIlwaine. Las tres mujeres tenían los ojos muy abiertos y no se atrevían a moverse. De nuevo Mark continuó hablan-do al teléfono—. ¡Estupendo! Preséntala esta tarde por inter-net. Distrito oriental de Pennsylvania, juzgado federal. In-tenta que vaya a parar a manos del juez Baxter. Hará que caiga todo el peso de la ley sobre ellos. Llámame dentro de diez minutos.

Mark volvió a tocar la pantalla del teléfono y se lo guar-dó en el bolsillo. Fulminó con la mirada a McIlwaine.

—Voy a demandarlos a todos, uno por uno, por daños y perjuicios —dijo—, y cuando los condenen, pediré que eje-cuten la sentencia y podré embargarles las nóminas e incluso sus casas. —Se volvió y ordenó a Todd—: Pásame esos nom-bres.

Zola y Todd lo siguieron hasta una hilera de sillas que ha-bía contra una pared. Se sentaron, y Mark volvió a sacar su teléfono. Con la lista de Todd en la mano, fingió estar envian-do un mensaje con los siete nombres.

McIlwaine por fin reaccionó. Inspiró hondo y se acercó a ellos con una sonrisa interesada.

—Escuche... Tal vez podamos arreglar esto.

Veinte minutos después el agente Gibson los condujo a una pequeña sala situada al final del edificio y les dijo que espe-raran. Cuando se quedaron solos, Todd se dirigió a Mark.

—Estás loco, ¿sabes?

—Ha funcionado —contestó Mark con una sonrisa de suficiencia.

Zola soltó una carcajada.

—Yo no querría que me demandaras —dijo.

—¿Y quién necesita una licencia de abogado? —contestó Mark.

—Bueno, si ejerces sin tenerla, te buscarás problemas —comentó Todd.

—¿Y crees que estos payasos van a llamar al Colegio de Abogados de Washington D. C. para preguntar?

Zola abrió su abultado bolso y sacó un hiyab negro. Los chicos la observaron mientras se lo colocaba sobre la cabeza y los hombros, remetiéndolo por varios sitios hasta que quedó en su lugar.

—Se supone que tengo que llevar esto siempre que esté en presencia de hombres que no son de mi familia —explicó.

—¡Qué musulmana más buenecita! —replicó Todd—. Y te has puesto un vestido largo en vez de esos vaqueros ajustados que nos vuelven locos a todos desde hace años.

—¿Vaqueros? Es lo menos que puedo hacer por mis padres, ya que tal vez pase mucho tiempo sin poder volver a verlos.

—Creo que estás adorable —dijo Mark.

—Soy adorable, pero no digáis nada, ¿vale? Mi padre ya se huele algo.

—Así se te ve muy virginal —aportó Todd.

—Corta el rollo —respondió Zola.

La puerta se abrió. Los padres de Zola y su hermano Bo entraron en la habitación. Su madre, Fanta, se lanzó a sus brazos y ambas se abrazaron llorando. Luego la joven dio un abrazo a su padre, Abdou, y otro a Bo, y al final todos miraron a Todd y a Mark. Zola se los presentó, dijo que eran amigos de la facultad de Derecho y explicó que la habían llevado allí en coche desde Washington D. C. Mark y Todd estrecharon la mano a Bo y a Abdou, pero no a su madre. El señor Maal les dio las gracias tantas veces que, al final, la situación les resultó incómoda.

—Zola, te esperamos en el pasillo —dijo entonces Mark.

Cuando Todd y él salieron de la sala, los cuatro miembros presentes de la familia Maal estaban llorando.

11

La mañana del martes, temprano, un agente de un barco de la policía de Washington D. C. que estaba navegando cerca del acceso a Tidal Basin, en la orilla este del Potomac, vio algo inusual. Al aproximarse a mirar encontraron un cuerpo hinchado y con la piel blanquecina atrapado por la maleza de la orilla del lago, muy cerca del Jefferson Memorial.

Mark todavía dormía cuando el inspector Swayze lo llamó por teléfono. Le describió lo que habían encontrado y dijo que acababa de hablar con el señor Tanner, que había regresado a Martinsburg con la madre de Gordy y los Karvey. Ni Todd ni Mark habían vuelto a hablar con Brenda, su padre o los Tanner desde el desagradable encuentro del sábado por la tarde. Por lo visto, en algún momento del lunes las familias decidieron que no tenía sentido seguir esperando en Washington D. C.

Mark llamó a Todd y a Zola para darles la noticia y quedaron en el apartamento de la joven una hora después. A los diez minutos, cuando Mark estaba sentado en su sofá a oscuras tomándose un café, sonó su teléfono. Era el padre de Gordy. Mark se quedó mirando la pantalla y al final, por pura compasión, cogió la llamada. Le dio el pésame, y ya se había quedado sin nada que decir cuando el señor Tanner preguntó:

—Oye, Mark, ¿nos harías un favor?

Él estuvo a punto de decir instintivamente que no, pero no podía, no en ese momento.

—Claro.

—¿Podríais ir Todd y tú a la morgue para identificar el cuerpo? Yo no soy capaz de hacer todo el viaje hasta allí para algo así.

Mark se quedó petrificado. Tres días atrás las familias estaban culpándolo por la muerte de Gordy y, de repente, le pedían que les hiciera el peor favor que pudiera imaginar. Como Mark no respondió, el señor Tanner continuó.

—Estábamos muy conmocionados, Mark, y... Bueno..., Todd y tú estabais allí. Por favor. Sé que estoy pidiéndote algo muy difícil, pero supondría una gran ayuda para nosotros.

Mark se sintió obligado a aceptar.

—Sí, por supuesto.

Habían llevado el cuerpo de Gordy a las dependencias del forense, que estaba en el mismo edificio que la morgue. Todd aparcó en la calle, al lado del moderno edificio de cristal, y se dirigieron a la entrada. Encontraron en el vestíbulo al inspector Swayze, quien les dio las gracias por lo que estaban haciendo. Miró a Zola.

—Creo que no es una buena idea que lo veas en el estado en que está —le dijo.

—No voy a entrar. Me quedaré aguardando.

—Está bien. Hay una sala de espera allí —explicó, y señaló con la cabeza.

Zola fue hacia la sala. Todd y Mark siguieron al inspector por la escalera hasta un amplio pasillo. Se detuvieron delante de una puerta metálica junto a la que había un cartel en el que se leía: DEPÓSITO DE CADÁVERES.

—Ahí dentro hace frío, pero no estaremos mucho tiempo —advirtió Swayze.

—¿Se ocupa de estas cosas a menudo? —preguntó Mark.

—Dos veces a la semana. En el depósito hay doscientos cuerpos. En el Distrito de Columbia nunca andamos escasos de cadáveres.

Una mujer con una bata blanca se reunió con ellos ante la puerta y la abrió.

—Tanner, ¿verdad? —preguntó al inspector.

—Sí —contestó él.

Entraron en una sala refrigerada, grande y estéril, con estantes de metal muy bien organizados en los que había docenas de bolsas para cadáveres, todas de color azul marino y cerradas de extremo a extremo con una cremallera. Doblaron una esquina, pasaron junto a más estantes con más cuerpos y se detuvieron de repente frente a una bolsa con una etiqueta: «¿G. Tanner? Ahogamiento».

Mark miró alrededor y se fijó en otra etiqueta: «Desconocido. Disparo de bala».

La mujer agarró el cierre de la cremallera, que quedaba por encima de la cabeza, y tiró despacio. Paró a la altura del pecho y abrió la bolsa. Gordy tenía los ojos abiertos, faltos de vida, como si hubiera estado gritando de horror cuando llegó al agua. Tenía la piel tan blanca como la nieve recién caída. Lo más horripilante con diferencia era la lengua, hinchada, deformada y sobresaliendo de la boca de una forma muy desagradable. Tenía abrasiones en las mejillas y su abundante pelo rubio parecía estar aún mojado.

Mark se apoyó en el estante para sostenerse. Todd murmuró: «Mierda», y se agachó como si fuera a vomitar.

—¿Es Gordon Tanner? —preguntó Swayze sin dar importancia.

Mark asintió y Todd se apartó.

La mujer volvió a cerrar la cremallera y cogió una bolsa de plástico pequeña.

—No llevaba zapatos, calcetines, pantalones ni ropa interior. Esto es lo que ha quedado de su camisa. Y no hay nada más —dijo.

—Por eso no hemos podido hacer una identificación —aclaró Swayze—. Suponíamos que era él, pero no teníamos ni su cartera ni sus llaves. Todo se ha perdido. Lo siento.

Mark cerró los ojos.

—Yo también lo siento. —Sin saber muy bien por qué, puso la mano sobre la bolsa de cadáveres, más o menos a la altura de los tobillos de su amigo, y le dio una palmadita—. Yo también... —repitió.

Siguieron a la mujer hasta la salida del depósito de cadáveres.

—¿Y qué va a pasar ahora? —preguntó Mark al inspector cuando estaban en el pasillo.

—La familia ya ha hecho el papeleo. Los de la funeraria vendrán a recogerlo. Se lo llevarán dentro de un par de horas.

—¿Ya no necesitan nada más de nosotros?

—No. Gracias. Y tengo que decirles de nuevo que lo siento.

—Se lo agradezco.

Se quedaron sentados con Zola en la sala de espera un buen rato. Todos estaban en silencio y muy serios.

—Vámonos de aquí —dijo Todd de pronto, y salieron.

Ya en el exterior, Mark se detuvo.

—Creo que tengo que llamar al señor Tanner —anunció.

Durante el resto del martes y todo el miércoles Todd y Mark acompañaron a Zola. La joven, incapaz de ir a trabajar, perdió su empleo a tiempo parcial en la empresa de contabilidad. De todas formas, solo era algo temporal. Cuando Todd se iba a echar unas horas en el bar, Mark se quedaba con ella. Dieron largos paseos por la ciudad, pasaron el rato en librerías, mirando escaparates e intentando quitarse el frío en cafeterías. Mark se fue un rato a Ness Skelton, y Todd se la llevó al cine. Se quedaron en su apartamento también por las noches, aunque ella les aseguró que estaba bien. Pero no lo estaba. Ninguno de los tres lo estaba. Parecía que caminaban sonámbulos en medio de una pesadilla, y se necesitaban los unos a los otros.

Poco a poco los demás estudiantes de Derecho empezaron a aparecer por la ciudad, y todos les preguntaban por Gordy, pero ellos preferían evitar esas conversaciones. El jueves por la noche, unos cuantos fueron hasta Martinsburg para presentar sus respetos en la funeraria, pero Mark, Todd y Zola decidieron no ir. Más tarde ese mismo día, se hizo una fiesta en un popular bar deportivo y asistieron para pasar una hora rodeados de amigos. Se fueron cuando ya la cerveza corría y los otros alumnos empezaban a hacer brindis por Gordy.

Brenda no volvió a llamar a Mark y él se sintió aliviado. No quería hablar en el funeral, aunque sabía que era poco probable que se lo pidieran. Tampoco les ofrecieron ser portadores del féretro, otro motivo de alivio. El funeral ya iba a ser bastante duro. Decidieron quedarse apartados de las familias y verlo todo desde lejos, si era posible. Incluso hablaron de no ir, pero concluyeron que no habría sido correcto.

El viernes Mark y Todd se pusieron sus trajes buenos, camisas blancas, corbatas de colores discretos y zapatos de piel, sus mejores «uniformes de entrevista de trabajo», y fueron a recoger a Zola, que llevaba un vestido largo negro y parecía una modelo. Hicieron el viaje de noventa minutos hasta Martinsburg y encontraron la iglesia, un bonito edificio de ladrillo rojo con muchas vidrieras. Ya estaba congregándose una multitud a los pies de los escalones de acceso. Había un coche fúnebre aparcado en la acera. A la una y media entraron en el vestíbulo y un encargado de la iglesia les dio un programa. En la portada había una bonita foto de su amigo. Mark preguntó al hombre cómo se subía a la galería y él les señaló una escalera. Todavía estaban los bancos vacíos cuando se sentaron en el último, ocultos en un rincón, lo más lejos posible del púlpito.

Zola se sentó entre ellos y se limpió las mejillas con un pañuelo.

—Esto es todo culpa mía —dijo, y se echó a llorar otra vez.

No le llevaron la contraria ni discutieron con ella. Había que dejar que el dolor siguiera su curso. Ya habría tiempo para hablar de ello más adelante. Mark y Todd también tenían ganas de llorar, pero consiguieron mantener la compostura.

La iglesia era muy bonita, con un coro de madera un poco elevado por encima del púlpito y un enorme órgano a un lado. Detrás del coro había un cuadro de Cristo en la cruz. Se veían vidrieras de cristal de colores en todas las paredes y por ellas entraba mucha luz. Cuatro secciones de bancos formaban un semicírculo alrededor del pasillo central. Mientras esperaban, un grupo de hombres muy serios estaban colocando unos centros de flores a ambos lados del púlpito.

Los bancos se llenaron enseguida y pronto aparecieron más personas en la galería. Los Tanner y los Karvey llevaban generaciones viviendo en Martinsburg, y a buen seguro asistiría una gran muchedumbre. Mark se acordó de que, unos días antes, había imaginado que la gente de la ciudad se enteraba de que Gordy, uno de sus hijos predilectos, se había fugado con una africana musulmana tras dejar plantada a su novia de la infancia y abandonando a cuantos lo conocían. Si unos días atrás le resultó divertido, en ese momento no se lo parecía tanto. Afortunadamente la gente de esa ciudad nunca lo sabría. Si las cosas hubieran salido según lo planeado, dentro de unos cuatro meses Mark y Todd habrían estado allí de pie, ejerciendo de padrinos y viendo a Brenda avanzar por el pasillo central. Ahora estaban escondidos en una galería para presentar sus respetos y a la vez evitar a la familia.

La organista ocupó su lugar y empezó a tocar una marcha fúnebre que parecía perfecta para la ocasión. Unos minutos después, el coro entró por una puerta lateral y se dirigió a sus asientos. Era evidente que, en su despedida, Gordy iba a tenerlo todo. No dejaba de entrar gente en la iglesia y pronto hubo personas que tuvieron que quedarse de pie. La galería estaba repleta, y los tres se apretaron para que pudiera sentarse una pareja de ancianos. A las dos de la tarde apareció el pastor y se colocó detrás del púlpito. Según el programa, se trataba del reverendo Gary Chester. Elevó los brazos y todo el mundo se levantó. El féretro entró por el pasillo central, con cuatro portadores a cada lado. Detrás iba Brenda sola, muy erguida y digna. El señor y la señora Tanner la seguían y, a continuación, el resto de la familia. Gordy tenía un hermano mayor y una hermana adolescente y ella estaba muy afectada. Su hermano le rodeaba los hombros con un brazo para ayudarla. Cuando el féretro, por suerte cerrado, ocupó su lugar bajo el púlpito y la familia se sentó, el reverendo Chester hizo la señal al resto de la congregación para que también tomara asiento.

Mark miró su reloj: pasaban doce minutos de las dos. ¿Cuánto iba a durar aquello?

Tras una larga oración del reverendo, el coro cantó cuatro estrofas de un himno. Después la organista tocó una pieza que no podía ser más deprimente. Cuando terminó, ya había varias mujeres llorando. El hermano de Brenda se levantó, fue hasta un atril que había al lado de un piano y leyó el Salmo 23. Chester volvió al púlpito y empezó la homilía. Era evidente que llevaba mucho tiempo en Martinsburg, porque conocía bien a Gordy. Contó que lo había visto de niño jugando al fútbol y al béisbol. No utilizó la palabra «suicidio» en ningún momento, sino que se centró en los misterios de la muerte y en sus formas, que a menudo resultan confusas. Dios siempre tiene el control de todo. Y tiene un plan. Y aunque la muerte hace que nos planteemos preguntas, sobre todo en los casos de tragedias, Dios sabe lo que hace. Tal vez nosotros algún día lleguemos a entender por qué Gordy hizo lo que hizo, o tal vez no, pero Dios es el supremo arquitecto de la vida y la muerte, y nuestra fe en él es infinita.

Las palabras de Chester resultaban tranquilizadoras, era un verdadero profesional. A veces hablaba solo con un hilo de voz y quedaba patente que a él también le estaba costando. Lo único que podía ofrecer a los congregados eran palabras de consuelo.

El primero de los dos panegíricos correspondió hacerlo a Jimmy Hasbro, el mejor amigo de Gordy de la infancia y a quien Mark y Todd conocían porque habían salido de fiesta varias veces con él mientras estaban en la facultad. Jimmy explicó a todos que cuando Gordy era un niño le fascinaban las serpientes y le gustaba coleccionarlas. Su madre, con razón, le prohibió meterlas en casa. Era una afición inofensiva que tuvo un final fulminante y repentino cuando una víbora cobriza le clavó los colmillos en la rodilla derecha. Los médicos llegaron a considerar amputársela. Jimmy contó muy bien la historia y puso unas pinceladas de humor en tan difícil situación. Cuando eran adolescentes, añadió, su policía favorito era un tipo mayor que se llamaba Durdin, que ya había muerto. Una noche, de madrugada, el coche patrulla de Durdin desapareció. Lo encontraron a la mañana siguiente en un estanque a las afueras de la ciudad. Cómo había llegado hasta allí era un gran misterio que nunca habían logrado resolver. Hasta entonces. Con un toque de dramatismo y también algo de comicidad, Jimmy contó la historia de que Gordy «tomó prestado» el coche y acabó metiéndolo en el lago con Jimmy de testigo. La iglesia se llenó de unas carcajadas que continuaron durante varios minutos. Qué momento más perfecto, después de todos esos años, para revelar lo que había pasado.

Cuando las risas dejaron de oírse Jimmy se puso serio de nuevo. Se le quebró la voz al describir la lealtad de Gordy. Dijo que era la personificación del «compañero de batallas», esa persona que quieres a tu lado en una pelea. Ese tío que siempre te guardaba las espaldas. Pero por desgracia algunos amigos de Gordy no habían sido tan leales con él; cuando más los necesitaba, cuando estaba sufriendo y necesitaba ayuda, algunos de sus amigos no habían estado a la altura.

Mark hizo una mueca de dolor y Zola le cogió la mano. Todd los miró. Los tres sintieron que esas palabras habían sido un golpe a traición.

Así que eso era lo que se contaba en Martinsburg... Gordy no era responsable de lo que había hecho. Y Brenda no había tenido nada que ver en su declive. No, claro que no. Sus amigos de Washington D. C., sus compañeros de la facultad de Derecho, no habían cuidado de él.

Los tres amigos se quedaron sentados conmocionados, enfadados y sin poder creérselo.

Jimmy al final se echó a llorar y no pudo terminar. Abandonó el púlpito enjugándose las lágrimas y regresó a su asiento en la tercera fila. El coro volvió a cantar. Un niño de la iglesia tocó la flauta. Un amigo de la universidad Washington & Lee hizo el segundo panegírico, y esa vez no repartió culpas. Tras cincuenta y cinco minutos, el reverendo Chester pronunció la oración final y empezó la procesión de salida. Con el órgano atronando, la congregación se levantó y los portadores del féretro lo sacaron por el pasillo. Brenda, deshecha en lágrimas, lo siguió. Se oían muchos llantos, incluso en la galería.

Mark decidió que odiaba los funerales. ¿Para qué servían?

Había formas mucho mejores de consolar a los seres queridos que reunirse en una iglesia repleta para hablar del fallecido y llorar un rato.

—Vamos a quedarnos unos minutos sentados aquí, ¿vale? —sugirió Todd.

Mark era de la misma idea. Brenda y las familias estarían fuera, sollozando y abrazándose, mientras subían a Gordy al coche fúnebre que después seguirían hasta el cementerio que había al final de la calle, donde se reunirían para el entierro, otra ceremonia dolorosa a la que ninguno de los tres tenía intención de asistir. Y Jimmy Hasbro estaría allí, en medio de todo eso. Si Mark cruzaba la mirada con él, tal vez no pudiera evitar darle un puñetazo y eso lo estropearía todo.

Cuando la galería se quedó vacía vieron a las mismas personas de antes recoger apresuradamente las flores y llevárselas, sin duda al cementerio. Ya no había nadie en la iglesia, pero ellos siguieron sentados esperando.

—No me lo puedo creer —dijo Mark en voz baja—. Todo el mundo nos echa la culpa a nosotros.

—Menudo hijo de puta —dijo Todd.

—Chicos, por favor —intervino Zola—. En la iglesia no.

Un sacristán entró para retirar unas cuantas sillas plegables que había cerca del piano. Levantó la vista, los vio sentados en la galería, solos, y pareció preguntarse qué hacían allí. Pero después terminó su tarea y se fue de la iglesia.

—Vámonos de aquí —pidió Mark por fin.

12

Era viernes por la tarde, el final de otra semana muy triste. No tenían prisa por volver a la ciudad, así que Todd condujo por carreteras secundarias hasta Virginia. Cerca de la ciudad de Berryville, los chicos decidieron que necesitaban tomarse algo y Todd paró en un pequeño establecimiento. Zola, que nunca bebía alcohol, se prestó voluntaria para conducir, algo que solía hacer cuando salía con Gordy y sus amigos de la facultad de Derecho. Mark compró seis cervezas y un refresco para ella.

—¿Adónde vamos? —preguntó.

Todd, que iba en el asiento del acompañante, señaló un cartel.

—Dice que por allí se va a Front Royal. ¿Habéis estado alguna vez en Front Royal?

—No.

—Pues vayamos a echar un vistazo.

Todos abrieron sus bebidas y arrancaron. Cuando habían avanzado unos kilómetros por la carretera, Mark sujetó su cerveza entre las rodillas y sacó su teléfono. Tenía un email de Ness Skelton. Lo leyó.

—¿Qué? —exclamó—. ¡Será broma!

—¿Qué pasa? —preguntó Todd, sorprendido.

—¡Acaban de despedirme! ¡Me han echado a la calle!

—No puede ser —comentó Zola.

—Pues sí. Tengo un correo de Everett Boling. Perdón, de M. Everett Boling, un auténtico capullo que es socio director de Ness Skelton. Escuchad lo que dice: «Estimado señor Frazier: Hoy nuestro bufete ha anunciado su fusión con otra firma con sede en Londres, O'Mara & Smith. Esto supone una gran oportunidad de expansión para Ness Skelton, que nos permite ofrecer un mejor servicio a nuestros clientes. Pero la fusión supone llevar a cabo cambios en nuestro personal. Por ello siento informarle de que nos vemos obligados a retirar la oferta de abogado asociado que le hicimos en su día. Le deseamos lo mejor para su futuro. Atentamente: M. Everett Boling».

—Pues sí que han elegido un buen momento —comentó Todd.

—Me han despedido antes incluso de que empezara a trabajar. ¿Os lo podéis creer?

—Lo siento mucho, Mark —dijo Zola.

—Sí, yo también —añadió Todd—. Lo siento, tío.

—Y ni siquiera tienen lo que hay que tener para decírmelo en persona —insistió Mark—. Despedido mediante un triste email.

—¿De verdad te sorprende, Mark? —preguntó Todd.

—Claro que sí. ¿Y por qué no iba a sorprenderme?

—Porque son una panda de abogados de lobby de tres al cuarto que te hicieron una oferta tan imprecisa que ni siquiera incluía el sueldo que ibas a cobrar, y que además estaba condicionada a que aprobaras el examen de colegiación. Tú mismo has dicho, y muchas veces, que no confiabas en nadie de ese bufete y que nunca te dio buena espina ese sitio. Y según tus propias palabras también, no son más que un montón de lameculos.

Mark suspiró, dejó el teléfono, se acabó la cerveza, arrugó la lata y la tiró al suelo. Cogió de un tirón otra lata, la abrió y le dio un sorbo. Todd también acabó la suya.

—Dame otra. —Después de abrirla, la levantó y brindó—: Salud. Bienvenido al mundo de los desempleados.

—Salud —contestó Mark, y entrechocaron las latas.

Cuando habían avanzado algo más de un kilómetro, volvió a hablar.

—La verdad es que no quería trabajar allí.

—Ya vuelves a ser tú —se alegró Todd.

Zola no paraba de mirarlo por el retrovisor.

—Habrías sido muy infeliz allí —continuó Todd—. Son unos imbéciles, unos verdaderos gilipollas que odian su trabajo. Eso también lo has dicho tú.

—Lo sé, lo sé. Pero me gustaría llamar a Randall, mi supervisor, solo para oír cómo intenta explicarse sin parar de tartamudear y balbucear.

—No te cogería el teléfono. Apuéstate algo.

—Es una apuesta perdida.

—No lo hagas —aconsejó Zola—. No malgastes tu energía en eso.

—No sé por qué, pero no me sobra la energía últimamente —contestó Mark—. Mi hermano pequeño, que es un inútil, está a punto de entrar en prisión, y sé que él va a llevarse la peor parte, pero os aseguro que lo siento más por mi madre. Después Gordy pierde la cabeza y nos culpan de su suicidio. Arrestan a la familia de Zola y los meten en una cárcel a esperar el momento de la deportación. Y ahora esto. Y se supone que tenemos que encontrar la forma de olvidarnos de todo y volver a la facultad para cursar nuestro último semestre y luego pasar dos meses en el infierno, estudiando para el examen de colegiación, con el objetivo de llegar a ganar algo de dinero para empezar a devolver unos créditos que, la verdad, es una tarea todavía más imposible de lo que parece, y eso que ahora mismo da la sensación de ser algo total y absolutamente irrealizable. Sí, Zola, estoy cansado. ¿Tú no?

—Yo estoy más que agotada.

—Pues estamos los tres igual —aportó Todd.

Redujeron la velocidad y cruzaron el pueblecito de Boyce. Cuando lo dejaron atrás, Mark preguntó:

—¿De verdad vosotros vais a ir a clase el lunes? Porque yo no.

—Ya lo has dicho dos o tres veces —comentó Zola—. Y si no vas a clase, ¿qué planes tienes?

—No tengo planes. Iré decidiendo día a día.

—Vale, pero ¿qué vas a hacer cuando la facultad empiece a llamarte? —quiso saber Todd.

—No les cogeré el teléfono.

—Bien, pues te calificarán de «ausente» y se lo notificarán a las alimañas de los créditos, que saldrán de su guarida en busca de su presa.

—¿Y si no me encuentran? ¿Y si cambio de teléfono y me mudo a otro apartamento? No tiene que ser difícil perderse en una ciudad con dos millones de habitantes.

—De acuerdo —continuó Todd—. Te escondes, muy bien. ¿Y el trabajo, el dinero para vivir y todo lo demás?

—Ya he pensado en eso —contestó Mark, y después dio un largo trago a la cerveza—. Podría trabajar de camarero en un bar, cobrando en metálico, claro. O sirviendo mesas en un restaurante. O tal vez podría convertirme en especialista en casos de conducción bajo los efectos del alcohol, como ese caradura que conocimos el viernes pasado en la comisaría. ¿Cómo se llamaba?

—Darrell Cromley —recordó Zola.

—Seguro que Darrell se gana cien mil dólares al año con lo de los conductores borrachos. Y todo en dinero efectivo.

—Pero no tienes licencia de abogado —apuntó Zola.

—¿Pedimos a Darrell que nos enseñara su licencia? No, claro. Dijo que era abogado. Leímos en su tarjeta que era abogado y asumimos que lo era. Podría ser un vendedor de coches de segunda mano pluriempleado que pasa sus ratos libres en la comisaría.

—¿Y el tema de los juzgados? —siguió preguntando Zola.

—¿Has estado alguna vez en un juzgado municipal? Yo sí, y eso es un circo. Hay cientos de Darrell Cromley por allí, buscando representar a gente con acusaciones menores por dinero en metálico, entrando y saliendo de unas salas en las que esperan unos jueces aburridos y medio dormidos. Y los jueces, los funcionarios y todos los demás que están en la sala asumen, igual que nosotros, que los tipos con los trajes baratos que van de acá para allá son abogados de verdad. Hay cien mil abogados en esta ciudad y nadie se molesta en preguntarles: «Oye, ¿de verdad eres abogado? Enséñame tu licencia».

—Creo que el alcohol se te está subiendo a la cabeza —soltó Todd.

Mark miró a Zola por el retrovisor y sonrió.

13

El primer día de clase del semestre de primavera equivalía a dinero. El Departamento de Educación transfería a Foggy Bottom la cantidad de veintidós mil quinientos dólares por la matrícula de cada estudiante y otros diez mil para gastos de mantenimiento. La facultad transfería inmediatamente el total de la matrícula a sus propietarios de Baytrium Group y después emitía a los estudiantes unos cheques para sus gastos individuales. La Oficina de Asistencia Financiera era un lugar muy concurrido durante todo el día, llena de alumnos necesitados de dinero haciendo largas colas.

Mark y Todd se saltaron las clases y llegaron un poco antes de las cinco, la hora a la que la oficina cerraba. Con veinte mil dólares en los bolsillos, se fueron a un garito que habían descubierto el fin de semana anterior. The Rooster Bar estaba escondido en Florida Avenue, en la zona de la calle U, lejos de los lugares que la clientela de Foggy Bottom frecuentaba. Ocupaba la planta baja de un edificio de cuatro pisos que, aunque estaba pintado de rojo intenso, no llamaba mucho la atención. El jefe de Todd, un corredor de apuestas a quien todo el mundo llamaba Maynard, era el dueño tanto del bar como del edificio, además del Old Red Cat y otros dos locales en la ciudad. Maynard había accedido, tras la insistencia de Todd, a trasladarlo a trabajar allí. Y había aceptado también contratar a Mark, quien le aseguró que tenía mucha experiencia como camarero. Los dos atenderían el bar por la noche y los fines de semana y, contando con unos nuevos trabajos diurnos, su futuro financiero pareció mejorar un poco. Por supuesto, sus enormes deudas seguían esperándolos, pero no tenían intención de hacerles frente.

The Rooster Bar tenía la apariencia y el ambiente de un bar de barrio de toda la vida. La mayoría de sus clientes habituales eran trabajadores del gobierno que vivían por los alrededores o que se dejaban caer todas las tardes para tomarse unas copas mientras esperaban a que pasara la hora punta y hubiera menos tráfico antes de volver a sus casas. Para algunos esa espera duraba varias horas. La amplia barra del bar, con forma de media luna, era de caoba pulida y bronce, y todas las tardes a las cinco estaba rodeada por dos o tres filas de importantes burócratas de nivel medio bebiendo una copa tras otra, aprovechando la hora feliz, y viendo las noticias de la Fox. De su cocina salía comida típica de bar decente y a precios razonables.

Mark y Todd estuvieron unas cuantas horas en un reservado que hacía esquina maquinando sus siguientes movimientos mientras comían alitas de pollo y bebían cerveza de barril.

El martes no fueron a clase y pasaron el día buscando en internet un falsificador respetable que pudiera proporcionarles nuevas identidades. Encontraron a uno en Bethesda; en un garaje, el «asesor de seguridad» les imprimió dos carnets de conducir perfectos para cada uno. Uno de Washington D. C. y otro de Delaware a nombre de Mark Upshaw y Mark Finley, anteriormente conocido como Mark Frazier; y uno de Washington D. C. y otro de Maryland para Todd Lane y Todd McCain, anteriormente conocido como Todd Lucero. Cada una de las identidades les costó doscientos dólares en efectivo, y el falsificador se ofreció a hacerles unos pasaportes a cambio de otros quinientos por unidad. Pero rechazaron su oferta, al menos por el momento. Sus pasaportes actuales estaban en vigor y no tenían intención de salir del país.

Con sus nuevos nombres compraron móviles con otros números. Conservaron los anteriores para saber quién los buscaba. Salieron de la tienda de telefonía y fueron a una imprenta, en la que encargaron material de papelería y tarjetas de visita para su nueva empresa: Upshaw, Parker & Lane, abogados. Mark Upshaw y Todd Lane. Nuevos nombres, nuevos números de teléfono y un nuevo futuro. La dirección era el 1504 de Florida Avenue, la misma que The Rooster Bar.

Tampoco fueron a clase el miércoles y, cuando los otros inquilinos de The Coop estaban en la universidad y nadie los veía, recogieron su ropa, sus libros e incluso unas cuantas cacerolas, sartenes y platos, y se fueron del edificio sin decir nada a nadie. No habían pagado la renta de enero y esperaban que su casero los demandara, pero iba a costarle bastante encontrarlos. Se mudaron a un piso cochambroso de tres dormitorios en la planta más alta del edificio donde estaba The Rooster Bar, una auténtica pocilga que, al parecer, se había utilizado como almacén desde los tiempos de Roosevelt. No habían llegado aún a un acuerdo con Maynard sobre el importe del alquiler y se les había ocurrido la idea de ofrecerle horas de trabajo a cambio del alojamiento. Y todo sin que constara en ninguna parte, claro. A Maynard le gustaba hacer las cosas así.

La idea de vivir allí no les resultaba ni mucho menos agradable, pero la otra opción era pagar un alquiler elevado o que las alimañas de los créditos los encontraran. Si vivir durante unos meses en un agujero como aquel los mantenía fuera del alcance de sus acreedores, Mark y Todd podrían soportarlo. Compraron dos camas, un sofá, unas cuantas sillas, un modesto conjunto de comedor y otras cosas sueltas en una tienda de muebles de segunda mano que había al lado de un refugio para indigentes.

Decidieron no afeitarse y dejarse barba. Como buenos estudiantes de Derecho que eran, tampoco es que se afeitaran todos los días. La pinta desaliñada era algo habitual. Y el pelo en la cara les serviría para ocultarse mejor.

El miércoles por la tarde se aventuraron por primera vez por la zona de Judiciary Square, donde había varios juzgados que se ocupaban de los pleitos del distrito. El más concurrido era el juzgado del distrito, un enorme edificio de hormigón de estilo setentero al que acudían acusados de todo tipo de delitos. Era una jungla de salas de vistas distribuidas en seis plantas. Sus pasillos estaban llenos de abogados que entraban y salían de las vistas y de acusados en libertad bajo fianza que esperaban nerviosos junto a sus seres queridos. Los juzgados estaban abiertos al público y el acceso era fácil y gratuito tras pasar por el obligatorio control de seguridad, con sus detectores de metales y escáneres corporales. Mark y Todd asistieron a los juicios con jurado que estaban desarrollándose. También presenciaron comparecencias en las que llevaban a presos con sus monos naranjas ante el juez para algún papeleo rápido y después los devolvían a la cárcel. Asistieron a vistas para presentar peticiones, en las que los fiscales y los abogados de oficio argumentaban sin cesar. Estudiaron el orden del día del juzgado y recopilaron todos los papeles que pudieron. Recorrieron los pasillos, observando a los abogados reunidos con familias asustadas. Ni una sola vez oyeron a nadie preguntar a un abogado si tenía licencia para ejercer. Tampoco vieron a nadie que conocieran.

Esa noche trabajaron hasta las diez sirviendo comida y bebida en The Rooster Bar y después volvieron a su cuchitril de la planta de arriba, donde se pasaron horas en internet tratando de desentrañar el laberíntico sistema judicial del Distrito de Columbia. El derecho penal era lo que les convenía para su futuro, sobre todo porque podían cobrar los honorarios en efectivo y no había necesidad de que los clientes fueran a su oficina para ninguna gestión. Se reunirían con ellos en la cárcel o en el juzgado, como habían visto hacer a Darrell Cromley.

Volvieron a saltarse las clases del jueves y fueron a abrirse nuevas cuentas corrientes. Había seis sucursales de Swift Bank en el área metropolitana de Washington D. C. Mark fue a una situada cerca de Union Station e ingresó quinientos dólares a nombre de Mark Upshaw. Todd Lane hizo lo mismo en una sucursal de Rhode Island Avenue. Y fueron juntos a otra sucursal de Swift Bank en Pennsylvania Avenue y abrieron una cuenta para el bufete con un número de afiliación a la Seguridad Social falso. El jueves por la tarde regresaron a los juzgados para empaparse de lo que pasaba en ese circo.

Se saltaron las clases del viernes también y después se olvidaron por completo de Foggy Bottom. Si podían, ni una sola vez más pisarían ese lugar, y eso hizo que se sintieran exultantes.

La citación por conducción bajo los efectos del alcohol de Gordy exigía que se presentara en la sala 117 del juzgado del distrito el viernes a la una de la tarde. Mark y Todd llegaron ante las puertas de la sala cuando faltaba un cuarto de hora e intentaron parecer preocupados. Ya había allí un montón de gente. Mark tenía la citación en la mano y aparentó necesitar ayuda. Los dos llevaban vaqueros y botas de montaña e iban bastante desaliñados. Mark también llevaba una gorra de John Deere. Apareció por allí un hombre con un maletín y, tras fijarse en ellos, se les acercó.

—¿Has venido para un juicio por conducción bajo los efectos del alcohol?

—Sí, señor —respondió Mark—. ¿Es usted abogado?

—Sí. ¿Ya tienes uno?

—No, señor.

—¿Me dejas ver la citación?

Mark se la mostró y el abogado frunció el ceño mientras la leía. Después le entregó una tarjeta de visita. Mark leyó: «Preston Kline, abogado».

—Necesitas abogado para esto —dijo Kline—. Mis honorarios son de mil dólares, en efectivo.

—¿Sí? ¿Tanto? —preguntó Mark, sorprendido.

Todd se aproximó más.

—Yo soy su amigo.

—Es una ganga, chico —prosiguió Kline—. Puedo ahorrarte mucho dinero. Si te declaran culpable, perderás tu permiso de conducir durante un año y te pasarás un tiempo en chirona. Sin embargo, sé cómo librarte de eso.

Kline no era tan bueno como Darrell Cromley, pero en ese momento no importaba.

—Tengo cuatrocientos en efectivo —dijo Mark—. Y puedo conseguir el resto luego.

—Está bien —aceptó Kline—, pero tienes que pagarme antes de la fecha del juicio.

—¿Qué juicio?

—Bueno, vamos a entrar a ver al juez. Su nombre es Cantu y es un hueso, un tipo muy estricto. Solo hablaré yo. Tú no digas nada a menos que te dé permiso. Cantu repasará los cargos, todo rutina, y tú te declararás inocente. El juez establecerá una fecha para la vista, dentro de un mes más o menos, y eso me dará tiempo para hacer mi trabajo. Estoy asumiendo que realmente diste 0,11 en el control...

—Sí, señor.

—¿Tienes el dinero?

Mark metió la mano en el bolsillo y sacó unos cuantos billetes. Dio cuatro de cien dólares a Kline.

—Vamos a entrar y hacer el papeleo.

—¿Puedo entrar yo también? —preguntó Todd.

—Claro. Este circo está abierto al público.

Dentro los abogados iban de acá para allá al otro lado de la barrera, mientras los observaban una docena de espectadores. Kline señaló a Mark un asiento en la primera fila y sacó unos documentos de su viejo maletín.

—Esto es un contrato de prestación de servicios legales —dijo señalando los papeles. Después escribió la cantidad de mil dólares—. También hace los efectos de compromiso de pago de la cantidad de los honorarios. Échale un vistazo, pon tu nombre y dirección, y firma al final.

Mark cogió el boli y escribió el nombre de Gordon Tanner y su antigua dirección. Todd y él confiaban en que nadie recordara el nombre de su amigo por haber salido en las noticias en el momento de su suicidio. No creían que en ese inmenso sistema judicial alguien hubiera reparado en eso y eliminado el nombre de Gordy del orden del día de los juicios por conducción bajo los efectos del alcohol. Si alguien se había dado cuenta y empezaba a hacer preguntas a Mark, se largarían sin más. O echarían a correr.

Mark leyó el contrato e intentó memorizarlo de principio a fin. Devolvió el documento al abogado.

—¿Hace esto a menudo? —le preguntó.

—Continuamente —contestó Kline con aire de suficiencia, como si fuera un consumado litigante.

—Oiga, pues mi hermano se metió en una pelea en un partido de los Washington Capitals y lo han acusado de un delito de lesiones. ¿Podría usted ocuparse de eso también?

—Claro. ¿Delito leve o con agravantes?

—Leve, creo. ¿Y cuánto cobraría en ese caso?

—Mil dólares, si hay acuerdo. Si va a juicio, la tarifa es más alta.

—¿Y lo libraría de la cárcel?

—Por supuesto. Si se declara culpable de desorden público, saldrá libre. Más adelante puedo conseguir que la sentencia se suspenda, pero le costará otros mil dólares. Todo eso si no tiene antecedentes.

—Gracias, se lo diré.

A la una el juez Cantu ocupó su sitio en el estrado y todo el mundo se puso en pie. Y la maquinaria se puso en marcha: un abogado defensor tras otro, todos con clientes acusados de conducción bajo los efectos del alcohol, iban cruzando la portezuela cuando el funcionario decía el nombre de su cliente. Solo la mitad de los acusados tenían abogado. A todos les preguntaron si se declaraban culpables o inocentes. A los que admitían que eran culpables, un fiscal les entregaba unos documentos y les ordenaba que se sentaran en un rincón y rellenaran los huecos en blanco. A los que se declaraban inocentes, se les asignaba día y hora para volver al juzgado en febrero.

Mark y Todd observaron todo lo que pasaba y procuraron memorizar cada palabra que se decía. Muy pronto estarían ellos también metidos en ese negocio.

Llamaron a Gordon Tanner.

—Quítate la gorra —dijo Kline a Mark.

Lo acompañó hasta el estrado y ambos levantaron la vista para mirar al juez.

—Buenas tardes, señor Kline —saludó el juez Cantu.

Habían estado observándolo trabajar durante veinte minutos y ese hombre era como Papá Noel, todo sonrisas y palabras amables dirigidas a las personas que se presentaban ante él. Aunque el juzgado de tráfico era el último del escalafón, al juez Cantu parecía gustarle.

—¿Primer delito? —preguntó.

—Sí, señoría —respondió Kline.

—Lo siento —dijo mirando a Mark con ojos amables.

Mark tenía el estómago hecho un nudo y en ese momento le pesaba como una bola de bolera. Esperaba que alguien, tal vez uno de los ayudantes del fiscal, soltara de repente: «Eh, este nombre me suena. ¿No se llamaba Tanner el muchacho que saltó del puente?». Pero no hubo sorpresas.

—¿Puede enseñarme su permiso de conducir, señor Tanner? —pidió el juez Cantu.

Mark frunció el ceño.

—Bueno, juez, es que he perdido la cartera. Con las tarjetas de crédito y todo.

—No pasa nada, porque no va a necesitar su permiso por ahora. Supongo que se declarará inocente.

—En efecto, señoría —respondió rápidamente Kline.

El juez anotó algo en sus papeles.

—Bien, pues la fecha para la celebración de su juicio será el 14 de febrero. Un buen regalo de San Valentín, seguro. —Y sonrió, como si hubiera dicho algo gracioso.

Kline cogió unos documentos de manos de un funcionario.

—Gracias, señoría. Nos veremos ese día.

Se alejó del estrado con Mark y, cuando iban de camino a la puerta de la sala, este último le susurró:

—¿Puedo quedarme con mi amigo para ver lo que pasa aquí?

—Si no tenéis otra cosa que hacer, no hay problema.

Se sentaron en el banco del fondo y vieron a Kline desaparecer.

—Así es como se lleva una acusación por conducción bajo los efectos del alcohol —susurró Todd—. No tiene misterio.

Otros abogados entraron y salieron y llegaron más acusados. Diez minutos después, Kline volvió con otro cliente, uno a quien acababa de echar el lazo en el pasillo, sin duda.

Estuvieron viendo el espectáculo durante una hora más y después se fueron. Por lo que leyeron en la tarjeta de Kline, su despacho estaba en la calle E, a poca distancia del juzgado del distrito. Caminaron tres manzanas y dieron con la dirección. Era un edificio de cuatro plantas que evidentemente estaba lleno de picapleitos. En un cartel que había junto a la puerta principal podían leerse los nombres de una docena de pequeños bufetes y varios despachos de abogados independientes. Kline era uno de estos últimos. Mientras Mark esperaba fuera Todd entró en la estrecha recepción, donde una mujer muy atareada trabajaba tras una gran mesa. Lo saludó sin sonreírle.

—¿En qué puedo ayudarlo?

—Oh, estoy buscando a un abogado que se llama Preston Kline —dijo Todd al tiempo que aprovechaba para echar un vistazo a su alrededor.

En un extremo, junto a la mesa, había una hilera de casillas, en las que se leían los nombres de diferentes abogados, con notas de mensajes telefónicos y cartas.

—¿Es usted cliente del señor Kline? —preguntó la mujer.

—Quizá lo sea. Me lo han recomendado. Me han dicho que es un buen abogado penalista.

—Está en el juzgado ahora mismo. Si quiere, tomo nota de su nombre y su teléfono. El señor Kline lo llamará cuando pueda.

—¿Y su despacho está aquí?

—Sí, en la segunda planta. ¿Por qué?

—¿Podría ver a uno de sus socios o a un ayudante? Necesito que alguien me aconseje.

—Trabaja solo. Yo soy su secretaria.

Todd dudó y volvió a mirar alrededor.

—Está bien. Como ya tengo su número, lo llamaré yo. Gracias.

Y salió del edificio antes de que a la recepcionista le diera tiempo a responder.

—Justo como pensábamos —dijo Todd mientras se alejaban de allí—. El tío vive al día. Ocupa un cubículo en la segunda planta y no tiene personal. La mujer de la recepción contesta al teléfono de varios abogados. Lo mínimo, vamos.

—¡Es perfecto! —exclamó Mark—. Ahora lo único que nos hace falta es una chica.

14

Zola asistió a una clase el lunes, pero le resultó tan deprimente que decidió saltarse las demás. La clase, Derechos de los Ancianos, era una de esas optativas inútiles que elegían los alumnos de tercero que ya estaban a punto de terminar. Gordy y ella se habían matriculado juntos, y habían planeado hacer turnos para soportar la perorata y compartir los apuntes, para al final verse recompensados con un sobresaliente o un notable. Solo había unos veinte alumnos en el aula, y cuando Zola vio el asiento de su derecha vacío no pudo evitar pensar en Gordy. Él debería estar sentado allí.

Se mostraron muy cautos cuando empezaron a salir, el septiembre anterior. Gordy era un tío popular, con una personalidad muy definida y que atraía mucha atención. Zola no era la primera chica que había intentado conquistar, pero sí que era la primera negra por la que había demostrado interés. Sus amigos sabían que tenía una novia formal en casa, que era celosa y que iba a menudo a Washington D. C. para verlo y asegurarse de que todo estaba bien. Zola y Gordy fueron precavidos, pero con el tiempo la gente se percató de lo que había entre ellos. Y el rumor se extendió.

El profesor comenzó la clase haciendo algunos comentarios tristes sobre la tragedia del señor Tanner y varios alumnos miraron a Zola. Después de eso ella ya no escuchó prácticamente nada más y se limitó a contar los minutos que le quedaban para poder salir del edificio, no sin antes recoger su cheque de diez mil dólares. Lo ingresó en el banco, a buen recaudo, y caminó sin rumbo por la ciudad hasta que el cielo se oscureció. Entonces entró en la National Portrait Gallery para hacer de tiempo.

Durante los años de universidad había ido encontrando trabajos a tiempo parcial que le ocupaban unas cuantas horas a la semana. Vivía de forma más austera que el resto de sus amigos, todos con pocos recursos, y como no bebía, salía poco de fiesta y utilizaba el transporte público, había conseguido ahorrar dinero. Los veinte mil dólares que el gobierno le prestaba cada año para mantenerse habían sido más que suficientes para ella, y cuando ya solo le quedaba un semestre para terminar sus estudios tenía dieciséis mil dólares en una cuenta de ahorro cuya existencia nadie conocía. Una nimiedad para Washington D. C., pero una fortuna en Senegal. Si al final deportaban a sus padres y su hermano, ese dinero podía resultar crucial para su supervivencia. Los sobornos eran una práctica común allí y, aunque se estremecía con solo pensar en tener que viajar a Senegal y que la detuvieran o le negaran la entrada en Estados Unidos a su regreso, era consciente de que tal vez algún día tendría que ayudar a su familia con todo el efectivo que pudiera reunir. Así que ahorraba e intentaba no pensar en sus préstamos.

No había sabido nada más de sus padres. El uso del teléfono estaba limitado en el centro de detención. El señor Maal creía que les permitirían avisarla antes de que los metieran en un avión para retornarlos a Senegal, pero las reglas de las deportaciones parecían cambiar a diario. Zola se convenció de que seguían aún en Estados Unidos, lo que la consolaba en cierta medida, si bien no sabía por qué. ¿Qué era peor: vivir como presos en un campo de concentración federal o que los dejaran libres en las calles de Dakar? Ninguna de las dos posibilidades ofrecía la menor esperanza. Nunca les permitirían volver a su barrio de Newark. Los trabajos precarios que habían ido encadenando para apañárselas durante los últimos veintiséis años los harían otros trabajadores sin papeles. Y la maquinaria seguiría en funcionamiento porque alguien tenía que hacer esas tareas y los estadounidenses preferían realizar otras.

Cuando no estaba echando de menos a Gordy y culpándose, se pasaba el tiempo preocupándose por la aterradora situación de su familia. Y si de alguna forma lograba apartar de su mente esas dos tragedias, tenía que enfrentarse a la incertidumbre de su propio futuro. Durante esos días fríos y deprimentes de enero, Zola se fue sumiendo poco a poco en una melancolía tan profunda como comprensible.

Llevaba diez días viviendo prácticamente con Todd y Mark, y necesitaba un poco de espacio. Ellos no asistían a las clases y aseguraban que no volverían a la facultad. Le escribían mensajes de vez en cuando para ver qué tal le iban las cosas, pero parecían ocupados con asuntos más importantes.

A última hora de la mañana del martes, Zola oyó ruidos al otro lado del pasillo y vio que los Tanner estaban sacando del apartamento de Gordy cajas con sus pertenencias. Se planteó salir a saludarlos y darles el pésame, pero no lo hizo. El señor Tanner y el hermano de Gordy se pasaron una hora yendo y viniendo del piso a una furgoneta alquilada que habían aparcado en la calle. Una tarea muy triste. Ella estuvo todo el rato escuchando a través de la puerta entreabierta. Cuando se fueron, cogió su llave, entró en el apartamento de Gordy y se paseó por él. Los viejos muebles que ya estaban en el piso cuando lo alquiló seguían allí, así que se sentó en el sofá, a oscuras, y lloró un buen rato.

En dos ocasiones, en momentos muy inoportunos, se había quedado dormida en ese sofá y Gordy se largó en mitad de la noche. Sentía una culpa enorme.

El miércoles, vestida ya para ir a clase y a punto de salir, su padre la llamó por teléfono. Seguían en el centro de detención y no les habían dicho ni una palabra de la deportación. No había cambiado nada desde que los había visitado. El señor Maal se esforzaba por sonar animado, algo difícil dadas las circunstancias. Zola había estado intentando localizar a sus parientes en Senegal para avisarlos y pedirles ayuda, pero hasta entonces no lo había logrado. Tras veintiséis años de no tener apenas contacto con ellos, le parecía improbable que los acogieran de buena gana. Y como sus padres no tenían ni idea de cuándo los enviarían allí, tampoco podía hacer preparativos. Según su padre, la mayor parte de sus familiares habían huido del país años atrás. Y los que seguían en Senegal tenían sus propios problemas y no se iban a ocupar de los de ellos.

Zola habló con su padre durante veinte minutos y cuando colgó se hundió una vez más. En ese momento ir a clase le parecía irrelevante. Estaba allí por culpa de su sueño insensato de convertirse en abogada y luchar para proteger a su familia y a otros inmigrantes. Y de repente eso era solo una causa perdida, una ilusión rota.

Había reunido una pequeña biblioteca de manuales sobre la ley de inmigración y libros sobre el procedimiento, y se pasó muchas horas en internet leyendo artículos, blogs y publicaciones gubernamentales. Estaba en contacto con varios grupos pro derechos civiles y abogados de oficio voluntarios. Pero un tema seguía asustándola. El ICE, en su frenesí aleatoria de arrestos y deportaciones, había cometido errores en el pasado. Tenía un archivo de casos de ciudadanos estadounidenses de pleno derecho a los que habían arrestado en redadas para luego deportarlos. Conocía una docena de historias de ciudadanos que tenían padres sin papeles y que habían sido detenidos por error y extraditados. Y en casi todos los casos, el arresto ilegal había ocurrido después de que detuvieran a la familia.

Sola, vulnerable y con su familia encerrada, de repente volvía a tener miedo de que un día llamaran a su puerta.

El jueves se puso sus mejores ropas para ir a una entrevista en el Departamento de Justicia. Habían salido ofertas para varios puestos, pero estaban muy solicitados. Creía que había tenido mucha suerte solo por haber conseguido una cita. El sueldo, cuarenta y ocho mil dólares anuales, no era lo que ella esperaba encontrar tres años atrás, pero hacía tiempo que había abandonado esas fantasías.

El gobierno federal había creado un programa de condonación de las deudas para abogados jóvenes que quisieran dedicarse al servicio público. Gracias a ese programa, los alumnos que eligieran trabajar en algún organismo del Estado, del gobierno local o del federal, o para algunas organizaciones sin ánimo de lucro concretas, solo tendrían que devolver la cantidad correspondiente al diez por ciento de su salario anual durante una década y después se librarían del resto de la deuda. Para muchos estudiantes, sobre todo los de Foggy Bottom, era una oferta tentadora, especialmente viendo lo mal que estaba el mercado laboral en el sector privado. La mayoría de ellos preferían trabajar en algún organismo relacionado con el Derecho, pero otros se habían decantado ya por la enseñanza en un colegio o se habían unido al Cuerpo de Paz.

La entrevista iba a tener lugar en el sótano de un edificio de oficinas de Wisconsin Avenue, lejos de la sede del Departamento de Justicia, que estaba cerca de la Casa Blanca. Cuando Zola llegó se apuntó en la lista. La sala de espera estaba llena de estudiantes de tercero, y conocía a unos cuantos de Foggy Bottom. Cogió número y se quedó de pie hasta que vio una silla libre. Ya casi había perdido toda esperanza de que la llamaran cuando oyó que pronunciaban su nombre. Charló durante quince minutos con un empleado del Departamento de Justicia poco amigable y la entrevista se le hizo eterna, no veía el momento de salir de allí.

Su vida era tan inestable en aquel momento que comprometerse durante diez años con lo que fuera era demasiado para ella.

15

Quedaron el sábado al atardecer en The Rooster Bar, un establecimiento del que Zola no había oído hablar nunca. Todd y Mark le habían dicho que querían invitarla a una buena cena. Pero solo con echar un vistazo al sitio, se dio cuenta de que algo raro ocurría. La esperaban en un reservado que había en una esquina, los dos vestidos con trajes nuevos, ambos con barba incipiente y con unas inusuales gafas un poco raras. Las de Mark eran redondas y de carey; las de Todd, estrechas y sin montura, de un estilo muy europeo.

Zola se sentó frente a ellos.

—Vale, ¿qué está pasando? —les soltó enseguida.

—¿Has ido a clase esta semana? —preguntó Todd.

—Lo he intentado. Al menos he hecho el esfuerzo. Pero no os he visto por allí.

—Lo hemos dejado —anunció Mark—. Y te aconsejamos que tú también lo hagas.

—Es una pasada, Zola —añadió Todd—. Se acabó la facultad. Nada de preocuparse por el examen de colegiación.

—Soy toda oídos —contestó ella—. ¿De dónde habéis sacado esos trajes, por cierto?

Un camarero fue a tomarles nota de las bebidas. Cerveza para los chicos y un refresco para ella.

—Es nuestro nuevo look, Zola —dijo Mark—. Ahora somos abogados y tenemos que estar a la altura del trabajo, aunque en nuestro sector de clientes no podemos parecer demasiado elegantes. Los abogados que se dedican a las demandas por conducción bajo los efectos del alcohol, como sabrás, muy pocas veces son portada de la revista *GQ*.

—Ya veo. ¿Y quién puede estar lo bastante desesperado para contrataros?

—Nos hemos autoempleado —contó Todd—. Nos hemos montado nuestro propio tinglado: el centro de asistencia legal Upshaw, Parker & Lane.

Le dio una de sus nuevas tarjetas de visita con el nombre del bufete, la dirección y el número de teléfono. Zola la leyó.

—Estáis de coña, ¿no?

—No, lo decimos totalmente en serio —contestó Mark—. Y necesitamos personal.

La joven suspiró y lentamente les mostró las palmas de las manos.

—De acuerdo, no os haré más preguntas. Pero... o me contáis de qué va esto o me largo.

—No te irás a ninguna parte —dijo Todd—. Hemos dejado los apartamentos, abandonado la facultad, nos hemos cambiado los nombres y hemos encontrado una forma de ganar dinero. Nos vamos a hacer pasar por abogados y buscaremos clientes en los juzgados a cambio de unos honorarios, en metálico, por supuesto, y cruzaremos los dedos para que nunca nos pillen.

—No nos pillarán —aseguró Mark—. Hay demasiados tíos como nosotros haciendo exactamente lo mismo.

—Pero todos tienen licencia —apuntó Zola.

—¿Y cómo lo sabes? Nadie lo comprueba jamás. Y los clientes no tienen ni idea. Están muertos de miedo y agobiados, tanto que no se les ocurre preguntar. Igual que no preguntamos nosotros cuando apareció Darrell Cromley en la comisaría.

—Eso es ilegal —insistió Zola—. No he aprendido mucho en Foggy Bottom, pero sí me ha quedado claro que ejercer de abogado sin licencia va contra la ley.

—Solo si te pillan —recordó Mark.

—Hay riesgos, desde luego —dijo Todd—, pero no son preocupantes. Si algo sale mal, desaparecemos de nuevo y ya está.

—Y podemos conseguir dinero, libre de impuestos, claro —añadió Mark.

—Estáis locos.

—No, la verdad es que somos muy listos. Nos escondemos a plena vista de todos, Zola. Nos escondemos del casero. De las empresas de créditos estudiantiles. De cualquiera que quiera encontrarnos. Y vamos a ganar una pasta interesante.

—¿Y las deudas?

Mark dio un sorbo a su cerveza, se limpió la boca y se inclinó hacia su amiga.

—Esto es lo que va a pasar. La facultad de Derecho algún día se dará cuenta de que lo hemos dejado, pero no hará nada. Las facultades con más renombre se lo notifican al Departamento de Educación y después negocian qué parte de la matrícula del semestre tienen que devolver. Pero seguro que Foggy Bottom no quiere devolver nada, así que no tomará ninguna medida porque hayamos abandonado y podrá quedarse con todo el dinero. Nos mantendremos en contacto por email con nuestros asesores crediticios para darles la impresión de que seguimos asistiendo a las clases. La graduación es en mayo y, como sabes, deberíamos aceptar un plan de devolución de la deuda que empezaría a hacerse efectivo seis meses después. Cuando no paguemos, nos reclamarán la deuda judicialmente.

—¿Sabías que el año pasado un millón de estudiantes acabaron en esa situación? —añadió Todd.

Zola se encogió de hombros. Tal vez lo sabía o tal vez no.

—Así que tenemos bastante tiempo —continuó Mark—, nueve o diez meses antes de que reparen en el impago. Para entonces estaremos triunfando con nuestro centro de asistencia legal y amasando dinero.

—Pero un impago significa que tenéis garantizado un pleito que no podéis ganar —dijo Zola.

—Solo si son capaces de encontrarnos —matizó Todd—. Mi asesor crediticio trabaja en una oficinucha en Filadelfia. El de Mark está en New Jersey. ¿Y el tuyo? No me acuerdo.

—En Chevy Chase.

—Vale, está un poco más cerca, pero tampoco tanto. No pueden encontrarnos porque tenemos nombres diferentes y direcciones diferentes. Dejarán el tema en manos de algún bufete de poca monta, sin duda uno de los de Hinds Rackley, y presentarán una demanda. Vaya cosa. Demandan a estudiantes todos los días, y esos pleitos no llegan a nada.

—Pero nunca más podréis volver a pedir un préstamo.

—¿Y qué posibilidad de pedirlo íbamos a tener de todas formas? Íbamos a quedarnos sin esa oportunidad en cuanto fuéramos incapaces de pagar los créditos. Aunque encontráramos un trabajo decente, no hay forma de que podamos liquidar lo que debemos.

El camarero volvió y Mark pidió una ración de nachos.

—¿Esta es la buena cena que me prometisteis? —dijo Zola cuando el camarero se fue.

—Estás invitada. Paga el bufete —dijo Todd con una sonrisa.

Zola todavía tenía la tarjeta de sus amigos en la mano. La miró.

—¿De dónde han salido los nombres?

Fue Mark quien respondió.

—De la guía telefónica. Nombres comunes, corrientes. Yo soy Mark Upshaw y tengo documentación que lo acredita. Él es Todd Lane, otro picapleitos que peina las calles en busca de clientes.

—¿Y quién es Parker?

—Esa eres tú —soltó Todd—. Zola Parker. Estamos pensando que nuestro bufete necesita un poco de diversidad, así que queremos añadirte como socia. Todo a partes iguales, faltaría más. Tres socios igualitarios.

—Tres pirados igualitarios —replicó ella—. Perdonadme, pero esto es una locura.

—Lo es. Sin embargo, es una locura peor seguir en Foggy Bottom, graduarnos en mayo sin trabajo y después rompernos los cuernos para aprobar el examen de colegiación. Sé realista, Zola, no estás preparada emocionalmente para eso. Ni tampoco nosotros, así que ya hemos tomado nuestra decisión.

—Pero si casi hemos terminado la facultad... —insistió ella.

—¿Y qué? —dijo Mark—. Vas a acabar una carrera de Derecho que no vale para nada. Otro trocito de papel cortesía de Hinds Rackley y su fábrica de títulos. Nos han liado en una estafa de proporciones épicas, Zola. Gordy tenía razón. No podemos someternos y esperar que ocurra un milagro. Nosotros al menos vamos a presentar batalla.

—No estáis presentando batalla a nada. Solo estáis jodiendo a los contribuyentes.

—A los contribuyentes está jodiéndolos el Congreso y el Departamento de Educación —repuso Todd—. Y también Rackley, obviamente, que además ya está ganando dinero a costa nuestra.

—Pero nosotros decidimos que queríamos pedir dinero. Nadie nos obligó.

—Cierto, pero nos lo presentaron bajo premisas fraudulentas —puntualizó Mark—. Cuando empezaste la facultad, ¿realmente creías que un día te verías sentada aquí, con una montaña de deudas y sin trabajo? No, joder. Nos pintaron un futuro de color rosa. Coge el dinero, sácate el título, aprueba el examen de colegiación y tendrás un trabajo en una profesión importante y no te costará devolver todo ese dinero.

El camarero les llevó otra ronda de bebidas. Durante unos minutos los tres amigos se limitaron a beber con la vista fija en la mesa.

—Parece un riesgo enorme —susurró Zola por fin.

Mark y Todd asintieron a la vez.

—Hay riesgos, sí —reconoció Mark—, pero no creemos que sean preocupantes. El principal es que nos pillen ejerciendo sin licencia, pero eso no es gran cosa. Una regañina, una pequeña multa y ya está.

—Hemos estudiado casos, y lo de ejercer sin licencia es bastante habitual —añadió Todd—. Ocurre. Y por cierto, esos casos llaman mucho la atención... pero ninguno de esos tíos acaba en la cárcel.

—¿Y se supone que eso va a tranquilizarme?

—Debería. Zola, nuestro plan es que, si alguien empieza a sospechar y nos denuncia y el Colegio de Abogados de Washington D. C. viene a hacernos un montón de preguntas, volvemos a desaparecer y ya está,

—Vaya, ¡eso sí es tranquilizador!

Mark la ignoró.

—El segundo riesgo es que no pagar nuestros créditos nos joda la vida, que, por otro lado, ya tenemos bastante jodida.

Llegaron los nachos y los tres comieron. Tras el segundo bocado, Zola se acercó una servilleta de papel a los ojos y sus amigos se dieron cuenta de que estaba llorando.

—Chicos, no puedo quedarme en mi apartamento —explicó—. Cada vez que veo la puerta de Gordy me vengo abajo. Su familia se llevó sus cosas el martes, pero no dejo de ir allí y quedarme sentada en la oscuridad. Necesito salir de ese edificio, irme... a donde sea.

Asintieron y dieron un sorbo a sus bebidas.

—Hay algo más —añadió Zola.

Inspiró hondo, se secó los ojos y les relató la historia de otra universitaria de Texas a la que unos agentes del ICE sacaron de su habitación de la residencia en mitad de la noche. La enviaron a El Salvador, donde se reunió con su familia, unos trabajadores sin papeles que habían deportado un mes antes. El problema era que la estudiante era ciudadana estadounidense porque había nacido en el país. Sus apelaciones y todo el papeleo todavía seguían perdidos en la maraña de la burocracia.

Zola les contó que había encontrado una docena de casos de ciudadanos de Estados Unidos a los que habían arrestado en redadas del ICE y expulsado del país. Y todos esos casos ocurrieron después de la detención de toda la familia de los extraditados. Les dijo que volvía a vivir con miedo y que eso estaba consumiéndola.

Mark y Todd la escucharon, comprensivos. Cuando terminó y dejó de llorar, Mark le hizo una nueva oferta.

—Hemos encontrado un sitio genial para escondernos, y hay sitio para ti, si quieres.

—¿Dónde está? —preguntó ella.

—Arriba. Compartimos un cuchitril que está en la cuarta planta, no hay ascensor, por cierto, y justo debajo de donde estamos nosotros Maynard tiene libres dos habitaciones que nos alquilará por una renta razonable.

—¿Quién es Maynard?

—Nuestro jefe —explicó Todd—. Es el dueño.

—No es un sitio muy bonito, que digamos —reconoció Mark—. Pero tendrás privacidad... o algo parecido.

—No pienso compartir piso con vosotros.

—No, no. Todd y yo estaremos en la cuarta planta y tú en la tercera.

—¿Tiene cocina?

—No, pero no te hará falta cocinar nada.

—¿Y baño?

—Eso podría suponer un problema —contestó Todd—. El único baño está en la cuarta planta, pero nos apañaremos. No es el lugar de nuestros sueños, Zola, pero sé que nos esforzaremos todos por aguantar aquí unos meses, hasta que veamos cómo va la cosa.

—Es un lugar perfecto para esconderse —insistió Mark—. Acuérdate de Anna Frank, ocultándose de los nazis. Y lo nuestro no es tan grave, ¿a que no?

—¿Dices eso para animarme?

—Bueno, debería haber recurrido a una analogía mejor.

—¿Y Maynard? —preguntó Zola—. ¿Hasta dónde sabe?

—Llevo tres años trabajando para Maynard y es un tío guay —aseguró Todd—. Digamos que no es del todo honrado; es un corredor de apuestas a gran escala, y no tiene ni idea de lo que es un centro de asistencia legal. Cree que seguimos en la facultad, y realmente tampoco le importa. Estamos en tratos con él, ofreciéndole horas de trabajo en el bar a cambio del alojamiento. Al final aceptará.

—No me imagino captando por ahí acusados por conducir borrachos, como hacía ese Cromley.

—Claro que no, Zola —contestó Mark—. Hasta ahora, por lo que hemos visto, todos los que se dedican a eso son hombres, blancos casi todos. Tú llamarías mucho la atención.

—Entonces ¿cuál va a ser mi cometido?

—Serás la recepcionista —dijo Todd.

—No me gusta cómo suena eso. ¿Y dónde está la recepción?

—En tu casa. Es el nueva sede de Upshaw, Parker & Lane o UPL. Aunque deberíamos haberlo llamado PSL: Picapleitos Sin Licencia.

—Qué gracioso.

—¿A que sí? No nos ha pasado desapercibido tu talento en el campo de la responsabilidad civil por daños personales, la cual, como bien sabemos, has adquirido gracias a tu extraordinaria formación universitaria. Además, se trata de la especialidad más lucrativa para los abogados callejeros.

Como si lo hubieran ensayado, Mark siguió con la argumentación de Todd:

—Te vemos trabajando en las salas de urgencias de los hospitales, Zola, buscando demandantes en casos de daños personales. En esta ciudad la mayor parte de esas personas son negras y podrás acercarte a ellas. Te creerán y querrán contratarte.

—Yo no sé nada de casos de daños personales —confesó ella.

—Desde luego que sí. Has visto millones de anuncios en la tele de todos esos buitres que buscan casos como locos. Todos ellos parecen profesionales mediocres, así que está claro que el tema de los daños personales no tiene que ser difícil.

—Gracias por la confianza.

—Y solo hacen falta un par de buenos accidentes de tráfico para ganar dinero, Zola —añadió Todd—. Yo conocí a un abogado en The Old Red Cat que se moría de hambre hasta que resbaló con una placa de hielo y se cayó. Cuando estaba postrado en cama en el hospital conoció a un tipo que se había visto implicado en una colisión de motos. Era el damnificado. Un año después el abogado llegó a un acuerdo de demanda por el caso de ese tío que ascendió a casi un millón de dólares y él se llevó un tercio.

—Así de fácil —dijo Zola.

—Sí, y siempre va a haber gente que se lesione y tenga que ir al hospital. Y allí los estarás esperando tú.

—Funcionará, Zola, porque nosotros haremos que funcione —aseguró Mark—. Nosotros tres, ¡uno para todos y todos para uno! Socios a partes iguales hasta el final.

—¿Y cuál es el final, chicos? ¿Qué queréis conseguir?

—La supervivencia —confesó Todd—. Sobreviviremos escondiéndonos y fingiendo ser otras personas. Nos buscaremos la vida en las calles porque no hay vuelta atrás.

—¿Y si nos pillan?

Mark y Todd dieron otro sorbo y reflexionaron.

—Si nos pillan —respondió Mark al cabo—, volveremos a escaparnos. Desapareceremos.

—Toda la vida huyendo —concluyó Zola.

—Ya estamos huyendo —apuntó Todd—. Seguramente no querrás reconocerlo, pero eso es lo que hacemos todos. Vivimos una vida que no podemos mantener, así que no tenemos otra opción que huir de ella.

Mark hizo crujir los nudillos.

—Este es el trato, Zola. Estamos en esto juntos, uña y carne y leales hasta el final. Pero tenemos que estar de acuerdo, ahora mismo, antes de nada, en que si es necesario nos iremos los tres juntos.

—¿Irnos adónde?

—Ya nos preocuparemos de eso cuando llegue el momento.

—¿Y vuestras familias? —preguntó ella—. ¿Se lo habéis contado?

Dudaron, y esa pausa ya fue suficiente respuesta para Zola.

—No —confesó Mark—, no se lo he explicado a mi madre, porque ya tiene bastantes problemas ahora mismo. Cree que sigo en la facultad y que estoy deseando graduarme y empezar en el buen trabajo que me espera. Supongo que lo dejaré estar un par de meses, y después le mentiré y le diré que voy a cogerme un semestre sabático. No sé... Ya se me ocurrirá algo.

—¿Y tú? —preguntó Zola a Todd.

—Lo mismo —respondió—. En este momento no tengo

lo que hay que tener para decírselo a mis padres. No sé qué versión de la realidad suena peor. La de: «Tengo una deuda de doscientos mil dólares y estoy sin trabajo». O la de: «He dejado la facultad, y he decidido ganarme la vida defendiendo conductores borrachos a cambio de pasta contante y sonante y utilizando una nueva identidad». Esperaré, como Mark, y ya pensaré en algo más adelante.

—¿Y si todo vuestro plan se va a la mierda y os veis metidos en problemas?

—Eso no va a pasar, Zola —insistió Mark.

—Me gustaría creerte, pero no estoy convencida de que de verdad sepáis de lo que estáis hablando.

—Nosotros tampoco estamos convencidos —reconoció Todd—. Aun así, hemos tomado una decisión y no hay vuelta atrás. La cuestión es si te unes a nosotros o no.

—Me pedís mucho. Queréis que me olvide de los tres años de carrera.

—Vamos, Zola... —dijo Mark—. ¿Qué ha hecho la facultad por ti? Nada, excepto arruinarte la vida. Te ofrecemos una salida. No es la más honesta, pero ahora mismo es la única que tenemos.

Zola mordió un nacho y miró a la gente que había en el bar. Estaba lleno de hombres jóvenes, treintañeros o con poco más de cuarenta años, todos bebiendo y mirando en las grandes pantallas del local partidos de baloncesto y de hockey. Había unas cuantas mujeres, no muchas, y casi ningún estudiante.

—¿Y vosotros dos trabajáis aquí? —quiso saber.

—Sí —dijo Todd—. Es mucho más divertido que sentarse en clase y estudiar para el examen de colegiación.

—¿Y cuáles serían los términos de la sociedad?

—Los dos hemos metido en esto el dinero para gastos de este semestre —contó Mark—. Diez mil cada uno. Eso cubre la inversión inicial: ordenadores nuevos, teléfonos nuevos, algo de equipamiento de oficina, nuevas identidades y ropa mejor.

—¿Te apuntas? —preguntó Todd.

—Dejadme pensarlo, ¿vale? Sigo creyendo que estáis completamente locos.

—Eso no vamos a discutírtelo.

16

Más o menos treinta meses antes, cuando Mark Frazier firmó su último préstamo federal y se tiró de cabeza a la ciénaga de las deudas por los estudios, el Departamento de Educación le asignó una asesora crediticia, una mujer que se llamaba Morgana Nash. Trabajaba para NowAssist, una empresa privada de New Jersey contratada por el Departamento de Educación para supervisar los préstamos estudiantiles, y la eligieron al azar. Mark nunca la había visto en persona, ni tenía ninguna razón para desear verla. Como prestatario del crédito tenía derecho a comunicarse con ella cuando y como quisiera, y había decidido tratar con ella lo mínimo imprescindible, como la mayoría de los estudiantes. La señora Nash y él se comunicaban solo por email. En una ocasión ella le pidió su número de móvil, pero Mark no se lo proporcionó porque no era obligatorio hacerlo. NowAssist era una de las muchas empresas de supervisión crediticia que había, y se suponía que el Departamento de Educación las controlaba de cerca. A las que tenían un rendimiento por debajo de la media les asignaban menos encargos o directamente dejaban de colaborar con ellas. Según se leía en la web de NowAssist, era una empresa que el Departamento de Educación consideraba de categoría media en esa clasificación. Al margen de la deuda sofocante con la que cargaba, Mark no tenía ninguna queja de la señora Nash ni de su trabajo hasta el momento. Tras treinta meses de escuchar las quejas de un montón de estudiantes de Derecho, Mark tenía claro que había empresas de ese tipo mucho peores. El último email que la señora Nash le había enviado, que Mark recibió en su cuenta antigua, decía:

Hola, Mark Frazier:

Espero que haya disfrutado de las vacaciones y haya cargado las pilas para su último semestre en la facultad de Derecho. Le felicito por haber llegado tan lejos y le deseo la mejor de las suertes para estos meses finales. Cuando hablamos por última vez, en noviembre, estaba muy contento porque había conseguido un trabajo en Ness Skelton, aunque aún no sabía cuál sería su sueldo inicial. Me vendría bien que me comunicara las novedades sobre este asunto porque, basándome en ese sueldo, me gustaría empezar el proceso de estructuración de un plan de devolución del crédito. Como sabrá, la ley exige que se firme un plan de devolución del crédito en el momento de la graduación y que el primer pago se establezca exactamente seis meses después. No me cabe duda de que estará muy ocupado, pero le ruego que me informe en cuanto le sea posible.

Último pago: 13 de enero de 2014 = 32.500 $. Deuda total, cantidad inicial más intereses: 266.000 $.

Atentamente,

Morgana Nash
Asesora autorizada por el Departamento de Educación

Mark esperó dos días y respondió la mañana del sábado:

Estimada señora Nash:

Gracias por su correo. Me alegra saber de usted. Espero que se encuentre bien. Todo lo que tiene que ver con Ness Skelton sigue en el aire ahora mismo. El bufete se ha fusionado con una empresa británica y no saco nada en claro. Nadie en la empresa quiere hablar conmigo sobre mi futuro trabajo. De hecho, tengo la impresión de que la oferta que me hicieron podría anularse tras la fusión. La situación me preocupa. Y además mi mejor amigo se tiró al Potomac desde el puente de Arlington Memorial la semana pasada (le adjunto un link donde podrá verlo) y desde entonces no he pensado mucho en los estudios, la verdad.

Necesito un poco de tiempo para recuperarme. Lo último de lo que quiero hablar ahora es del pago del crédito. Gracias por su paciencia.

Afectuosamente,

Mark

A Todd le había correspondido una empresa que se llamaba Scholar Support Partners, o SSP. O simplemente SS, como Todd y otros muchos estudiantes la llamaban. Tenía la sede en Filadelfia y un historial pésimo en lo que respectaba a la gestión de los créditos. Todd había descubierto que la habían demandado al menos en tres ocasiones, en diferentes lugares del país, por prácticas abusivas a la hora de cobrar las deudas. Habían pillado a SSP cobrando comisiones irregulares en sus créditos y la habían condenado al pago de multas. Aun así, el Departamento de Educación seguía trabajando con ella.

Su «asesor» era un enteradillo que se llamaba Rex Wagner, un abusón a quien Todd le habría encantado partirle la cara de tener la oportunidad, pero claro, eso nunca iba a pasar. Se imaginaba a Wagner enclaustrado en un cubículo situado en el cuarto de calderas del sótano de un edificio de oficinas inmundo, probablemente gordo de tanto comer patatas fritas, con unos cascos sobre su cabeza calva, acosando a chicos por teléfono y enviando indiscriminadamente sus desagradables emails.

El último que le había mandado decía:

Estimado señor Lucero:

Una vez pasadas las vacaciones y con la graduación a la vuelta de la esquina, ha llegado el momento de hablar de la devolución del crédito, un tema que supongo que no tendrá ganas de tratar porque, como comentó en nuestro último intercambio de correos de hace un mes, aún no ha encontrado «un empleo adecuado en el mundo del Derecho». Espero que la situación haya cambiado a estas alturas. Por favor, infórmeme de cuáles han sido sus últimos intentos de conseguir un trabajo. Me temo que no voy a poder aceptar un plan de devolución del crédito que se base en su aparente deseo de trabajar exclusivamente como camarero en un bar. Hablemos del tema, cuanto antes mejor.

Último pago: 32.500 $, el 13 de enero de 2014. Deuda total, cantidad inicial más intereses: 195.000 $

Atentamente,

Rex Wagner
Asesor crediticio sénior

A lo que Todd, unos días después, respondió:

Estimado señor Wagner,
asesor crediticio sénior de SS:

Yo gano más dinero como camarero en un bar que usted acosando a los estudiantes. He leído cosas sobre su empresa, las demandas contra ella y sus tácticas abusivas, pero no voy a acusarle de eso... todavía. Aún no estoy en situación de impago. Ni siquiera me he graduado, ¡por el amor de Dios!, así que deje de acosarme. Es cierto que no tengo un trabajo de verdad, porque no los hay, al menos no para los graduados de facultades privadas de pacotilla como Foggy Bottom, que, por cierto, nos mintió hace años, cuando consideramos la idea de matricularnos. Fuimos muy estúpidos, vaya que sí.

Deme un poco de tiempo y seguro que se me ocurrirá algo.

Todd Lucero

Entonces Rex Wagner le escribió:

Estimado señor Lucero:

Me gustaría que mantuviéramos una perspectiva positiva de la situación. He trabajado con muchos estudiantes a los que les cuesta encontrar trabajo, pero al final todos lo hacen. Lo único que se necesita para encontrar uno son agallas y unos buenos zapatos para salir fuera a patear las calles y llamar a puertas. El Distrito de Columbia está lleno de bufetes muy buenos y trabajos en el gobierno bien pagados. Seguro que encontrará algo que le llene profesionalmente. Voy a ignorar que ha utilizado la expresión «tácticas abusivas» y que me ha acusado de «acosarlo». Toda nuestra correspondencia podría hacerse pública, así que sugiero que ambos elijamos las palabras con mucho cuidado. Me gustaría hablar con usted por teléfono, pero no tengo su número.

Atentamente,

Rex Wagner
Asesor crediticio sénior

Todd contestó:

Estimado señor Wagner, asesor crediticio sénior de SS:

Le pido disculpas si le he ofendido. No sé si es consciente de la presión que estoy soportando en este momento de mi vida. Nada ha salido como yo pensaba y el futuro ahora mismo parece muy negro. Maldigo el día en que decidí asistir a una facultad de Derecho y sobre todo cuando me decanté por Foggy Bottom. ¿Sabía que el tío de Wall Street que es el dueño de esa facultad se saca veinte millones de dólares limpios al año con ella? Pues sí, y solo es una de las ocho que tiene. Fascinante. Ahora que lo pienso, debería haberme comprado una facultad en vez de matricularme en una.

No le daré mi número de teléfono. Según consta en los numerosos pleitos contra SS, los peores comportamientos abusivos se produjeron en las conversaciones telefónicas, que casi nunca se graban. Así que continuemos comunicándonos por email, donde cada palabra importa.

Seguimos siendo amigos.

Todd Lucero

Se pasaron todo el sábado limpiando, pintando y sacando bolsas de basura. La «suite» de Zola tenía realmente tres habitaciones: en una cabía la cama, otra la utilizaría como salita de estar/oficina y la tercera era un cuartito trastero que tenía mucho potencial. Convencieron a Maynard para que les dejara desplazar una pared y añadir una puerta. Uno de los primos de Maynard era un contratista que hacía de vez en cuando trabajillos en negro, sin licencia y sin molestarse en solicitar permisos de obra, y por mil dólares en efectivo les dijo que podía colocar en el trastero una ducha pequeña, un inodoro y un lavamanos, y convertirlo en un aseo. Todd y Mark no estaban seguros de que eso impresionara mucho a Zola, aunque la verdad es que su amiga no tenía otra alternativa mejor.

Todavía no había accedido a unirse a la sociedad, pero solo era cuestión de tiempo que lo hiciera.

El día amaneció fresco y soleado, y Zola necesitaba tomar un poco el aire. Salió de su apartamento temprano la mañana del sábado y fue hasta The Mall, donde se sentó en los escalones del Lincoln Memorial y observó el trasiego de los turistas. Mientras contemplaba el Monumento a Washington y el Capitolio en la lejanía, pensó en sus padres y su hermano, encerrados como presos en un inmundo centro de detención, esperando a que los expulsaran del país. La vista que tenía ante ella era majestuosa, con todos los edificios y monumentos que simbolizaban una libertad infinita; lo que veían ellos, si es que veían algo, era una valla y una concertina de alambre de cuchillas. Por el sacrificio que sus padres habían hecho Zola había obtenido el regalo de la nacionalidad, un estatus de por vida que ella no se había ganado de ninguna forma. Ellos habían trabajado como burros en un país del que se sentían orgullosos, con el sueño de llegar a pertenecer a él algún día. ¿Cómo iba a beneficiar su deportación a esa gran nación de inmigrantes? Era un sinsentido que a Zola le parecía injusto y cruel.

Trató de mantener a Gordy apartado de su mente. Su tragedia ya formaba parte del pasado, y seguir pensando en ella no servía de nada. No habrían tenido un futuro juntos de todas formas, y ella había sido una idiota por pensar otra cosa. Pero Gordy todavía estaba en su cabeza y no podía quitarse de encima la culpa.

Caminó junto a Reflecting Pool e intentó imaginarse ese lugar ocupado por doscientas cincuenta mil personas en 1963, cuando el doctor King describió su sueño. Sus padres siempre decían que la grandeza de Estados Unidos era que cualquiera podía perseguir el sueño que quisiera, porque con trabajo y sacrificio los sueños se hacían realidad.

Pero los sueños de los Maal se habían convertido en pesadillas, y Zola estaba desamparada.

Delante del Monumento a Washington se puso a hacer una larga cola para subir a la parte más alta, pero pronto se aburrió y se fue. Le encantaba el Smithsonian, así que se zambulló durante unas horas en la historia de Estados Unidos. Ni una sola vez en todo el día perdió un minuto pensando en la facultad, como tampoco en la búsqueda de un «empleo adecuado en el mundo del Derecho».

Al final de la tarde Todd le envió un mensaje sugiriéndole «otra buena cena». Pero Zola le contestó que tenía otros planes. Estuvo leyendo una novela, miró una película antigua y se fue a la cama poco después de las siete. En el edificio de apartamentos se oía música alta y jaleo de estudiantes que entraban y salían. Sábado noche en la gran ciudad. A eso de la una de la madrugada la despertó una discusión en el pasillo, pero consiguió conciliar el sueño de nuevo.

Dormía profundamente cuando alguien aporreó su puerta con insistencia. Los inmigrantes, sobre todo los que no tienen papeles, conocen bien unas reglas no escritas: tener a mano la ropa y los zapatos, también el teléfono, no abrir la puerta y rezar para que no sean los del Servicio de Inmigración porque si lo son tirarán la puerta abajo y no habrá forma de escapar. A pesar de que Zola era tan estadounidense como cualquier agente del ICE, no vivía como una ciudadana de pleno derecho.

Se levantó sobresaltada y se puso los vaqueros. Los golpes no cesaban.

—¡Abra! —gritó alguien—. ¡Inmigración!

Zola salió al salón y se quedó mirando la puerta, horrorizada, con el corazón latiéndole desbocado. Tenía el teléfono en la mano y estaba a punto de utilizar la marcación rápida para llamar a Mark, como si él pudiera aparecer a las dos de la madrugada para socorrerla. Pero los golpes cesaron. No se oyeron más voces, solo ruido de pisadas. Se preparó para el momento en que derribaran la puerta, pero no oyó otra cosa que silencio. Y después, desde el extremo del pasillo, risas.

Zola se preguntó si realmente habían sido los del Servicio de Inmigración o únicamente alguien con un sentido del humor muy retorcido. Esperó, intentando controlar su respiración. Pasaron los minutos y siguió allí de pie, en la oscuridad, con miedo de moverse o de hacer cualquier ruido. Cabía la posibilidad de que los del ICE fueran a su casa para hacerle preguntas, pero no a esas horas, se dijo. Además, cuando los agentes de Inmigración iban a alguna parte era por algo; no se limitaban a llamar y se largaban si nadie abría.

Fuera quien fuese el que había aporreado su puerta, el daño ya estaba hecho. Zola volvió despacio a su cuarto, se puso un jersey y los zapatos, y esperó un poco más hasta estar segura de que todo estaba tranquilo. Entonces abrió la puerta, echó un vistazo por el pasillo y, al no ver a nadie, salió y cerró su apartamento. Entró en el de Gordy utilizando su llave, lo cruzó sin encender las luces y se tumbó en su colchón.

Ya no podría dormir. Ni vivir así. Si dos de sus amigos estaban lo bastante locos para empezar una nueva vida, también ella se arriesgaría a hacerlo.

Mark recibió otro email de Morgana Nash:

Querido Mark:

Lamento mucho lo de su amigo y comprendo su estado de ánimo. Pero debería aclarar la situación con la gente de Ness Skelton para que podamos empezar a hablar sobre el plan de devolución de su crédito. Le transmito mi pésame.

Morgana Nash
Asesora autorizada por el Departamento de Educación

El domingo por la mañana, Mark le contestó:

Estimada señora Nash:

Gracias por sus condolencias. Significan mucho para mí. Parece que me han despedido de Ness Skelton antes de empezar a trabajar en ese bufete, lo que no me importa en absoluto porque no era un buen sitio, ni en broma, y odiaba a toda su gente. Así que estoy de nuevo desempleado, como el resto de los alumnos de mi clase, y no tengo la capacidad emocional necesaria para empezar a buscar otro empleo sin futuro. Por favor, déjeme tranquilo, ¿vale?

Con cariño,

Mark

A primera hora del lunes, la asesora le escribió:

Querido Mark:

Siento que esté tan desanimado. Yo solo hago mi trabajo, lo cual me obliga a hablar con usted sobre la devolución de su deuda. Hay muchos empleos buenos en la zona del Distrito de Columbia y estoy segura de que logrará encontrar un empleo adecuado en el mundo del Derecho. Manténgame informada, por favor.

Morgana Nash
Asesora autorizada por el Departamento de Educación

La respuesta de Mark fue:

Estimada señora Nash:

No hay nada de lo que informar. Nada. Estoy yendo a terapia, y mi terapeuta me ha aconsejado que la ignore por ahora. Lo siento.

Mark

17

Esperaron hasta bien entrada la mañana del lunes, cuando el edificio estaba vacío y todos sus ocupantes en clase, para sacar las cajas de Zola y llevárselas a su nueva suite en el tercer piso del edificio donde se encontraba The Rooster Bar. Si no estaba muy contenta con su nuevo alojamiento, no lo dijo. Lo cierto es que sacó su ropa y sus pertenencias con una sonrisa y pareció satisfecha con su nuevo escondite. Solo era temporal. Cuando era pequeña, en Newark, había vivido en lugares mucho más pequeños, en los que casi no tenía privacidad. Mark y Todd ignoraban lo pobre que era su familia en esa época.

El primo contratista de Maynard, con su cuadrilla de eslovacos, todos muy trabajadores y seguro que ilegales, estaba transformando el cuartito trastero en un aseo, así que los tres socios fueron hasta el final de la calle para tomar una comida tardía. Mientras daban buena cuenta de unas ensaladas y bebían té con hielo, Todd expuso algunas reglas básicas del acuerdo. En su mundo solo habría dinero en efectivo, nada de tarjetas de crédito porque dejaban rastro, dijo. Habían convencido a Maynard para que aceptara horas de trabajo a cambio del alojamiento. Todd y Mark trabajarían veinticinco horas a la semana como camareros en el bar y no quedaría registro de ello en ninguna parte. Maynard aceptaría eso como renta y pago de las facturas de los suministros, internet y la televisión por cable, y les permitiría usar esa dirección para el poco correo que esperaban recibir. Parecía que le gustaba la idea de tener a tres abogados en ciernes prácticamente escondidos en su edificio, y no creían que fuera capaz de diferenciar un centro de asistencia legal de un bufete. Maynard no hizo muchas preguntas.

Era irónico que su decisión de evitar a toda costa el crédito hubiera nacido del hecho de que entre los tres debían más de seiscientos mil dólares, pero en aquel momento no apreciaban la ironía.

Irían otra vez a ver a su contacto clandestino y le encargarían un carnet de conducir para Zola. Ese sería el único documento de identificación de su amiga. En cuanto se convirtiera en Zola Parker le comprarían un teléfono móvil nuevo, aunque todos conservarían los antiguos para saber quién estaba buscándolos. Sus respectivos caseros los demandarían, sin duda, pero esas demandas no llegarían a nada porque Mark Frazier, Todd Lucero y Zola Maal al parecer se habían ido de la ciudad sin dejar rastro. Con el tiempo, sus acreedores de los créditos estudiantiles les reclamarían la deuda, pero para que eso sucediera todavía faltaban varios meses. No se podía demandar a nadie si no se lo encontraba. Procurarían evitar a todos sus amigos de antes, pero seguirían actualizando sus páginas de Facebook, aunque tendrían menos actividad. No contactarían con Foggy Bottom, y estaban seguros de que nadie del Departamento de Administración de la facultad repararía en su ausencia.

A ratos Zola parecía abrumada por todo ese montaje. Era una locura y seguro que acababa mal. Sin embargo, se sentía más segura, y en ese momento la seguridad era su principal preocupación. Además, sus socios se mostraban muy confiados o al menos daban esa impresión. En el fondo sabía que no tenían ni idea de lo que estaban haciendo, pero su entusiasmo se le contagiaba. Tenía que reconocer, si bien a regañadientes, que se sentía reconfortada por su lealtad.

Mark se puso serio y empezó a hablar de sus vidas personales. Era importante que evitaran hacer nuevas amistades y tener relaciones sentimentales que no fueran esporádicas. Nadie más debía saber lo de su plan. La sociedad necesitaba rodearse de un muro infranqueable.

—¿Estás de broma? —lo interrumpió Zola—. Acabamos de enterrar a mi novio, ¿crees que ahora mismo estoy para ponerme a salir con alguien?

—Claro que no —contestó Mark—. En cuanto a Todd y a mí, no tenemos pareja en estos momentos, y es mejor que eso siga así.

—Pero bueno, Zola, si quieres sexo, Mark y yo nos ofrecemos voluntarios —propuso Todd—. Solo para que todo quede entre nosotros, ¿eh?

—Eso no va a pasar —respondió ella con una carcajada—. Ya tenemos unas vidas bastante complicadas como para meternos en ese lío.

—Lo sé. Pero tenlo en cuenta —insistió Todd.

—¿Esa es tu mejor frase para ligar: «Solo para que todo quede entre nosotros»?

—No sé. Es la primera vez que la uso.

—Pues no vuelvas a utilizarla. No funciona.

—Es broma, Zola.

—No, no lo es. ¿Qué pasó con aquella chica, Sharon, con la que te veías el semestre pasado?

—Es historia.

—Será mejor que acordemos que todos los rollos los tendremos fuera del trabajo, ¿vale? —puntualizó Mark.

—Vale —respondió Zola—. ¿Y lo siguiente de la lista?

—No hay listas —dijo Mark—. ¿Quieres hacernos alguna pregunta?

—Tengo más dudas que preguntas.

—Somos todo oídos —dijo Todd—. Este es nuestro gran momento, nuestro brillante comienzo. Pongamos todas las cartas boca arriba.

—De acuerdo —dijo Zola—. Dudo mucho que sea capaz de captar casos de daños personales en las urgencias de los hospitales. Y tampoco creo que ninguno de vosotros dos sepa cómo hacerlo.

—Tienes razón —reconoció Todd—, pero podemos aprender. De hecho, estamos obligados a aprender. Es una cuestión de supervivencia.

—Oh, pues yo creo que se te dará estupendamente, Zola —aseguró Mark—. Una mujer negra, joven y guapa con un vestido llamativo, una falda corta tal vez, y tacones elegantes. Yo te contrataría en un segundo si mi esposa se hubiera visto implicada en un accidente de coche.

—El único vestido bonito que tengo es el que llevé en el funeral de Gordy.

—Bueno, pues mejoraremos tu vestuario, Zola —repuso Todd—. Ya no somos estudiantes de Derecho, sino profesionales de verdad. ¡Ropa nueva para todos! Paga el bufete.

—Eso es lo único prometedor que he oído hasta ahora —confesó ella—. Muy bien, digamos que conseguimos unos cuantos clientes y que necesitan venir al despacho. ¿Qué hacemos entonces?

Era evidente que los dos amigos ya habían pensado en eso, así que Mark no vaciló al contestar.

—Les decimos que estamos haciendo reformas en el despacho y quedamos con ellos abajo, en el bar.

—¿En The Rooster Bar?

—Pues sí. Mientras revisamos el papeleo, el bufete invita a las bebidas —dijo Todd—. Seguro que les encanta.

—No olvides, Zola, que la mayoría de nuestros clientes serán acusados de delitos de poca importancia que pagan en metálico —recordó Mark—. Los veremos en los juzgados o en la cárcel. El último sitio al que querrán ir será a un despacho de abogados.

—Y no vamos reunirnos con otros abogados —apuntó Todd—. Nada de eso.

—Claro que no.

—Si en algún momento nos arrinconan —aportó Mark—, siempre podemos alquilar una sala en algún centro de negocios durante unas horas. Hay uno a la vuelta de la esquina.

—Parece que habéis pensado en todo.

—La verdad es que no, Zola —confesó Todd—. Pero nos apañaremos, haremos que esto funcione y nos divertiremos un poco.

—¿Qué otras cosas te preocupan? —preguntó Mark.

—No creo que pueda ocultárselo a Ronda por mucho tiempo. Es una buena amiga y está preocupada por mí.

—También es la mayor cotilla de la clase —contestó Todd—. No puedes contarle nada.

—No me resultará fácil. Dudo que pueda dejar la facultad de Derecho sin que ella se entere.

—¿Sabe lo de tu relación con Gordy? —preguntó Mark.

—Claro que sí. Intentó ligar con ella durante nuestro primer año en la facultad.

—¿Qué le has explicado? —quiso saber Todd.

—Ronda quería charlar conmigo, así que quedamos anoche para picar algo. Le dije que estaba pasándolo mal y que por ahora no me apetecía ir a clase, que tal vez me tomaría libre el semestre para recuperarme. No preguntó mucho, solo parecía interesada en hablar de Gordy y sus últimos días. No le conté gran cosa. Cree que debería ir a ver a un terapeuta, alguien que me ayude con el duelo. Le dije que me lo pensaría. Fue muy buena conmigo, y la verdad es que yo lo necesitaba.

—Tienes que cortar ese vínculo, Zola —recomendó Mark—. Mantén a Ronda a distancia, pero con cuidado. Debemos distanciarnos de la gente de la facultad. Si se corre la voz de que los tres hemos dejado de ir a clase este último semestre, es posible que los de Foggy Bottom empiecen a hacer preguntas. Aunque eso tampoco tiene mucha importancia, a menos que decidan notificárselo al Departamento de Educación.

—Creí que no os preocupaba lo de los préstamos.

—No, pero es mejor retrasar la reclamación de la deuda todo lo posible. Si las empresas de supervisión del crédito se enteran de que lo hemos dejado, empezarán a exigirnos el pago. Cuando no nos encuentren, pasarán el tema a los abogados, quienes contratarán investigadores para que vayan tras nuestro rastro. Prefiero enfrentarme a eso más adelante.

—Yo preferiría evitarlo por completo —dijo Todd.

—Oh, seguramente podamos.

—Pero no tenéis ni idea de si podréis, ¿verdad? —preguntó Zola.

Mark y Todd se miraron y no dijeron nada. El teléfono de Todd vibró y se lo sacó del bolsillo.

—No es este —dijo, y sacó otro teléfono del bolsillo opuesto. Dos teléfonos: el viejo y el nuevo. Uno del pasado y otro del presente. Leyó el mensaje y explicó—: Es Wilson. Me ha escrito: «Hola, tío. Te has saltado la clase de hoy también. ¿Qué te pasa?».

—Tal vez todo esto nos resulte más complicado de lo que creemos —dijo Mark.

18

A las nueve menos cuarto de la mañana ya había grupos de personas nerviosas en el amplio pasillo que había delante la sala 142 del juzgado del distrito. Un cartel en la puerta indicaba que esos eran los dominios de su señoría Fiona Dalrymple, Juzgado de lo Penal número 19, Tribunal de Delitos Menores, Distrito de Columbia. Los que estaban convocados ese día y a esa hora eran, en general, tipos con mala pinta provenientes de los peores barrios, la mayoría con la piel oscura, y casi todos tenían en la mano la citación con la orden de comparecer allí o estaban cerca de algún ser querido que sujetaba ese documento. No había nadie que estuviera solo. Los acusados se habían llevado a su cónyuge, a sus padres o a sus hijos adolescentes, y la mirada de todos ellos reflejaba que tenían miedo o estaban desesperados. En ese momento no había abogados por allí a la caza de presas.

Zola y Todd llegaron primero, los dos vestidos de manera informal, y empezaron a observar a los congregados. Se apoyaron en una pared y esperaron al abogado Upshaw, que apareció al poco con un buen traje y un maletín gastado. Mark se dirigió hacia sus amigos, y los tres se agruparon como los demás, hablando en susurros, como si estuvieran a la espera de que, de un momento a otro, alguien llegara y escogiera al azar a uno de ellos para la ejecución.

—Me gusta ese tío de ahí —dijo Todd señalando con la cabeza a un hombre hispano rechoncho, de unos cuarenta años, con una citación y una mujer nerviosa.

—A mí también me gusta —añadió Zola, divertida—. Podría ser nuestro primer cliente.

—Hay muchos donde elegir —musitó Mark.

—Vale, señor Importante, enséñanos cómo se hace —lo animó Zola.

Mark tragó saliva y esbozó una sonrisa teatral.

—Es pan comido —dijo, y se dirigió hacia la pareja.

La mujer bajó la vista, asustada, pero su marido abrió los ojos de par en par.

—Disculpe, ¿es usted el señor Garcia? —preguntó Mark en voz baja—. Estoy buscando a Freddy Garcia.

El hombre negó con la cabeza, pero no dijo nada. Los ojos de Mark se posaron en la citación que sujetaba en la mano derecha.

—¿Tienen que presentarse en el juzgado?

Qué pregunta más tonta. ¿Por qué si no iba ese pobre hombre a perder un día de trabajo y pasar un rato esperando delante de una sala de vistas? El tipo asintió rápidamente, pero siguió sin decir nada.

—¿De qué lo acusan? —volvió a preguntar Mark.

El hombre se limitó a mostrarle la citación. Mark la cogió y la miró con el ceño fruncido.

—Delito leve de lesiones —murmuró—. Podría acarrearle malas consecuencias. ¿Ha estado antes en un juzgado, señor Lopez?

Sacudió la cabeza de forma enérgica. No. Su mujer apartó la vista de sus zapatos y miró a Mark como si estuviera a punto de echarse a llorar. Empezó a rondar por allí más gente según iba creciendo la multitud que esperaba.

—Señor Lopez, va a necesitar un abogado. La juez Dalrymple es muy dura en ocasiones. ¿Me comprende? —Con la mano libre, Mark sacó una de sus tarjetas nuevecitas y se la puso en la mano—. El delito de lesiones puede suponer una condena de cárcel, pero sé cómo evitársela. No tienen nada de lo que preocuparse. ¿Quieren mi ayuda?

Dos asentimientos. Sí, sí.

—Muy bien. Mis honorarios son de mil dólares. ¿Pueden pagarlos?

El señor Lopez se quedó con la boca abierta en cuanto le oyó mencionar semejante montón de dinero. Pero en ese momento una voz aguda y cortante resonó detrás de Mark. No tuvo duda de que se dirigía a él.

—Pero bueno, ¿qué está pasando aquí?

Mark se volvió, y se topó con la cara sorprendida y preocupada de un verdadero abogado callejero, un hombre más alto que él, de unos cuarenta años, con un traje gastado y la nariz puntiaguda. Le quedó claro que sabía perfectamente lo que estaba pasando.

—Pero ¿qué estás haciendo? —preguntó a Mark casi al oído—. ¿Pretendes robarme el cliente?

Mark, que se había quedado mudo, dio un paso atrás, y el abogado le arrebató la citación de la mano derecha de un manotazo y miró al señor Lopez.

—Juan, ¿este tipo os está molestando?

El señor Lopez dio la tarjeta de visita de Mark a su abogado, quien la leyó.

—Veamos, Upshaw, este caballero es mi cliente. Pero ¿qué pretendes?

Mark tenía que decir algo, así que soltó:

—Nada. Buscaba a Freddy Garcia.

Mark miró s su alrededor y reparó en que otro hombre con traje lo observaba fijamente.

—¡Y una mierda! —exclamó el abogado—. Intentas pisparme el cliente. Te he oído decirle que tus honorarios son de mil dólares. ¿No te ha dicho eso, Juan?

Y el señor Lopez, que de repente parecía tener muchas ganas de hablar, contestó:

—Sí. Ha dicho mil dólares y que iba a ir a la cárcel.

El abogado se acercó a Mark, tanto que sus narices casi se rozaban. Mark se planteó partirle la cara, pero decidió al instante que una pelea a puñetazos entre dos abogados delante de una sala de juicios no solucionaría nada.

—Esfúmate, Upshaw —lo amenazó el abogado con los dientes apretados.

Mark intentó sonreír.

—Venga, hombre, relájate. Estoy buscando a mi cliente, Freddy Garcia. Y ahora me doy cuenta de que me he equivocado de persona, ¿vale?

El abogado se mofó.

—Pues si sabes leer, no te habrá pasado por alto que la citación está dirigida a Juan Lopez, mi cliente, aquí presente. Seguro que Freddy Garcia ni siquiera está citado hoy, y me apuesto algo a que lo que haces aquí es buscar clientes.

—Actividad que sin duda tú conoces bien —respondió Mark—. Pero tranquilízate.

—Estoy muy tranquilo. Solo lárgate.

A pesar de que le habría gustado salir corriendo, Mark consiguió responderle.

—Está bien, gilipollas.

—Ve a fastidiar a otro.

Mark se dio la vuelta. Temía enfrentarse a las miradas de Todd y Zola.

Pero no los vio por ninguna parte.

Los encontró a la vuelta de la esquina, y los tres se fueron a una cafetería que había en la primera planta y se sentaron alrededor de una mesita. Todd y Zola estaban riendo tanto que no podían hablar. A Mark le sentó mal en un principio, pero poco después él también estalló en carcajadas. Todd por fin consiguió recuperar el aliento para hablar.

—¡Muy bien hecho, Darrell! —exclamó.

Zola se limpió las mejillas con el dorso de la mano.

—Freddy Garcia... —logró decir, y Todd empezó a reírse otra vez.

—Está bien, está bien —contestó Mark muerto de risa.

—Perdón —contestó Todd al tiempo que se sujetaba los costados con ambas manos.

Estuvieron riéndose un buen rato hasta que Mark por fin consiguió controlarse.

—¿Quién quiere café? —preguntó.

Fue hasta el mostrador, pidió tres tazas y las llevó a la mesa, donde los otros miembros de su bufete, no sin esfuerzo, ya habían recuperado la compostura.

—Vimos acercarse a ese tío —explicó Todd—. Cuando se dio cuenta de lo que estabas haciendo, fue directo a tu yugular.

—Creí que te pegaría —dijo Zola.

—Yo también —confesó Mark.

Se tomaron los cafés, los tres a punto de empezar con otro ataque de risa.

—Bueno —dijo Mark—, hay que ver el lado positivo. Ha sido una situación tensa, pero nadie se ha cuestionado ni por un segundo si yo era abogado o no. Esto va a ser fácil.

—¡Sí, muy fácil! —exclamó Todd—. Casi te metes en una pelea para conseguir nuestro primer cliente.

—¿Has visto la expresión de la cara de ese hombre, el tal Juan, cuando estabais discutiendo los dos? —comentó Zola—. Seguro que ahora piensa que todos los abogados están locos. —Y volvió a echarse a reír.

—Consideremos la totalidad del episodio como una forma de adquirir experiencia —dijo Mark—. No podemos dejarlo ahora.

—Tú sin duda no, Darrell Cromley —contestó Todd.

—Cierra el pico. Vámonos.

En su segundo descenso al abismo decidieron cambiar de estrategia. Había un grupo de gente muy heterogéneo esperando ante la puerta de la sala de su señoría Leon Handleford, Juzgado de lo Penal número 10. Todd apareció primero, intentando parecer muy nervioso. Echó un vistazo a su alrededor y se fijó en un hombre negro joven que esperaba acompañado de una mujer mayor, a buen seguro su madre. Todd se acercó, les sonrió y entabló conversación con ellos.

—Menuda forma de pasar el día, ¿eh?

—Pues sí —contestó el hombre.

Su madre puso los ojos en blanco para demostrar su frustración.

—Este es el juzgado que se ocupa de los casos de conducción bajo los efectos del alcohol, ¿no?

—El de tráfico, sí —contestó el hombre.

—Lo pillaron circulando a ciento treinta kilómetros por hora en una zona limitada a sesenta —dijo su madre—. La segunda multa este año. El seguro se va a poner por las nubes. Se lo garantizo.

—Ciento treinta... —repitió Todd—. Eso es ir muy rápido.

—Tenía prisa.

—Según la policía, irá a la cárcel —añadió su madre, cada vez más enfadada.

—¿Tiene abogado? —preguntó Todd.

—Todavía no —contestó el hombre—. Pero puedo quedarme sin el carnet de conducir. Y si pierdo el carnet, pierdo el trabajo.

Mark apareció muy decidido y con el teléfono pegado a la oreja. Intercambió una mirada con Todd y se acercó a él en dos zancadas, ignorando al hombre negro y a su madre. Guardó el teléfono.

—Acabo de hablar con el fiscal —dijo a Todd—. Lo conozco bien. He conseguido que retire la pena de cárcel y te dejará la multa en la mitad. Todavía estamos negociando lo de la suspensión de la condena, pero la cosa pinta bien. ¿Tienes la otra parte de mis honorarios?

—Sí —se apresuró Todd a contestar.

Metió la mano en el bolsillo, sacó unos cuantos billetes y, delante de todos, se puso a contarlos. Entregó a Mark cinco de cien y señaló a su nuevo amigo.

—A este hombre lo pillaron a ciento treinta en un tramo de sesenta. ¿Qué le puede pasar? —preguntó a su supuesto abogado.

Mark no tenía ni idea, pero en ese momento era Darrell Cromley, un veterano abogado callejero, y no podía dejar ninguna pregunta sin respuesta.

—Ciento treinta —repitió, asombrado—. ¿Y dio positivo en la prueba de alcoholemia?

—No —aseguró el hombre.

—Totalmente sobrio —apuntó su madre—. Tendría más sentido si hubiera estado borracho, pero sabía perfectamente lo que hacía.

—Ya vale, mamá.

—Superar los ciento veinticinco supone pasar un tiempo en chirona —dijo Mark.

—¿Usted acepta casos de exceso de velocidad? —preguntó la madre.

Mark le dedicó una sonrisa de suficiencia, como si él pudiera con cualquier cosa.

—Esta es mi especialidad, señora, los juzgados de tráfico. Conozco a todos los jueces y todas las argucias legales.

—Necesito conservar mi carnet de conducir —suplicó el hombre.

—¿En qué trabaja? —preguntó Mark mientras miraba su reloj.

—Mensajería. Un buen trabajo que no puedo permitirme perder.

«Un buen trabajo...» ¡Habían encontrado un filón! Para casos de conducción bajo los efectos del alcohol la tarifa era de mil dólares. Mark pensó que debería ser un poco menos en los excesos de velocidad, pero que ese tipo tuviera un empleo bien retribuido lo colocaba en mejor posición a la hora de pagar.

—Miren —dijo tratando de mostrarse muy profesional—, mis honorarios son de mil dólares, y por esa tarifa conseguiré que lo dejen en una simple infracción y así no tendrá que entrar en la cárcel. —Y volvió a echar un vistazo a su reloj, como si tuviera algo importante que hacer.

El joven miró esperanzado a su madre, pero ella negó con la cabeza.

—En este lío te has metido tú, no yo. —Sin embargo, la mujer se volvió hacia Mark—. Solo llevo trescientos encima ahora mismo. ¿Podría pagarle el resto después?

—Sí, pero tendrá que hacerlo antes de la fecha del juicio. Déjeme ver la citación.

El muchacho la sacó del bolsillo y se la dio. Mark la leyó: Benson Taper, veintitrés años, soltero, con domicilio en Emerson Street, al nordeste de Washington D. C.

—Muy bien, Benson, pues vamos a ver al juez —dijo Mark.

Conseguir clientes en la antesala de los tribunales ya era muy estresante, sobre todo para un novato que fingía ser abogado, pero entrar en una sala de juicios y enfrentarse directamente a los mecanismos de la justicia en pleno funcionamiento era aterrador. A Mark le temblaban las rodillas cuando cruzó el pasillo central. El nudo que sentía en el estómago se apretaba más a cada paso que daba.

«Contrólate, idiota —se dijo—. No demuestres que tienes miedo. Todo esto es un juego. Si Darrell puede hacerlo, tú también.» Señaló un asiento en la fila de en medio y se abrió paso entre los ocupantes de la sala como si fuera su propio juzgado.

—Siéntese ahí —susurró a la madre de Benson.

La mujer obedeció, y Mark y su cliente fueron a sentarse a la primera fila. Benson le dio los trescientos dólares y Mark sacó un contrato de prestación de servicios legales, idéntico al que él había firmado con el nombre de Gordy para el abogado Preston Kline. Cuando terminaron con el papeleo, Benson y él siguieron sentados, contemplando el espectáculo.

Unos centímetros por delante de ellos estaba la barrera, que les llegaba por la rodilla, y separaba a los espectadores de la acción. Al otro lado había dos largas mesas. La de la derecha estaba repleta de pilas de papeles, y varios fiscales jóvenes revoloteaban por allí hablando en susurros, bromeando, y dejando más documentos aquí y allá. La mesa de la izquierda estaba casi vacía. Apoyados en ella, un par de abogados defensores aburridos charlaban en voz queda. Había funcionarios que iban de un lado a otro entregando documentos a los abogados y al juez Handleford. Aunque el juzgado estaba en funcionamiento, la zona que rodeaba el estrado bullía de actividad en cadena y a nadie parecía importarle hacer ruido. En un cartel de buen tamaño se leía: «Prohibido utilizar los teléfonos móviles bajo multa de cien dólares».

El juez Handleford era un sexagenario blanco, corpulento y con barba a quien la rutina diaria daba la impresión de aburrirlo. Casi nunca levantaba la vista y parecía muy ocupado firmando unos autos.

Un funcionario miró en dirección a la concurrencia y pronunció un nombre en voz alta. Una mujer de unos cincuenta años recorrió el pasillo, cruzó la portezuela hecha un manojo de nervios y se presentó ante su señoría. Estaba ante el juez por conducir bajo los efectos del alcohol y había conseguido llegar hasta allí sin un abogado codicioso a su lado. Mark memorizó su nombre: Valerie Blann. Encontraría sus datos en el orden del día y la llamaría después. La mujer se declaró inocente y le dieron fecha de juicio a finales de febrero. El juez Handleford apenas levantó la vista. El funcionario anunció el siguiente nombre.

Mark tragó saliva, se obligó a demostrar fortaleza y cruzó la portezuela. Con su mejor ceño de abogado, fue hasta la mesa de la fiscalía, cogió una copia del orden del día y se sentó a la mesa de la defensa. Llegaron otros dos abogados. Uno se fue. Entraban y salían, y nadie se fijaba. Un fiscal contó un chiste y unos cuantos se rieron. En ese momento parecía que el juez estaba echándose una siesta. Mark miró hacia el fondo de la sala y vio a Zola sentada detrás de la madre de Benson, observándolo todo con ojos muy atentos. Todd fue a sentarse en la primera fila para verlo todo mejor. Mark se levantó, fue hasta la funcionaria que estaba sentada al lado del estrado, le dio su tarjeta y le informó de que representaba al señor Benson Taper. Ella lo miró de arriba abajo. Pero Mark no se inmutó.

Dijeron el nombre de Benson, y Mark se levantó y con un gesto conminó a su cliente a que también lo hiciera. Los dos se quedaron de pie, uno al lado del otro, delante del juez Handleford, que nadie diría que aún seguía con vida. Se acercó una fiscal y Mark se presentó. Ella se llamaba Hadley Caviness y era muy guapa: buen cuerpo y falda corta. Mark cogió su tarjeta y Hadley la suya.

—Señor Taper —dijo entonces el juez—, veo que tiene representante legal, así que asumo que se declarará inocente.

—Así es, señoría —respondió Mark, sus primeras palabras en un juzgado.

Y con ellas Mark y sus dos socios estaban cometiendo una infracción de la sección 54B del Código Penal del Distrito de Columbia: ejercicio de la abogacía sin licencia, que se castigaba con una multa de hasta mil dólares, una indemnización y una pena de, como máximo, dos años de cárcel. Sin embargo, no les preocupaba mucho, porque, tras su concienzuda investigación, sabían que en los últimos cuarenta años únicamente un tipo había ido a la cárcel por ejercer sin licencia en ese distrito. Habían sentenciado al impostor a seis meses, que quedaron reducidos a cuatro, y eso que su comportamiento no había sido especialmente bueno.

En el contexto de la conducta delictiva, ejercer sin licencia era solo un delito menor. Nadie resultaba damnificado. Y si ellos tres eran concienzudos, los intereses de sus clientes quedarían protegidos. Y la justicia también. Y todo lo demás. Podían seguir dando buenas razones para justificar su plan durante horas.

Todd estuvo prácticamente conteniendo la respiración todo el tiempo que su socio estuvo ante el juez. Todo iba sobre ruedas, para su sorpresa. Mark desempeñaba muy bien su papel y su traje era mejor que el de los otros abogados que había en ambos extremos de la sala. Se preguntó cuántos de ellos estarían intentando sobrevivir con una montaña de deudas.

Zola estaba sentada al borde de su asiento, esperando que alguien gritara: «¡Ese hombre es un farsante!». Pero nadie prestó atención al abogado Upshaw. Mark entró en el engranaje judicial como uno más de las docenas de picapleitos que había allí. Tras observar todo atentamente durante media hora, Zola se fijó en que algunos de los abogados defensores se conocían entre ellos y también a un par de fiscales, y parecían sentirse tan cómodos como en su casa. Sin embargo, otros no hablaban con nadie, solo con el juez. No importaba. Eso era un juzgado de tráfico y todo el mundo seguía una rutina que nunca cambiaba.

La cita para el juicio de Benson se estableció para un mes después. El juez Handleford firmó, Mark le dio las gracias y acompañó a su cliente a la puerta de la sala.

El bufete más nuevo de la ciudad tenía por delante unas semanas para descubrir qué hacer. Lo que Benson había pagado alcanzó para una comida temprana en un restaurante cercano. Cuando todavía le quedaba medio sándwich, Todd sacó a colación a Freddy Garcia y los tres se echaron a reír de nuevo.

Para el duro trabajo de la tarde Mark se puso otro de los tres trajes que tenía y Todd también se arregló. Llegaron al juzgado a la una y comenzaron a buscar clientes. Les quedó claro que había un suministro infinito. Al principio trabajaron juntos, aprendiendo truquillos sobre la marcha. Nadie se fijó en ellos, y al final se relajaron y se mezclaron con otros abogados que rondaban por ese juzgado lleno de gente.

En la puerta del juzgado número 6, Todd se acercó el teléfono a la oreja y tuvo una importante conversación consigo mismo.

—¡Oiga! —dijo de repente, en un tono de voz lo bastante alto para que todo el mundo lo oyera—. He llevado un centenar de casos de conducción bajo los efectos del alcohol contra usted, así que no intente colarme esa mierda. El chico solo dio 0,09, un poco por encima del límite, nada más, y no tiene ni una multa de tráfico. No dé más palos de ciego. Dejémoslo en conducción temeraria o tendré que hablar con el juez. Si me obliga, lo llevaremos a juicio y ya recordará lo que pasó la última vez. Puse en ridículo a los policías y el juez desestimó el caso. —Hizo una pausa mientras escuchaba el silencio y continuó—: Eso me parece mejor. Me paso dentro de una hora para firmar el acuerdo.

Cuando se guardaba el teléfono en el bolsillo, un hombre se le acercó.

—¿Es usted abogado?

Zola, todavía vestida de manera informal, fue de una sala a otra apuntando los nombres de aquellos acusados que comparecían sin abogado. Los jueces muchas veces les preguntaban en qué trabajaban, si estaban casados y cosas por el estilo. La mayoría de ellos tenían unos trabajos poco prometedores. Anotó los nombres de algunos, los que tenían mejor pinta, y buscó sus direcciones en el orden del día. Luego hizo una lista con ellos para que después los llamaran sus socios. Tras un par de horas se aburrió de la terrible monotonía de la justicia penal aplicada a los delitos menores.

De todos modos pensó que era más entretenido que sentarse en una clase y preocuparse por el examen de colegiación.

A las cinco entraron en The Rooster Bar y se sentaron alrededor de una mesa en una esquina. Mark fue a la barra a por dos cervezas y un refresco y pidió unos sándwiches. Él iba a hacer el turno desde las seis hasta medianoche, así que la comida y la bebida corrían por cuenta de la casa.

Estaban encantados con su primer día de trabajo. Todd había conseguido un cliente acusado de conducir bajo los efectos del alcohol y había comparecido ante el juez Cantu. El fiscal mencionó que nunca antes había visto a Todd y él respondió que solo llevaba un año por allí. Mark captó otro delito leve de lesiones en el juzgado número 9 y compareció ante un juez que lo miró de arriba abajo pero no dijo nada. Dentro de pocos días a todos les sonarían sus caras.

Habían conseguido mil seiscientos dólares en efectivo y

compromisos de pago por otros mil cuatrocientos. Teniendo en cuenta que sus ganancias no estaban sujetas a impuestos porque no las declaraban, se sentían exultantes pensando que habían encontrado una mina de oro. La maestría de su plan residía en que era descabellado por completo: no sospecharían de ellos porque nadie en su sano juicio se pondría delante de un juez haciéndose pasar por abogado.

19

A medianoche, Mark subió la escalera hasta la cuarta planta y entró en su diminuto apartamento. Todd lo esperaba en el sofá con el portátil. Había dos latas vacías de cerveza en la endeble mesita de café que habían comprado por diez dólares. Mark sacó una cerveza de la pequeña nevera y se dejó caer en una butaca que había frente al sofá. Estaba agotado y necesitaba dormir.

—¿En qué trabajas? —preguntó.

—En la demanda colectiva. Ya hay cuatro presentadas contra Swift Bank, y parece que simplemente es cuestión de llamar a uno de los abogados y apuntarse. Creo que es hora de hacerlo. No paran de anunciarse, pero solo en internet. Todavía no han llegado los anuncios de televisión, y me parece que es porque cada reclamación supone poco dinero. No es uno de esos casos de daños personales en los que se barajan cifras importantes; en este caso las cantidades son solo unos cuantos dólares por las comisiones fraudulentas y cosas parecidas que Swift colaba en sus extractos mensuales. Lo bueno es que hay muchos, tal vez incluso un millón de clientes a los que Swift ha engañado.

—He visto que el consejero delegado ha comparecido ante el Congreso hoy.

—Sí, y ha recibido hostias desde ambos lados. Ha sido

un compareciente terrible, estaba sudando, literalmente, y el comité se ha ensañado con él. Todo el mundo pide su dimisión. He leído en un blog que lo de Swift tiene tan mala pinta que no les quedará más remedio que arreglar este asunto cuanto antes e intentar seguir adelante. El bloguero cree que el banco soltará mil millones o así para cubrir las demandas colectivas y después se gastará mucho más dinero en una nueva campaña publicitaria que haga olvidar sus pecados.

—Lo habitual. ¿No mencionan a Rackley en ninguna parte?

—No. Ese tío se esconde tras su muro de empresas pantalla. Llevo horas buscando, y no lo mencionan a él ni a sus empresas. No sé si Gordy tendría razón con lo de su vinculación con Swift.

—Yo estoy seguro de que tenía razón, solo tenemos que seguir investigando.

Se quedaron en silencio un momento. Habrían encendido el televisor, pero todavía no habían llamado a una empresa para que les instalara la televisión por cable. Habían planeado conectarse al servicio del bar, pero no estaban listos aún para responder a las preguntas del instalador. Tenían dos pantallas planas esperando en una esquina.

—Gordy... —dijo Mark—. ¿Piensas en él a menudo?

—Sí, mucho —contestó Todd—. Todo el tiempo.

—¿Y te preguntas qué podríamos haber hecho de otra forma?

—La verdad es que sí. Podríamos haber hecho esto o aquello, pero Gordy no era él mismo. No creo que hubiéramos conseguido detenerlo.

—Yo también me digo lo mismo. Aun así, lo echo de menos. Mucho. ¿Qué crees que diría si nos viera ahora?

—El Gordy con el que comenzamos nuestra amistad nos habría dicho que estamos locos. Pero el Gordy de los últimos tiempos seguramente se habría unido a nuestro bufete.

—Como socio sénior, fijo.

Ambos se echaron a reír.

—Una vez leí acerca del caso de un tío que se suicidó y un loquero hablaba de la inutilidad de intentar entenderlo. Es imposible, no tiene ningún sentido. Cuando una persona llega a ese punto está en otra dimensión, una que los que se quedan nunca podrán comprender. Y si lo hacen, es que también tienen un problema.

—Pues yo no debo de tener problemas porque nunca lo entenderé. Es verdad que Gordy estaba muy agobiado, pero el suicidio no era la respuesta. Podía haber mejorado, haber vuelto a tomar su medicación y arreglar las cosas con Brenda. O no. Si se hubiera negado a casarse habría sido más feliz a largo plazo. Y tú y yo tenemos las mismas preocupaciones con la facultad, el examen de colegiación, la falta de empleo y las alimañas de los créditos, y no pensamos en suicidarnos. De hecho, hemos encontrado una forma de plantar cara a todo.

—Y como no somos bipolares, nunca lo entenderemos.

—Vamos a cambiar de tema —sugirió Todd.

Mark dio un trago a su cerveza.

—Vale. ¿Y si nos centramos en nuestra lista de clientes potenciales?

Todd cerró el portátil y lo dejó en el suelo.

—Nada. He llamado a ocho de nuestras posibles víctimas y ninguna ha querido hablar conmigo. El teléfono no es el mejor medio para esto, y esa gente no está tan nerviosa ahora como en el juzgado esta mañana.

—Hasta ahora pintaba bien, ¿no crees? Vamos a ver, hemos conseguido tres mil dólares en honorarios en un día y no tenemos ni idea de lo que hacemos.

—Hemos tenido un buen día, pero no vamos a tener la misma suerte siempre. Lo increíble es el trasiego de personas que hay allí, la cantidad de gente que se ve engullida por el sistema.

—Y hay que dar gracias a Dios por que existan.

—Hay un suministro infinito.

—Es una locura. Y no es sostenible.

—Claro, pero podemos seguir así durante mucho tiempo. Sin duda es mejor que la alternativa.

Mark dio otro sorbo, suspiró profundamente y cerró los ojos.

—No hay vuelta atrás. Estamos infringiendo demasiadas leyes. Ejercicio de la abogacía sin licencia. Evasión de impuestos. Y supongo que también habremos transgredido alguna ley laboral. Y si nos unimos a la demanda colectiva contra Swift, seguiremos ampliando la lista.

—¿Estás arrepintiéndote? —preguntó Todd.

—No. ¿Y tú?

—Tampoco, pero me preocupa Zola. A veces me parece que la hemos arrastrado a esto. Ahora mismo es muy vulnerable y está asustada.

Mark abrió los ojos y estiró las piernas.

—Es verdad, pero al menos se siente segura. Tiene un escondite, y eso es fundamental para ella. Es una chica dura, Todd, que ha sobrevivido a cosas que nosotros no somos capaces de imaginar. Ahora está donde quiere estar. Nos necesita.

—Pobre chica... Esta noche salió con Ronda y le dijo que pensaba tomarse libre el semestre, que ahora no podía concentrarse en la facultad y en el examen de colegiación. Cree que se lo ha tragado. Yo he hablado con Wilson y le he dicho que los dos volveremos a las clases dentro de un tiempo. Está preocupado, pero le he asegurado que estamos bien. Tal vez nos dejen un poco en paz.

—Si los ignoramos, se olvidarán de nosotros. Tienen cosas más importantes de las que preocuparse.

—Y nosotros también —respondió Todd—, entre ellas, nuestras nuevas carreras. Ahora que tenemos clientes estamos obligados a prestarles nuestros servicios. Hemos prometido a esas personas que no irán a la cárcel y que les reducirán las multas. ¿Tienes alguna idea de cómo vamos a conseguirlo?

—Ya lo pensaremos mañana. La clave está en la relación con los fiscales, conocerlos y ser insistentes. Y oye, Todd, si no siempre podemos conseguir lo que hemos prometido, no seremos los primeros abogados que se han pasado con sus promesas. Cobraremos y seguiremos adelante.

—Ya suenas como un verdadero abogado callejero.

—A eso me dedico. Me voy a la cama.

Zola seguía despierta en el piso de abajo. Estaba sentada en su endeble cama con la espalda apoyada en las almohadas y las piernas cubiertas con un edredón. La habitación estaba a oscuras excepto por la luz que emitía la pantalla del portátil.

Su asesora crediticia era una mujer que se llamaba Tildy Carver y trabajaba para LoanAid, una empresa que estaba en la cercana población de Chevy Chase. La señora Carver había sido bastante agradable con Zola durante sus años en la facultad, pero su tono había empezado a cambiar según iban pasando los semestres. Esa tarde, cuando Zola estaba sentada en una sala de juicios tomando notas, recibió el último correo de la señora Carver:

Estimada señorita Maal:

Recuerdo que cuando hablamos hace un mes usted estaba preparándose para su último semestre. En ese momento no se mostraba muy optimista en cuanto a sus posibilidades de encontrar un trabajo. Estoy segura de que está haciendo muchas entrevistas ahora que se acerca la graduación. ¿Podría informarme de sus progresos a la hora de buscar empleo? Espero recibir noticias suyas pronto.

Atentamente,

Tildy Carver
Asesora crediticia sénior

Último pago: 32.500 $ en fecha 13 de enero de 2014. Deuda total, cantidad inicial más intereses: 191.000 $.

En la seguridad de su nuevo escondite, Zola se quedó mirando la cifra de su «deuda total» y sacudió la cabeza. Le costaba creer que se había metido voluntariamente en un sistema que permitía que alguien como ella pidiera prestado tanto dinero, cuando la sola idea de devolverlo parecía algo absurdamente imposible. Aunque se suponía que ya no tenía que preocuparse por la devolución de ese fortuna, todo eso le provocaba remordimientos. Le parecía mal huir de todo y limitarse a culpar al sistema.

Sus padres no tenían ni idea de cuánto debía. Sabían que había pedido prestadas grandes sumas del gobierno, pero habían creído inocentemente que cualquier cosa que este proporcionara era buena y sensata. Lo cierto era que, en las circunstancias en las que estaban, no se enterarían nunca, lo que a Zola le resultaba un poco tranquilizador.

Así que escribió:

Estimada señora Carver:

Me alegro de tener noticias suyas. Hice una entrevista la semana pasada en el Departamento de Justicia y estoy esperando respuesta. Estoy considerando seriamente trabajar en el sector público o para una organización sin ánimo de lucro con la finalidad de reducir un poco la presión de la deuda. La mantendré informada.

Atentamente,

Zola Maal

Oyó pasos arriba y dedujo que sus socios también estaban despiertos. Apagó el portátil y se estiró bajo el edredón. Se sintió agradecida por su cómodo escondite, sabiendo que nadie iba a venir a llamar a su puerta. El primer apartamento que recordaba de cuando era niña no era mucho más grande que ese. Sus dos hermanos mayores y ella compartían un cuarto diminuto. Los chicos tenían literas y Zola dormía a su lado en una cuna. Sus padres estaban cerca, en otro dormitorio minúsculo. Entonces no era consciente de que eran pobres, estaban asustados y de que se suponía que no tendrían que estar allí. Pero, a pesar de todo, el de los Maal era un hogar feliz en el que compartían muchas risas y buenos ratos. Sus padres trabajaban en diferentes empleos y a todas horas, pero procuraban que en todo momento hubiera uno de los dos en casa. Si no era posible, algún vecino cuidaba de los niños. La puerta del apartamento normalmente estaba abierta, y entraban y salían otras personas «de casa». Siempre había alguien cocinando y los aromas se colaban por los pasillos. La comida se compartía, y también la ropa y el dinero.

Y trabajaban. Los adultos senegaleses echaban muchas horas. Hasta los doce Zola no se dio cuenta de que había una nube oscura cerniéndose sobre su mundo. Entonces arrestaron, detuvieron y deportaron a un hombre que conocían. Eso aterrorizó a los demás, y los Maal volvieron a mudarse.

Pensaba en sus padres y su hermano todo el tiempo, a todas horas del día, y muchas veces se dormía llorando. Su futuro era incierto, pero no podía compararse con el de ellos.

20

El rey de las vallas publicitarias era un pintoresco abogado especializado en responsabilidad civil que se llamaba Rusty Savage. Su eslogan era: «Puedes confiar en Rusty», y era imposible conducir por Beltway sin encontrarse su cara sonriente intentando convencer a cualquiera que hubiera sufrido algún daño personal de que depositara su confianza en él. Sus logrados anuncios de televisión mostraban a clientes que habían sufrido todo tipo de traumatismos, si bien les iba estupendamente porque, con buen criterio, habían cogido el teléfono y habían marcado el número de teléfono de Rusty Savage.

Los tres socios de UPL habían buscado bufetes en el Distrito de Columbia que se dedicaran a la responsabilidad civil por daños personales y al final se decidieron por el de Rusty. Su despacho contaba con ocho abogados, y sin duda varios de ellos podrían entrar en una sala de vistas y presentar un caso. Zola llamó al bufete y explicó a la mujer que la atendió que su marido había resultado malherido en un accidente con un camión de dieciocho ejes y que necesitaba ver a Rusty. La mujer la informó de que estaba ocupado con un «juicio importante en un tribunal federal», pero añadió que uno de sus socios estaría encantado de atenderla.

Zola se dijo que si uno no sabía nada sobre las demandas de responsabilidad civil por daños personales, lo mejor era encontrar a alguien que supiera. De modo que, utilizando un nombre sacado de la guía telefónica, solicitó una cita.

Las oficinas de Rusty Savage estaban en un edificio de cristal cerca de Union Station. Todd y Zola entraron en el vestíbulo, que tenía la apariencia y el ambiente de la sala de espera de un médico. Había hileras de sillas pegadas a la pared con revisteros al lado. Una docena de clientes, algunos con muletas o bastón, estaban sentados con cara de dolor. Los insistentes anuncios de Rusty aparentemente funcionaban. Zola se acercó a la recepcionista y esta le dio un cuestionario sujeto a un portapapeles. Rellenó los espacios en blanco con información inventada, pero anotó su número de teléfono de verdad, el antiguo. Tras quince minutos, un ayudante fue a buscarlos y los acompañó hasta un espacio abierto y amplio lleno de cubículos. Allí había muchos subordinados trabajando frenéticamente con los teléfonos o en sus mesas, revisando papeleo. Los abogados tenían despachos privados en los laterales, todos con vistas a la ciudad. El ayudante llamó a una de las puertas, y Zola y Todd entraron en los dominios de Brady Hull.

Por la web del bufete, sabían que el señor Hull tenía alrededor de cuarenta años y que se habían graduado en la American University. Por supuesto, su mayor pasión era «luchar por los derechos de sus clientes» y aseguraba haber logrado un impresionante muestrario de «acuerdos con cantidades importantes». El ayudante se fue y ellos se presentaron. Se sentaron en unas sillas forradas de cuero frente al señor Hull, en cuya mesa reinaba el caos.

Tom (Todd) le explicó que era un buen amigo del marido de Claudia Tolliver (Zola) y que estaba allí, con ella, porque Donnie, el marido, le había pedido que la acompañara para enterarse de todo porque él no podía salir de casa por culpa de sus lesiones.

El señor Hull se mostró escéptico al principio.

—Esto no es lo habitual —comentó—. Tal vez tengamos que hablar de asuntos privados y confidenciales.

—No se preocupe, no hay problema —intervino Claudia—. Todd es un gran amigo de la familia.

—Está bien —concedió el señor Hull. Mostraba el aire cansado de un hombre que tiene demasiados asuntos entre manos, demasiadas llamadas que hacer y demasiados archivos que revisar, tantas cosas que le faltaban horas en el día—. Entiendo que fue su marido el que recibió el golpe —dijo mirando un papel—. Cuéntemelo todo.

—Pasó hace tres meses —empezó Claudia. Después dudó, miró a Tom y consiguió parecer agobiada y nerviosa—. Venía de camino a casa por Connecticut Avenue, cerca de Cleveland Park, cuando lo embistió un camión de dieciocho ejes. Donnie iba en dirección norte, el camión hacia el sur, y no sabemos por qué se desvió a la izquierda, cruzó la línea continua y se estrelló contra él. Choque frontal. Todo pasó en cuestión de segundos.

—Entonces ¿la responsabilidad está clara? —preguntó Hull.

—Según la policía, sí. El conductor no ha dicho nada, así que por ahora no sabemos por qué invadió el carril por el que circulaba mi marido.

—Necesito ver el informe del accidente.

—Lo tengo, pero está en casa.

—¿No lo han traído? —preguntó Hull con malos modos.

—Disculpe, pero es la primera vez que hago esto. No sabía qué debía traer.

—Pues envíenme una copia lo antes posible. ¿Y los informes médicos? ¿Los han traído?

—No, señor. Ignoraba que le harían falta.

Hull puso los ojos en blanco por la frustración y justo en ese momento sonó su teléfono. Lo miró y durante un momento pensó en coger la llamada.

—¿Son graves las lesiones?

—Estuvo a punto de morir. Conmoción cerebral grave, se pasó una semana en coma. La mandíbula rota y también la clavícula y seis costillas, una le perforó el pulmón. Una pierna fracturada. Le han hecho dos operaciones y probablemente necesite por lo menos otra más.

Al oír eso, Hull pareció impresionado.

—Pues sí que fue un buen accidente. ¿A cuánto ascienden los gastos médicos hasta el momento?

Claudia se encogió de hombros y miró a Tom, quien hizo el mismo gesto, como si tampoco lo supiera.

—Cerca de doscientos mil dólares, imagino —aventuró ella—. Ahora está haciendo rehabilitación, pero no puede desplazarse. La verdad, señor Hull, es que no sé qué hacer. Me llaman abogados día y noche desde el día que ocurrió todo. Al final he dejado de coger el teléfono. He estado tratando con la aseguradora, pero no estoy muy segura de si puedo confiar en ellos.

—En estos casos, no confíe nunca en una compañía de seguros —le aconsejó Hull con expresión seria, como si ella ya hubiera metido la pata—. Ni siquiera hable con esa gente.

—Ya se había olvidado de las distracciones y estaba centrado—. ¿En qué trabaja Donnie?

—Conduce una carretilla elevadora en un almacén. Es un empleo bastante bueno; gana unos cuarenta y cinco mil al año. Pero no puede trabajar desde el accidente, y estoy quedándome sin dinero.

—Podemos conseguirle un crédito puente —dijo Hull como si eso no fuera nada—. Es habitual. No queremos que nuestros clientes tengan que pasar dificultades económicas mientras negociamos un acuerdo. Si la responsabilidad está clara, como usted afirma, conseguiremos arreglar esto sin tener que ir a juicio.

—¿Y cuánto cobra usted? —preguntó Claudia.

Tom no había dicho ni una palabra desde hacía un buen rato.

—Nosotros no cobramos nada a nuestros clientes —anunció Hull, orgulloso—. Si no hay nada para usted, tampoco para nosotros.

Todd se quedó con las ganas de decir: «Vaya, he visto eso mismo escrito en cincuenta vallas publicitarias», pero obviamente se lo calló.

Hull continuó.

—En este bufete cobramos si usted cobra, y nuestros honorarios se basan en un porcentaje que, por lo general, es el veinticinco por ciento de la cantidad que se acuerde. Si vamos a juicio aumentamos el porcentaje a un tercio, dado que debemos dedicar más horas de trabajo.

Claudia y Tom asintieron. Por fin veían algo de lo que habían aprendido en la facultad.

—Bueno, pues esto es lo que hay, señor Hull. La aseguradora dice que pagará todos los gastos médicos, compensará todos los sueldos que Donnie ha perdido, se hará cargo de los gastos de rehabilitación y nos indemnizará con cien mil dólares.

—¡Cien mil! —exclamó Hull sin poder creérselo—. Muy propio de una aseguradora. Están tirando por lo bajo a propósito porque ustedes no tienen abogado. Mire, Claudia, en mis manos este caso podría llegar a un acuerdo de un millón de dólares. Diga a los de la aseguradora que se vayan a la mierda... Bueno, no, mejor no les diga nada. No vuelva a hablar con ellos. ¿Cómo se llama la aseguradora, por cierto?

—Clinch.

—Oh, claro. Eso es típico de Clinch. No hago más que poner pleitos a esos patanes, los conozco bien.

Claudia y Tom se relajaron un poco. Su investigación los había llevado hasta Clinch, una de las principales aseguradoras de la región. En su web alardeaban de una larga tradición en la protección de compañías de transporte de mercancías.

—¿Un millón de dólares? —exclamó Tom.

Hull dejó escapar el aire, sonrió e incluso soltó una risita. Unió las manos detrás de la cabeza, como si fuera un viejo maestro que se viera en la obligación de iluminar a sus alumnos.

—No puedo garantizarles nada, ¿estamos? No estoy en situación de evaluar correctamente un caso hasta conocer todos los hechos: tener el informe policial y los informes médicos, calcular los sueldos perdidos y saber el historial del otro conductor..., en fin, todo eso. Y además está el importante tema de la discapacidad permanente que, para serles sincero, significa mucho dinero. Esperemos que Donnie se recupere por completo y pueda volver a trabajar pronto y seguir adelante como si nada hubiera pasado. Si es así, basándome en las lesiones que me han relatado, yo pediría en torno a un millón y medio a Clinch, y después estaríamos varios meses negociando.

Tom lo miró con la boca abierta, alucinado.

Claudia estaba sobrepasada.

—Vaya. ¿Y cómo ha llegado usted a esa cifra?

—Es un arte, la verdad. Pero tampoco es tan complicado. Multiplicamos el total de los gastos médicos por cinco o por seis, digamos. Clinch hará una contraoferta multiplicándolos por tres, o tal vez tres y medio. Los de la aseguradora también conocen mi reputación, y esa gente no quiere enfrentarse a mí en el juzgado, se lo aseguro. Eso será un factor de peso en la negociación.

—¿Les ha ganado otras veces? —preguntó Tom.

—Oh, muchas. Este pequeño bufete tiene aterrorizadas hasta a las aseguradoras más grandes.

Al menos eso era lo que afirmaban en sus anuncios de televisión, pensó Todd para sus adentros.

—No tenía ni idea —dijo Claudia como si estuviera en shock.

Volvió a sonar el teléfono de Hull, y el abogado tuvo que contenerse para no cogerlo. Se inclinó hacia delante y apoyó los codos en la mesa.

—Esto es lo que tienen que hacer. Mi ayudante se ocupará de todo el papeleo. Donnie y usted firman el contrato de prestación de servicios legales, y así las cosas estarán negro sobre blanco y no habrá sorpresas. Cuando lo tengamos todo, me pondré en contacto con los de la aseguradora y les estropearé el día. Empezaremos por reunir la totalidad de los informes médicos, y con eso ya podremos ponernos en marcha. Si la responsabilidad está clara, cabe esperar que tengamos solucionado lo de su esposo dentro de seis meses. ¿Alguna otra pregunta?

Era obvio que ya estaba dispuesto para pasar al siguiente caso.

Claudia y Tom se miraron desconcertados y negaron con la cabeza.

—Creo que no. Gracias, señor Hull —contestó ella.

Hull se levantó y les tendió la mano.

—Bienvenidos a bordo. Acaban de tomar una muy buena decisión.

—Gracias —repitió Claudia mientras le estrechaba la mano.

Tom también se la estrechó y salieron del despacho. El ayudante entregó a Claudia una carpeta en la que se leía: «Paquete de bienvenida para nuevos clientes. Puede confiar en Rusty», y los acompañó a la salida.

Ambos se echaron a reír en cuanto la puerta del ascensor se cerró.

—¡Esto sí que ha sido un cursillo de iniciación! —exclamó Zola.

—La responsabilidad civil por daños personales en una

sola lección —dijo Todd—. Un curso acelerado que en Foggy Bottom nos llevaría cuatro meses.

—Sí, y allí lo impartiría un payaso que nunca ha tenido su cara en una valla publicitaria.

—Ahora solo nos hacen falta un par de clientes.

Cuando Todd arrancó el coche Zola miró su teléfono.

—Vamos a hacernos ricos —dijo con una sonrisa—. Mark tiene a otro por conducir ebrio. Seiscientos en efectivo. Juzgado número 4.

Escoger el hospital correcto resultó ser una tarea difícil. Había muchos en la ciudad. El Potomac General era un hospital público muy lleno, en expansión y caótico, y también el lugar al que solían llevar a las víctimas de violencia callejera. En el otro extremo del espectro estaba el George Washington, el centro al que trasladaron al presidente Reagan cuando le dispararon. Y había al menos otros ocho entre los dos.

Tenían que empezar por alguno, y decidieron que sería el Potomac General. Todd dejó a Zola en la entrada principal y fue a buscar aparcamiento. En su papel de abogada, en ese momento la señora Parker llevaba una chaqueta que aparentaba ser de firma y una falda que le llegaba por encima de las rodillas, no muy corta. Sus zapatos de tacón de piel negra eran discretamente elegantes, y con el maletín de imitación de Gucci que portaba, Zola parecía sin duda una auténtica profesional de algo. Siguió los carteles indicativos para ir a la cafetería que había en la planta baja. Pidió un café, se sentó a una mesa metálica y esperó a Todd. Cerca había un adolescente en una silla de ruedas tomando un helado junto a una mujer que debía de ser su madre. El chico tenía una pierna metida en una gruesa escayola de la que salían varias varillas de metal. A juzgar por el aspecto de la madre, a la familia no le sobraba el dinero.

Los socios de UPL habían decidido que evitarían a la gente rica. Había muchas posibilidades de que los que tenían dinero conocieran a algún abogado de verdad. Los pobres no, o eso pensaban ellos. Apoyado en una de las paredes, algo más lejos, Zola vio a un hombre de unos cincuenta años con los dos tobillos escayolados que parecía muy dolorido. Estaba solo, intentando comerse un sándwich.

Todd entró en la cafetería, se detuvo un momento y miró a su alrededor. Descubrió a Zola y, antes de sentarse con ella, fue a pedirse un café. La encontró revisando el paquete para nuevos clientes de UPL, plagiado del de Rusty.

—¿Alguna víctima? —preguntó en voz baja mientras cogía una hoja de papel.

Zola estaba escribiendo.

—Ese chico de ahí con la pierna rota. Y el tío del rincón del fondo, con los dos tobillos enyesados a juego.

Todd echó un vistazo a la cafetería sin prisas mientras se bebía el café.

—No estoy segura de que pueda hacerlo —dijo Zola—. No me parece decente abalanzarme sobre gente incauta.

—Vamos, Zola. Nadie está observándote. Estas personas pueden necesitar nuestros servicios, y si no se los ofrecemos nosotros, seguro que Rusty lo hará. Además, si nos dicen que las dejemos en paz, no perdemos nada.

—Ve tú primero.

—De acuerdo. Voy a por el chico blanco. Para ti el negro.

Todd se levantó y sacó su teléfono. Se alejó, enfrascado en una conversación ficticia, y empezó a pasearse por la cafetería. La rodeó, y cuando pasó junto al chico con la pierna rota dijo por el teléfono:

—Oye, el juicio es la semana que viene. No aceptaremos cincuenta mil. La aseguradora intenta joderte, ¿vale? Comunicaré al juez que vamos a juicio. —Se metió el teléfono en el bolsillo, se dio la vuelta y, con una gran sonrisa, se dirigió al chico—: Esa pierna tiene mala pinta. ¿Qué te ha pasado?

—Se la ha roto por cuatro sitios —dijo la madre, casi orgullosa—. Lo operaron ayer.

El chaval sonrió a Todd y pareció disfrutar de la atención que le prestaba. Todd miró la escayola.

—¡Menudo desastre! —exclamó sin dejar de sonreír—. ¿Y cómo te lo hiciste?

—Iba con el patinete y pasé por encima de una placa de hielo —contó el chico muy ufano.

«Patinete: riesgo voluntario, lesión autoinfligida. Hielo: elemento natural.» En la mente de Todd la demanda empezó a desvanecerse.

—¿Estabas solo? —preguntó.

—Sí.

«Negligencia personal: no se puede culpar a nadie.»

—Pues espero que te mejores —concluyó Todd.

Volvió a sacar el teléfono para responder una llamada inexistente y se alejó. Cuando pasó al lado de Zola dijo:

—Intento fallido —dijo a Zola al pasar a su lado—. Te toca.

Y salió de la cafetería, todavía al teléfono.

Zola se dijo que Todd tenía razón: nadie estaba mirándola, a nadie le importaba.

Se levantó despacio y se colocó unas gafas de lectura de mentira. Con una hoja de papel en una mano y el móvil en la otra, cruzó la cafetería. Alta, delgada, bien vestida y atractiva; el hombre de los tobillos rotos no pudo evitar fijarse en ella cuando la vio acercarse, hablando por teléfono. Zola le sonrió al pasar a su lado y él le devolvió la sonrisa. Un momento después Zola regresó.

—Oiga, ¿es usted el señor Cranston? —lo saludó amablemente.

El hombre le sonrió otra vez.

—No —respondió—. Me apellido McFall.

Zola se quedó de pie a su lado, mirándole los tobillos.

—Soy abogada y se suponía que tenía que reunirme con el señor Cranston aquí a las dos de la tarde, ¿sabe?

—Pues lo siento. Se equivoca de hombre.

McFall no era muy conversador, estaba claro.

—Ha debido de tener un accidente de coche muy feo, ¿no? —comentó ella.

—No ha sido un accidente de coche. Resbalé con una placa de hielo y me caí en el patio. Me he roto los dos tobillos.

«Menudo torpe», pensó Zola al ver que se desvanecía ante sus ojos la posibilidad de captar un cliente.

—Vaya, pues espero que se recupere pronto.

—Gracias.

Volvió a su mesa y a su café, y se enfrascó en sus papeles. Todd regresó cinco minutos después.

—¿Lo tienes?

—No. El tío se cayó tras resbalar con el hielo.

—Hielo, hielo... ¿Dónde está el calentamiento global cuando uno lo necesita?

—Oye, Todd... No estoy hecha para esto. Me siento un buitre.

—Es que eso es exactamente lo que somos.

21

Wilson Featherstone era otro estudiante de tercer año de Foggy Bottom y había formado parte del grupo de amigos al principio. Durante el segundo año Todd y él discutieron por una chica y dejaron de salir de fiesta juntos. Pero seguía manteniendo la amistad con Mark y no había dejado de llamarlo. No parecía darse por vencido, así que Mark al final accedió a quedar con él para tomar algo. A fin de evitar su antiguo barrio, Mark eligió un bar cerca de Capitol Hill. Ya entrada la noche del jueves, mientras Todd estaba sirviendo bebidas en The Rooster Bar y Zola buscando clientes a su pesar en el George Washington Hospital, Mark llegó tarde a la cita y vio a Wilson en la barra. Ya se había bebido media cerveza.

—Te has retrasado —fue el saludo de Wilson, acompañado de una sonrisa y un amistoso apretón de manos.

—Me alegro de verte, tío —dijo Mark, y se sentó en el taburete que había a su lado.

—¿Estás dejándote barba?

—Me he quedado sin maquinilla de afeitar. ¿Cómo te va?

—A mí bien. La cuestión es cómo estás tú.

—También estoy bien.

—No, no es verdad. Has faltado a las tres primeras semanas de clase y todo el mundo pregunta por ti. Y por Todd. ¿Qué ocurre?

El camarero se acercó y Mark pidió una cerveza de barril. Después se encogió de hombros.

—Estoy tomándome un descanso, eso es todo. Me falta motivación, es comprensible. Estoy hecho polvo desde lo de Gordy, ¿sabes?

—Has dejado tu apartamento. Y Todd también. Y nadie ha visto últimamente a Zola. ¿Es que estáis mal los tres o qué?

—No sé qué pasa con ellos. Estuvimos con Gordy cuando sucedió todo y estamos tocados, supongo.

El camarero puso una jarra delante de Mark, y Wilson dio un sorbo a su cerveza.

—¿Qué pasó con Gordy? —preguntó Wilson.

Mark pensó una respuesta con la mirada fija en su cerveza.

—Era bipolar y dejó la medicación —dijo al fin—. Estaba hecho una mierda. Lo pillaron conduciendo borracho; conseguimos sacarlo del calabozo, lo llevamos a su apartamento y nos quedamos con él. No sabíamos qué hacer. Queríamos llamar a su familia, a su prometida, pero se negó. Se cabreó conmigo cuando se lo mencioné. Y, no sé cómo, esa noche logró escaparse y fue al puente. Salimos a buscarlo como locos, pero cuando lo encontramos ya era demasiado tarde.

Wilson intentó asimilar lo que Mark acababa de contarle. Dio un trago a su cerveza.

—Qué horror... —dijo—. Corren rumores de que vosotros estuvisteis con él al final, pero no sabía que había sido tan terrible.

—No lo perdíamos de vista. Estaba encerrado en su habitación. Zola se quedó a dormir en el sofá y Todd en el apartamento de enfrente. Yo tenía sus llaves. Tratábamos de convencerlo de que debía ir al médico. No sé qué otra cosa podríamos haber hecho. De manera que sí, Wilson, los tres estamos mal últimamente.

—Qué mal rollo, colega —exclamó—. No te vi en el funeral.

—Fuimos, pero nos quedamos en la galería, escondidos. Todd y yo vimos a la familia después de que él saltara. Y nos cargaron con la culpa. A alguien había que echársela, ¿no? Así que intentamos evitar a todo el mundo en el funeral.

—Pero no fue culpa vuestra.

—Pues ellos creen que sí y, la verdad, Wilson, yo me siento muy culpable ahora mismo. Deberíamos haber llamado a Brenda y a los padres de Gordy.

Se hizo el silencio. Wilson pidió otra cerveza.

—Yo no lo creo. No podéis cargar con el peso de su suicidio.

—Gracias, tío, pero no dejo de pensar en ello.

—¿Y qué vas a hacer? ¿Dejar la carrera cuando solo te queda un semestre? Es una estupidez, Mark. Mierda, si tienes hasta un trabajo esperándote en otoño, ¿no?

—Te equivocas. Me despidieron antes de que empezara. El bufete se fusionó con otro, reorganizaron el personal y ya no cuentan conmigo. Pasa continuamente en esta maravillosa profesión.

—Lo siento, no lo sabía.

—No pasa nada, Wilson. De todas formas allí no tenía futuro. ¿Y qué hay de ti? ¿Has tenido suerte con lo de encontrar trabajo?

—Algo así. He encontrado un puesto en una organización sin ánimo de lucro, así que voy a apuntarme a lo de la exención por ser empleado público para librarme de la mayor parte de mis deudas.

—¿Y estarás ahí diez años?

—Eso es lo que ellos creen. Mi plan es aguantar tres o cuatro años para ir manteniendo a raya a esas alimañas y después largarme a otro lado, a un trabajo de verdad. El mercado tiene que mejorar antes o después.

—¿En serio lo crees?

—No sé qué creer, pero algo tengo que hacer.

—Después de aprobar el examen de colegiación, claro.

—Mira, Mark, yo lo del examen lo veo así. El año pasado lo aprobó la mitad de los alumnos de Foggy Bottom y la otra mitad lo suspendió. Me digo a mí mismo que estoy en la mitad de los buenos y que si me dejo los cuernos puedo aprobarlo. Si miro a la gente de la facultad, veo que hay mucho imbécil, pero yo no soy uno de ellos. Ni tú tampoco, Mark. Tú eres muy listo y no te importa trabajar mucho.

—Ya te dicho que me falta motivación.

—Entonces ¿qué planes tienes?

—Ninguno. Por ahora me dejo llevar. Supongo que regresaré a la facultad en algún momento, aunque me pongo enfermo solo de pensar en volver a entrar en ese lugar. Tal vez me tome este semestre sabático y retome los estudios después. No lo sé.

—No puedes hacer eso, Mark. Si lo dejas, las alimañas de los créditos te reclamarán la deuda.

—Creo que ya estoy en ese punto. He mirado mi historial de crédito y he visto que debo un cuarto de millón de dólares, y no tengo un empleo decente. Me temo que lo mío tiene toda la pinta de acabar en impago. ¿Y qué importa? Pueden demandarme, pero no matarme. El año pasado un millón de estudiantes no consiguieron liquidar sus créditos y, hasta donde yo sé, todavía están por ahí, sobreviviendo.

—Lo sé, lo sé. He leído los blogs.

Los dos bebieron y se miraron a través del espejo que había tras las hileras de botellas de licor.

—¿Dónde vives ahora? —preguntó Wilson.

—¿Acaso estás vigilándome?

—No, pero me pasé por tu apartamento y un vecino me dijo que te habías ido. Y Todd tampoco vive donde antes. ¿Lo has visto? Ya no trabaja en el bar.

—Últimamente no. Creo que ha vuelto a Baltimore.

—¿Lo ha dejado?

—No sé, Wilson. Dijo algo de tomarse un descanso. Creo que él está peor que yo. Gordy y él eran muy amigos.

—No contesta al teléfono.

—Bueno, tampoco es que vosotros os llevarais muy bien.

—Arreglamos el tema. Mierda, Mark, estoy preocupado, ¿vale? Sois mis colegas, y habéis desaparecido de un día para otro.

—Gracias, Wilson, te lo agradezco mucho. Me recuperaré, con el tiempo. Pero no puedo hablar por Todd.

—¿Y Zola?

—¿Qué pasa con ella?

—También está desaparecida. Nadie la ha visto. Y ha dejado su apartamento.

—Con Zola sí he hablado. Está destrozada. Fue la última en ver a Gordy con vida y lo lleva muy mal. Además, van a deportar a sus padres a Senegal. Está hecha polvo.

—Pobrecilla. Gordy hizo una estupidez liándose con ella.

—Quizá, no lo sé. Ahora mismo me parece que nada tiene sentido.

Siguieron bebiendo durante un rato, sin hablarse. Mark vio reflejada en el espejo una cara que le sonaba en una mesa al otro lado de la sala. Una cara bonita que había visto en el juzgado. Hadley Caviness, la ayudante del fiscal que llevaba el caso de exceso de velocidad de Benson Taper. Sus miradas se cruzaron un segundo, pero ella la desvió.

Wilson echó un vistazo al reloj.

—Tío, esto es demasiado deprimente. Tengo que irme. Pero tenme al día, Mark, y si puedo hacer algo, dímelo, ¿vale?

Se acabó la cerveza y dejó un billete de diez dólares en la barra.

—Claro, tío. Gracias.

Wilson se levantó, dio una palmadita en el hombro a su

amigo y se fue. Mark volvió la vista hacia espejo y reparó en que Hadley estaba sentada con otras tres mujeres jóvenes, todas bebiendo y charlando. Sus miradas volvieron a encontrarse y ella se la sostuvo durante unos segundos.

Media hora más tarde las chicas acabaron sus copas, pagaron la cuenta y se dirigieron hacia la puerta. Hadley, sin embargo, se dio la vuelta y fue hasta la barra.

—¿Esperas a alguien? —preguntó a Mark.

—Sí, a ti. Siéntate.

Ella le tendió la mano y se presentó.

—Hadley Caviness. Juzgado número 10.

Él se la estrechó.

—Lo sé. Yo soy Mark Upshaw. ¿Puedo invitarte a una copa?

Hadley se sentó.

—Claro.

Mark hizo un gesto al camarero.

—¿Qué quieres tomar? —preguntó a Hadley.

—Chardonnay.

—Yo tomaré otra cerveza.

El camarero se alejó y los dos se volvieron para mirarse.

—No te he visto por el juzgado últimamente —dijo ella.

—Pues voy por allí todos los días, a ganarme el pan.

—Eres nuevo en la ciudad.

—Llevo aquí un par de años. Estaba en un bufete, pero me cansé del trabajo tedioso que hacíamos allí. Ahora estoy por mi cuenta, pasándomelo bien. ¿Y tú?

—Primer año en la oficina del fiscal, así que estoy atrapada en el juzgado de tráfico. Es muy aburrido. Y no es una maravilla, pero paga las facturas. ¿Dónde estudiaste?

—En Delaware. Vine a la gran ciudad a cambiar el mundo. ¿Y tú?

Deseó con todas sus fuerzas que no dijera que había ido a Foggy Bottom.

—Kentucky, pregrado y facultad de Derecho. Vine para trabajar en Capitol Hill, pero no salió bien. Tuve suerte y encontré este trabajo en la oficina del fiscal. Espero que sea temporal.

Llegaron las bebidas. Brindaron entrechocando los vasos y bebieron.

—¿Y qué quieres hacer después? —preguntó Mark.

—En esta ciudad, ¡quién sabe! Estoy pendiente de las ofertas de empleo, igual que muchos miles. El mercado laboral no está en su mejor momento ahora mismo.

«¡Qué novedad! —pensó Mark—. Deberías echar un vistazo por Foggy Bottom.»

—Eso he oído.

—¿Y tú? No me digas que quieres pasarte toda tu carrera defendiendo a conductores borrachos.

Mark rio, como si eso tuviera gracia.

—La verdad es que no. Tengo un socio y queremos centrarnos en los casos de daños personales.

—Quedarías muy bien en una valla publicitaria.

—Ese es mi sueño. Eso y los anuncios de televisión.

Ya se había tomado varias copas y estaba sentada muy cerca, casi rozándolo. Tenía las piernas cruzadas y la falda se le había subido hasta dejar al descubierto parte de sus muslos. Unas piernas muy bonitas. Hadley dio un sorbo a su copa y la dejó en la barra.

—¿Tienes planes para luego?

—Pues no. ¿Y tú?

—Estoy libre. Tengo una compañera de piso que trabaja en la Oficina del Censo y nunca está en casa. Y no me gusta nada estar sola.

—No pierdes el tiempo.

—¿Y por qué iba a hacerlo? Soy como tú, y ahora mismo los dos estamos pensando lo mismo.

Mark pagó la cuenta y llamó a un taxi. En cuanto el vehículo arrancó ella le cogió la mano izquierda y se la colocó sobre el muslo que tenía al descubierto. Mark soltó una risita.

—Me encanta esta ciudad —susurró—. Está llena de mujeres agresivas.

—Si tú lo dices...

El taxista detuvo el vehículo delante de un alto edificio de apartamentos en la calle Quince y Mark le pagó. Los dos jóvenes entraron de la mano, como si se conocieran desde hacía meses. Se besaron en el ascensor, volvieron a besarse en el diminuto salón de Hadley y decidieron que no querían ver la tele. Mientras ella se desnudaba en el baño, a Mark le dio tiempo a enviar un mensaje rápido a Todd: «He tenido suerte. No iré a casa esta noche. Que duermas bien».

A lo que Todd respondió: «¿Quién es la chica?».

Y Mark dijo: «Creo que la conocerás muy pronto».

Se encontró con Todd delante del juzgado número 6 a las nueve y media de la mañana. El pasillo estaba lleno del variopinto grupo de acusados habitual y se veía a varios abogados trabajando entre la gente. Todd estaba intentando captar a una mujer joven que parecía estar llorando. Cuando esta al final negó con la cabeza, él la dejó y vio a su socio, que lo miraba desde lejos. Todd se acercó.

—Otro intento fallido. Una mañana muy floja. Tienes una pinta horrible, Mark. ¿Has estado despierto toda la noche?

—Ha sido increíble. Luego te lo cuento. ¿Dónde está Zola?

—No he hablado con ella esta mañana. No madruga. Se acuesta tarde cuando viene de los hospitales.

—¿De verdad intenta captar clientes o se pasa allí el rato leyendo? Lo pregunto porque todavía no ha conseguido ninguno.

—No sé. Pero dejemos eso para luego. Voy a ver qué tal está la cosa en el juzgado número 8.

Y se alejó con el maletín en la mano. Unos pasos más allá sacó el teléfono móvil como si tuviera que mantener una conversación importante. Mark fue al juzgado número 10 y entró. El juez Handleford presidía la sala y estaba hablando con un abogado defensor. Como siempre, había abogados y funcionarios pululando alrededor del estrado e intercambiando documentos. Hadley estaba allí, charlando con otro fiscal. Cuando vio a Mark sonrió y se acercó. Se sentaron a la mesa de la defensa y aparentaron que debían tratar un asunto relevante.

Unas horas antes habían caído redondos de puro agotamiento y durmieron estupendamente, desnudos y abrazados. Pero en ese momento Hadley estaba fresca como una rosa, con los ojos brillantes y un aspecto muy profesional, mientras que a Mark se lo veía un poco fatigado.

—Ya sé lo que estás pensando, y la respuesta es no —dijo ella en voz baja—. Esta noche tengo una cita.

—Ni se me había pasado por la cabeza —contestó Mark con una sonrisa—. Pero ya tienes mi teléfono.

—Tengo muchos números de teléfono.

—Está bien. ¿Podemos hablar de mi cliente, Benson Taper?

—Por supuesto. Pero no lo recuerdo... Espera, que voy a por su dossier. —Se levantó, fue a la mesa de un funcionario y buscó en un enorme archivador. Encontró la carpeta de Benson y volvió a la mesa de la defensa. Le echó un vistazo y dijo—: Este tío iba como loco, ¿no? Ciento treinta en una zona de sesenta. Eso es conducción temeraria y podría acabar en la cárcel.

—Lo sé. Pero, veamos, Benson es un hombre joven negro con un buen trabajo. Reparte paquetes, y si lo condenan por conducción temeraria perderá su empleo. ¿No podemos dejarlo en algo más leve?

—Para ti, lo que quieras. ¿Qué tal exceso de velocidad sin más? Que pague la multa, y aconséjale que levante el pie del acelerador.

—¿Así de fácil? —preguntó Mark con una sonrisa.

Hadley se inclinó hacia él.

—Claro. Si tienes satisfecha a la fiscal, consigues buenos tratos. Al menos la cosa funciona así conmigo.

—¿Y tu jefe lo aprueba?

—Mark, esto es un juzgado de tráfico, ¿vale? No hablamos de una acusación de asesinato. Le plantaré esto delante al viejo Handleford y él lo aceptará sin decir ni una palabra.

—Te quiero, nena.

—Eso dicen todos.

Hadley se levantó con la carpeta y tendió la mano a Mark para sellar el acuerdo. Los dos se la estrecharon, muy profesionales.

22

Benson estaba comiéndose un sándwich en una cafetería en Georgia Avenue, en la zona de Brightwood de Washington D. C. Estaba en su pausa para comer, y su aspecto era impecable con su uniforme de trabajo. Se alegró de ver a Mark y le preguntó si tenía buenas noticias. Mark sacó la sentencia de su maletín.

—Hemos hecho progresos —anunció Mark—. ¿Tienes el resto de los honorarios?

Benson metió la mano en el bolsillo y sacó unos billetes.

—Setecientos —dijo, y se los dio.

Mark los cogió.

—Todo ha quedado reducido a exceso de velocidad. Nada de conducción temeraria, así que no hay pena de cárcel. Solo una multa de ciento cincuenta dólares que tienes que pagar en un plazo de dos semanas.

—¿En serio?

Mark sonrió y miró a la camarera, que acababa de aparecer.

—Un sándwich con beicon, lechuga y tomate, y un café —pidió.

La camarera se fue sin decir nada.

—¿Y cómo lo ha conseguido? —preguntó Benson.

«Me he acostado con la fiscal», quiso decir Mark lleno de orgullo, pero lo que dijo fue:

—He negociado con el juzgado. Expliqué al juez que eres una buena persona, con un buen trabajo, y él se mostró comprensivo. Pero que no te pongan más multas, Benson, ¿me oyes?

—Vaya, Mark, es genial. Esto es estupendo.

—El juez tenía un buen día, Benson. Pero la próxima vez no vas a tener tanta suerte.

—No habrá próxima vez, lo prometo. No me lo puedo creer. Estaba seguro de que me despedirían y lo perdería todo.

Mark le pasó el documento y le dio un bolígrafo.

—Esta es la sentencia. Firma en la parte de abajo y no tendrás que volver al juzgado.

Benson firmó con una gran sonrisa.

—Estoy deseando contárselo a mi madre. No me ha dejado en paz desde que me pillaron. Usted le cae bien, Mark. Me dijo: «Ese chico sabe lo que hace. Va a ser un gran abogado».

—Bueno, pues está claro que tu madre es una mujer muy inteligente.

Mark recuperó la sentencia y la guardó en su maletín.

Benson dio un bocado al sándwich y acto seguido un sorbo al té con hielo. Se limpió la boca con una servilleta.

—Mark, ¿usted acepta otro tipo de casos? Casos importantes.

—Claro. En mi bufete llevamos una amplia variedad. ¿A qué te refieres?

Benson miró alrededor, como si alguien pudiera tener algún interés en escucharlos.

—Un primo mío, que es de Virginia, de la zona de Tidewater, está metido en un buen lío. ¿Tiene tiempo para que le cuente la historia?

—Ahora mismo estoy esperando a que me traigan la comida. Así que dispara.

—Pues mi primo y su mujer tuvieron un bebé, hace tiempo, y las cosas en el hospital salieron mal. Fue un parto malo, nada salió como debía y el bebé murió dos días después. El embarazo había ido bien, no parecía que hubiera ningún problema, ¿sabe? Y de repente, el bebé muerto. Era su primer hijo, un niño, y llevaban mucho intentando que ella se quedara embarazada. La madre se deprimió, estaba hecha polvo, y empezaron a pelear. Los dos estaban destrozados y no lo llevaron bien. Así que se separaron y después se divorciaron. Un divorcio de los malos. Ahora mismo siguen los dos jodidos. Mi primo bebe mucho y ella está como una cabra. Una verdadera tragedia, ¿sabe? Intentaron enterarse de qué había pasado en el parto, pero el hospital no quiso decirles gran cosa. De hecho, les daban largas cada vez que preguntaban. Contrataron a un abogado para que investigara, pero no les sirvió de nada. Dijo que los bebés muertos no valen mucho dinero. Que era difícil demandar a médicos y hospitales, porque ellos son los que tienen todos los informes y, además, contratan a los mejores abogados y te tienen liado en los juzgados un puñado de años. La madre dijo que ella no quería ir a juicio. Mi primo todavía quiere saber qué ocurrió y tal vez interponer una demanda o algo, pero él tampoco está bien. Mark, ¿es cierto que los bebés muertos no valen mucho dinero?

Mark no tenía ni idea, pero la historia lo había intrigado. Consiguió salirse por la tangente como un verdadero abogado.

—Depende de los hechos del caso. Tendría que ver los informes.

—Mi primo los tiene. Una buena pila de papeles que el hospital entregó a su abogado, a su exabogado, mejor dicho, porque lo despidió, y ahora quiere hablar con otro. ¿Le interesaría echarles un vistazo?

—Claro.

Llegó su sándwich, con patatas y un pepinillo, pero sin bebida.

—Gracias. También había pedido un café —recordó a la camarera.

—Sí, sí —contestó ella, molesta, y se fue.

Mark dio un mordisco a su sándwich y Benson otro al suyo.

—¿Cómo se llama tu primo?

Benson se limpió la boca antes de contestar.

—Ramon Taper, el mismo apellido. Mi padre y el suyo son hermanos. A los dos nos abandonaron de críos... Pero todo el mundo lo llama Digger.

—¿Digger...? ¿«Cavador»?

—Sí. Cuando era pequeño cogió una pala, sacó con ella un arbusto de flores del jardín de un vecino, y se lo llevó e intentó replantarlo a unos pocos metros en la misma calle. Y de ahí le viene el mote.

Por fin llegó el café y Mark dio las gracias a la camarera.

—¿Y es una persona problemática? —preguntó a Benson, y este se echó a reír.

—Sí, podría decirse que sí. Digger siempre ha estado rodeado de problemas. Se pasó una temporada en un centro de menores, pero no es un mal tipo. No tiene antecedentes graves. Le iba bien, se casó con una buena chica y fueron tirando hasta que el bebé murió. Después del divorcio la madre se largó a otro sitio, a Charleston o por ahí. Digger estuvo dando bandazos y se mudó aquí hace unos meses. Trabaja a tiempo parcial en una licorería, lo que no le conviene porque le gusta demasiado el vodka. Estoy muy preocupado por él.

—¿Así que está aquí, en Washington D. C.?

—Sí, vive a la vuelta de la esquina, con otra mujer que también está chiflada.

Mientras Mark daba un mordisco al pepinillo en vinagre,

tuvo la sensación de que debía rechazar a Digger y sus problemas, pero le había picado la curiosidad.

—Echaré un vistazo a esos informes.

Mark regresó a la cafetería al cabo de dos días. Estaba casi vacía; solo había un hombre negro, bajito y delgado sentado a una mesa, con una carpeta a rebosar de papeles a su lado. Mark se acercó.

—Usted debe de ser Digger —lo saludó.

Se estrecharon las manos y Mark se sentó.

—Prefiero que me llame Ramon —pidió Digger.

—No hay problema. Yo soy Mark Upshaw. Encantado de conocerle, Ramon.

—Igualmente.

Llevaba una gorra de conductor con la visera calada hasta unas enormes gafas de lectura redondas y con la montura negra. Los ojos que había detrás de ellas estaban hinchados e inyectados en sangre.

—Benson opina que usted es un buen abogado —dijo Ramon—. Me contó que ha conseguido que conservara su trabajo.

Mark sonrió, y estaba intentando encontrar algo apropiado que contestar cuando apareció la camarera.

—Un café. ¿Y usted, Ramon?

—Nada. Solo agua.

Cuando la mujer se fue Mark lo miró a los ojos. No arrastraba las palabras, pero obviamente había estado bebiendo.

—Benson me contó un poco la historia de su caso —empezó Mark—. Parece una verdadera tragedia.

—Sí, podría decirse que sí. Pasó algo malo en el parto, no sé si alguna vez sabremos exactamente qué ocurrió. Yo no estaba presente.

Mark se quedó en silencio, esperando que Ramon añadiera algo más. Pero este no lo hizo.

—¿Puedo preguntarle por qué no estaba allí?

—Dejémoslo en que no estaba y debería haber estado. Asia no fue capaz de superarlo y, bueno... Yo cargué con toda la culpa. Ella siempre ha dicho que si yo hubiera estado allí, podría haberme asegurado de que el hospital hacía las cosas bien.

—¿Asia es su exmujer?

—Eso es. Se puso de parto dos semanas antes de lo esperado. Era justo después de medianoche y el bebé venía rápido. El hospital estaba muy lleno, había habido no sé qué tiroteos y un gran accidente de coche... Nunca supimos lo que pasó realmente. Pero parece que no prestaron a mi ex la atención necesaria y el bebé se quedó atascado al salir. Le faltó oxígeno. —Dio unos golpecitos a la carpeta—. Se supone que está todo aquí, pero creemos que el hospital ha tapado su error.

—¿Creemos? ¿Quiénes?

—El primer abogado, el que despedí, y yo. Después de que pasara todo esto, Asia se volvió loca, me echó y pidió el divorcio. Ella tenía abogado y yo también, y las cosas se pusieron feas. A mí me pillaron conduciendo borracho y contraté a otro abogado para eso. Ha habido muchos picapleitos en mi vida, y no tenía fuerzas para meterme en una gran demanda —explicó poniendo la mano sobre la carpeta.

Llegó el café y Mark le dio un sorbo.

—¿Dónde está el primer abogado?

—En Norfolk. Me pedía cinco mil dólares para pagar a un experto que revisara los informes. Yo no tenía cinco mil dólares y, además, ese abogado no me caía bien. No me devolvía las llamadas y siempre parecía demasiado ocupado. ¿Usted también va a pedirme cinco mil dólares?

—No —dijo Mark, aunque solo para continuar con la conversación.

No tenía ni idea de cómo llevar un caso de negligencia médica, pero, como siempre, se dijo que ya aprendería sobre la marcha. Su plan, si es que podía decirse que tenía uno, era aceptar el caso, revisar los informes y averiguar si había responsabilidad de algún tipo. Si la había, pasaría el caso a un abogado de verdad que estuviera especializado en negligencias médicas. Si el caso seguía adelante y había demanda, sus socios y él tendrían la menor relación posible con ella y, con suerte, algún día se llevarían una parte de unos buenos honorarios. Sí, ese era el plan de Mark.

—¿Y Asia queda fuera de todo?

—Oh, sí. Hace mucho que se largó de aquí. No tenemos contacto.

—¿Se uniría a la demanda, si presentamos una?

—No, seguro que no. No quiere tener nada que ver con esto. Vive en Charleston con unos familiares. Espero que ellos estén ayudándola. Está loca, señor Upshaw. Oye voces, ese tipo de locura. Es muy triste, pero no puede ni verme y ha dicho muchas veces que no iría a juicio, nunca.

—Bien, pero al final, si hay algún tipo de acuerdo, su exesposa tendrá derecho a recibir la mitad del dinero.

—¿Y eso por qué? Es mi demanda. ¿Por qué va a llevarse ella algo de un caso del que no quiere saber nada?

—Porque lo dice la ley —afirmó Mark; si bien no estaba seguro, le sonaba vagamente de un caso de Derecho Civil que habían estudiado en primero en la facultad—. Pero ya nos preocuparemos de eso más adelante. Ahora mismo tenemos que realizar una investigación. Todavía queda mucho para hablar de cualquier tipo de acuerdo.

—Pues no me parece bien.

—¿Quiere seguir adelante, Ramon?

—Claro, por eso estoy aquí. ¿Le interesa a usted el caso?

—Por eso estoy aquí —dijo Mark a su vez.

—Pues hecho. Ahora explíqueme lo que va a pasar.

—Primero tiene que firmar un contrato de prestación de servicios legales con mi bufete. Eso me dará la autoridad necesaria para pedir todos los informes. Haré que los revisen; si hay indicios de responsabilidad clara por parte de los médicos y el hospital, usted y yo volveremos a hablar. Y decidiremos si presentamos una demanda.

—¿Y cuánto tiempo llevará?

Sin tener ni idea de nuevo, Mark contestó con tono convincente:

—No mucho. Semanas. Nosotros no alargamos infinitamente las cosas, Ramon. Trabajamos rápido.

—¿Y no quiere dinero por adelantado?

—No. Algunos bufetes piden un anticipo o una provisión de fondos, pero nosotros no. En nuestro contrato se especifica que nos corresponde un porcentaje de la cantidad final que se obtenga por los daños: un tercio si se llega a un acuerdo, o el cuarenta por ciento si vamos a juicio. Estos son casos complejos en los que se acusa a tipos con mucho dinero que se defienden con uñas y dientes. Por eso el porcentaje que solicitamos es un poco más alto que en un caso normal de daños personales. Este tipo de litigios son caros. Nosotros ponemos el dinero por adelantado y lo recuperaremos cuando haya un acuerdo. ¿Le parece bien?

Ramon dio un sorbo a su vaso de agua y miró por la ventana. Mientras se lo pensaba, Mark sacó un contrato de su maletín y rellenó los datos. Después Ramon se quitó sus gruesas gafas y se limpió los ojos con una servilleta de papel.

—Todo esto es una pena, señor Upshaw —dijo en voz baja.

—Llámeme Mark, por favor.

—Claro, Mark —dijo con labios temblorosos—. Nos iban bien las cosas, a Asia y a mí. Quería a esa mujer, creo que la querré siempre. No era fuerte, pero era una buena mujer, y muy guapa. No se merecía esto. Nadie se lo merece, supongo... Estábamos listos para dar la bienvenida a Jackie, llevábamos intentando ser padres mucho tiempo.

—¿Jackie?

—Se llamaba Jackson Taper, e íbamos a llamarlo Jackie. Por Jackie Robinson. Soy un fan del béisbol.

—Lo siento mucho.

—Vivió dos días, no tuvo ninguna oportunidad. Lo fastidiaron, Mark. Eso no debería haber pasado.

—Averiguaremos lo que pasó, Ramon. Te lo prometo.

Ramon sonrió, se mordió el labio inferior, se secó los ojos y volvió a ponerse las gafas. Cogió el bolígrafo y firmó el contrato.

Como ya tenían por costumbre, los tres socios se reunieron al final de la tarde en el reservado de siempre, al fondo de The Rooster Bar, para explicarse cómo les había ido la jornada. Mark y Todd tenían delante unas cervezas y Zola un refresco. Tras tres semanas de trabajo como abogados sin licencia, habían aprendido mucho y ya se sentían cómodos con sus rutinas. Al menos ellos dos, Zola no tanto. El miedo a que los pillaran casi había desaparecido, aunque nunca los abandonaría del todo. Mark y Todd comparecían regularmente ante los juzgados de lo penal, igual que miles de abogados, y respondían a las mismas preguntas que les formulaban unos jueces aburridos. Hacían tratos rápidos con los fiscales, y ni uno solo de ellos demostró la menor curiosidad por sus títulos o sus licencias. Firmaban con nombres falsos en sentencias y otros documentos. Recorrían los pasillos en busca de clientes y se encontraban allí a menudo con otros abogados, demasiado ocupados para sospechar siquiera. A pesar de su buen comienzo, pronto se dieron cuenta de que no era fácil mantenerse en ese negocio. Un día bueno podían conseguir unos mil dólares con los nuevos clientes. Un día malo, que se daban a menudo, no sacaban nada.

Zola había reducido su campo de búsqueda a los tres hospitales más concurridos: el Catholic, el General y el George Washington. Todavía no había conseguido ni un solo cliente, pero estaba más animada porque estuvo a punto de lograrlo en varias ocasiones. No le gustaba lo que hacía, aprovecharse de la gente vulnerable, pero por el momento no tenía elección. Mark y Todd trabajaban duro para mantener a flote el negocio, y ella se sentía obligada a contribuir.

Debatieron mucho sobre con qué frecuencia debían verlos buscando clientes y compareciendo ante los jueces. Por un lado, que los conocieran les otorgaría credibilidad porque se convertirían en piezas habituales del engranaje. Pero, por otro lado, cuantos más abogados, fiscales, funcionarios y jueces los trataran, mayor sería el grupo de personas que un día quizá les hiciera la pregunta incorrecta. ¿Y cuál era esa pregunta? Un funcionario aburrido podía espetar a uno de los tres amigos: «¿Cuál era tu número de colegiación? El que tengo aquí no sale en el sistema». Había cien mil abogados colegiados en el Distrito de Columbia y todos tenían un número asignado, que se incluía en las sentencias y en los recursos. Mark y Todd utilizaban números inventados, claro. Hasta el momento, la enorme cantidad de abogados había servido para proporcionarles una tapadera perfecta y los funcionarios, por su parte, no habían demostrado interés.

Tal vez un día un juez preguntara a Mark o a Todd: «¿Cuándo aprobó el examen de colegiación, muchacho? No le había visto por aquí antes». Pero hasta entonces ningún juez había mostrado curiosidad.

Quizá un ayudante del fiscal podía soltar a uno de los dos: «La facultad de Delaware, ¿eh? Tengo un amigo, Fulano, que estudió allí. ¿Lo conoces?». Pero los ayudantes del fiscal estaban demasiado ocupados y se sentían demasiado importantes para mantener ese tipo de charla intrascendente con ellos, y además Mark y Todd intentaban que las conversaciones con aquellos fueran lo más breves posible.

Las únicas preguntas que no temían eran las que podían venir de las personas más importantes de todas las que veían en los juzgados: sus clientes.

Zola dio un sorbo al refresco antes de hablar.

—Chicos, he de confesaros algo... Creo que me he topado con un Freddy Garcia.

—Oh, ¡eso tienes que contárnoslo! —exclamó Todd riendo.

—Anoche estaba en el George Washington, a lo mío, y me fijé en una pareja negra joven sentada a una mesa y comiendo una de esas pizzas horribles. Ella estaba hecha un asco, con varios miembros escayolados, un collarín y cortes en la cara. Tenía que ser un accidente de coche, me dije. Así que me acerqué, hice un poco de mi magia y comenzaron a hablar. Al parecer, un taxi les había dado un golpe mientras conducían... Cling, cling, un buen seguro, pensé. Y su hija de ocho años estaba arriba, en la UCI. El caso se ponía mejor por momentos. Entonces me preguntaron que hacía yo allí, en la cafetería de un hospital, y les solté mi maravilloso discurso: «Mi madre está bastante enferma, en las últimas, y estoy acompañándola en estos terribles momentos». Les di mi tarjeta y quedamos en hablar más tarde. Fingí que me llamaban por teléfono y me alejé para ir a ver qué tal estaba mi querida y anciana madre, ¿vale? Y salí sonriendo del hospital convencida de que, por fin, había pillado un buen caso. —Hizo una pausa para mantenerlos en vilo y continuó—: Bueno, pues esta tarde he recibido una llamada. Pero no era de mis flamantes clientes, sino de su abogado. Al parecer, ya habían contratado a uno, un tío muy desagradable que se llama Frank Jepperson. Y, ¡madre mía!, me ha dicho de todo.

Mark ya estaba riendo.

—Es verdad, otro Freddy Garcia —bromeó Todd.

—Pues sí. Me ha acusado de intentar robarle el cliente. Le he dicho que no, que solo tuvimos una conversación mientras me tomaba un descanso tras estar cuidando a mi madre. Pero me ha soltado: «¿En serio? Entonces ¿por qué les diste tu tarjeta? ¿Y quién demonios son estos Upshaw, Parker & Lane?». Y añadió que nunca había oído hablar de nosotros. Estuvo un buen rato así. Al final le colgué. Chicos, de verdad, no estoy hecha para esto. Tenéis que encontrarme otra especialidad. Algunos de los empleados de la cafetería ya empiezan a lanzarme miradas lascivas.

—Zola, has nacido para eso —aseguró Mark.

—Solo necesitas un caso grande —agregó Todd—, nada más. Nosotros estamos haciendo el trabajo aburrido por una miseria, mientras tú intentas encontrar casos suculentos.

—Me siento una acosadora. ¿No hay otra cosa que pueda hacer?

—No se me ocurre ninguna —dijo Todd—. En tu caso está descartado que deambules por los juzgados de lo penal como nosotros, porque es un juego de hombres y llamarías demasiado la atención.

—No quiero hacer eso tampoco —rechazó Zola—. No lo soporto.

—Tampoco te veo como abogada de divorcios —aportó Mark—. Necesitaríamos un despacho de verdad porque a esos clientes hay que dedicarles mucho tiempo, hace falta escucharlos y consolarlos.

—¿Y cómo lo sabes? —se extrañó Todd.

—Es que he estudiado en Foggy Bottom.

—Yo saqué un sobresaliente en Derecho de Familia —comentó Zola.

—Y yo —afirmó Todd—. Y eso que me salté la mitad de las clases.

—¿No podemos alquilar un despacho pequeño para ocuparme de casos de divorcios?

—Ya veremos —intervino Mark—. Hay algo de lo que debemos hablar en este momento. Creo que tengo un caso de mucho peso.

—Cuenta —lo animó Todd.

Mark les explicó la historia de la demanda de Ramon. Luego sacó el contrato de prestación de servicios legales y señaló la firma al final.

—Tenemos un contrato —anunció lleno de orgullo.

Todd y Zola lo examinaron y se les ocurrieron un montón de preguntas.

—Vale —dijo Zola—, ¿y qué hay que hacer ahora?

—Tenemos que gastar algo de dinero —anunció Mark—. Nos costará dos mil dólares contratar a un asesor que revise los informes. He estado buscando en internet y hay un montón por ahí, la mayoría de ellos médicos jubilados que se dedican básicamente a trabajar con bufetes evaluando casos de posibles negligencias médicas. Hay muchos en el Distrito de Columbia. Invertimos un poco de pasta, conseguimos la opinión de un experto y, si hay indicios de responsabilidad, pasamos el caso a un buen abogado litigante.

—¿Y cuánto nos llevamos nosotros? —quiso saber Zola.

—La mitad de los honorarios. Así es como funciona con los abogados especialistas en responsabilidad civil: otros les pasan casos. Los currantes como nosotros pateamos la calle y conseguimos los casos, y después se los endosamos a los tipos que saben lo que hacen mientras esperamos sentados que llegue el dinero.

Todd se mostró escéptico.

—No sé... Si nos metemos en un caso grande, quizá peligre nuestra tapadera. Mucha gente verá nuestros nombres en la documentación. El abogado litigante, los letrados de la defensa, las compañías de seguros, el juez... Me parece demasiado arriesgado.

—No pondremos nuestros nombres en ningún documento —aseguró Mark—. Solo tenemos que decir al abogado litigante que nos deje al margen. Eso tiene que funcionar, ¿no?

—No lo veo claro, Mark —insistió Todd—. No tenemos ni idea de en qué nos estamos metiendo. Además, no estoy seguro de querer desprenderme de esos dos mil dólares.

—Podríamos pasárselo a Rusty —sugirió Zola con una sonrisa.

—Mierda, no. Contrataremos a un especialista en negligencias médicas. Hay muchos en esta ciudad que no hacen más que demandar a médicos y hospitales. Verdaderos abogados litigantes. Vamos, Todd... Yo no veo el riesgo. Podemos quedarnos en la sombra, dejar que otros hagan el trabajo y llevarnos un buen dinero.

—¿Cuánto?

—¿Quién sabe? Digamos que hay una negligencia grave por parte de los médicos y el hospital. Y que llegamos a un acuerdo de seiscientos mil dólares, para hacer cálculos con números redondos. Nuestra parte sería de cien mil, y lo único que habremos tenido que hacer es captar al cliente.

—Estás soñando despierto —dijo Todd.

—¿Y qué? —exclamó Mark—. ¿Tú qué opinas, Zola?

—En este juego todo es muy arriesgado —contestó ella—. Cada vez que nos ponemos delante de un juez y fingimos ser abogados nos estamos arriesgando. Así que, por mí, adelante.

—¿Te apuntas, Todd? —preguntó Mark.

Todd se acabó la cerveza y miró a sus socios. Hasta la fecha, al menos durante la todavía breve historia del bufete UPL, él había sido el más agresivo de los tres. Echarse atrás en ese momento iba a parecer un síntoma de debilidad.

—Paso a paso —dijo al fin—. Pidamos la opinión al asesor y después ya veremos.

—Hecho —concluyó Mark.

23

Frank Jepperson se sentó tras su enorme escritorio y se quedó mirando la tarjeta de Zola. Como veterano en casos de reclamación por daños personales del Distrito de Columbia, conocía bien de qué iba el juego. En sus primeros años, él también había tenido que trabajar duro buscando potenciales clientes en los hospitales de la ciudad. Se conocía todos los trucos. Pagaba sobornos a los conductores de las grúas que iban a los escenarios de los siniestros. Compraba a agentes de tráfico para que le enviaran clientes. Cada mañana revisaba los informes policiales buscando los accidentes que más prometían. Cuando empezó a irle bien, pudo contratar a un ayudante, un antiguo policía llamado Keefe que era quien había captado a la pareja con la que Zola había hablado en la cafetería del hospital George Washington. Ya habían contratado a Jepperson con todas las de la ley, y de repente llegaba esa novata e intentaba robárselos.

El territorio de Jepperson eran las peores calles de Washington D. C., donde había pocas reglas y muchos jugadores con ganas de hacer trampas. Pero él tenía que intentar proteger su territorio, sobre todo cuando aparecía un nuevo jugador que parecía sospechoso.

Keefe estaba sentado frente a él, con una bota de vaquero de piel de avestruz apoyada en una rodilla y cortándose las uñas.

—¿Has podido encontrar esta dirección? —preguntó Jepperson.

—Sí. En la planta baja de ese edificio hay un garito que se llama The Rooster Bar. La oficina está dos pisos más arriba, no he podido subir. Me tomé un par de copas y charlé un rato con el camarero, pero me aseguró que no sabía nada. Cuando le pregunté por Zola Parker dio la callada por respuesta.

—¿Y consta en el colegio de abogados?

—Lo he comprobado, y no tienen registrada a ninguna abogada que se llame Zola Parker. Hay muchos Parker, pero ninguno con ese nombre.

—Qué interesante. ¿Y saben algo del bufete: Upshaw, Parker & Lane?

—Nada, pero como los bufetes cambian tanto, es imposible saber quién trabaja en cada sitio. Los del colegio me dijeron que les cuesta mucho tener al día el registro de los nombres de los bufetes.

—Interesante —repitió Jepperson.

—¿Quieres presentar una queja?

—Me lo pensaré. Vamos a ver si volvemos a toparnos con esos payasos.

En la octava planta de la facultad de Derecho de Foggy Bottom, una administrativa se percató de que tres profesores habían informado de que dos estudiantes de tercero, Mark Frazier y Todd Lucero, no habían asistido a clase ningún día durante las cuatro primeras semanas del semestre de primavera. Los dos habían recibido el dinero de sus créditos para cubrir la matrícula de su último semestre, pero no se molestaban en aparecer por las aulas. No era raro que los estudiantes que estaban a punto de graduarse pasaran un poco de ir a las clases, pero no hasta ese extremo.

La administrativa envió un email al señor Frazier:

Estimado Mark:

¿Se encuentra usted bien? Hemos reparado en que no ha asistido a las clases en lo que llevamos de semestre y estamos preocupados. Escríbame lo antes posible.

Faye Doxey
Auxiliar en el Departamento de Admisiones

Envió otro correo en los mismos términos a Todd Lucero. Al cabo de un par de días, ninguno le había contestado.

El 14 de febrero Zola entró en el juzgado del juez Joseph Cantu y observó el desarrollo de los juicios. Al cabo de una hora el funcionario llamó a Gordon Tanner. Su abogado, Preston Kline, se levantó y se situó ante el juez.

—Señoría —dijo—, no he sabido nada de mi cliente en este último mes. No tengo más remedio que asumir que ha huido.

Un funcionario pasó una nota al juez. Joseph Cantu la leyó, dos veces.

—¡Vaya! —exclamó—. Señor Kline, al parecer su cliente está muerto.

—¿Cómo...? ¿Está seguro, señoría? No tenía ni la menor idea.

—Está confirmado.

—Pues nadie me lo ha dicho. Me parece que eso explica las cosas.

—Espere un momento —pidió el juez Cantu mientras leía otros documentos—. Según lo que tengo delante, murió el 4 de enero. Suicidio. Salió incluso en el *Post*. Sin embargo, se presentó con usted aquí, ante mí, el 17 de enero. ¿Cómo explica eso?

Kline se rascó la barbilla y miró su copia del orden del día del juzgado.

—No puedo explicarlo, señoría. Estuvimos aquí el 17, seguro, pero la verdad es que no he vuelto a tener contacto con él desde entonces.

—Porque estaba muerto, diría yo.

—Todo esto es muy confuso, señoría. No entiendo nada.

Cantu levantó ambas manos en un gesto de frustración.

—Bueno, si ese caballero está muerto, no tengo más opción que desestimar el caso.

—Supongo que así ha de ser, señoría.

—Siguiente caso.

Zola se fue unos minutos después y contó a sus socios lo que había pasado.

Mark entró en un edificio de oficinas de la calle Dieciséis y cogió el ascensor hasta la tercera planta. Encontró la puerta que buscaba, en la que se leía: PERITOS JUDICIALES POTOMAC, y entró en la pequeña recepción. Una secretaria le señaló con la cabeza unas sillas y él se sentó. Cinco minutos después, apareció el doctor Willis Koonce y se presentó. Mark lo siguió a un despacho diminuto que había al final del pasillo.

Koonce era un ginecólogo jubilado que había ejercido su profesión en el Distrito de Columbia durante años. Según su web, llevaba veinte años compareciendo en juicios en calidad de experto, un testigo profesional. Aseguraba haber analizado miles de casos, y lo habían llamado para testificar más de cien veces en veintiún estados. Casi siempre trabajaba para los demandantes.

En cuanto Mark se sentó, Koonce no perdió el tiempo.

—Los tiene cogidos por los huevos, muchacho. Están tapando todo este asunto como pueden. Ahí tiene mi informe. —Le pasó un documento de dos páginas con interlineado sencillo—. Todos los detalles técnicos están ahí. Pero le ahorraré tiempo explicándoselo en palabras comunes. La madre, Asia Taper, estuvo desatendida durante la mayor parte del parto, en un período de tiempo crucial. Cuesta corroborar si alguien la supervisaba porque faltan informes, pero basta con saber que se redujo el RCF, me refiero al ritmo cardíaco fetal, que el útero se rompió y que se produjo un retraso importante a la hora de practicar una cesárea. Si no se hubiera producido ese retraso, seguramente el bebé habría nacido bien. Pero mostró lo que se conoce como un ataque isquémico, una lesión cerebral profunda, y murió dos días después. Que muriera fue lo mejor; si no, el niño habría vivido diez años, más o menos, en estado vegetativo, sin poder hablar, ni caminar ni comer sin ayuda. Lo cierto es que todo podría haberse evitado con una vigilancia adecuada del parto y una cesárea rápida. En mi opinión, se trató de una negligencia muy grave, y estará de acuerdo conmigo en que, por tanto, debería ser fácil llegar a un acuerdo.

Mark asintió, como si ya lo tuviera claro.

—Pero, como también sabrá, el estado de Virginia hizo un pacto con los médicos hace veinte años, durante la gran reforma del Código Civil, y se estableció un límite para los daños. El máximo que su cliente puede conseguir allí son dos millones de dólares. Triste, pero es cierto. Si el niño hubiera vivido, la cantidad sería mucho mayor. Pero es un caso de Virginia.

—¿Así que no podremos sacar más de dos millones? —preguntó Mark, como si estuviera decepcionado porque se trataba de una suma tan reducida.

—Me temo que sí. ¿Tiene usted licencia para ejercer en Virginia?

—No.

«Ni en ningún otro sitio, en realidad», pensó.

—¿Ha llevado algún caso de negligencia médica antes? Bueno, es que veo que es muy joven.

—No. Se lo pasaré a algún colega. ¿Me recomienda a alguien?

—Claro. —Koonce cogió una hoja de papel y se la dio—. Ahí tiene una lista de los mejores bufetes del Distrito de Columbia para casos como este. La totalidad de ellos pueden ejercer en Virginia, y son buenos. He trabajado con todos.

Mark miró los nombres.

—¿Alguno en concreto?

—Yo empezaría por Jeffrey Corbett. Es el mejor de los que conozco. Lleva únicamente casos de ginecología. Los médicos se echarán a temblar en cuanto lo vean y querrán pactar un trato lo antes posible.

Dos millones. Un acuerdo rápido. La caja registradora del cerebro de Mark echaba humo.

Koonce, que era un hombre ocupado, miró ansioso su reloj.

—Mi tarifa para los juicios es de cuarenta mil dólares, y eso cubre el testimonio ante el tribunal. Si Corbett y usted quieren que lo haga, avísenme lo antes posible. Tengo muchos casos.

Se levantó despacio.

—Por supuesto, doctor Koonce.

Se estrecharon las manos. Mark recogió los informes médicos de Ramon y salió a toda prisa.

Esa tarde Zola estaba sola en el bar, esperando la reunión diaria de UPL. Se había pasado el día fuera de los hospitales y se sentía mucho mejor. Tras varias semanas de búsqueda, por fin había encontrado en Senegal, en Dakar, la capital, un abogado: Diallo Niang. Por lo que Zola había leído en su web, trabajaba en un bufete que contaba con tres abogados. Hablaba inglés, aunque por teléfono a Zola le costó entenderlo. Se ocupaba de casos penales, pero también de asuntos de inmigración y familia. Por unos honorarios de cinco mil dólares, el señor Niang podía representar los intereses de los padres y el hermano de Zola cuando llegaran al país, aunque nadie tenía ni idea de cuándo sería eso. A Zola no le gustó demasiado hacer una transferencia de esa cantidad a un banco de Senegal, pero, dadas las circunstancias, no tenía elección. El señor Niang decía que tenía muchos contactos con gente importante del gobierno y que podía ayudar a su familia a establecerse otra vez en el país. Zola había leído infinidad de historias terribles sobre los problemas a los que se enfrentaban los deportados cuando llegaban de vuelta a casa, a un sitio donde no los querían.

Abrió su portátil y miró su correo. No se sorprendió al encontrar un email de la Facultad. Era de una tal Faye Doxey y decía:

Estimada señorita Maal:

Los profesores Abernathy y Zaran nos informan de que no ha asistido a sus clases este semestre. Estamos preocupados. ¿Podría llamarnos o hacernos saber de alguna otra forma lo que le ocurre?
Atentamente,

Faye Doxey
Auxiliar en el Departamento de Admisiones

Estaba al corriente de que Mark y Todd habían recibido mensajes parecidos y habían decidido ignorarlos. Sus socios se habían sorprendido de que en Foggy Bottom hubiera alguien lo bastante competente para percatarse de su ausencia.

Zola reflexionó un momento y después respondió:

Señora Doxey:

Tengo neumonía, y los médicos insisten en que me quede en cama y no me acerque a otras personas. Sigo el ritmo de las clases como puedo y espero recuperarme del todo pronto. Gracias por su preocupación. Me reincorporaré a la facultad lo antes posible.

Atentamente,

Zola Maal

Mentir seguía sin gustarle, pero se había convertido en su forma de vida. Casi todo lo que había a su alrededor era una mentira: el nombre falso, el bufete falso, las tarjetas de visita falsa y el personaje falso de abogada preocupada, que lo único que quería era captar como clientes a víctimas desafortunadas. No podía seguir así. Se preguntó si su vida aún sería peor si continuara en la facultad, buscando un trabajo de verdad y preocupándose por el examen de colegiación y los préstamos.

Sí, podría serlo. Al menos allí se sentía segura y lejos de las garras de las autoridades del Servicio de Inmigración.

Las mentiras continuaron con su siguiente email. Era de Tildy Carver, de LoanAid.

Estimada señora Maal:

La última vez que hablamos acababa de hacer una entrevista para el Departamento de Justicia. ¿Sabe algo ya? Estaba usted pensando en entrar en el funcionariado y beneficiarse del programa de exención de la deuda que el Departamento de Educación ofrece. No sé si eso es la mejor opción en su caso. Tomar ese camino exige un compromiso de diez años y eso es mucho tiempo. Aunque la decisión la tiene que tomar usted. Sea como sea, le agradecería que me informara de su situación laboral lo más pronto posible.

Atentamente,

Tildy Carver
Asesora crediticia sénior

Último pago: 32.500 $, el 13 de enero de 2014. Deuda total, cantidad inicial más intereses: 191.000 $.

Una vez más, Zola se quedó mirando las cifras sin poder creérselas. La tentación que tenía siempre era ignorar esos correos durante un día o dos, pero decidió enfrentarse a ese de inmediato.

Estimada señora Carver:

No conseguí el trabajo en el Departamento de Justicia y ahora mismo no puedo acudir a más entrevistas. Estoy en cama con neumonía y recibiendo atención médica. Espero reincorporarme a las clases dentro de poco. La pondré al día entonces.
Atentamente,

Zola Maal

Mark llegó con una enorme sonrisa y pidió una cerveza. Todd entró en el bar, se paró en la barra lo justo para pedir una jarra de barril y después se reunió con ellos. Parecía cansado y demacrado tras un largo día en las trincheras y estaba de mal humor.

—Acabo de pasar ocho horas en el juzgado intentando captar a esos perdedores y no he conseguido nada —soltó a sus socios en cuanto se sentó—. Cero. Una mierda bien grande. ¿Y qué habéis estado haciendo vosotros mientras tanto?

—Tranquilízate, tío —dijo Mark—. Unos días son mejores que otros.

Todd dio un buen trago a su jarra de cerveza.

—¡Qué coño me voy a tranquilizar! Llevamos un mes haciendo esta porquería y parece que soy yo quien carga con todo el peso del negocio. Seamos sinceros: dos tercios de los honorarios vienen de casos que he conseguido yo.

—¡Vale, vale! —exclamó Mark, divertido—. Nuestra primera pelea. Supongo que pasa en todos los bufetes.

Zola cerró su portátil y fulminó a Todd con la mirada.

—No quiero pelear —se disculpó Todd—. Solo he tenido un día chungo.

—Si no recuerdo mal —contestó Zola—, me dijisteis que me mantuviera alejada de los juzgados de lo penal porque aquello es «cosa de hombres». Mi trabajo consiste, pues, en ir a los hospitales y perseguir a los heridos, porque, según vuestra teoría, uno de mis casos vale por un montón de los vuestros, ¿no es así?

—Sí, pero no has traído ningún caso —replicó Todd.

—Lo intento —contestó ella con frialdad—. Si tienes una idea mejor, me encantaría oírla. A mí no me gusta lo que estoy haciendo, la verdad.

—¡Niños, niños, por favor...! —intervino Mark con una sonrisa—. Relajémonos todos y pensemos en el dinero.

Los tres bebieron y esperaron a que Mark se explicara.

—Hoy me he visto con nuestro experto, ese al que hemos pagado dos mil dólares, y afirma que el nuestro es un caso claro de negligencia grave por parte de los médicos y del hospital. Tengo copias de su informe para vosotros, para que lo leáis tranquilamente. Es una maravilla, merece la pena cada dólar que hemos pagado por él. El experto opina, y ese tío es un profesional de verdad, que en manos del abogado adecuado el caso vale lo máximo que permite la ley en Virginia: dos millones de dólares. Y según él, el tío al que tenemos que contratar se llama Jeffrey Corbett, un especialista en negligencias médicas que se ha hecho rico demandando a ginecólogos. Su despacho está a cuatro manzanas de aquí. He investigado en internet, y el tal Jeffrey Corbett es totalmente legal. He leído en un artículo de una revista médica, que no le demuestra simpatía, que el señor Corbett gana entre cinco y diez millones al año. —Mark dio otro sorbo a su cerveza—. ¿Ayuda eso a mejorar tu mal humor, Todd?

—Pues sí.

—Eso me parecía. Si estáis de acuerdo, llamo al señor Corbett y le pido una cita.

—No puede ser así de fácil —comentó Zola.

—Hemos tenido suerte, ¿vale? Según mis investigaciones, demandan a más de doscientos mil ginecólogos todos los años por algún tipo de negligencia. Hay muchos casos de malos partos ahí fuera y nosotros nos hemos topado con uno.

Todd llamó a la camarera y pidió otra ronda.

24

El sábado siguiente salieron temprano de Washington D. C. en el coche de Todd e hicieron el trayecto de dos horas al centro federal de detención de Bardtown, cerca de Altoona, en Pennsylvania. Desde fuera, se veía todo igual que en su última visita, siete semanas antes. La concertina de alambre de cuchillas que coronaba la alta valla metálica relucía bajo el sol, tan imponente como siempre. El aparcamiento estaba lleno con los coches y las camionetas de las docenas de empleados que protegían el país.

Zola llevaba un vestido negro, largo y amplio. Cuando Todd apagó el motor, sacó un hiyab, se cubrió la cabeza con él y lo dejó caer sobre los hombros.

—¡Qué musulmana más buenecita! —comentó Todd, como en su visita anterior al centro de detención.

—Cierra el pico —exclamó ella, y salió del coche.

En esa ocasión, Mark Upshaw, su abogado, llevaba chaqueta y corbata. Habían llamado con antelación al centro a fin de pedir cita para la visita y evitar el drama que se había producido la última vez. En esa ocasión, por supuesto, el papeleo estaba en orden, de modo que los condujeron directamente a la misma sala, donde esperaron media hora a que llevaran a los padres y el hermano de Zola. Cuando los Maal llegaron, la chica volvió a presentarles a sus amigos y dio un abrazo a su madre.

Todos controlaron sus emociones mientras Bo, el hermano de Zola, les explicaba que no tenían ni idea de cuándo los expulsarían del país. Un funcionario les había dicho que el ICE estaba esperando a tener procesados a suficientes senegaleses para llenar el avión. No iban a dejar asientos vacíos en un vuelo tan caro. Creían que cien era la cantidad que necesitaban, y allí seguían llevando ilegales.

Bo preguntó por la facultad de Derecho y los tres amigos respondieron que todo iba bien. Abdou, el padre de Zola, dio una palmadita en el brazo a su hija y le dijo que estaba muy orgulloso de que fuera a convertirse en abogado. Zola sonrió y le siguió la corriente. Le dio un papel con el nombre de Diallo Niang, el abogado de Dakar, y le pidió que, si podía, la llamara cuando los condujeran al avión, porque entonces ella se pondría en contacto con el señor Niang de inmediato para que les facilitara la entrada en Senegal. Pero seguía habiendo demasiados interrogantes.

La madre de Zola, Fanta, no habló mucho. No soltó la mano a su hija y se quedó sentada, con la mirada baja, triste y asustada, mientras los hombres hablaban. Veinte minutos después, Todd y Mark se excusaron y salieron al pasillo a esperar.

La visita terminó y los tres amigos volvieron al coche. Zola se quitó el hiyab y se secó los ojos. Estuvo mucho rato sin decir nada. Cuando entraron en Maryland, Todd se detuvo en una tienda y compró seis cervezas. Con toda la tarde por delante, decidieron dar un rodeo hasta Martinsburg para ir a presentar sus respetos a Gordy. En el cementerio público, que no estaba lejos de la iglesia, encontraron la lápida nueva, con la tierra recién removida alrededor.

El domingo, Mark pidió prestado el coche a Todd y fue a su casa, a Dover. Necesitaba ver a su madre y hablar con ella muy en serio, aunque no estaba de humor para aguantar a Louie. La situación de su hermano no había cambiado; su caso seguía lentamente su curso con la amenaza de la fatídica fecha del juicio, en septiembre.

Cuando llegó, alrededor de las once de la mañana, Louie aún dormía.

—Suele levantarse a mediodía, a la hora de comer —explicó la señora Frazier mientras servía a Mark café recién hecho en la mesa de la cocina.

Se había puesto un vestido bonito y tacones, y sonreía mucho, claramente contenta de ver a su hijo favorito. Había una cacerola de estofado en el fuego que despedía un olor delicioso.

—¿Qué tal la facultad? —preguntó.

—Pues mira, mamá, de eso quería hablar contigo —contestó Mark, ansioso por quitarse ese peso de encima.

Le contó la triste historia de la muerte de Gordy y le explicó cuánto lo había afectado; a tal punto, que había decidido tomarse el semestre libre para reflexionar sobre su futuro.

—Entonces ¿no vas a graduarte en mayo? —preguntó, sorprendida.

—No. Necesito un poco de tiempo, nada más.

—¿Y el trabajo?

—Se ha esfumado. El bufete se fusionó con otro más grande y prescindieron de mí en el proceso. No era un buen sitio, de todas formas.

—Pero si estabas muy contento con ellos...

—Más bien quería convencerme de que estaba contento, mamá. El mercado laboral está muy mal últimamente, y me agarré a la primera oferta que surgió. Ahora que lo pienso, creo que no habría funcionado.

—Oh, cariño... Esperaba que pudieras ayudar a Louie cuando aprobaras el examen de colegiación.

—Mamá, me temo que ya no hay ayuda posible para Louie.

Lo pillaron bien, y tendrá que asumir las consecuencias. ¿Ha hablado con su abogado?

—No, la verdad es que no. Le asignaron uno de oficio que está muy liado. Estoy muy preocupada por tu hermano.

Lógicamente.

—Mamá, tienes que prepararte para asumir que Louie irá a la cárcel. Lo grabaron en vídeo cuando vendía crack a un policía de incógnito. No hay nada que hacer.

—Lo sé, lo sé. —La señora Frazier dio un sorbo a su café y se esforzó por contener las lágrimas. Cambió de tema y preguntó—: ¿Y los créditos estudiantiles?

No tenía ni idea de cuánto dinero debía Mark, y él no iba a decírselo.

—Están en suspenso por ahora. No hay problema.

—Entiendo... Y si no vas a la facultad, ¿qué haces?

—Trabajo donde puedo, de camarero muchas veces. ¿Y tú? No estarás todo el día sentada aquí con él.

—Oh, no. Trabajo a tiempo parcial en Kroger y en Target. También soy voluntaria en una residencia de ancianos. Y cuando me aburro mucho, voy a la cárcel a visitar a las presas. Hay muchas, y todas están allí por asuntos de drogas, ¿sabes? Estoy segura de que las drogas van a ser la ruina de este país. Así que, como ves, me mantengo ocupada e intento estar fuera de casa.

—¿Y Louie qué hace todo el día?

—Duerme, come, mira la tele, juega a los videojuegos... Y se queja de sus problemas. Lo convencí para que utilizara mi vieja bici, la del sótano, pero la rompió. Y tu hermano dice que no puede arreglarse. Le compro alguna cerveza de vez en cuando para que se calle. Tiene prohibido beber alcohol por orden judicial, pero no me deja en paz hasta que le traigo cerveza. Supongo que nadie se enterará.

—¿Habéis pensado en adelantar la fecha del juicio?

—¿Puede hacerse eso?

—Imagino que sí. Va a ser una negociación para llegar a un acuerdo, mamá. Louie no irá a juicio, porque no tiene defensa. Conseguirá un trato más favorable si se declara culpable y acaba con esto cuanto antes.

—Pero él dice que quiere ir a juicio.

—Eso es porque es idiota, ¿vale? Seguro que te acuerdas de que fui a ver a su abogado cuando vine a casa en Navidad. Me mostró su expediente y el vídeo. Louie se ha convencido de que puede sonreír a los miembros del jurado y persuadirlo de que los policías le tendieron una trampa con una compra de droga falsa. Cree que puede salir de allí en libertad. Pero eso no va a pasar.

—¿Y cómo funciona eso de la negociación?

—Es sencillo. Casi todos los casos penales acaban en una negociación. Él admite su culpa, evita el juicio y el fiscal le reduce la pena. Se enfrenta a un máximo de diez años. No tengo ni idea de qué trato podría hacer Louie, pero es posible que le rebajen la pena a cinco y le descuenten el tiempo cumplido. Con buena conducta, y teniendo en cuenta lo llenas que están las cárceles, y todo lo demás, puede que salga en unos tres años.

—¿Y no tendría que esperar hasta septiembre?

—Lo dudo. Mis conocimientos al respecto son limitados, pero no veo por qué no puede hacer un trato mucho antes de eso. Así saldría de esta casa por fin.

Un leve esbozo de sonrisa curvó las comisuras de la boca de su madre, pero solo durante un segundo.

—No me puedo creer lo que está pasando —dijo, apartando la vista—. Es un buen chico.

Tal vez. Louie jugueteaba con las drogas desde el instituto. Los indicios eran evidentes, pero sus padres siempre los habían ignorado. Cuando surgía el menor problema, salían en su defensa y se creían sus mentiras. Habían consentido a Louie, y al final él tenía que pagar las consecuencias.

Mark sabía exactamente lo que iba a pasar a continuación.

—¿Podrías hablar con su abogado, Mark? —le preguntó su madre mirándolo con ojos llorosos—. Necesita ayuda.

—Imposible, mamá. Louie va a ir a la cárcel, y no quiero tener nada que ver con su caso. La razón es sencilla: conozco a Louie; culpará a cualquiera menos a sí mismo. De hecho, estaría encantado de culparme a mí, llegado el caso. Lo sabes.

—Es que siempre has sido muy duro con él.

—Y tú siempre has preferido mirar hacia otro lado.

Se oyó la descarga de una cisterna al otro lado de la casa. La señora Frazier miró el reloj.

—Hoy se ha levantado pronto. Le dije que venías a comer.

Louie entró en la cocina y saludó con una gran sonrisa a su hermano. Mark se levantó, le dio un abrazo e intentó darle la impresión de que estaba contento de verlo. Louie parecía un oso que acababa de salir de la hibernación: sin afeitar, el pelo sucio y los ojos hinchados por demasiadas horas de sueño. Llevaba una sudadera vieja de los Eagles que le quedaba un poco estrecha en la cintura y unos pantalones de deporte, cortos y sueltos, que podría ponerse un jugador de rugby. No tenía ni zapatos ni calcetines, solo la pulsera del tobillo. Sin duda era la misma ropa con la que había dormido.

Mark estuvo a punto de hacer una broma sobre cuánto había engordado, pero prefirió callar.

Louie se sirvió un café y se sentó a la mesa.

—¿De qué hablabais? —preguntó.

—De la facultad de Derecho —contestó Mark rápidamente antes de que la señora Frazier pudiera hacer algún comentario sobre el caso de Louie—. Estaba contando a mamá que voy a tomarme un semestre libre. He de replantearme el futuro. Me he quedado sin el trabajo y el mercado está bastante mal ahora mismo, así que necesito un poco de margen para reflexionar.

—Eso suena muy raro —comentó Louie—. ¿Por qué vas a dejarlo ahora que solo te queda un semestre?

—No voy a dejarlo, Louie. Estoy posponiéndolo.

—El mejor amigo de Mark se ha suicidado. Tu hermano está muy afectado —explicó la señora Frazier.

—Vaya, lo siento, pero no es muy normal dejar colgado tu último semestre.

«Claro, Louie, pero la verdad es que tú no estás en una posición que te permita opinar acerca de lo que los demás hagan con su carrera profesional», pensó Mark, pero estaba decidido a evitar tensiones.

—Créeme, Louie, lo tengo todo controlado —se limitó a decir.

—Estoy seguro de que sí. Oye, mamá, ¿qué hay en esa olla que está en el fuego? Huele estupendamente.

—Estofado de carne. ¿Y si comemos pronto? —La señora Frazier se puso en pie. Abrió un armario y dejó a Mark solo ante el peligro cuando dijo—: Louie, tu hermano cree que deberías plantearte llegar a un acuerdo.

«Genial, mamá. Ahora es cuando se lía una buena», pensó Mark.

Louie sonrió a Mark.

—Así que ahora eres un experto en juicios, ¿no?

«Si tú supieras...»

—No, Louie, y no pretendo darte ningún consejo. Mamá y yo estábamos hablando en general.

—Ya... Sí, mamá y yo lo comentamos con mi abogado en una de nuestras pocas conversaciones. Si me declarara culpable iría derechito a la cárcel y me restarían el tiempo que ya llevo, el del arresto domiciliario con la pulsera. Así que podría pasarme los próximos seis meses preso, procurando evitar a las bandas, dándome duchas frías con la espalda pegada a la pared y comiendo sucedáneo de huevo con tostadas rancias, o bien pasar ese medio año aquí. ¿Tú cuál crees que es la mejor elección?

Mark se encogió de hombros como si no tuviera opinión al respecto. Si decía algo inoportuno ahora, quizá la discusión se encendiera. No le apetecía. La señora Frazier estaba ocupada poniendo la mesa con servilletas de papel y la antigua cubertería de plata.

Pero Louie continuó.

—No me declararé culpable, digáis lo que digáis. Quiero ir a juicio. Los polis me tendieron una trampa y puedo demostrarlo ante el jurado.

—Muy bien. Estoy seguro de que tu abogado sabe lo que hace —dijo Mark.

—Sabe más que tú de Derecho Penal.

—Claro que sí —insistió Mark.

Louie se bebió el café de un sorbo y siguió hablando.

—Sin embargo, esperaba que, cuando aprobaras el examen de colegiación este verano, pudieras ayudarme un poco con mi caso. Tal vez sentarte conmigo en el juicio para que el jurado viera que tengo dos abogados, ¿sabes? Pero supongo que eso no pasará.

—No, no pasará. Porque voy a tomarme un descanso.

—Eso es rarísimo.

La señora Frazier puso tres cuencos con estofado de carne humeante en la mesa. Louie se abalanzó sobre el suyo como si llevara una semana sin comer. Mark miró fijamente a su madre y después el reloj. Llevaba allí cuarenta minutos y no se veía capaz de quedarse una hora más.

25

El lunes 3 de marzo unos agentes federales registraron la sede de Swift Bank en el centro de Filadelfia. Habían dado el soplo a la prensa, y la zona estaba llena de cámaras grabando al pequeño ejército de hombres con chaquetas del FBI que sacaba cajas y ordenadores y los llevaba a unas furgonetas que esperaban. El banco hizo público un comunicado para informar de que todo estaba en orden y que estaban cooperando, pero el precio de sus acciones se desplomó.

Un periodista de economía de una cadena de televisión por cable resumió los problemas del Swift Bank. Estaban abiertas dos investigaciones en el Congreso y una en el FBI. Abogados de tres estados se pavoneaban ante las cámaras y prometían que llegarían hasta el fondo de las cosas. Ya estaban frotándose las manos. Se habían presentado por lo menos cinco demandas colectivas, y sin duda iban a interponerse más. El consejero delegado del Swift Bank acababa de dimitir, alegando que deseaba pasar más tiempo con su familia, y se llevó con él unos cien millones de dólares en opciones de compra de acciones, un botín que a buen seguro haría que ese tiempo con su familia le resultara mucho más dichoso. El director financiero del banco, por su parte, estaba negociando la compensación por su dimisión. No dejaban de aparecer cientos de antiguos empleados que tiraban de la manta y demandaban al Swift por despido improcedente. Estaban revisándose pleitos antiguos contra la entidad, y salió a la luz que llevaba más de una década realizando prácticas fraudulentas. Los clientes estaban furiosos y cerraban sus cuentas. Los defensores de los consumidores hacían comunicados en los que condenaban «las prácticas bancarias más fraudulentas de la historia de Estados Unidos».

El nueve por ciento de las acciones de Swift Bank estaba en manos de una empresa de inversiones de Los Ángeles. Era su accionista mayoritario, pero no tenía nada que decir. Los socios de UPL siguieron todo el lío del Swift minuto a minuto e imprimieron cuanto encontraron sobre él. Hasta ese momento, Hinds Rackley había logrado pasar desapercibido sin que el asunto le salpicara.

Los tres amigos decidieron que aquel momento de caos era el mejor para unirse a la diversión. Mark contactó con un bufete de abogados de Miami y se sumó a una demanda colectiva. Todd llamó al número gratuito que constaba en los anuncios de un bufete de Nueva York y se apuntó también a otra demanda colectiva. Zola se quedó más cerca y unió sus fuerzas a las de un bufete de Washington D. C., muy conocido por llevar grandes pleitos de responsabilidad civil.

A las pocas horas de convertirse en demandantes, les llegó una montaña de papeleo enviado por los abogados que iban detrás del Swift Bank. Era un dossier impresionante.

Según las últimas cifras, había potencialmente un millón de clientes del Swift que habían sido víctimas de sus prácticas corruptas.

Ramon telefoneaba a Mark todos los días, incluso los fines de semana, para que le contara las novedades sobre su caso. Mark le explicó una y otra vez que la revisión de su «primer experto» había dado buenos resultados y que avanzaban lo más rápido posible. Tenía una cita con el gran Jeffrey Corbett el miércoles 19 de marzo, el primer hueco que había podido encontrar en su repleta agenda. Su apretado calendario de juicios le dejaba muy poco tiempo para considerar nuevos casos.

Cuando Ramon llamó el martes a Mark le soltó la noticia bomba de que Asia, su exmujer, había dado señales de vida desde Charleston y quería saber qué tal iba el caso. Mark no tenía ninguna duda de que Ramon, probablemente un día que estaba borracho, había intentado impresionarla con la historia de que había contratado a un nuevo abogado para presentar una demanda por negligencia. Fuera como fuese, Mark estaba seguro de que la mujer no daría problemas.

Pero se equivocaba. El miércoles recibió una llamada de un abogado de Charleston, un tal Mossberg. Dado que era un número oculto, Mark, como siempre, dudó si coger la llamada o no. Sin embargo, tras cinco tonos, decidió arriesgarse.

—Represento a Asia Taper —comenzó diciendo el señor Mossberg—, y, por lo que sé, usted representa a su exmarido. ¿Es correcto?

—Sí. Ramon Taper es cliente nuestro.

—Bien, pues no pueden presentar la demanda sin ella. Después de todo, era la madre del niño. —El tono de Mossberg era agresivo, hasta el punto de parecer beligerante.

«¡Bravo, Ramon! —pensó Mark—. ¡Ahí se nos va un buen pellizco de nuestro dinero! Justo lo que necesitábamos: otro abogado de litigios avasallador metiéndose en todo.»

—Sí, lo comprendo —dijo, en cambio, mientras buscaba rápidamente referencias a Mossberg en internet.

—Mi cliente sostiene que el de usted tiene todos los informes médicos. ¿Es eso cierto?

—Los informes los tengo yo —afirmó Mark.

Dio con él: Edwin Mossberg. Un bufete del centro de Charleston, con seis abogados, especializado en daños personales. Cuarenta y cinco años. Dos décadas al pie del cañón y con mucha más experiencia que Mark y sus dos socios. Un hombretón con las mejillas flácidas, el pelo canoso y abundante, un buen traje y una corbata cara. Su mayor victoria hasta la fecha había sido un veredicto de once millones contra un hospital de Atlanta. Y había muchos más fallos a favor de sus representados por otras cantidades que, aunque menores, también eran impresionantes.

—¿Puede enviarme una copia? —exigió prácticamente Mossberg.

—Por supuesto, no hay problema.

—Y dígame, señor Upshaw, ¿qué han hecho en el caso hasta la fecha?

Por enésima vez Mark se masajeó el puente de la nariz y se preguntó qué demonios estaba haciendo. Apretó los dientes antes de responder.

—Ahora mismo nuestro experto está evaluando los informes médicos. Su dictamen debería estar listo dentro de unos días.

—¿Quién es el experto? —preguntó Mossberg, como si conociera a todos los expertos en el tema.

—Ya hablaremos de los detalles más adelante —contestó Mark, que por fin encontró la forma de dirigirse a ese hombre: de cabrón a cabrón.

—Me gustaría ver el informe del experto en cuanto lo tenga. Hay muchos expertos de pacotilla por ahí, pero yo conozco al mejor. Vive en Hilton Head. He recurrido a él varias veces, con mucho éxito, por cierto.

«Oh, por favor, continúe... Estoy deseando oírle hablar de esos éxitos tan extraordinarios.»

—Me parece estupendo —contestó Mark—. Envíeme sus datos de contacto y lo llamaré.

—Claro. Y, señor Upshaw, nada de demandas sin mi cliente, ¿entendido? Asia ha sufrido mucho por todo esto, y estoy decidido a conseguirle hasta el último céntimo de compensación que le corresponda.

«¡Venga, Superman!»

—Y yo también, señor Mossberg —aseguró Mark—. Buenos días.

Cuando colgó se quedó con las ganas de lanzar el teléfono por la ventana.

Todd y Zola se tomaron a bien las noticias. Mark había quedado con ellos para una comida rápida en un restaurante cercano al juzgado del distrito, donde Todd acababa de conseguir el primer doblete del bufete: dos acusados de conducir ebrios en una sola sesión del juzgado. Con setecientos flamantes dólares en el bolsillo, insistió en invitar a la comida y anunció a sus socios que se tomaría la tarde libre. Aunque ninguno de los tres iba a admitirlo, pensar en unos honorarios tan exorbitados y fáciles como los del caso de Ramon los tenía exultantes y, de repente, la situación de UPL les resultaba menos desesperada. ¿Por qué molestarse en captar clientes en los juzgados y los hospitales cuando tenían un montón de dinero esperándolos a la vuelta de la esquina? Los tres trabajaban menos horas y pasaban menos tiempo juntos, no porque hubiera fricciones entre ellos, sino solo porque necesitaban un poco de espacio.

La aglomeración de primera hora en el juzgado del distrito era la que mejores oportunidades ofrecía. Mark y Todd solían estar allí a las nueve, cumpliendo con sus rutinas. Algunos días tenían suerte, pero la mayoría no. Tras unas semanas participando en ese juego, los dos sabían que no podrían seguir haciéndolo mucho tiempo más. Costaba comprender cómo Darrell Cromley y Preston Kline, junto con otros abogados de verdad que pateaban la calle, podían pasarse un día tras otro recorriendo pasillos, listos para abalanzarse sobre personas desprevenidas. Tal vez no tenían otra opción y ese era el único trabajo para el que servían. Y quizá se lo facilitaba el hecho de que ellos no temían que los pillaran ejerciendo sin licencia.

Zola había dejado de perseguir ambulancias, pero no se lo había comunicado a sus socios. Había cambiado, refinado y pulido su discurso un millón de veces, pero todavía no había captado ni un solo cliente. Y estaba cansada. Era un engaño, y siempre que iba a por una de esas personas desafortunadas y heridas se sentía como una carroñera. Lejos de los chicos, estaba pasando más tiempo en los juzgados federales, asistiendo como público a juicios de verdad y apelaciones. Le parecían fascinantes, pero también muy deprimentes. Pocos años antes se había matriculado en la facultad con el sueño de convertirse en una auténtica abogada. En ese momento veía trabajar a los abogados verdaderos y se preguntaba una y otra vez qué había pasado.

—¿Y ese Mossberg se llevará la mitad del dinero que nos corresponde? —preguntó Zola mientras comía.

—No lo sé —confesó Mark—. Como muchas cosas de nuestro trabajo, esto es algo nuevo. Supongo que Jeffrey Corbett será quien decida cómo se reparten los honorarios.

—Corbett no ha aceptado aún el caso —apuntó Todd.

—No. Tenemos cita con él el día 19.

—¿«Tenemos...»? —preguntó Todd.

—Sí. Quiero que tú vengas conmigo y tomes notas.

—Entonces ¿tú vas a ser el abogado y yo el ayudante?

—Socio júnior.

—Vaya, gracias. ¿Y si Corbett dice que no?

—Tenemos una cita dos días después con un tal Sully Perlman. El segundo mejor abogado de la ciudad en esto de las negligencias médicas. Si lo de Corbett no sale bien, iremos a ver a Perlman. Si Corbett acepta, cancelaremos la cita con Perlman.

—Oyéndote hablar, parece como si supieras lo que estás haciendo —comentó Zola.

—No tengo ni idea, pero cada vez se me da mejor fingir —respondió Mark.

—¿Y cómo vamos a fingir cuando alguien del bufete de Corbett o de Mossberg escarbe un poco y se dé cuenta de que en realidad no tenemos licencia para ejercer en Washington D. C. ni en ninguna otra parte? —exclamó Todd—. Estamos a salvo en los juzgados penales, porque ya nadie se fija en nosotros y a nuestros clientes les da absolutamente igual si fingimos o no. Pero eso es otro nivel, un juicio importante que captará la atención de mucha gente inteligente.

—Tienes razón —concedió Zola—. Pero se me ha ocurrido algo. Ignoro si funcionará, porque, reconozcámoslo, no sabemos de nada, ¿verdad? Venimos de Foggy Bottom. Pero digamos que un día el caso llega a los dos millones, el máximo en Virginia. Y los abogados se llevan un tercio de la cantidad total.

Mark levantó una mano.

—Perdona que te interrumpa, pero probablemente podríamos llegar al cuarenta por ciento. He leído que en algunas ocasiones el tribunal aprueba ese porcentaje porque hay muchos abogados y el caso era complicado. Seguro que Corbett y Mossberg intentarán sacar el cuarenta por ciento, diga lo que diga Ramon.

—Genial —continuó Zola—. Partamos, pues, del cuarenta por ciento. Corbett y Mossberg dividen a partes iguales, así que cuatrocientos mil para cada bufete. Nosotros nos llevamos la mitad de lo de Corbett, así que doscientos mil. Pues ahí va mi idea loca: ¿y si nos sentamos con Corbett y le ofrecemos venderle nuestra parte ahora, por adelantado, y salimos de esto antes de que alguien tenga curiosidad y empiece a husmear?

—¿Y por cuánto? —preguntó Mark.

—La mitad. Lo dividimos por la mitad y nos vamos con cien mil dólares. Así de fácil. —Zola chasqueó los dedos—. Cogemos el dinero ahora y no tenemos que meternos en el caso ni en la demanda, ni preocuparnos de que nos pillen.

—Es una idea brillante —dijo Todd—. Me gusta. ¿Se puede vender la participación en una demanda?

—He buscado bien y no he encontrado ningún principio ético que lo prohíba.

—No es un mal plan —reconoció Mark—. Podemos hablarlo con Corbett.

Mark recibió otro email de Morgana Nash, de NowAssist:

Querido Mark Frazier:

Soy yo de nuevo. Solo le escribo para saber cómo está. ¿Cómo van las clases? ¿Algún plan para las vacaciones de primavera? Espero que esté planeando ir a Florida o a algún otro lugar de playa. La última vez que hablamos estaba bastante deprimido y no le seducía la idea de volver a la facultad. Espero que las cosas le vayan mejor ahora. Necesitamos hablar del plan de devolución de la deuda en un futuro cercano. Escríbame cuando le venga bien, por favor.

Último pago: 32.500 $, el 13 de enero de 2014. Deuda total, cantidad inicial más intereses: 266.000 $.

Atentamente,

Morgana Nash
Asesora autorizada por el Departamento de Educación

Tiempo después Mark le contestó:

Estimada señora Nash:

En mi último correo le pedí educadamente que me dejara en paz, porque estoy haciendo terapia y a mi terapeuta no le gusta lo que usted hace. Dice que el hecho de que mis deudas sean tan grandes y asfixiantes podría ponerme al borde de sufrir una crisis emocional. Y que soy una persona frágil en este momento. Así que, por favor, no me agobie o no me quedará más remedio que decir a mi terapeuta que se ponga en contacto con su abogado.

Atentamente,

Mark Frazier

A Todd, por su parte, le llegó un correo de Rex Wagner, de Scholar Support Partners:

Estimado señor Lucero:

Tengo el privilegio de ayudar a cientos de estudiantes con sus créditos, de modo que ya lo he visto todo. No es raro que alguien como usted, sin trabajo, intente ignorarme. Discúlpeme, pero no voy a desaparecer, ni su deuda tampoco. Tenemos que hablar del plan de devolución de la misma, aunque solo sea para acordar que habrá que retrasarlo hasta que encuentre un empleo adecuado. Póngase en contacto conmigo lo antes posible, por favor.

Último pago: 32.500 $, 13 de enero de 2014. Deuda total, cantidad inicial más intereses: 195.000 $.

Atentamente,

Rex Wagner
Asesor crediticio sénior

Todd le contestó de inmediato:

Estimado señor Wagner,
asesor crediticio sénior de SS:

Cuando una persona siente que una trampa se cierra sobre ella, atrapándola, empieza a pensar formas de escapar. Formas desesperadas. Una de ellas es dejar la facultad y esconderse. Otra es enfrentarse al impago directamente y vivir con él. ¿Y qué si me convierto en un moroso? Estoy seguro de que no ignora que más de un millón de estudiantes no pudieron pagar su deuda el año pasado. Los demandaron, sí, pero ninguno acabó ejecutado. De manera que puede demandarme, pero no matarme, ¿sabe? Puede arruinar mis posibilidades de solicitar un préstamo para el resto de mi vida, pero esto es lo que he decidido: después de tratar con usted, con su empresa y la facultad, tengo claro que paso de los créditos. He acabado con eso para siempre. Voy a vivir el resto de mi vida sin deudas.

Con cariño, su amigo,

Todd Lucero

También Zola recibió un email. De Tildy Carver, de Loan-Aid.

Hola, Zola:

Solo quedan dos meses de clases, y seguro que está muy emocionada por la graduación. ¡Se lo merece! Su duro trabajo y su perseverancia la han ayudado a llegar hasta aquí y se merece un aplauso. ¡Felicidades! Seguro que su familia estará orgullosa. ¿Por qué no me cuenta qué tal va la búsqueda de trabajo? Tenemos que hablar para empezar a bosquejar el plan de devolución de su deuda.

Estoy aquí para lo que necesite.

Atentamente,

Tildy Carver
Asesora crediticia sénior

Último pago: 32.500 $, el 13 de enero de 2014; deuda total: 191.000 $.

Zola esperó un par de días y le respondió:

Estimada señora Carver:

Me temo que no tengo nada que contarle. No encuentro trabajo. Seguiré haciendo entrevistas hasta que me gradúe y después continuaré intentándolo. Pero si tengo la misma mala suerte que hasta ahora, siempre me quedará la posibilidad de colocarme en alguna empresa de contabilidad. En tal caso, se lo haré saber de inmediato.

Le deseo lo mejor.

Zola Maal

26

El bufete de Jeffrey Corbett ocupaba las dos plantas superiores de un bonito edificio de cristal cerca de Thomas Circle. Mark y Todd entraron en el elegante vestíbulo, donde un portero uniformado los acompañó al «ascensor del señor Corbett», uno privado que iba directo a las plantas siete y ocho. Cuando se abrió, entraron en una recepción impresionante llena de muebles minimalistas y obras de arte contemporáneo. Una joven muy guapa los saludó, les estrechó la mano y les preguntó si querían un café. Los dos se quedaron mirándola mientras se alejaba. La joven regresó con el café, servido en tazas de porcelana fina, y a continuación les pidió que la acompañaran. Doblaron una esquina, y los dejó en una sala de conferencias con una vista panorámica de la ciudad. Mark y Todd se la quedaron mirando por segunda vez.

La mesa era larga y ancha y estaba forrada de cuero de color burdeos. A su alrededor había dieciséis elegantes sillas, también de cuero. En las paredes vieron más obras de arte. Hasta el momento, ese lugar transmitía una sensación de éxito y riqueza que resultaba muy seductora.

—Así son las cosas en el mundo del derecho cuando se hacen bien —comentó Todd, admirando la decoración.

—Eso es algo que nosotros nunca averiguaremos.

El señor Corbett tenía una manera particular de hacer las

cosas. A las tres de la tarde Mark y Todd se verían con un abogado asociado que se llamaba Peter y una ayudante que se llamaba Aurelia. Ambos se pasarían una hora más o menos revisando los informes médicos de Ramon y el que el doctor Koonce había hecho. Todos estaban en el maletín de Mark. Se había ofrecido a enviárselos, pero ellos dijeron que no trabajaban así.

Si esa reunión preliminar iba bien, entonces el señor Corbett haría un hueco en su apretada agenda y podrían llegar a un acuerdo.

Peter entró y se presentó. Tenía alrededor de treinta y cinco años y, según la web del bufete, seguía siendo un asociado. La firma tenía quince abogados y más o menos la mitad eran socios, pero quedaba claro, al menos en la web, que solo había un jefe. Peter iba vestido de manera informal, con un jersey de cachemira caro y pantalones chinos. Aurelia, la ayudante, llevaba vaqueros. Todo el mundo se presentó debidamente.

Peter les hizo preguntas sobre su bufete. Nada más empezar, Mark y Todd ya se encontraron en una situación en la que tenían que medir las palabras. Contaron su historia habitual: tres amigos que se hartaron de los grandes bufetes y decidieron instalarse por su cuenta. Pero en cuanto tuvo ocasión, Mark procuró cambiar de tema.

—De modo que ustedes llevan muchos casos de problemas durante el parto, ¿no?

—Eso es básicamente lo que hacemos todo el tiempo —dijo Peter con aire de suficiencia mientras Todd les entregaba copias del informe del doctor Koonce.

Aurelia no había dicho nada aún, y para entonces ya era obvio que ella iba a hablar lo menos posible.

—¿Me permiten echar un vistazo a los informes médicos? —pidió Peter al verlos sobre la mesa, delante de Mark.

—Por supuesto.

—¿Cuántas copias han traído?

—Solo una.

—Está bien. ¿Les importa si hacemos otra copia en un momento? Aurelia y yo revisaremos todo esto y tomaremos notas. Podremos ir más rápido si cada uno tiene su copia.

Mark y Todd se encogieron de hombros. Como quisieran.

Aurelia se fue con los informes. Peter también salió para atender algo urgente en su despacho. Mark y Todd miraron si tenían llamadas en sus teléfonos al tiempo que disfrutaban de las vistas de la ciudad. Ramon ya les había dejado dos mensajes en el contestador.

Quince minutos después, Aurelia volvió con dos abultadas copias de los informes. Peter regresó poco después, y todos se sentaron de nuevo.

—Leer todo esto nos llevará una hora más o menos —explicó Peter—. Pueden quedarse, si quieren, o salir a dar un paseo.

Todd estuvo a punto de preguntar si podía ir a la recepción a charlar con la secretaria, pero se contuvo.

—Nos quedamos —respondió Mark.

Peter y Aurelia empezaron a repasar los informes y a tomar muchas notas. Todd salió al pasillo para hacer una llamada. Mark, por su parte, envió emails desde su teléfono. Los minutos pasaban despacio. Les quedó claro que Peter y Aurelia sabían mucho de informes médicos.

Media hora después, Peter salió de la sala de reuniones. Volvió con Jeffrey Corbett, un hombre delgado y con el pelo canoso de unos cincuenta años. Mark y Todd habían leído tanto sobre él que era como si ya lo conocieran. Habló con una voz profunda y aterciopelada, esa que, al parecer, seducía a miembros de los jurados. Su sonrisa era amable y carismática. Era un tipo en el que se podía confiar.

Se sentó a la cabecera de la mesa y dejó de sonreír. Miró a Mark y a Todd con el ceño fruncido.

—Ustedes dos se han cargado el caso —anunció.

Mark y Todd también dejaron de sonreír.

—Firmaron un contrato con el señor Ramon Taper el 10 de febrero —continuó Corbett—. Contrataron al doctor Koonce dos días después y el 19 de febrero él les entregó su informe, según la fecha que consta en él. Seis días más tarde, el 25 de febrero, expiraba el plazo para presentar la demanda. Es un caso de Virginia, y Virginia establece un plazo de dos años. Tres en Maryland y cinco aquí, en Washington D. C. Pero en Virginia son solo dos.

—Disculpe —consiguió intervenir Mark—, pero el parto fue el año pasado, el 25 de febrero. Está ahí, en la primera página, en el registro del ingreso.

Peter los miró fijamente y respondió:

—Sí, pero la fecha es incorrecta. Es la primera fecha que se ve al mirar los informes, y al parecer es la única en la que ustedes se han fijado... Ustedes y el doctor Koonce. Alguien escribió «2013» en vez de «2012» y nadie se dio cuenta. Pero el bebé nació el 25 de febrero de dos mil doce. —Y aunque no importaba mucho, Corbett añadió—: Koonce es un charlatán, por cierto, que ejerce de testigo profesional porque nunca consiguió llegar a médico de verdad.

«Pues fue él quien nos lo recomendó a usted», estuvo a punto de decir Mark, pero estaba demasiado conmocionado. Con toda la confusión y la ignorancia de un estudiante de primero de Derecho, Todd miró a Corbett.

—¿Qué intenta decirnos? —le preguntó.

Corbett habló señalándolos con un dedo que no dejaba de sacudir.

—Estoy diciendo, muchacho, que su pequeño bufete ha tenido parado este caso mientras se agotaba el plazo para presentar una demanda y que ahora no hay forma de hacerlo. Han cometido negligencia, y seguro que su cliente los demandará por ello. Y no tienen defensa ni forma de librarse. Es la peor pesadilla de un abogado, y es inexcusable. Punto. Es verdad que su cliente ha tenido el caso guardado durante casi dos años, pero eso no es extraño. Han tenido tiempo de sobra para preparar y presentar una demanda que detuviera el reloj. Pero no lo han hecho. —Corbett se levantó, sin dejar de señalarlos con el dedo—. Así que cojan esos informes médicos y salgan de mi despacho. No quiero saber nada de esto. Está claro que contactaron con mi bufete el 27 de febrero, cuando el plazo había expirado. Cuando llegue la demanda, no tiene que haber ninguna duda de que en mi bufete no vimos el caso hasta que ya era demasiado tarde.

Peter y Aurelia se levantaron también. Mark y Todd los miraron y se pusieron en pie a su vez.

—Pero en el registro del ingreso pone «2013» —consiguió murmurar Mark.

Pero Corbett no se compadeció.

—Si hubiera estudiado los informes, señor Upshaw, se habría dado cuenta de que todo ocurrió en 2012, hace más de dos años.

Con un gesto un poco dramático, Peter le pasó los informes originales por encima de la mesa, como si fueran un arma humeante. Mark los miró, perplejo.

—¿Y qué hacemos ahora?

—No sé qué consejo darles —admitió Corbett—, porque nunca he estado en esa situación. Pero se supone que deberían notificárselo a su seguro de responsabilidad civil profesional, ponerlos sobre aviso. ¿Qué cobertura tienen?

«¿Seguro de qué? ¿Cobertura?» Mark miró a Todd, que ya lo miraba a él. Los dos estaban alucinados.

—Tengo que comprobarlo —contestó Mark, sin dejar de murmurar.

—Pues mejor que lo haga pronto —continuó Corbett—. Ahora váyanse, por favor, y llévense sus informes.

Peter fue hasta la puerta y la abrió. Mark cogió el montón de informes y salió de la sala de conferencias detrás de Todd. Alguien cerró la puerta de un portazo tras ellos. La guapa secretaria no estaba en su mesa cuando salieron. El ascensor forrado de madera de roble les resultó claustrofóbico cuando bajaron. El portero no les pareció tan amable cuando salieron del edificio. No se dijeron ni una palabra hasta que estuvieron dentro del coche de Todd, con los informes médicos de Ramon tirados en el asiento de atrás.

Todd agarró con fuerza el volante.

—Este va a ser el último caso que le pasamos a ese cabrón —dijo.

De algún modo, Mark consiguió encontrar la gracia al comentario y se echó a reír. Para no echarse a llorar, Todd rio también, y así siguieron hasta que aparcaron detrás de The Rooster Bar.

Zola los encontró en el reservado, con unas jarras ya vacías sobre la mesa. En cuanto los miró a los ojos supo que ya llevaban un rato allí. Se sentó junto a Mark y observó a Todd, que estaba enfrente. Ninguno de los dos dijo nada.

—Vale, ¿cómo ha ido? —preguntó al final.

—¿Has oído alguna vez hablar de los seguros de responsabilidad civil profesional para los abogados? —dijo Todd.

—Creo que no. ¿Por qué?

Fue Mark quien respondió.

—Al parecer, todo abogado con licencia tiene un seguro de responsabilidad civil profesional. Y ese seguro viene bien cuando el abogado mete la pata y hace algo muy mal, por ejemplo, tener parado un caso hasta que el plazo de presentación de la demanda expira y ya no hay caso. El cliente se cabrea y demanda al abogado, y entonces la compañía de seguros sale en su ayuda. Es un seguro muy útil.

—Una pena que no tengamos uno —comentó Todd.

—Ahora le daríamos trabajo. Porque se nos ha pasado la fecha de presentación de la demanda del caso de Ramon. Terminaba el 25 de febrero, dos años después de que el bebé falleciera. En Virginia el plazo son dos años. ¿Te enseñaron eso en la facultad?

—No.

—Pues a nosotros tampoco. El plazo terminó seis días después de que me reuniera con Koonce y dos antes de que llamara a Corbett por primera vez. No hay forma de arreglarlo, y el único culpable soy yo.

—Los culpables somos todos nosotros —corrigió Todd—. El bufete. Todos para uno y uno para todos, ¿no?

—A ver, más despacio —interrumpió Zola.

—Un par de empleados de Corbett se percataron cuando revisaban los informes —siguió explicando Mark—. Fueron a buscarlo y él nos echó. En cierto momento creí que iba a llamar a los de seguridad para que nos sacaran del edificio.

—Un encanto ese Corbett, ya veo.

—Lo entiendo —dijo Todd—. Tenía que asegurarse de que su bufete no se viera salpicado por este lío. No pasa todos los días que un par de tíos entren por tu puerta con un gran caso que ya está fuera de plazo, pero son demasiado idiotas y no se han dado cuenta.

Zola asintió al tiempo que procuraba asimilar la información. Mark hizo un gesto al camarero y pidió otra ronda.

—¿Y cómo se ha tomado Ramon las noticias? —preguntó Zola.

Mark gruñó y sonrió.

—No lo he llamado todavía. Creo que deberías llamarlo tú.

—¿Yo? ¿Por qué?

—Porque yo soy un cobarde. Y tú puedes aplacarlo. Queda con él para tomar una copa. Usa tu encanto. Se quedará impresionado y tal vez no nos demande para pedirnos cinco millones de dólares.

—Lo estarás diciendo en broma —dijo Zola.

—Sí, Zola, estoy de broma. Esto es culpa mía. Al final quedaré con Ramon y se lo contaré de alguna forma. Pero el verdadero problema es Mossberg. Está sentado al lado del teléfono, esperando saber lo que dice nuestro experto. En algún momento, pronto, tendré que contarle la verdad. El pleito está muerto para siempre. Nos demandará en nombre de Asia y nuestra tapadera se irá a la mierda. Así de fácil.

—¿Y por qué iba a demandarnos si no tenemos seguro ni bienes? —preguntó ella.

—Porque es abogado. Demanda a todo el mundo.

—Oye, espera. Zola ha hecho una buena pregunta —interrumpió Todd—. ¿Y si vamos a ver a Mossberg y le explicamos la verdad? Está en Charleston y no le importa lo que hagamos aquí. Le contamos que dejamos la facultad, que no tenemos licencia y que intentamos ganarnos la vida pateando la calle. Vale que hemos jodido del todo el caso, pero estamos arrepentidos. Una panda de idiotas, ¿no? Pero ¿para qué demandarnos si no tenemos nada? ¿Para qué gastar papel? Seguro que tiene muchos otros casos.

—Vale, pero conduces tú hasta Charleston —dijo Mark—. Mi Bronco no lo resistiría.

—¿Y qué le contarás a Ramon? —insistió Zola.

El camarero puso un refresco y dos cervezas sobre la mesa. Mark dio un largo sorbo a la suya y se limpió la boca.

—¿A Ramon? Creo que explicarle la verdad sería desastroso, así que seguiremos con la mentira. Le diremos que a nuestro experto no le convencieron los hechos, que no vio indicios claros de responsabilidad y que estamos buscando otro. Necesitamos un poco de tiempo, así que vamos a darle largas. Que pasen unos meses. Pensad que lleva con el caso dos años y de repente tiene muchas ganas de demandar, pero luego se le pasan.

—Pero no querrá dejarlo ahora —apuntó Todd—. Lo has animado.

—¿Tienes una idea mejor?

—No, por ahora. Sigamos mintiendo. Continuemos con nuestra estrategia habitual: cuando no sabemos qué hacer, mentimos.

27

El viernes 21 de marzo, dos días después del principio del fin de UPL, Edwin Mossberg telefoneó dos veces a Mark antes del mediodía y este ignoró ambas llamadas. Estaba escondido en la cafetería que había en la planta de superior de una librería de segunda mano antigua y atestada que había cerca de Farragut Square, leyendo los periódicos para matar el tiempo. Se suponía que Todd peinaba los pasillos del juzgado del distrito, mientras que Zola debía de estar vigilando la capilla de algún hospital a la que acudían familiares de accidentados en busca del consuelo de los sacerdotes. Pero Mark dudaba mucho que sus dos socios estuvieran dejándose la piel. El sueño de tener en sus manos un caso grande y fácil les había hecho perder la sensación de urgencia y les había dado una falsa impresión de seguridad.

Y desde que el sueño se había desvanecido tan catastróficamente todo se tambaleaba. Habían acordado que debían redoblar esfuerzos y conseguir todo el efectivo posible antes de que el cielo se viniera abajo sobre sus cabezas, pero ese fracaso había acabado con su motivación.

Mark recibió un email de Mossberg, y le cayó como una bomba.

Señor Upshaw:

Le he llamado dos veces, pero no me ha respondido. ¿Está pendiente de la fecha en la que finaliza el plazo de presentación de la demanda? Mi cliente no está segura de cuál fue la fecha del parto, aunque cree que debió de ser más o menos por esta época del año, finales de febrero o principios de marzo de 2012. Pero no tenemos los informes médicos. En Virginia, tras la reforma del Código Civil, el plazo se agota a los dos años, y estoy seguro de que usted es consciente de ello. Llámeme lo antes posible.

Con el dinero para gastos que el Departamento de Educación les había prestado tan generosamente y los honorarios que habían cobrado en los dos meses que llevaban ejerciendo sin licencia, restando lo que habían gastado en un ordenador de sobremesa y una impresora, la ropa nueva, los muebles de segunda mano y la comida, el balance de Upshaw, Parker & Lane ascendía a una cantidad neta de casi cincuenta y dos mil dólares. Los tres socios estuvieron de acuerdo en que el bufete podía permitirse un billete de avión de ida y vuelta a Charleston.

Mark lo compró en el Reagan National. Voló hasta Atlanta, donde hizo escala, y después continuó hasta Charleston. Cogió un taxi desde el aeropuerto hasta un almacén en el centro que el señor Mossberg y su bufete habían convertido en unas oficinas espléndidas con vistas al puerto. El vestíbulo era un museo dedicado a los éxitos de los abogados del bufete. Las paredes estaban cubiertas de artículos de periódico enmarcados que detallaban las victorias y los enormes acuerdos alcanzados. En un rincón había una vitrina con una caldera en su interior; había estallado y varias personas murieron. Cerca de una ventana había un rifle de caza colgado al lado de la radiografía de un percutor incrustado en la cabeza de alguien. También había una sierra mecánica y hasta un cortacésped. Tras diez minutos en esa cámara de los horrores, Mark acabó con la sensación de que no había ningún artículo en el mundo que fuera seguro.

Como en el caso de Corbett, se veía claramente que Mossberg había ganado muchos millones fáciles y había tenido un éxito increíble. ¿Cómo lograban algunos abogados hacerse tan ricos? ¿Dónde se había desviado la carrera de Mark hasta acabar descarrilando?

Un ayudante fue a buscarlo y lo acompañó por la escalera hasta un enorme despacho en el que Edwin Mossberg estaba de pie ante una alta ventana, mirando hacia el puerto y escuchando a alguien que le hablaba por el teléfono. Se volvió y observó a Mark con el ceño fruncido. Acto seguido le indicó con un gesto que se sentara en un mullido sofá de cuero. La oficina era más grande que toda la cuarta planta en la que Mark y Todd se escondían en esos momentos.

Mossberg por fin se guardó el teléfono en el bolsillo y le tendió una mano, aunque sin sonreírle.

—Encantado de conocerlo. ¿Dónde están los informes médicos?

Mark había llegado con las manos vacías, ni siquiera llevaba el maletín.

—No los he traído —confesó—. Tenemos que hablar.

—Se le ha pasado el plazo, ¿verdad?

—Sí.

Mossberg se sentó al otro lado de una mesita de café y lo miró fijamente.

—Me lo suponía. ¿Qué dijo el experto?

—Dijo que los teníamos cogidos por las pelotas. Negligencia grave. Él tampoco se fijó en la fecha. Corbett dice que es un charlatán. Y el plazo pasó seis días después, dos días antes de que yo llamara por primera vez al despacho de Corbett.

—¿Jeffrey Corbett?

—Sí. ¿Lo conoce?

—Oh, sí. Es un buen abogado litigante. Así que acaba de perder dos millones...

—Supongo que sí.

—¿Y cuál es el límite de su póliza?

—No tenemos seguro.

—¿Están ejerciendo sin seguro de responsabilidad civil profesional?

—Así es. Y también sin licencia.

Mossberg inspiró hondo y dejó escapar el aire emitiendo a la vez un ruido grave, casi un gruñido. Alzó ambas manos.

—Cuénteme la historia.

En diez minutos, Mark se lo contó todo. Tres amigos que estudiaban en una mala facultad de Derecho. Muchas deudas, un mercado de trabajo muy flojo, Gordy y el puente, el terror ante el examen de colegiación, la locura de la devolución del crédito, la idea insensata de buscar clientes en los juzgados penales, un buen polvo con una guapa ayudante del fiscal que le facilitó hacer un trato favorable en el caso de Benson, que fue quien recomendó a Ramon que lo contratara. Y así habían llegado hasta donde se encontraban.

—¿Y creía que no los pillarían? —preguntó Mossberg.

—No nos ha pillado nadie. Solo lo sabe usted, y ¿por qué iba a importarle? Ya tiene suficientes casos que le ocupan su valioso tiempo. Y más dinero del que puede gastar. Está muy lejos de Washington D. C., y no es que le estemos quitando clientes precisamente.

—Excepto en lo que respecta al insignificante tema del caso de negligencia médica.

—Cierto. Eso lo hemos jodido bien. Pero no olvidemos el hecho de que su cliente y el mío tuvieron el caso parado casi hasta el final.

—¿Qué explicará a su cliente?

—Que no hay responsabilidad, porque no la hay. Tal vez lo deje correr sin más o tal vez intente causar problemas. Veremos. Creo que usted se enfrenta al mismo problema.

—La verdad es que no. Yo no he firmado un contrato con Asia. En las negligencias médicas, muchacho, nunca se firma un contrato de representación hasta que no ves los informes médicos. Una cosa más que no sabía. Apúntesela.

—Gracias. Y usted, ¿qué explicará a su cliente?

—No lo sé. No lo he pensado. No es una mujer muy estable.

—Podría contarle la verdad y demandarme en su nombre, pero ¿para qué molestarse? No tengo nada y, ante cualquier sentencia, soy insolvente. Le aseguro que ni siquiera podría encontrarme en Washington D. C. Ya hay gente intentándolo.

—¿Mark Upshaw es su nombre real?

—No.

—¿Y Parker y Lane?

—Falsos.

—No me sorprende. No encontramos ninguna referencia sobre ustedes ni sobre su bufete en el directorio del Colegio de Abogados de Washington D. C. Están dejando una buena estela tras de sí, muchacho.

—¿Llamó usted a alguien de allí?

—Creo que no. Fue uno de mis ayudantes quien se ocupó de escarbar un poco.

—Pues le agradecería que no escarbara más. Le he contado la verdad.

—A ver, permítame que haga un resumen. Dejó usted la facultad de Derecho, y está ejerciendo la abogacía sin licencia y con un nombre falso, lo que constituye un delito. Cobra en efectivo, sin pagar los impuestos correspondientes, supongo, lo que también es un delito. Y ahora acaba de arruinar lo que podría haber sido un caso perfecto de negligencia médica, lo que le ha costado a su cliente y a la mía más dinero del que van a ver en su vida. Eso dejando a un lado lo del impago de sus préstamos universitarios. ¿Me he olvidado algo?

—Un par de cosas.

—Ya. ¿Y qué se supone que debo hacer?

—Nada. Dejarlo pasar. Ignorarme. ¿Qué gana usted denunciándome al Colegio de Abogados de Washington D. C.?

—Bueno, para empezar, serviría para limpiar la profesión. Ya tenemos suficientes problemas sin caraduras como ustedes aprovechándose del sistema.

—Yo podría argumentar que estamos proporcionando a nuestros clientes unos servicios fundamentales para ellos.

—¿Como en el caso de Ramon Taper?

—No, en ese caso no. Pero en los demás sí. Ramon ha sido nuestra primera incursión en el campo de minas de los daños personales y, sinceramente, creo que ha sido suficiente. Nos quedaremos con la conducción bajo los efectos del alcohol y dejaremos los accidentes de tráfico para los tipos de las vallas publicitarias.

—Me alegro de oírlo.

—Estoy pidiéndole un favor, señor Mossberg. Déjenos en paz. Ya tenemos bastantes complicaciones en estos momentos.

—Váyase de mi despacho —dijo Mossberg, y se puso en pie.

Mark puso los ojos en blanco y dejó caer los hombros.

—No es la primera vez que alguien me dice eso —murmuró entre dientes.

Mossberg fue hasta la puerta y la abrió de un tirón.

—¡Fuera!

Mark la cruzó, evitando cualquier contacto visual, y después se fue por la escalera.

El vuelo de regreso de Mark se retrasó en Atlanta, y era casi medianoche cuando llegó a su apartamento. Sin embargo, el retraso probablemente evitó que acabara recibiendo un disparo o casi.

A las nueve de esa noche, Ramon entró The Rooster Bar y se acodó en la barra. Todd estaba detrás, sirviendo bebidas. La aglomeración de la hora de salida del trabajo se había disuelto ya y solo quedaban media docena de clientes habituales mirando en la tele un partido de baloncesto universitario.

Ramon pidió un vodka con tónica y Todd se lo puso delante, acompañado de un cuenco con cacahuetes.

—¿Conoce a este tío? —preguntó Ramon al tiempo que le mostraba la tarjeta de visita de un tal Mark Upshaw, del bufete Upshaw, Parker & Lane, en la que constaba escrita esa misma dirección, justo donde él estaba sentado: 1504 de Florida Avenue.

Todd la miró y negó con la cabeza. Mark y él habían convencido a los otros camareros para que se hicieran los tontos si aparecía alguien preguntando por ellos, el bufete o el despacho. Hasta ese momento la conspiración había funcionado.

—Es mi abogado —dijo Ramon—. Y en su tarjeta se lee que su despacho está aquí, pero esto es un bar, ¿no? —Arrastraba un poco las palabras y a veces no se entendía bien lo que decía.

De repente, Todd sintió interés por aquel cliente y quiso saber más.

—Puede que esté arriba. No estoy al tanto de lo que pasa allí, pero seguro que no encontrará a un abogado trabajando a estas horas.

—El tío está evitándome, ¿sabe? Llevo tres días llamándolo y no me contesta.

—Estará ocupado. ¿Qué caso le lleva?

—Uno grande. —Ramon cerró los ojos y asintió, y Todd se percató de que estaba más borracho de lo que parecía.

—Oiga, y si lo veo, ¿qué le digo? —preguntó Todd—. ¿Quién le digo que lo busca?

—Me llamo Ramon —contestó, sin apenas levantar la cabeza. No había tocado la copa todavía.

Todd inspiró hondo y soltó el aire despacio. Entró en la cocina y envió un mensaje a Mark: «Nuestro cliente Ramon está en el bar, borracho. No aparezcas por aquí. ¿Dónde estás?».

«En el aeropuerto de Atlanta. Retraso del vuelo.»

«Llámalo y dile algo. Lo que sea.»

«Vale.»

Todd volvió a la barra y se mantuvo cerca de Ramon, que no sacó su móvil en ningún momento. Si Mark estaba telefoneándolo, Ramon no le respondió. Todavía con la tarjeta en la mano, llamó a Todd.

—Aquí dice Florida Avenue, ¿no? ¿Y dónde está el despacho del abogado?

—No lo sé, señor.

—Creo que me miente —dijo Ramon, un poco más alto.

—No, señor. Tiene usted razón, estamos en Florida Avenue, pero, que yo sepa, aquí no hay ningún despacho de abogados.

Entonces Ramon elevó aún más la voz.

—Tengo un arma en el coche, ¿sabe? Si no consigo que se haga justicia de una forma, la conseguiré de otra. ¿Me entiende?

Todd asintió mientras otro camarero se acercaba a Ramon.

—Señor, si va a ponerse a amenazar a la gente, tendremos que llamar a la policía.

—He de encontrar a este tipo, ¿vale? Al señor Upshaw,

abogado. Se ocupa de mi caso, y creo que está evitándome. Y no llamen a la policía, ¿vale?

—¿Por qué no se toma su copa y le llamo a un taxi?

—No necesito un taxi. Tengo mi coche ahí fuera, con un arma bajo el asiento.

—Es la segunda vez que menciona el arma. Eso nos pone nerviosos a todos los que estamos aquí.

—Pero no llame a la policía, ¿eh?

—Ya la hemos llamado, señor.

Ramon se irguió y abrió mucho los ojos.

—¿Qué? ¿Y por qué la ha llamado? No voy a hacer daño a nadie.

—Señor, en esta ciudad, cuando alguien habla de un arma nos lo tomamos muy en serio.

—¿Cuánto le debo por la copa?

—Le invita la casa si se va inmediatamente.

Ramon se bajó del taburete.

—No sé por qué han llamado a la policía —murmuró mientras se dirigía hacia la puerta.

Todd lo siguió hasta el exterior y no lo perdió de vista hasta que dobló la esquina. Si Ramon realmente tenía coche, Todd no lo vio.

28

A última hora de la mañana de un sábado Todd se despertó en la cama de Hadley Caviness por segunda noche consecutiva y reparó en que ella no estaba. Se frotó los ojos, intentó recordar cuánto había bebido y llegó a la conclusión de que no había sido demasiado. Se sentía genial; le había sentado bien dormir un poco más de lo normal. Hadley volvió con dos tazas de café. Solo llevaba puesta una camiseta grande y holgada. Se apoyaron en las almohadas y se quedaron sentados en la oscuridad.

Oyeron movimiento en la habitación de al lado y un golpeteo, como si la cama se moviera. Y después gemidos de placer amortiguados.

—¿Quién es? —preguntó Todd.

—Mi compañera de piso. Anoche llegó tarde.

—¿Y él?

—Ni idea. Seguramente un tío cualquiera.

—¿A ella también le va lo de ligar con tíos al azar?

—Oh, sí. Tenemos una especie de concurso. A ver quién liga con más.

—Me gusta. ¿Y yo cuento como uno o como dos?

Hadley dio un sorbo al café, y ambos se mantuvieron atentos cuando las cosas aumentaron de intensidad.

—Un punto por ti y otro por tu socio.

—Ah, ¿Mark también ha estado aquí?

—No cuela. Os vi hablando en el juzgado el otro día mientras los dos me mirabais. Casi podía leer en vuestros labios lo que decíais. Y, oh sorpresa, al día siguiente apareciste tú solo por allí, muy sonriente.

—Vale, lo confieso. Mark me dijo que en la cama eres una pasada.

—¿Eso es todo?

—También que tienes un cuerpo estupendo y que eres muy agresiva. Ahora ya sé a qué se refería. ¿Tu compañera y tú lleváis la cuenta?

—Las dos tenemos veintiséis años, estamos solteras y sin ganas de probar eso de la monogamia, y estamos libres en una ciudad con cerca de un millón de jóvenes profesionales. Para nosotras se ha convertido en un deporte.

La parte masculina de la otra pareja llegó al clímax, el suelo tembló, y después la cama dejó de hacer ruido.

—Demasiado rápido —comentó Hadley.

Todd se echó a reír.

—¿Luego comparáis?

—Claro. Nos ponemos al día de todo, especialmente teniendo en cuenta que ella lleva toda la semana fuera de la ciudad y acostándose con diferentes tipos de hombres.

—No quiero saber qué le contarás de mí.

—Tengo una idea. Hay una tienda de *bagels* a la vuelta de la esquina. Vamos a por algo de comer. Yo tengo mucho mejor gusto en cuanto a hombres que ella y no tengo ganas de conocer al último extraño.

—Gracias. Supongo...

—Vamos.

Se vistieron en un minuto y salieron del apartamento sin llegar a ver a la otra pareja. La tienda de *bagels* estaba hasta los topes de gente que había salido el fin de semana, pero encontraron una mesa junto a la puerta y se sentaron.

—Creo que eres demasiado guapa para estar dedicándote a tirarte a media ciudad —dijo Todd en cuanto dieron el primer mordisco a sus *bagels* tostados.

Hadley miró a su alrededor.

—No lo digas tan alto, ¿vale?

—Pero si estoy susurrando.

—¿Y qué pasa si lo hago? ¿Es que quieres sentar la cabeza y casarte o algo así?

—Todavía no. Pero me parece raro que un pibón como tú tenga que elegir un ligue diferente cada noche.

—Eso es muy machista. Está bien que los tíos os vayáis a la cama con una cada noche, pero si una chica guapa lo hace es un putón.

—Yo no he dicho que seas un putón.

Un chico que había en la mesa de al lado se volvió y los miró. Hadley dio un sorbo a su café.

—Vamos a hablar de otra cosa. Me intriga lo de tu bufete. Ya os conozco a ti y a Mark Upshaw. ¿Quién es Zola Parker?

—Una amiga.

—Vale. ¿Y se dedica a captar clientes en los juzgados penales como Mark y tú?

—Oh, no. Ella se ocupa de los casos de daños personales.

Todd decidió limitarse a dar a Hadley respuestas lo más breves posible y a rezar para que cambiara de tema cuanto antes.

—¿Y ella tiene licencia para ejercer?

Todd masticó su *bagel* y examinó sus bonitos ojos.

—Claro.

—Es que tenía curiosidad y pregunté en el colegio de abogados. Por lo visto no saben nada de ti, ni de Mark ni de la señorita Parker. Tendríais que estar colegiados allí. Y los números de licencia que utilizáis no constan en la base de datos.

—Esos registros no están al día, todo el mundo lo sabe.

—¿Ah, sí? Es la primera vez que lo oigo.

—¿Y por qué tienes tanta curiosidad?

—Soy curiosa por naturaleza. Dices que fuiste a la facultad en Cincinnati. Y Mark a la de Delaware. Pues me he comunicado con esas dos facultades y no han oído hablar de vosotros. Zola afirma que se graduó en Rutgers, pero tampoco la tienen registrada en su asociación de alumnos. —Hadley soltó todo eso con una sonrisita desagradable de sabelotodo.

Todd consiguió seguir comiendo sin inmutarse.

—Menuda acosadora estás hecha, ¿no?

—La verdad es que no. No es asunto mío en realidad. Pero me extrañó.

Todd sonrió, pero tenía ganas de borrar a Hadley esa sonrisita de la cara de una bofetada.

—Bueno, pues necesitamos gente, si ya estás cansada de la oficina del fiscal.

—No creo que tengáis mucho trabajo en vuestro despacho... Porque tendréis despacho, ¿no? Sé que tenéis dirección, pero es algo que puede inventarse.

—¿Adónde quieres ir a parar, Hadley?

—A ninguna parte. Solo tenía curiosidad.

—¿Y has compartido tu curiosidad con alguien más?

—No. Y dudo que nadie se haya fijado. Habéis elegido el lugar perfecto para ejercer, con o sin licencia. Aquello es un circo y a nadie le importa. Pero, si me aceptas un consejo, yo que vosotros me mantendría alejada de Witherspoon, del juzgado número 7. Es más cotilla que los demás jueces.

—Gracias. ¿Debería evitar a alguien más?

—No. En concreto no me evitéis a mí. Ahora que ya me he enterado de vuestro chanchullo, os ayudaré en lo que pueda.

—Eres un encanto.

—Eso me dicen todos.

Mark estaba trabajando en The Rooster Bar cuando Todd llegó a mediodía. Fichó, se puso el delantal rojo obligatorio y sirvió unas cuantas jarras. En cuanto tuvo oportunidad, se llevó a un lado a su compañero.

—Houston, tenemos un problema —le dijo.

—¿Solo uno?

—He pasado la noche con la señorita Hadley otra vez.

—Qué cabrón. Yo estaba pendiente por si la veía.

—Pues yo la he visto antes. Hemos estado hablando un rato mientras desayunábamos y sabe lo de nuestro chanchullo: se ha enterado de que no tenemos licencia, lo preguntó en el colegio. Y que no fuimos a las facultades que dijimos.

—Mierda.

—Esa fue mi primera reacción. Sin embargo, puede que nos venga bien. Dice que no se lo ha contado a nadie y que está dispuesta a guardarnos el secreto. Incluso se ofreció a ayudarnos cuando pudiera.

—¿Y qué quiere a cambio?

—Más de lo mismo, supongo. Ella y su compañera de piso están compitiendo a ver quién se tira a más tíos. Es todo cuestión de cantidad.

Mark se echó a reír, pero todo aquello no tenía gracia.

—Me pregunto si harán algo esta noche.

—Seguro que sí, con algún otro.

—Mierda —repitió Mark, y se alejó para atender a un cliente.

Todd estaba secando jarras cuando pasó a su lado poco después.

—Me parece que esto es el principio del fin —le dijo.

A última hora de la noche del domingo arrestaron a Ramon Taper por conducir ebrio. Lo llevaron a la comisaría central, donde pasó la noche en la celda de los borrachos. El lunes por la mañana su novia fue a sacarlo de allí y, mientras esperaba que la atendieran, se encontró con Darrell Cromley, un abogado muy amable que parecía estar como en su casa en aquella sala de la comisaría. En poco tiempo Cromley consiguió que dejaran salir a Ramon con cargos. Una vez fuera, le explicó qué iba a pasar después, como era su costumbre.

—Oiga —lo interrumpió Ramon—, yo ya tengo abogado, aunque me evita.

—¿Y qué le lleva ese abogado? —preguntó Darrell, preparado para abalanzarse sobre su presa.

—Un caso gordo en Virginia, negligencia médica. Mi bebé murió en un hospital hace un par de años y contraté a ese sinvergüenza de Mark Upshaw. ¿Lo conoce?

—No, pero hay muchos abogados por ahí en los que no se puede confiar.

—Este es uno de esos, se lo aseguro. Tengo que despedirlo, pero no lo encuentro. ¿Usted se ocupa de negligencias médicas?

—Es una de mis especialidades. Hábleme de ese caso.

29

Dos días después Mark estaba sentado en la sala de su señoría Fiona Dalrymple, esperando a un cliente que se había
declarado culpable de un delito leve de hurto en una tienda.
Como siempre, fingió que revisaba un documento importante mientras presenciaba un caso tras otro. Aquello era un
circo, desde luego, y los monos eran los jefes de pista. Algunas caras le resultaban familiares, otras no las había visto
nunca, y una vez más se asombró del número de abogados
que hacían falta para que la maquinaria de la justicia siguiera
funcionando. Un fantasma del pasado vestido con un traje
horrible apareció en la sala y la recorrió con la mirada, como
hacían los abogados cuando querían captar la atención de todos los presentes. Cruzó la barrera y habló con un ayudante
del fiscal, y este miró hacia Mark y lo señaló con la cabeza.

Darrell Cromley se le acercó y, después de sentarse a su
lado, le dio su tarjeta de visita.

—Soy Darrell Cromley —se presentó—. Y usted es Mark
Upshaw, ¿verdad?

«Ya nos hemos visto antes y seguro que, si estás aquí, no
es por algo bueno», pensó Mark.

—Exacto.

—Me ha contratado Ramon Taper. Vamos afuera para hablar con tranquilidad.

Mark echó un vistazo a la tarjeta. «Darrell Cromley, especialista en daños personales», leyó. Recordaba bien que en su otra tarjeta ponía: «Darrell Cromley, especialista en conducción bajo los efectos del alcohol». Darrell era un hombre con una amplia variedad de talentos.

En el pasillo, Darrell fue directo al grano y le comunicó la fatídica noticia.

—Me ha contratado el señor Taper, quien tuvo la mala suerte de que lo detuvieran conduciendo bajo los efectos del alcohol.

Así era como se habían conocido... Cromley se quedó parado de repente y miró detenidamente a Mark.

—¿Nos conocemos? Su cara me resulta familiar.

—No he tenido el placer. Hay muchos abogados por aquí.

—Será eso —dijo Darrell, pero no se lo veía convencido. Sacó unos papeles de su viejo maletín y se los dio a Mark—. Una copia de mi contrato con el señor Taper, junto con una carta firmada por él que pone fin a la relación contractual de ustedes. Me he pasado dos días investigando su caso de negligencia médica en Virginia y, al parecer, el plazo para la presentación de una demanda ha prescrito. Es usted consciente de ello, ¿verdad?

—Claro. Echamos un vistazo al caso y pedimos a un experto que lo revisara. Dijo que no había habido negligencia. Es un callejón sin salida.

Mark sintió que las rodillas le fallaban y que el corazón le martilleaba en el pecho.

—Si el plazo se ha extinguido, sin duda lo es. ¿Presentó una demanda antes de que el plazo expirara?

—Por supuesto. No había responsabilidad. Era una pérdida de tiempo.

Darrell negó con la cabeza, frustrado, como si tuviera delante a un idiota. A Mark le habría gustado partirle la cara, pero se contuvo. Un abogado callejero veterano como Cromley seguramente también tenía experiencia en peleas a puñetazos.

—Bueno, eso ya lo veremos —contestó Cromley dándose aires de tipo duro—. Primero necesito los informes médicos. Haré que un experto de verdad los revise y, como haya el menor indicio de negligencia, las cosas van a ponerse muy feas para usted, amigo.

—Ahí no hay nada que rascar, Darrell.

—Yo que usted, avisaría a mi seguro de responsabilidad civil profesional.

—¿Acaso piensa demandar a otro abogado?

—Si hay caso, claro que sí. Ya lo he hecho antes, y volveré a hacerlo si es necesario.

—Cómo no...

—Envíeme los informes, ¿de acuerdo?

En ese momento, una mujer asustada se les acercó.

—Oigan, ¿son ustedes abogados?

Mark estaba tan aturdido que fue incapaz de contestar. Darrell, sin embargo, tenía su respuesta automática preparada.

—Por supuesto —aseguró con el ceño fruncido—. ¿Cuál es el problema?

Mark se apartó y les dejó hablando de sus asuntos.

Los tres socios se reunieron en The Rooster Bar, en un reservado lo más apartado posible del gentío de última hora de la tarde. Mark acababa de contar la historia de Cromley y todos estaban desanimados.

—¿Y qué va a pasar ahora? —preguntó Zola.

—Pongámonos en lo peor —dijo Mark—. Lo más probable es que Cromley mire los informes, que tardaré unos días en mandarle, cuantos pueda, aunque seguro que él no va a olvidarse, y que después se los pase a otro experto. Si la negligencia está clara, como dijo Koonce, Cromley sabrá pronto que Ramon y su exmujer tenían un buen caso. Como no puede demandar a los médicos y al hospital, tendrá que ir a por nosotros porque no le queda nadie más. Así que nos enfrentaremos a un pleito de diez millones contra nuestro pequeño bufete y de ahí en adelante, ya irá todo cuesta abajo. En algún momento, aunque no podemos saber exactamente cuándo, quedaremos expuestos. Nos buscarán en el colegio y descubrirán la verdad. El colegio se lo notificará a los tribunales y se iniciará una investigación. Nuestros nombres están en docenas de autos judiciales y no tardarán en atar cabos.

—¿Y será una investigación penal? —preguntó Zola.

—Sí. Cuando nos metimos en esto sabíamos ya que ejercer sin licencia es un delito. No es grave, pero es un delito.

—Pero es un delito, no una falta.

—Eso es, un delito.

—Hay algo más, Zola —confesó Todd—. Íbamos a contártelo, pero no hemos tenido oportunidad.

—¿A qué esperáis? —dijo—. Soltadlo.

Mark y Todd se miraron, y fue Todd quien habló.

—Hay una fiscal muy guapa en el juzgado número 10 que se llama Hadley Caviness. Mark se la encontró en un bar hace unas semanas y se acostaron. A esa chica le gusta ligar y la variedad. Yo la vi en el juzgado un día, una cosa llevó a la otra, y después nos divertimos juntos. Dos veces. A la mañana siguiente, mientras desayunábamos unos *bagels*, me contó que había estado investigando nuestro bufete. Dice que no pasa nada, que le parece divertido y nos guarda el secreto. Pero en este mundo no se puede confiar en nadie.

—Sobre todo si eres un abogado de mentira —comentó Zola—. Creía que habíamos acordado que no nos involucraríamos en relaciones personales.

—Lo intenté —se excusó Mark.

—Es muy guapa —añadió Todd.

—¿Y por qué no me lo habéis explicado antes?

—Fue el fin de semana pasado —dijo Mark—. Creemos que es inofensiva.

—¿Inofensiva? —soltó Zola poniendo los ojos en blanco—. Así que debemos tener cuidado con la guapa de Hadley y preocuparnos de verdad por Darrell Cromley, ¿eh?

—Y no te olvides de Mossberg, de Charleston —apuntó Mark—. Es un gilipollas y le encantaría vernos arder en la hoguera.

—¡Estupendo! Tres meses trabajando y Upshaw, Parker & Lane ya se va a pique. —Zola dio un sorbo a su refresco y miró a la gente del bar.

Los tres socios estuvieron mucho rato sin decirse nada mientras se lamían las heridas y pensaban en sus siguientes movimientos.

Por fin Zola habló.

—Lo del caso de negligencia fue un error, ¿no? No teníamos ni idea de qué hacer y lo fastidiamos. Un desastre para nosotros, pero todavía más para Ramon y su exmujer. Ellos se han quedado sin nada por nuestra culpa.

—Tuvieron el caso parado durante dos años, Zola —comentó Mark.

—Podemos seguir con esto toda la vida, pero no vamos a llegar a ninguna parte —intervino Todd—. Tenemos que centrarnos en el futuro.

Una nueva pausa larga en la conversación. Todd fue a la barra, pidió otras dos cervezas y las llevó a la mesa.

—Pensad una cosa —dijo en cuanto regresó—. Cuando Cromley nos demande por negligencia profesional, los nombres de los acusados serán Todd Lane, Mark Upshaw y Zola Parker, tres personas que no existen. ¿Cómo van a descubrir nuestras identidades reales?

—Y la señorita Hadley tampoco sabe nuestros nombres reales, ¿no? —quiso confirmar Zola.

—Claro que no —aseguró Mark.

—¿Y Mossberg?

—Tampoco.

—Pues tenemos que escondernos o huir —concluyó ella.

—Ya estamos escondidos —recordó Todd—. Pero al final nos encontrarán. Mierda, si Ramon se acercó tanto, seguro que unos detectives profesionales nos localizan en cinco minutos. Nuestra dirección está en todo ese montón de tarjetas que hemos ido repartiendo por ahí.

—Nada de eso pasará de inmediato —dijo Mark—. A Cromley le llevará un mes preparar y presentar una demanda. Sabremos cuándo lo hace porque lo veremos en el orden del día de los juzgados. Cuando la presente, se dará cuenta de que ha demandado a unas personas que no existen y eso lo retrasará todo más aún. Y cuando el colegio busque a tres abogados fantasma se encontrará en un callejón sin salida.

—Supongo que debemos mantenernos alejados de los juzgados —aventuró Todd.

—Oh, sí. Se acabaron nuestros días allí. Ya no volveremos a intentar captar a los pobres y oprimidos.

—¿Y los casos pendientes? No podemos dejarlos tirados.

—Eso es justo lo que vamos a hacer —contradijo Mark—. No cerraremos esos casos porque no podemos arriesgarnos a volver al juzgado. Esos días han terminado, ya lo he dicho. Y empezamos desde ya mismo: no cojáis llamadas, ni de los clientes ni de nadie. Utilizaremos teléfonos de prepago para estar en contacto entre nosotros e ignoraremos todas las demás llamadas.

—Ya llevo dos teléfonos. ¿Ahora vamos a llevar un tercero? —preguntó Zola.

—Sí. Tenemos que controlarlos todos para saber quién nos busca —aconsejó Mark.

—¿También se han acabado mis días de buitre en los hospitales? —preguntó Zola, y no pudo evitar sonreír.

—Me temo que sí.

—No se te daba muy bien —comentó Todd.

—Gracias. Lo he odiado todo el tiempo que he tenido que hacerlo.

Uno de los encargados se acercó al reservado.

—Todd, te toca trabajar esta noche. Nos falta personal y te necesitamos ya.

—Ahora mismo voy —dijo Todd. Cuando el encargado se fue preguntó a sus dos amigos—: Vale, chicos ¿y qué hacemos ahora?

—Vamos a por Swift Bank —respondió Mark.

—¡Para cavarnos una tumba aún más profunda! —exclamó Zola. Y era una afirmación.

Morgana Nash, de NowAssist, envió a Mark un nuevo email.

Querido Mark:

El Departamento de Admisiones de Foggy Bottom acaba de informarme de que ha abandonado los estudios. He llamado a la facultad y me han dicho que no ha asistido a ninguna clase este semestre. Me resulta muy preocupante. Póngase en contacto conmigo inmediatamente, por favor.

Último pago: 32.500 $, el 13 de enero de 2014. Deuda total, cantidad inicial más intereses: 266.000 $.

Atentamente,

Morgana Nash
Asesora autorizada por el Departamento de Educación

Una hora más tarde, después de tomarse varias cervezas, Mark le respondió.

Estimada señora Nash:

La semana pasada mi terapeuta me obligó a ingresar en un hospital psiquiátrico privado de una zona rural de Maryland. Se supone que no debería usar internet, pero estos payasos que trabajan aquí no se enteran de nada. ¿Podría dejar de perseguirme? Según uno de los loqueros, tengo trastorno de personalidad límite y tendencias suicidas. Si sigue presionándome, podría perder la cabeza para siempre. Por favor, por favor, por favor, por favor... ¡déjeme en paz!
Con cariño,

Mark Frazier

Rex Wagner, de Scholar Support Partners, escribió un correo electrónico a Todd.

Estimado señor Lucero:

Su facultad me ha informado de que oficialmente ha dejado los estudios. He llamado a Foggy Bottom y me han asegurado que no ha asistido ni a una sola clase en todo este semestre, que además es el último antes de la graduación. ¿Por qué un estudiante en su sano juicio deja la facultad en su último semestre? Lo único que se me ocurre es que esté trabajando en algún sitio, seguramente en un bar. Cualquier empleo, si no lo compagina con sus clases, supone la inmediata activación del plan de devolución de la deuda o, si no tiene uno, se le reclamará dicha deuda. Y esa reclamación, como seguro que ya está al corriente, significa que el Departamento de Educación lo demandará de inmediato por las cantidades que debe. Le ruego que se ponga en contacto conmigo de inmediato, por favor.

Último pago: 32.500 $, 13 de enero de 2014; deuda total: 195.000 $.

Atentamente,

Rex Wagner
Asesor crediticio sénior

Mientras Mark escribía su respuesta a Morgana Nash, Todd, por su parte, contestó a su asesor.

Estimado asesor Wagner, de SS:

Ha dado en el clavo con la pregunta sobre mi estado mental. Nada en mi entorno actual está «en su sano juicio», sobre todo teniendo en cuenta esas deudas inasumibles que tengo. De acuerdo, ya se ha enterado. Pongamos las cartas sobre la mesa. He dejado los estudios porque odio la facultad de Derecho, y odio el Derecho. Ahora mismo estoy ganando doscientos dólares a la semana, en efectivo, trabajando de camarero en un bar. Así que dispongo de menos de ochocientos dólares al mes, en negro porque todavía no he rellenado los papeles. Para mantener mi austero modo de vida necesito unos quinientos dólares al mes para comida, alquiler y esas cosas. Y debería ver dónde vivo y lo que como. Si analiza esas cifras, supongo que podríamos acordar un plan de devolución de la deuda con cuotas de unos doscientos dólares al mes que estaría en disposición de empezar a pagar dentro de seis meses. Sé que, en cuanto tenga ocasión, va a pulsar el botón que suma los intereses para añadir un cinco por ciento anual. El cinco por ciento de ciento noventa y cinco mil son unos nueve mil setecientos cincuenta dólares al año, redondeémoslo en diez mil dólares de intereses. Con mi plan de pago, puedo ir devolviendo un cuarto de esa cantidad cada año. Entonces ustedes, que son implacables, añadirán los intereses por los atrasos a la enorme deuda inicial, y así caerá otro cinco por ciento anual. Las cantidades se disparan y resulta difícil precisarlas, pero mi hoja de cálculo me dice que dentro de diez años deberé casi cuatrocientos mil dólares. Y eso sin contar las comisiones ocultas y las demás ilegalidades que, como ya se ha demostrado, SSP suele cometer con los créditos estudiantiles que gestiona. (He leído detenidamente las demandas y la verdad es que me encantaría ponerles una. Su empresa y usted deberían avergonzarse de cargar comisiones ocultas a estudiantes que ya están agobiados por las deudas.)

$\qquad$¿Va a aceptar usted mi oferta de pagar doscientos dólares al mes? A pagar dentro de seis meses, claro.

$\qquad$Afectuosamente,

$\qquad$Todd Lucero

Al parecer, o bien el señor Wagner trabajaba hasta tarde, o bien, como Todd solía imaginárselo, estaba sentado en su butaca vestido únicamente con los calzoncillos mientras miraba porno y a la vez su correo, porque le respondió a los pocos minutos.

$\qquad$Estimado Todd:

$\qquad$La respuesta es no. Su oferta es ridícula. Me cuesta creer que una persona tan inteligente como usted quiera pasarse los diez próximos años sirviendo bebidas. Hay muchos buenos trabajos ahí fuera, relacionados con el Derecho o no, y debería mover el culo y encontrar uno. Después podremos mantener una conversación seria sobre la devolución de su deuda.

Atentamente,

Rex Wagner
Asesor crediticio sénior

Todd le contestó inmediatamente.

Estimado SS:

Estupendo. Pues retiro la oferta.

T. L.

La correspondencia que Zola mantuvo fue un poco más profesional. Tildy Carver, de LoanAid, le escribió:

Estimada Zola Maal:

Me han informado de que ha abandonado la facultad de Derecho. Una acción tan drástica acarrea en consecuencia varios problemas, que deberíamos abordar cuanto antes. Llámeme o envíeme un email en cuanto pueda.

Tildy Carver
Asesora crediticia sénior

Último pago: 32.500 $, el 13 de enero de 2014; deuda total, cantidad inicial más intereses: 191.000 $.

Zola estaba casi dormida, pero respondió:

Estimada señora Carver:

Tras el suicidio de mi amigo, en enero, me ha resultado imposible continuar con mis estudios. Así que he decidido tomarme un semestre libre, con la idea de reincorporarme a la facultad dentro de un año quizá. Me pondré en contacto con usted más adelante.

Atentamente,

Zola Maal

30

Un cálido día primaveral de finales de abril, con los cerezos en flor y el aire limpio tras un buen chaparrón, los socios se reunieron en la sede del bufete para el último y definitivo canto del cisne de sus carreras de abogados. La sede del bufete era también el salón de Zola, y durante los últimos tres meses ella había conseguido darle un poco de vida y color a su guarida. Había pintado las dos habitaciones del apartamento de un beis suave y había colgado reproducciones de arte contemporáneo. En un rincón había un frigorífico pequeño, el único elemento de una cocina inexistente. Sobre una vieja mesa metálica había un ordenador de sobremesa nuevo con una pantalla de treinta pulgadas y, a su lado, una impresora láser de alta velocidad. Unas estanterías combadas, sujetas a las dos paredes, estaban llenas de papeles, los frutos de su diligente búsqueda de todo lo que tuviera que ver con Swift Bank.

Los tres se habían unido como demandantes a diferentes demandas colectivas contra el banco. Ya se habían presentado seis por todo el país, todas llevadas por abogados especializados en pleitos de esa envergadura.

Mientras, Swift Bank estaba contra las cuerdas y sangrando, aguantando con dificultad los golpes que recibía a diario. Habían surgido alegaciones de malas prácticas. Los que tiraban de la manta estaban sacándolo todo a la luz. Los directivos estaban señalando y atribuyendo culpas. Hubo promesas de acusaciones. Los accionistas estaban avergonzados, pero también furiosos porque las acciones habían caído de sesenta dólares a trece en menos de cuatro meses. En internet y en las noticias de la tele los rumores corrían como la pólvora. El que más se repetía era uno que decía que Swift no tendría más remedio que poner sobre la mesa dos mil millones para enterrar bajo ellos sus problemas.

Y esa perspectiva obviamente animaba a la industria de las demandas colectivas.

Si comparaban las respuestas de los tres bufetes a cuyas demandas Mark, Todd y Zola se habían unido, quedaba claro que el de Miami, que se llamaba Cohen-Cutler, iba unos pasos por delante de los otros dos, el de Nueva York y el de Washington D. C. Cohen-Cutler tenía buena reputación en el difícil mundo de las demandas de responsabilidad civil masivas. Era un bufete enorme, con cien abogados y mucho personal. El papeleo que enviaban era más eficiente.

Así que el bufete de Upshaw, Parker & Lane, en vías de extinción, tomó la decisión de unir sus fuerzas con el poderoso Cohen-Cutler.

Zola se sentó a la mesa con una taza de té y miró la pantalla del ordenador. Todd se situó en la única silla con su portátil. Y Mark se acomodó en el suelo. Ya no llevaban barbas, ni gafas falsas ni tampoco trajes. Se habían acabado los días de los juzgados, así que ya no tenían que ocultarse tras un disfraz. Por el momento, iban a pasarse unas cuantas semanas escondidos en su guarida de encima de The Rooster Bar. Aparte de eso, no tenían ningún plan.

—Hay una sucursal de Swift en Bethesda, en Wisconsin Avenue —dijo Mark—. Empecemos por ahí. Busca en la guía telefónica de Bethesda. Necesitamos nombres genéricos que puedan escribirse de varias maneras.

—Tengo uno —anunció Todd—. Joseph Hall, 662 de Manning Drive, Bethesda. Si cambias la última «l» por una «e», tienes Joe Hale. Nuestro primer cliente falso.

Zola abrió un documento copiado de otro que Cohen-Cutler les había enviado. A ese documento lo conocían, a nivel interno, como DDD, es decir, Documento de Demandantes Desconocidos.

—¿Fecha de nacimiento? —preguntó.

—Que tenga cuarenta años —dijo Mark—. Nacido el 3 de marzo de 1974. Casado, y con tres hijos. Cliente de Swift Bank desde 2001. Cuenta corriente y de ahorro. Tarjeta de débito.

Zola cumplimentó con esos datos en documento.

—Vale. ¿Números de las cuentas?

—Eso déjalo en blanco por ahora. Nos los inventaremos más adelante, si es necesario.

—¿Siguiente?

—Ethel Berry, 1210 de Rugby Avenue —dijo Todd—. Cambia la «e» de Berry por una «a» y tendrás a Ethel Barry.

—Esta es de las nuestras —dijo Mark—. Ethel es un nombre un poco pasado de moda, así que esta señora tendrá sus años. Nacida el 5 de diciembre de 1941, dos días antes del ataque a Pearl Harbor. Viuda. Sus hijos no viven con ella. Cuenta corriente, cuenta de ahorro, demasiado vieja para tarjeta de débito. Y no le gusta pedir dinero prestado.

Zola rellenó los huecos, y Ethel Barry engrosó la demanda colectiva.

—¿Siguiente?

—Ted Radford, 798 de Drummond Avenue, apartamento 4F —aportó Todd—. Cambia la «a» por una «e» y ahora es Ted Redford, como Robert, el actor.

—¿Y cuándo nació Robert Redford? —preguntó Mark—. Veamos... —Miró la pantalla del móvil, avanzó y anunció—: 18 de agosto de 1936. Ted tendrá la misma fecha de nacimiento.

—¿Robert Redford tiene setenta y siete años? ¿De verdad? —preguntó Todd.

—A mí sigue pareciéndome muy guapo —dijo Zola sin dejar de escribir.

—*El golpe* y *Dos hombres y un destino* son dos de mis películas favoritas —reconoció Mark—. No podemos tener un Redford sin un Newman.

Todd buscó y escogió.

—Lo tengo. Mike Newman, 418 de Arlington Road, Bethesda. Cambia la «w» por una «u» y se ha convertido en Mike Neuman.

Zola escribió.

—Pero qué divertido es esto —murmuró.

Después de recorrer todo Bethesda y reunir a cincuenta demandantes, los socios pasaron al norte del estado de Virginia. Había una sucursal de Swift en la localidad de Falls Church, en Broad Street. La zona de alrededor resultó muy fértil a la hora de encontrar más clientes ficticios para la demanda.

Alrededor del mediodía ya estaban aburridos, de modo que decidieron salir a comer y seguir trabajando fuera de casa. Cogieron un taxi a Georgetown Waterfront Park, donde encontraron una mesa con vistas al Potomac. Nadie mencionó a Gordy, pero todos recordaban la última vez que estuvieron en esa zona. Se encontraban cerca de allí esa terrible noche, cuando vieron a lo lejos las luces parpadeantes en el Arlington Memorial Bridge.

Pidieron unos sándwiches y té con hielo, y los tres abrieron los portátiles y comenzaron otra nueva búsqueda de clientes a quienes Swift Bank había estafado.

Hacía un buen rato que habían terminado de comer cuando un camarero les pidió amablemente que dejaran libre la mesa porque la necesitaban. Cerraron los ordenadores, caminaron unos metros y, a la vuelta de la esquina, encontraron otra mesa en la terraza de una cafetería, donde reanudaron su trabajo. Cuando añadieron el cliente número cien Mark llamó a Miami. Pidió hablar con el abogado litigante principal de Cohen-Cutler pero, cómo no, le dijeron que estaba fuera del bufete, trabajando. Mark insistió, y al final pasaron su llamada a un abogado que se apellidaba Martinez, que, según la web, estaba peleando a brazo partido contra Swift. Mark se presentó y mencionó su bufete.

—Representamos a unos cien clientes de Swift —añadió a continuación—, y querríamos unirnos a su pleito colectivo.

—¿Cien clientes? —repitió Martinez—. ¡No lo dirá en serio!

—Claro que sí, muy en serio.

—Mire, señor Upshaw, a día de hoy nuestro bufete reúne a casi doscientos mil demandantes contra Swift. No aceptamos que nadie nos remita casos con menos de mil demandantes. Encuentre mil casos y hablaremos.

—¿Mil?

Mark miró a sus socios con los ojos muy abiertos.

—Está bien, nos pondremos a trabajar. Pero, solo por curiosidad, ¿cómo se presenta la cosa?

Martinez carraspeó.

—No puedo contar mucho. Swift está soportando mucha presión y necesita arreglar el tema, pero no sé si sus abogados comprenden la situación. Hay mensajes contradictorios. Sin embargo, creemos que al final llegarán a un acuerdo.

—¿Y cuándo?

—Suponemos que a principios del verano. El banco quiere zanjar este lío y tiene el dinero que se precisa para resolverlo. El juez federal que se ocupa del caso en Nueva York está ejerciendo presión en esta demanda. Seguro que han visto los titulares.

—Claro. Gracias. Seguiremos en contacto.

Mark dejó el teléfono al lado de su ordenador.

—Todavía nos queda mucho por hacer —dijo.

31

El Colegio de Abogados de Washington D. C. tenía casi cien mil miembros colegiados y más o menos la mitad de ellos trabajaban en la ciudad; los demás estaban desperdigados por los cincuenta estados. Como estar colegiado y pagar la cuota era obligatorio para ejercer, la administración del colegio requería muchísimo trabajo. En su sede de Wisconsin Avenue contaban con un personal de cuarenta empleados que se ocupaban diligentemente de mantener al día el registro de nombres y direcciones de sus miembros, planificar cursos y seminarios, difundir información sobre los estándares de responsabilidad profesional, publicar una revista mensual y gestionar las sanciones disciplinarias. Las quejas contra jueces y abogados se dirigían a la Oficina del Consejo Disciplinario, donde una tal Margaret Sanchez tenía bajo su mando a cinco abogados, tres investigadores y media docena de secretarias y ayudantes. Para que esa oficina la analizara, la queja tenía que presentarse por escrito, si bien a menudo el primer indicio de que algo raro estaba ocurriendo llegaba por teléfono, de boca de un abogado que no quería verse involucrado en el tema.

Tras varios intentos, Edwin Mossberg, de Charleston, por fin consiguió contactar telefónicamente con la señora Sanchez. Le relató su encuentro con Mark Upshaw, un joven que aseguraba ser abogado pero que, al parecer, estaba utilizando un nombre falso. Mossberg no había encontrado ni rastro de ese nombre en el registro del colegio. Tampoco constaba, aseguró Mossberg, en la guía telefónica, ni en internet ni en ninguna otra parte. Describió en líneas generales la negligencia que Upshaw había cometido al permitir que la fecha de presentación de una demanda importante prescribiera y el posterior viaje que había hecho a Charleston para pedirle a él, a Mossberg, que no dijera nada.

A la señora Sanchez le llamó la atención esa historia. Las denuncias de profesionales que ejercían sin licencia no eran habituales, y casi siempre tenían que ver con ayudantes que se excedían en sus funciones, deliberadamente o sin darse cuenta, y hacían cosas que solo sus jefes deberían hacer. Una reprimenda rápida solía ser suficiente para ponerlos en su sitio y sus clientes no resultaban afectados.

Mossberg aseguró a Sanchez que no deseaba presentar una queja formal porque no tenía tiempo para perder en eso; sin embargo, añadió, quería avisar al colegio de que tenían un problema. Les envió por correo electrónico una copia de la tarjeta de Upshaw con el nombre del bufete, la dirección de Florida Avenue y el teléfono, y la señora Sanchez le dio las gracias por haberse tomado la molestia.

La historia cobró mayor interés porque ya se había producido otra llamada que hacía referencia al bufete Upshaw, Parker & Lane. La semana anterior, un abogado local que se llamaba Frank Jepperson y que se dedicaba a buscar clientes en hospitales, había advertido de forma extraoficial sobre una tal Zola Parker porque había intentado quitarle uno de sus clientes en la cafetería de un hospital. La señora Sanchez ya conocía a Jepperson porque se habían presentado dos quejas contra él por conducta poco ética. Jepperson le envió una copia de la tarjeta de visita de Zola Parker.

Sentada a su mesa, la señora Sanchez comparó las copias de ambas tarjetas. El mismo bufete, la misma dirección, diferentes números de teléfono. Un vistazo al registro del colegio corroboró que ni Mark Upshaw ni Zola Parker estaban inscritos allí. Llamó a un miembro de su personal, Chap Gronski, cuyo cargo oficial era ayudante del asesor disciplinario, y le dio las copias de ambas tarjetas. Una hora después, Gronski volvió al despacho de Margaret Sanchez con los resultados de su investigación.

—He examinado los órdenes del día de los juzgados de lo penal —dijo— y he encontrado catorce casos en los que Mark Upshaw consta como abogado. Zola Parker no aparece en ninguno. Hay otra persona, Todd Lane, que ha estado activo los últimos tres meses y lo he encontrado en diecisiete casos. Probablemente estará en alguno más. Lo extraño es que no hay nada de antes de enero de este año.

—Parece que acaban de empezar, un bufete nuevo en la ciudad —dijo Sanchez—. Justo lo que necesitábamos.

—¿Quiere que abra un expediente? —propuso Gronski.

—Todavía no. No hay ninguna queja oficial. ¿Y cuándo tienen que volver a comparecer en el juzgado?

Gronski revisó unos documentos impresos.

—Parece que Upshaw tiene la vista para la sentencia de un cliente acusado de conducción bajo los efectos del alcohol en el juzgado número 16 a las diez de la mañana de mañana.

—Ve allí y echa un vistazo. Habla con Upshaw, a ver qué tiene que decir en su defensa.

A las diez de la mañana siguiente, Chap Gronski estaba sentado en la sala del juez Cantu, contemplando el ajetreo. Tras la tercera declaración de culpabilidad con su correspondiente sentencia, el funcionario llamó a Jeremy Plankmore. Un joven que estaba en la última fila se levantó, nervioso, miró a su alrededor como pidiendo ayuda y recorrió el pasillo hasta el estrado con paso inseguro.

—¿Es usted el señor Plankmore? —le preguntó el juez Cantu.

—Sí, señor.

—Leo aquí que su abogado es Mark Upshaw. No lo veo en la sala.

—No, señor, yo tampoco. Llevo tres días llamándolo y no me contesta al teléfono.

El juez Cantu miró al funcionario, que se encogió de hombros dando a entender que no tenía ni idea. Después dirigió la mirada al ayudante del fiscal, quien respondió con el mismo encogimiento de hombros.

—Muy bien, espere ahí, señor Plankmore, ya lo atenderé después. Vamos a ver si podemos localizar al señor Upshaw por teléfono. Se habrá confundido de fecha.

Plankmore se sentó en la primera fila, asustado y confuso. Otro abogado se acercó a él, preparado para aprovecharse de la situación.

Gronski contó a la señora Sanchez lo que había pasado. Decidieron esperar dos días, a la siguiente cita en el juzgado del señor Lane.

Jeremy Plankmore decidió investigar un poco. Esperó a última hora de esa tarde y, acompañado de un amigo, fue a la dirección que constaba en la tarjeta de su abogado. Upshaw iba a cobrar a Plankmore mil dólares, y este ya le había pagado ochocientos en metálico. El resto lo guardaba en su bolsillo, pero no tenía intención de entregárselo. Su plan era enfrentarse a Upshaw y exigirle que le devolviera el dinero. En la dirección de Florida Avenue no encontró el bufete. Entraron en The Rooster Bar, pidieron dos cervezas y charlaron con la camarera, una chica con muchos tatuajes que se llamaba Pammie. Pammie no dijo mucho, menos aún cuando Jeremy trató de sonsacarle información sobre Mark Upshaw y un bufete que se suponía que estaba en ese edificio. La joven aseguró que no sabía nada de eso y se mostró molesta con las preguntas. A Jeremy le dio la impresión de que ocultaba algo. Anotó su nombre y su número de teléfono en una servilleta de papel, y se la dio a Pammie.

—Si Mark Upshaw viene por aquí, dígale que me llame. De lo contrario, lo denunciaré al colegio de abogados.

—Le he dicho que no conozco a ese tío —respondió Pammie.

—Ya, ya, pero por si se lo encuentra por casualidad —dijo, y él y su amigo salieron del bar.

Darrell Cromley se olió que había dinero de por medio y se movió con mucha rapidez. Pagó tres mil quinientos dólares a un médico jubilado para que hiciera una «revisión urgente» de los informes médicos de Ramon. La conclusión que el experto escribió en su informe, con un lenguaje más accesible que el del doctor Koonce, fue que «las acciones que realizaron tanto el personal del hospital, como los médicos encargados del caso están muy por debajo de los estándares aceptables del cuidado sanitario y constituyen una negligencia grave».

Darrell cogió el informe de dos páginas, lo adjuntó a su demanda contra el abogado Mark Upshaw y su bufete, que ocupaba otro par de páginas, y lo presentó todo en nombre de su cliente, Ramon R. Taper, en el Tribunal Superior del Distrito de Columbia. El hecho fundamental de la demanda era obvio: el abogado Upshaw había dejado parado un caso de clara negligencia médica hasta después de la fecha límite para la presentación de una demanda, acabando así con cualquier posibilidad de reclamación al hospital y a sus médicos por parte de sus clientes. Ramon reclamaba una indemnización por daños y perjuicios por un total de veinticinco millones de dólares.

Darrell preparó una copia de la demanda para enviarla a la dirección de The Rooster Bar y pagó a un notificador cien dólares para que la entregara personalmente al señor Upshaw. Sin embargo, el notificador no encontró el bufete al llegar a la dirección. Asumió que estaría en alguna de las plantas del edificio que había encima del bar (contó tres), pero la única puerta visible, en un lateral, estaba cerrada con llave. Preguntó en el bar, y el encargado le dijo que allí no había ningún bufete. Al parecer, nadie parecía saber nada del tal Mark Upshaw. El notificador intentó dejar la demanda al encargado, pero él se negó rotundamente a aceptarla.

El notificador estuvo tres días intentando encontrar el bufete o a Mark Upshaw. No tuvo suerte.

A Darrell Cromley no se le ocurrió comprobar si Mark Upshaw estaba inscrito en el Colegio de Abogados de Washington D. C.

Los miembros del bufete habían optado por no quedarse en el despacho. Salían del edificio cada mañana y recorrían la ciudad en busca de cafeterías, bibliotecas, librerías o cafés al aire libre, cualquier lugar donde pudieran acomodarse con sus portátiles para dar un buen repaso a las guías telefónicas y sacar de ellas los nombres de nuevos clientes. Si alguien estuviera observándolos, seguro que tendría curiosidad por saber en qué trabajaban con tanto tesón, murmurando entre ellos, proponiéndose nombres y direcciones mientras su colección de teléfonos vibraba en un coro silencioso de llamadas que ninguno de los tres respondía. Estaban muy solicitados, pero muy pocas veces cogían las llamadas. Nadie podría adivinar en qué estaban metidos. Aunque la verdad era que tampoco es que hubiera nadie interesado en lo que hacían.

Todd estaba detrás de la barra una noche, limpiando y ordenando mientras los últimos clientes pagaban la cuenta y se iban. Maynard, que iba muy poco por The Rooster Bar, salió de la cocina.

—¿Dónde está Mark? —preguntó a Todd.

—Arriba.

—Dile que baje. Tenemos que hablar.

Todd supo de inmediato que eso significaba que había problemas. Llamó a Mark, que estaba dos plantas más arriba, en la sede del bufete, trabajando con la guía telefónica para que Zola siguiera añadiendo nombres a su demanda colectiva. Unos minutos después, Mark entró en el bar. Los dos fueron con Maynard a un reservado vacío. Su jefe tenía el ceño fruncido, estaba de mal humor y quería respuestas.

Maynard tiró una tarjeta de visita sobre la mesa.

—¿Habéis oído hablar alguna vez de un hombre que se llama Chapman Gronski? Lo conocen como Chap.

Mark cogió la tarjeta y se le revolvió el estómago.

—¿Quién es? —preguntó Todd.

—Un investigador del colegio de abogados —explicó Maynard—. Ha venido un par de veces preguntando por vosotros dos: el señor Mark Upshaw y el señor Todd Lane. Pero yo no conozco a esos tíos. Conozco a Mark Frazier y a Todd Lucero. ¿Qué coño está pasando?

Ninguno de los dos supo qué decir, así que Maynard continuó. Esta vez lo que tiró sobre la mesa fue una servilleta.

—Un tal Jeremy Plankmore dejó esto ayer. Dijo que buscaba a su abogado, el señor Mark Upshaw. —Tiró otra tarjeta sobre la mesa—. Y este tío ha venido tres veces, un hombre pequeñajo que se llama Jerry Coleman. Es un notificador de no sé qué abogado que quiere demandaros a vosotros y a vuestro bufete. —Tiró otra tarjeta sobre la mesa—. Y esta es de un padre que asegura que su hijo te contrató, Todd, para que llevaras un caso de un delito leve de lesiones. Según él, no te presentaste en el juzgado cuando debías.

Maynard los miró fijamente y esperó.

—Es una larga historia —dijo Mark al final—, pero estamos metidos en un buen lío.

—Ya no podemos trabajar más aquí, Maynard —añadió Todd—. Necesitamos desaparecer.

—Desde luego, y yo voy a ayudaros. Estáis despedidos. No quiero seguir teniendo gente por aquí agobiando a los demás camareros. Están cansados de guardaros las espaldas. Seguro que luego viene la policía con un montón de preguntas, y no hace falta que os diga que los polis me ponen muy nervioso. No sé en lo que andáis metidos, pero se acabó. Fuera.

—Lo comprendo —dijo Todd.

—¿Podemos quedarnos arriba un mes más? —preguntó Mark—. Necesitamos tiempo para arreglar unos asuntos.

—¿Arreglar qué? Vosotros dos habéis montado un bufete falso y ahora media ciudad os busca. Pero ¿qué coño habéis estado haciendo?

—No te preocupes por la policía. No hay polis metidos en esto —aseguró Todd—. Digamos que tenemos unos cuantos clientes descontentos.

—¿Clientes? Pero si no sois abogados, ¿a que no? Hasta donde yo sé, todavía estáis en la facultad y os queda poco para graduaros.

—Lo dejamos —confesó Todd—. Y hemos estado captando clientes en los juzgados y cobrando en metálico.

—Eso es una estupidez enorme, en mi opinión.

«A nadie le interesa tu opinión», pensó Mark, pero no dijo nada. Y sí, era cierto que en ese momento parecía justo eso, una estupidez.

—Te pagaremos mil dólares en efectivo si nos dejas quedarnos otros treinta días y después no volverás a vernos jamás —ofreció Mark.

Maynard dio un sorbo a su vaso de agua con hielo y los fulminó con la mirada.

Todd, dolido, intervino.

—Oye, Maynard, he trabajado para ti... ¿cuánto? Tres años. No puedes despedirme así.

—Estás despedido, Todd. ¿Lo entiendes? Los dos lo estáis. No puedo permitirme tener este bar lleno de investigadores y clientes cabreados. Habéis tenido suerte de que nadie os haya reconocido.

—Solo treinta días —insistió Mark—. Y no volverás a saber de nosotros.

—Lo dudo. —Tomó otro sorbo de agua y siguió mirándolos mal. Después preguntó—: ¿Por qué queréis quedaros aquí, si parece que todo el mundo tiene esta dirección?

—Necesitamos un sitio para dormir y donde poder acabar el trabajo que estamos haciendo. Y aquí no pueden pillarnos. La puerta que conduce a la parte de arriba siempre está cerrada.

—Lo sé. Por eso anda todo el mundo por el bar, agobiando a los camareros.

—Por favor, Maynard —suplicó Todd—. Nos iremos para el 1 de junio.

—Dos mil dólares en efectivo —dijo Maynard.

—Vale. ¿Y seguirás guardándonos el secreto? —preguntó Mark.

—Lo intentaré. Pero de verdad que no me gusta todo este jaleo que se está armando.

32

En el centro federal de detención de Bardtown despertaron a los padres y al hermano de Zola a medianoche y les dijeron que recogieran sus cosas. Les dieron dos sacos de lona a cada uno para que metieran todas sus pertenencias y les concedieron treinta minutos para prepararse para el viaje. Los subieron a un autobús blanco sin ningún distintivo, que estaba diseñado para transportar presos federales, junto con otros cincuenta africanos, algunos de los cuales eran senegaleses; los Maal lo sabían porque habían coincidido con ellos en el centro de detención. Los esposaron y permanecieron así todo el trayecto en el autobús. Cuatro agentes del Servicio de Inmigración y Control de Aduanas fuertemente armados, dos de ellos con escopetas, los acompañaron a sus asientos y les ordenaron que se sentaran, se quedaran en silencio y no hicieran preguntas. Dos de los agentes se situaron en la parte delantera del autobús y los otros dos en la de atrás. Las ventanillas de cristal estaban selladas y cubiertas con gruesas pantallas metálicas.

La madre de Zola, Fanta, contó a otras cinco mujeres en el grupo. Los demás eran hombres, casi todos de menos de cuarenta años. No se inmutó, decidida a mantener la compostura. Tenía las emociones a flor de piel, pero ya hacía mucho tiempo que había aceptado que su expulsión era inevitable.

Tras cuatro meses de cautiverio, se sintieron aliviados de salir del centro de detención. Claro que preferirían poder quedarse en el país, pero si la vida en Estados Unidos significaba tener que estar encerrados en una jaula, las cosas en Senegal no iban a ser mucho peor.

Viajaron rodeados de una oscuridad silenciosa durante más de dos horas. Los agentes a ratos hablaban y reían, pero los pasajeros no hicieron ni un solo ruido. Las señales de la autopista fueron avisándoles de que estaban entrando en Pittsburgh y después el autobús se dirigió al aeropuerto. Cruzó las barreras de seguridad y aparcó dentro de un gran hangar. Un avión de pasajeros sin distintivos esperaba allí cerca. Al otro lado del aeropuerto, muy lejos, se veían las intensas luces de la terminal. Los pasajeros salieron del autobús y los condujeron a un rincón donde esperaban más agentes del ICE. Uno por uno les hicieron preguntas y revisaron sus papeles. Tras comprobar que todo estaba en orden, les quitaron las esposas, les permitieron coger sus dos bolsas y volvieron a examinar su contenido. Fue una revisión metódica, lenta; nadie tenía prisa, especialmente los que iban de vuelta a su país.

Llegó otro autobús. Dos docenas de africanos bajaron, todos con cara de aturdimiento y derrota, como los anteriores. La documentación de alguien no estaba en orden, al parecer, así que los demás tuvieron que esperar. Y esperar. Eran casi las cinco de la mañana cuando un agente condujo al primer grupo de pasajeros al avión. Se formó una cola. Lentamente fueron subiendo a bordo con sus bolsas y ocuparon sus asientos. El embarque llevó otra hora. Los pasajeros se sintieron aliviados al saber que no estarían esposados durante el vuelo. Otro agente les leyó las normas sobre los desplazamientos mientras estaban en el aire, el uso de los aseos y algunos detalles más. Sí, podían hablar, pero en voz baja. Al menor indicio de problemas, esposarían a todos los pasajeros. Cualquier disturbio acabaría con el arresto inmediato a la llegada al país de destino. Media docena de agentes armados los acompañarían. El vuelo duraría once horas, no había escalas, y les darían comida.

Eran casi las siete cuando los motores del avión empezaron a hacer ruido. Cerraron y aseguraron las puertas, y un agente les dijo que se abrocharan los cinturones. Les explicaron las normas y los procedimientos de seguridad durante el vuelo, y entregaron a cada pasajero una bolsa de papel marrón con un sándwich de queso, una manzana y un pequeño tetrabrik de zumo. Pasaban veinte minutos de las siete cuando el avión se sacudió y enfiló hacia la pista de despegue.

Veintiséis años después de su llegada a Miami como polizones en un carguero liberiano, Abdou y Fanta Maal dejaban su país de adopción como si fueran delincuentes y se dirigían a un futuro incierto. Su hijo Bo, que estaba sentado detrás de ellos, abandonaba el único país que había conocido en realidad. Cuando el avión despegó, se cogieron de la mano e intentaron contener las lágrimas.

Una hora después, un asistente social de Bardtown llamó a Zola y le dijo que su familia volaba en ese momento hacia Dakar, en Senegal. Era una llamada rutinaria para notificar la situación de los detenidos a la persona de contacto que habían especificado. Aunque Zola sabía que eso iba a ocurrir algún día, fue un duro golpe para ella. Se dirigió al piso de arriba y se lo contó a Mark y a Todd, y sus dos amigos se pasaron una hora intentando consolarla. Decidieron salir a dar un largo paseo y desayunar algo.

Fue un desayuno muy triste. Zola estaba demasiado angustiada y agobiada para tocar su gofre. Todd y Mark estaban realmente preocupados por los Maal, pero llevaban despiertos casi toda la noche intentando resolver su propia situación. Darrell Cromley había presentado la demanda antes de lo que se esperaban. El colegio iba tras su pista, sin duda advertido por Cromley o por ese gilipollas de Mossberg, de Charleston. Aunque nada de eso importaba: su farsa había terminado. Se sentían fatal por un montón de cosas, pero lo único que les importaba de verdad eran los clientes que iban a dejar en la estacada. Esas personas habían confiado en ellos, les habían pagado y, a cambio, ellos las habían engañado y el sistema las engulliría.

Mientras comían estaban pendientes de Zola. La vieron coger el teléfono y llamar a Diallo Niang por segunda vez. La capital de Senegal estaba cuatro zonas horarias por delante y allí la jornada laboral ya se hallaba en su apogeo. Pero Diallo Niang no contestó a su móvil y nadie respondía al teléfono de su oficina. A cambio de los cinco mil dólares que Zola le había pagado por adelantado semanas atrás, Niang se había comprometido a ir a recoger a su familia al aeropuerto, a buscarle un alojamiento temporal y, sobre todo, a tener contentas a las autoridades. Niang había asegurado a Zola que era un experto en temas de inmigración y que sabía muy bien lo que tenía que hacer. Al ver que no lograba contactar con él por teléfono, Zola se desesperó.

Con tanta gente buscándolos, regresar a su casa no era una buena idea. Se alejaron unas manzanas, encontraron un Starbucks, pidieron cafés, abrieron los portátiles, se conectaron a internet y volvieron a su trabajo con las guías telefónicas. La búsqueda de clientes ficticios les proporcionaba algo que hacer, otra cosa en la que pensar.

Cuando ya llevaban unas horas de monótono vuelo, los pasajeros se animaron un poco y se mostraron más habladores. Todos aseguraban que tenían un amigo o un pariente esperándolos en Senegal, aunque la incertidumbre era palpable. Ninguno intentaba fingir optimismo, para qué. Llevaban años fuera y no tenían papeles válidos ni documentos de identificación, al menos no senegaleses. Los que portaban carnets de conducir estadounidenses falsos habían tenido que entregarlos. La policía de Dakar era bastante dura con los que volvían como deportados. Su actitud estaba clara: «Si no queréis estar aquí, ¿para qué os necesitamos? Estados Unidos os echa, así que no os quiere nadie». Muchas veces los trataban como parias, y les costaba encontrar alojamiento y empleo. Aunque buena parte de sus compatriotas soñaban con ir a Estados Unidos o a Europa, desdeñaban a quienes lo habían intentado y no lo habían logrado.

Abdou y Fanta tenían parientes desperdigados por el país, pero no podían confiar en ellos. A lo largo de los años varios hermanos o primos les habían pedido ayuda para entrar en Estados Unidos ilegalmente, y Abdou y Fanta no habían podido o no habían querido tener nada que ver. Ya era bastante peligroso vivir sin papeles, ¿por qué arriesgarse a que los pillaran por echar una mano a otros?

Y de repente eran ellos los que necesitaban ayuda y no había nadie de quien pudieran fiarse. Zola les había asegurado que había contratado a ese tal Diallo Niang y que él se ocuparía de ellos. Los Maal no paraban de rezar para que realmente ese hombre estuviera allí para intervenir y ayudarlos.

Volaron de día y después anocheció. Tras once horas y dos rondas más de comida servida en una bolsa de papel, el avión empezó a descender hacia Dakar y de nuevo el ambiente entre el pasaje se volvió sombrío. Su viaje de regreso a Senegal terminó pasada la medianoche, una aventura de veinticuatro horas que ninguno de ellos había elegido. El avión fue hasta la terminal principal y se detuvo ante la última puerta. Los motores se pararon, pero las puertas siguieron cerradas. Un agente del ICE les explicó que, en cuanto entraran, los entregarían a las autoridades senegalesas y quedarían fuera de la jurisdicción de Estados Unidos. Y les deseó buena suerte.

Cuando las puertas se abrieron por fin, todos cogieron sus bolsas, salieron del avión y bajaron por la rampa. Una vez dentro, los condujeron a una gran zona abierta, separados del resto de la terminal por una fila de policías uniformados. Había agentes por todas partes, y ninguno parecía siquiera un poco amable. Un agente con traje empezó a gritar instrucciones en francés, el idioma oficial de Senegal.

Abdou y Fanta habían vuelto a hablar entre ellos en su francés materno desde el momento en que, cuatro meses atrás, los detuvieron y empezaron a temerse que los expulsarían. Después de veintiséis años intentando evitar ese idioma y de esforzarse por aprender inglés, al principio les costó. Sin embargo, fueron recordando las palabras poco a poco. Tal vez el único aspecto positivo de su detención había sido recuperar esa lengua que amaban. En cuanto a Bo, nunca había oído hablar francés en casa y sus padres no lo animaron a aprenderlo en el colegio. No sabía ni una palabra al principio, pero cuando llegó a Bardtown se vio muy motivado para aprenderlo. Tras cuatro meses de hablar todo el tiempo en francés con sus padres, ya tenía un conocimiento excelente.

Aun así, el agente con traje hablaba muy rápido y utilizaba un vocabulario que a la mayoría de los refugiados, que tenían aquel idioma un poco oxidado, les costaba entender. Los policías empezaron revisando el papeleo que traían de Estados Unidos. Un agente hizo un gesto a los Maal para que se acercaran y comenzó a hacerles preguntas. ¿De qué parte de Senegal eran? ¿Cuándo se habían ido? ¿Por qué se fueron? ¿Cuánto tiempo habían estado en Estados Unidos? ¿Habían dejado familia allí? ¿Tenían familia en Dakar, en otra ciudad o en el campo? ¿Dónde iban a vivir? Las preguntas eran malintencionadas y él se burlaba de sus respuestas. Varias veces el agente advirtió a Abdou que era mejor que le dijera la verdad. Abdou le aseguró que lo hacía.

Bo se fijó en que a los demás expulsados se los llevaban a otra zona de la terminal, donde había gente esperando. Evidentemente, eran los más afortunados, los que quedaban libres a cargo de sus amigos o parientes.

El agente les preguntó si tenían algún contacto en Dakar. Cuando Abdou le dio el nombre de Diallo Niang, su abogado, el agente le preguntó por qué necesitaban un abogado. Abdou intentó explicarle que su hija, que estaba en Estados Unidos, había contratado a uno porque no tenían parientes en el país que pudieran ayudarlos. El agente revisó una hoja de papel, y les comunicó que el señor Niang no se había puesto en contacto con la policía; no estaba esperando a la familia. Les señaló una fila de sillas, les dijo que aguardaran allí y fue hasta donde estaba un hombre con traje.

Pasó una hora, durante la que los policías siguieron escoltando a más compañeros de viaje de los Maal lejos de esa zona. Cuando solo quedaron alrededor de una docena, el hombre del traje se acercó a los Maal.

—El señor Niang no está aquí —les dijo—. ¿Cuánto dinero tienen?

Abdou se levantó.

—Unos quinientos dólares estadounidenses.

—Bien. Pueden pagarse una habitación de hotel. Vayan con ese agente. Él los llevará.

El mismo policía de antes asintió y los Maal cogieron sus bolsas. Los condujo por toda la terminal hasta la salida y después al aparcamiento, donde esperaba una furgoneta de la policía. Se sentó con ellos en la parte de atrás y permaneció callado los veinte minutos que estuvieron zigzagueando por calles vacías. Solo habló cuando llegaron delante de un inmundo hotel de cinco plantas. Les dijo que salieran de la furgoneta y ante la puerta principal les explicó:

—Se van a quedar aquí porque la cárcel está llena. No salgan del hotel bajo ninguna circunstancia. Volveremos a por ustedes dentro de unas horas. ¿Alguna pregunta?

Por su tono de voz, a los Maal no les cupo duda de que no le apetecía dar respuestas. En cualquier caso, estaban agradecidos de estar allí y no en la cárcel.

El policía los miró como si tuviera algo más que decir. Encendió un cigarrillo y soltó el humo.

—Y me gustaría que me pagaran por mis servicios —añadió.

Bo apartó la vista y se mordió la lengua. Abdou dejó las bolsas en el suelo.

—Claro. ¿Cuánto?

—Cien dólares estadounidenses.

Abdou metió la mano en su bolsillo.

El recepcionista que dormitaba en un silla detrás del mostrador se mostró irritado porque lo molestaran a esas horas. Al principio dijo que no había habitaciones, que el hotel estaba lleno. Abdou asumió que el establecimiento y la policía estaban juntos en el negocio y que eso de que no había habitaciones formaba parte de la trama. Explicó que su esposa estaba enferma y que necesitaban dormir en algún lado. El recepcionista echó un vistazo a la pantalla del ordenador y les encontró una habitación pequeña a cambio de abonar la tarifa más alta, cómo no. Abdou no se inmutó y continuó charlando en un tono afable con él. Le dijo que solo tenía dinero estadounidense que, por supuesto, el otro no podía aceptar. Solo quería francos de África Occidental. Fanta fingió que iba a desmayarse en cualquier momento. A Bo le costaba seguir la conversación en francés, pero estuvo tentado de saltar por encima del mostrador y estrangular a aquel tipo. Abdou se negó a aceptar un no por respuesta y prácticamente le suplicó la habitación. El recepcionista cedió al final y dijo que había un banco en la esquina de la calle. Les permitiría acceder a la habitación esa noche, con la condición de que a primera hora de la mañana se la pagaran en la moneda local. Abdou se lo prometió y le dio las gracias muchas veces hasta que, por fin, el recepcionista les entregó la llave a regañadientes.

Acto seguido preguntó al recepcionista si podían utilizar el teléfono para hacer una llamada a Estados Unidos. Por supuesto que no. Cuando pagaran la habitación, podrían hacer la llamada, pero solo si la abonaban por adelantado. Eran casi las tres de la madrugada, hora local —las once de la noche en Estados Unidos— cuando entraron en una habitación pequeña y asfixiante de la cuarta planta en la que solo había una cama individual pegada a la pared más alejada. Los hombres insistieron en que Fanta se acostara en ella y ellos durmieron en el suelo.

Zola estaba despierta a las tres de la madrugada porque no podía dormir. Había pasado media noche llamando a Diallo Niang, mandándole también mensajes y emails, pero no obtuvo respuesta. Cuando su teléfono sonó y vio un número desconocido, lo cogió. Era Bo, y durante unos segundos sintió un gran alivio solo con oír su voz. Le hizo un resumen de lo que había pasado, dijo que no había ni rastro del abogado y que la policía acababa de salir del hotel con Abdou.

—¿Tú y mamá estáis a salvo?

—Bueno, no estamos en la cárcel... todavía. Nos han dicho dos veces que podemos quedarnos en el hotel porque la cárcel está llena. Supongo que han encontrado un hueco para papá. Pero no podemos salir del hotel.

—He telefoneado al abogado cien veces —dijo Zola—. ¿Has intentado llamarlo desde ahí?

—No. Estoy utilizando el teléfono de la recepción, y el recepcionista me observa y escucha todo lo que digo. No le gusta que la gente use su teléfono, pero le he suplicado que me lo dejara para hacer una llamada.

—Dame el número y ya se me ocurrirá algo.

Bo devolvió el teléfono al recepcionista y después encontró una cafetería cerca del vestíbulo. Compró dos cruasanes y café y los llevó a la habitación, donde su madre estaba sentada en la penumbra. Fanta se alegró de que hubiera conseguido hablar con Zola.

Comieron, se tomaron el café y se quedaron esperando, una vez más, a que alguien llamara a la puerta.

33

A las diez de la mañana, Zola ya había tomado la decisión de ir a Senegal.

Estaban sentados en la cafetería de Kramer Books, en Dupont Circle, con los ordenadores portátiles abiertos y un montón de papeles esparcidos por la mesa, como si ese fuera su lugar de trabajo habitual. Pero no estaban trabajando, al menos no como falsos abogados.

Habían estado barajando posibilidades durante toda la mañana. Mark y Todd comprendían perfectamente que Zola necesitaba ir a Senegal, pero tenían el miedo comprensible de que allí la detuvieran y no la dejaran regresar a Estados Unidos. Su padre ya estaba en la cárcel, y cabía la posibilidad de que Fanta y Bo se reuniesen con él pronto. Si su amiga aparecía por allí y causaba problemas, podía ocurrir cualquier cosa. Zola argumentó que era ciudadana estadounidense con un pasaporte en regla y, dado que ya no hacía falta visado para estancias de menos de noventa días, podía irse inmediatamente. Les aseguró que notificaría sus planes de viaje a la embajada de Senegal en Washington y que se pondría en contacto con la de Estados Unidos en Dakar si alguien intentaba evitar que volviera a casa. No creía que corriera un gran riesgo de que la detuvieran aunque, en esas circunstancias, estaba dispuesta a arriesgarse de todas formas.

Mark le sugirió que esperara un día o dos e intentara contactar con otro abogado en Dakar. Encontraron muchos en internet que trabajaban en lo que parecían ser bufetes con solera y buena reputación. De hecho, algunos tenían tan buena pinta que Todd bromeó diciendo que ellos podrían montar uno allí, si alguna vez tenían que huir de Estados Unidos.

—¿Hay blancos en Senegal? —preguntó.

—Sí —contestó Zola—. Uno o dos.

—Me gusta —contestó Mark, esforzándose por seguir con la broma—. Una sucursal de Upshaw, Parker & Lane en el extranjero.

—Yo no quiero saber nada más de ese bufete —dijo Zola, y logró sonreír un poco.

Pero no le gustaba la idea de mandar dinero de nuevo a alguien que no conocía. Sus amigos le aseguraron que el dinero no era problema. Había cincuenta mil dólares en la cuenta de la empresa, y podía disponer de lo que le hiciera falta. A Zola le conmovió su generosidad y sus ganas de ayudar, y por primera vez les habló de los ahorros que llevaba tiempo reuniendo por si tenía que hacer frente a una situación como aquella. A Mark y Todd les sorprendió que hubiera conseguido economizar dieciséis mil dólares mientras estudiaba en la facultad. No acababan de creérselo.

Lo cierto era que comprendían que Zola quisiera irse de la ciudad. Los propietarios de sus antiguos apartamentos los habían demandado por largarse sin pagar, en enero; Darrell Cromley también los había demandado, por negligencia profesional grave de veinticinco millones de dólares; y el gobierno federal pronto se sumaría a las demandas para exigirles los más de seiscientos mil dólares que debían entre los tres. Por otra parte, había muchos clientes enfadados buscándolos. Constantemente los llamaban funcionarios del juzgado. Maynard los había despedido, así que estaban sin trabajo. Y su problema más urgente era la investigación del colegio de abogados. Era solo cuestión de tiempo que salieran a la luz sus verdaderas identidades, y entonces ellos también tendrían que dejar la ciudad.

Fueron hasta The Rooster Bar, donde los chicos vigilaron la puerta mientras Zola subía corriendo y hacía la maleta. Pasaron por su banco, de donde sacó diez mil dólares de su cuenta de ahorro, aunque no consiguió que se los dieran en francos de África Occidental, de modo que fueron a una oficina de cambio en Union Station. En una tienda de telefonía pagaron trescientos noventa dólares por cuatro teléfonos GSM que podían utilizarse en el extranjero con tarjetas SIM, cámaras, Bluetooth, un teclado completo y optimizados para su uso en las redes sociales. Ellos se quedarían con tres y darían el otro a Bo, si era posible. A las cuatro y media fueron al aeropuerto de Dulles y se dirigieron al mostrador de Brussels Airlines. Con una tarjeta de crédito con su nombre verdadero, Zola pagó mil quinientos dólares por un billete de ida y vuelta a Dakar, con una escala de cuatro horas en Bruselas. Si no había retrasos, llegaría a la capital de Senegal alrededor de las cuatro de la tarde del día siguiente, después de un viaje de dieciocho horas.

En el control de seguridad les dio un abrazo y lloró un poco. Mark y Todd se quedaron allí hasta que la perdieron de vista, confundida entre la multitud de viajeros.

Volvieron a la ciudad y, obedeciendo a un impulso, se fueron a ver un partido de los Washington Nationals.

A las nueve de la mañana siguiente, cuando Zola estaba en alguna parte entre Bélgica y Senegal, Mark y Todd entraron en la asociación de estudiantes del campus de la American University y encontraron una mesa en la cafetería medio vacía. Con vaqueros y mochilas, pasaban desapercibidos entre los demás. Pidieron un café y se pusieron cómodos, como si se dispusieran a estudiar un buen rato. Mark sacó uno de sus teléfonos y se dirigió junto a una pared llena de ventanas con vistas al campus. Llamó al bufete a Cohen-Cutler, de Miami, y pidió hablar con el abogado Rudy Stassen. Según la web de la firma, Stassen era uno de los socios de Cohen-Cutler que llevaba el pleito contra Swift Bank. Una secretaria le informó de que el señor Stassen estaba en una reunión. Mark dijo que era importante y que esperaría. Diez minutos después, Stassen lo saludó por el teléfono.

Mark se presentó como un abogado de Washington D. C. y aseguró que tenía mil cien clientes de Swift listos para unirse a cualquiera de las seis demandas colectivas.

—Pues ha contactado usted con el sitio correcto —dijo Stassen con una carcajada—. No paramos de añadir gente a la demanda. Doscientos mil la última vez que los contamos. ¿Dónde están sus clientes?

—Por todo el Distrito de Columbia —respondió Mark. Fue a sentarse frente a Todd, dejó el teléfono sobre la mesa, pulsó el botón del altavoz y bajó el volumen—. Estoy llamando a varios bufetes, comparando y buscando la mejor oferta. ¿Cuáles son sus honorarios?

—No lo sé. Creo que los honorarios de los abogados van a negociarse por separado. Por ahora estamos haciendo contratos del veinticinco por ciento a nuestros clientes y nos llevaremos un ocho por ciento extra de la cantidad total del acuerdo. Todo sujeto a la aprobación del tribunal, claro. ¿Cómo ha dicho que se llama? ¿Upshaw? No encuentro su página web.

—No tengo —dijo Mark—. Solo un correo electrónico.

—Ah, qué raro.

—A mí me va bien así. ¿Qué puede contarme de las negociaciones?

—Están en punto muerto por ahora. Swift afirma de cara a la prensa, por supuesto, que quiere llegar a un acuerdo y dejar esto atrás, pero sus abogados están retrasándolo todo. Nosotros estamos inflando la demanda, sumando millones, lo de siempre. Pero creemos que al final el banco cederá y pactará. ¿Quiere unirse? Ha dicho que estaba comparando ofertas.

—El ocho por ciento me parece bien. Nos unimos. Envíeme el papeleo.

—Bien hecho. Voy a pasarle con una socia que se llama Jenny Valdez y ella le ayudará con todo.

—Tengo una pregunta para usted —lo interrumpió Mark.

—Dígame.

—¿Cómo puede su bufete llevar doscientos mil demandantes?

Stassen se echó a reír.

—Es que contamos con mucho personal. Ahora mismo tenemos diez socios que supervisan a treinta ayudantes y asistentes legales. Esto es un mastodonte, la demanda colectiva más grande que hemos llevado, pero podemos con ella. ¿Es su primera demanda colectiva?

—Sí. Y me parece una locura.

—«Locura» es la palabra que define esto, pero, créame, merece la pena. Nos las arreglamos bien, señor Upshaw.

—Llámeme Mark.

—Gracias por llamar, Mark. Les incluiremos en la demanda, y puede informar a sus clientes de que estarán en la lista con los demás dentro de veinticuatro horas. Después de eso, solo es cuestión de esperar. Le doy el número de Jenny Valdez. ¿Tiene un boli?

—Sí.

Mark anotó el número y colgó. Se puso a investigar en el portátil mientras Todd iba a por algo de comer. No hablaron mucho, solo se dedicaron a masticar las magdalenas y beber el café. Estaban pensando en Zola, que les había enviado un mensaje para comunicarles que había llegado sin contratiempos.

Al rato, Mark inspiró hondo y llamó a Jenny Valdez. Habló con ella unos quince minutos, tomó unas cuantas notas y le aseguró que el papeleo estaba en orden. Ya estaban listos para enviar el Documento de Demandantes Desconocidos con sus mil cien clientes de Swift. Cuando colgó, miró a Todd.

—Si pulso la tecla ENVIAR, estaremos cometiendo mil cien delitos más. ¿Estás listo?

—Creía que ya habíamos tomado esa decisión.

—¿No hay arrepentimientos de última hora?

—Me arrepiento de todo lo que hacemos, a última hora, a primera y en las demás. Pero es nuestra única opción para poder escapar. Hazlo.

Mark pulsó despacio la tecla ENVIAR.

El taxi de Zola avanzaba lentamente entre el tráfico más caótico que había visto en su vida. El conductor le dijo que tenía el aire acondicionado averiado, pero a ella le parecía que hacía años que no le funcionaba. Llevaban todas las ventanillas bajadas, y el aire era denso y olía a rancio. Se limpió el sudor de la frente, y reparó en que tenía la blusa empapada y adherida a la piel. Fuera, coches pequeños, camiones y furgonetas iban con los parachoques pegados y los conductores no dejaban de tocar el claxon y de gritarse unos a otros. Motocicletas y escúteres, la mayoría con dos pasajeros, cuando no con tres, adelantaban por todas partes, se colaban entre los vehículos y no chocaban de milagro, solo por unos centímetros. Había personas que iban de un taxi a otro vendiendo agua o pidiendo dinero.

Dos horas después de salir del aeropuerto, el taxi se detuvo ante el hotel y Zola pagó en francos de África Occidental el equivalente a sesenta y cinco dólares. Entró en el vestíbulo y se sintió aliviada porque allí el aire era más fresco. El recepcionista hablaba inglés bastante mal, pero consiguió entender lo que Zola le pedía. Llamó a la habitación de los Maal, y minutos después Bo salió del ascensor y abrazó a su hermana. No sabían nada de su padre ni habían visto a la policía en todo el día, pero les habían repetido la orden de permanecer en aquel establecimiento y tenían miedo de abandonarlo. Bo se había dado cuenta de que la policía había llevado al hotel a otros expulsados recién llegados, para tenerlos localizados.

Como era de esperar, no había ni rastro de Diallo Niang. Zola había llamado a su número mientras estaba atascada en el tráfico, pero seguía sin haber respuesta.

Con Bo haciéndole de traductor, Zola pagó en efectivo por dos habitaciones más grandes que estuvieran comunicadas y fue arriba a ver a su madre. Después de cambiarse de habitación, empezaron a llamar a abogados. Durante el vuelo se había pasado horas en internet buscando uno que fuera adecuado. No estaba segura de haberlo encontrado, pero tenía un plan.

34

Al otro lado del océano, en el Colegio de Abogados de Washington D. C., Margaret Sanchez se había obsesionado con el caso de Upshaw, Parker & Lane. Según Chap Gronski fue uniendo las piezas de la organización y de la estafa que se habían montado, y quedó patente hasta dónde llegaba su descaro, la señora Sanchez se estableció como objetivo pillar a esos tres farsantes. Pero primero tenía que encontrarlos. Tras consultarlo con su jefe, llamó a la policía y, no sin cierta dificultad, convenció a un inspector para que se ocupara del tema. Teniendo en cuenta el nivel de delincuencia que había en Washington D. C., el departamento de Policía tenía poco interés en unos estudiantes de Derecho que jugaban a engañar al sistema y que no habían hecho ningún daño a nadie.

El inspector Stu Hobart recibió el encargo y repasó el caso con la señora Sanchez. Chap había encontrado al dueño de The Rooster Bar, y Hobart y él fueron juntos a hacerle una visita. Encontraron a Maynard en el despacho que tenía encima del Old Red Cat, cerca de Foggy Bottom.

Maynard estaba harto de Mark y de Todd y de sus líos, y además no tenía paciencia con nada que provocara que la policía fuera a olisquear en sus dominios. Como no sabía gran cosa de lo que estaba pasando en las plantas superiores del

1504 de Florida Avenue, no pudo contarles mucho, pero sí les dio la información crucial.

—Sus nombres reales son Todd Lucero y Mark Frazier. No sé cómo se llama la chica negra. Lucero trabajó para mí aquí durante unos tres años, es muy buen camarero, el favorito de todo el mundo. El enero pasado Frazier y él se mudaron al otro edificio de mi propiedad y abrieron su negocio. Trabajaban en el bar a cambio del alojamiento.

—Cobrando en negro, supongo —comentó Hobart.

—Pagar en metálico es legal, todavía —apuntó Maynard. Lo que tenía delante era un policía local, no alguien de Hacienda, y sabía que a Hobart no le importaba en absoluto cómo pagaba él a sus empleados.

—¿Todavía viven allí? —preguntó Hobart.

—Hasta donde yo sé, sí. Están en la cuarta planta y la chica en la tercera, eso me han dicho. Despedí a Mark y a Todd la semana pasada, pero el piso está alquilado hasta el 1 de junio.

—¿Por qué los despidió?

—Eso no es asunto suyo. De todos modos, los despedí porque estaban llamando mucho la atención. Puedo contratarlos y despedirlos cuando quiera, como sabrá.

—Claro. Hemos visto la puerta que lleva a la parte de arriba del edificio, pero parece que está cerrada. Podría pedir una orden y echarla abajo para entrar.

—Supongo que sí —comentó Maynard. Abrió un cajón, sacó un llavero grande, encontró la llave que buscaba, la retiró del llavero y la tiró sobre la mesa—. Esta llave abre la puerta, pero dejen mi bar en paz, al margen de todo esto. Es uno de los que mejor me funciona.

Hobart cogió la llave.

—Hecho —dijo—. Gracias.

—De nada.

Cuando oscureció, Zola salió del hotel y volvió a sumergirse en el tráfico, ya más fluido, del centro de Dakar. Veinte minutos después se detuvo en una intersección muy concurrida y salió del coche. Fue hasta un edificio alto y moderno, donde había dos guardias de seguridad bloqueando la puerta. No hablaban inglés, pero se quedaron impresionados con su apariencia. Zola les mostró un papel con el nombre de Idina Sanga, «*avocat*», y los guardias le abrieron la puerta y la acompañaron por el vestíbulo hasta un ascensor.

Según su perfil, madame Sanga era socia de un bufete con diez abogados, la mitad mujeres, y ella no solo hablaba inglés y francés, sino también árabe. Estaba especializada en asuntos de inmigración y, al menos por teléfono, parecía convencida de que podía ocuparse de la situación de los Maal. Recibió a Zola a la salida del ascensor, en la quinta planta, y las dos fueron hasta una sala de reuniones que no tenía ventanas. Zola le dio las gracias por citarla fuera de su jornada laboral.

A juzgar por la foto de la web, madame Sanga tendría unos cuarenta años, pero en persona parecía mucho más joven. Se había educado en Lyon y Manchester, y hablaba un inglés perfecto con un precioso acento británico. Sonreía mucho y era fácil hablar con ella, y Zola se lo contó todo.

Por una cantidad modesta, madame Sanga se comprometió a hacerse cargo del caso de los Maal. No era inusual. No se había infringido ninguna ley, pero la hostilidad inicial era habitual. Dijo, además, que tenía los contactos necesarios en Inmigración y en la policía, y añadió que estaba convencida de que pronto liberarían a Abdou. Y no iban a arrestar a Fanta ni a Bo. La familia sería libre para ir a donde quisiera, y madame Sanga se ocuparía de conseguirles la documentación necesaria.

Mark y Todd estaban profundamente dormidos, en sus endebles camas individuales en la cuarta planta del 1504 de Florida Avenue, cuando alguien llamó a su puerta. Mark salió al pequeño salón y encendió una luz.

—¿Quién es? —preguntó.

—La policía. Abra.

—¿Tiene una orden?

—Tengo dos. Una para Frazier y otra para Lucero.

—¡Mierda!

El inspector Stu Hobart entró con dos policías de uniforme. Entregó a Mark una hoja de papel.

—Está arrestado.

Todd salió tambaleándose del dormitorio. Solo llevaba puestos unos bóxeres rojos. Hobart le entregó la orden que llevaba su nombre.

—¿Y por qué? —preguntó Mark.

—Por ejercer la abogacía sin licencia —contestó Hobart, orgulloso.

Mark se rio en su cara.

—¿Está de broma? ¿Es que no tiene nada mejor que hacer?

—Cállese —contestó Hobart—. Vístanse y vámonos.

—¿Adónde? —preguntó Todd, frotándose los ojos.

—A la cárcel, idiota. Venga, vamos.

—Pero qué gilipollez —dijo Todd.

Fueron al dormitorio, se vistieron y regresaron al salón. Un policía sacó un par de esposas.

—Vuélvanse —les ordenó.

—¿En serio? —exclamó Mark—. No hacen falta las esposas.

—Cierre la boca y dese la vuelta —gruñó el policía, deseando que opusieran resistencia.

Mark obedeció, y el agente le puso las manos tras la espalda de un tirón y cerró las esposas. Su compañero se las puso a Todd, y los empujaron a ambos hacia la puerta. Había otro policía de uniforme esperando en la acera, fumando un cigarrillo y vigilando dos coches patrulla que tenían el motor encendido. Metieron a Mark en el asiento de atrás de uno y a Todd en el otro. Hobart se sentó en el asiento del acompañante del de Mark.

—Ahora mismo en esta ciudad hay peleas de bandas, tráfico de drogas, violaciones y asesinatos —dijo Mark en cuanto arrancaron—, y ustedes se dedican a arrestar a dos estudiantes de Derecho que no le han hecho daño a nadie.

—Será mejor que se calle, ¿vale? —exclamó Hobart con malos modos, mirando por encima el hombro.

—No tengo que callarme. No hay ninguna ley que diga que debo callar, sobre todo porque están arrestándome por una triste falta.

—Esto no es una falta. No sé mucho de leyes, pero sí que esto es un delito.

—Bueno, pues debería ser una falta, y debería demandarlo por arresto ilegal.

—Eso, viniendo de usted, me da mucho miedo. Ahora cállese ya.

En el coche patrulla que iba detrás, Todd se mostraba despreocupado mientras hablaba con los policías.

—¿Os pone esto de llamar a las puertas de los ciudadanos en medio de la noche y esposarlos?

—Cierre el pico, ¿vale? —dijo el agente que conducía.

—Lo siento, tío, pero no tengo que callarme. Puedo hablar todo lo que quiera. Washington D. C. tiene la tasa más alta de asesinatos del país, y vosotros perdéis el tiempo acosándonos a nosotros.

—Solo hacemos nuestro trabajo —replicó el agente al volante.

—Pues tu trabajo es un asco, ¿lo sabías? Supongo que hemos tenido suerte de que no vinierais con un equipo de

SWAT para que derribara la puerta y se pusiera a disparar a diestro y siniestro. Eso es lo que más os gusta, ¿eh? Vestiros de Navy SEAL y abalanzaros sobre la gente.

—Voy a parar el coche y a cerrarle la boca si no se calla.

—Hazlo y te demando a las nueve de la mañana del lunes. Un buen pleito, en el juzgado federal.

—¿Y va a ponérmelo usted mismo o contratará a un abogado? —preguntó el conductor, y el otro agente soltó una estridente carcajada.

En el coche de delante, Mark estaba diciendo:

—¿Y cómo nos ha encontrado, Hobart? ¿Alguien del colegio de abogados dio con nuestro rastro y llamó a la policía? Vaya... Pues debe de estar muy bajo en el escalafón para que le hayan endosado una tontería como esta.

—Yo no llamaría «tontería» a dos años de cárcel —comentó Hobart.

—¿Cárcel? Yo no iré a la cárcel, Hobart. Contrataré a uno de esos abogados callejeros, probablemente uno con licencia, y seguro que él va diez pasos por delante de ti. No hay forma de que me encierren. Mi amigo y yo pagaremos una pequeña multa, nos darán reprimenda, prometeremos no volver a hacerlo y saldremos tranquilamente del juzgado. Y yo regresaré a mi vida y usted seguirá persiguiendo peatones imprudentes.

—Cállese ya, ¿quiere?

—No pienso callarme, Hobart.

Al llegar a la comisaría central, sacaron a Mark y a Todd de los asientos traseros y los empujaron con malas maneras hacia la entrada del sótano. Cuando entraron, les quitaron las esposas y los separaron. Tardaron una hora en rellenar los formularios de ingreso, tomarles las huellas y ponerlos delante de la cámara para hacerles una foto de ficha policial estándar. Después los juntaron en una celda provisional, donde esperaron durante otra hora, seguros de que estaban a punto de meterlos en alguna otra en la que hubiera delincuentes de verdad. Sin embargo, a las cinco y media salieron, en libertad con cargos, y les dijeron que no podían abandonar el Distrito de Columbia. Según las citaciones que les entregaron, debían presentarse en el juzgado número 6 una semana después para las primeras vistas. Por lo menos el sitio lo conocían bien.

Estuvieron toda la mañana leyendo el *Post* por internet, pero no había nada sobre sus arrestos. No podían ser tan interesantes, claro. Decidieron esperar para comunicar a Zola que había una orden de arresto contra ella también. Su amiga ya tenía bastantes preocupaciones y, por otro lado, en ese momento estaba fuera del alcance de la policía.

De vuelta en su apartamento, se pasaron dos horas rellenando cheques de la cuenta de la empresa. Eran reembolsos para los clientes que les habían pagado en efectivo y que ahora estaban pasando dificultades porque sus abogados habían dejado de ejercer. Por mucho que necesitaran el dinero, no podían dejarlos tirados así. La cantidad total ascendía a once mil dólares y les costó desprenderse de ella, pero se sintieron mejor después de enviar los sobres. Mark consiguió vender su Bronco por seiscientos dólares en un concesionario de coches usados. Aceptó el importe en metálico, firmó el contrato de compraventa y resistió la tentación de mirar por encima del hombro para ver por última vez la vieja chatarra que había estado conduciendo durante nueve años. Cuando oscureció, metieron en el maletero del coche de Todd el ordenador nuevo de la empresa, la impresora en color y tres cajas de archivos. Tiraron algo de ropa en el asiento de atrás, se tomaron una última cerveza en The Rooster Bar y se fueron a Baltimore.

Mientras Mark hacía tiempo en un bar deportivo, Todd confesó por fin a sus padres que no se graduaría una semana después. Admitió que no había sido sincero con ellos, que no había asistido a las clases en toda la primavera, que no tenía trabajo, que debía doscientos mil dólares y que estaba a la deriva e intentando buscar algo que hacer con su vida. Su madre lloró, su padre gritó y el episodio fue mucho peor de lo que Todd había imaginado. Cuando se fue, les dijo que iba a hacer un largo viaje y que necesitaba dejar el coche en su garaje. Su padre le espetó que no lo hiciera, pero Todd lo dejó de todas formas y recorrió a pie los ochocientos metros que separaban su casa del hotel donde él y Mark se alojaban.

A la mañana siguiente los dos amigos subieron a un tren con destino a Nueva York. Al salir de Penn Station, Todd cogió *The Washington Post*. En la parte inferior de la primera página de la sección de noticias locales, un pequeño titular decía: «Dos personas detenidas por ejercer la abogacía sin licencia». Los describían como estudiantes de Derecho que habían abandonado la carrera en Foggy Bottom, facultad cuyo Departamento de Administración había declinado hacer comentarios. Tampoco Margaret Sanchez, del Colegio de Abogados de Washington D. C., había querido hacer declaraciones. Aparentemente, ambos detenidos habían estado trabajando con nombres falsos en los juzgados de la ciudad, captando clientes y asistiendo a juicios a diario. Una fuente anónima opinó que eran «unos abogados bastante buenos». Un antiguo cliente del señor Upshaw dijo que este había trabajado mucho en su caso. Un cliente actual manifestó que quería que le devolvieran el dinero. La noticia no mencionaba a Zola Maal, pero sí que «había una tercera persona implicada». Si los declaraban culpables, podían enfrentarse a una pena de dos años de cárcel y una multa de mil dólares.

Sus teléfonos no paraban de sonar, porque los llamaban sin parar viejos amigos de Foggy Bottom.

—A mi padre va a encantarle esto —dijo Todd—. Su hijo, ¡un delincuente!

—Y mi pobre madre... —comentó Mark—. Sus dos hijos, ¡de cabeza a la cárcel!

35

Zola se quedó horrorizada cuando se enteró de que habían detenido a sus socios. Y todavía más cuando le comunicaron que también la buscaban a ella, aunque eso no la preocupaba realmente en ese momento porque a buen seguro no irían a buscarla a Senegal. Mark y Todd estaban en Brooklyn y decían que lo tenían todo bajo control, pero ella lo dudaba mucho. Desde enero hasta entonces se habían equivocado en todo y a esas alturas le costaba mantener la confianza que ellos aún demostraban. Encontró el artículo por internet y lo leyó. No se mencionaba su nombre y tampoco encontró nada sobre ella en el orden del día de los juzgados. Su página de Facebook estaba llena de comentarios y preguntas de amigos, pero hacía semanas que Zola había dejado de responder.

Idina Sanga no había podido visitar a Abdou en la cárcel y, tras dos días de espera, Zola estaba aún más preocupada. La policía había ido al hotel en dos ocasiones para comprobar que su madre y su hermano seguían allí, pero no les dieron ninguna noticia del señor Maal. Estar con su familia la tranquilizaba, y su presencia y su confianza le trasmitían esperanza. Fanta y Bo le preguntaron varias veces por sus estudios, la graduación de la universidad, el examen de colegiación y lo demás, pero Zola consiguió esquivar todas las preguntas y centrar las conversaciones en asuntos que no tenían nada que ver con el lío que ella y sus amigos habían montado en Estados Unidos. Si se enteraran... Pero no iban a saberlo, por supuesto. Nunca volverían a poner un pie en suelo estadounidense, y Zola no estaba segura de querer regresar tampoco.

En el vuelo de ida había leído una docena de artículos sobre lo atestadas y peligrosas que eran las cárceles de Dakar. Esperaba que Bo y su madre no hubieran tenido la misma curiosidad que ella. Aquellas prisiones estaban en unas condiciones deplorables.

Al final Zola se aventuró a salir del hotel para caminar por Dakar. La ciudad se extendía por la península de Cabo Verde y era una mezcolanza de pueblos y antiguas pequeñas ciudades coloniales francesas. Hacía calor y las calles eran polvorientas y estaban descuidadas, pero cobraban vida cada mañana con un tráfico denso y se llenaban de multitudes de personas. Las mujeres lucían vestidos largos y amplios de colores alegres. Muchos hombres llevaban buenos trajes y parecían tan ocupados como los que poblaban Washington D. C. con sus móviles y sus maletines. Se veían carros de fruta u otros productos tirados por caballos que en las intersecciones, siempre atascadas, pasaban al lado de todoterrenos nuevos y relucientes. Por loca que pareciera al principio, la ciudad tenía un ambiente relajado. Daba la sensación de que todo el mundo se conocía y que no tenía prisa para nada. Las conversaciones y las risas colmaban el aire. Había música por todas partes; salía de las radios de los coches y a través de las puertas de las tiendas, y atronaban los instrumentos de bandas callejeras que daban conciertos improvisados.

Durante su segundo día completo en la ciudad Zola encontró la embajada de Estados Unidos y se registró como turista. Una hora después, cuando regresaba al hotel, dos policías la pararon y le pidieron su documentación. Sabía que los agentes tenían plenos poderes para preguntar e incluso para detener a quien quisieran. Cualquiera podía acabar en la cárcel durante cuarenta y ocho horas por casi cualquier razón.

Uno de los policías hablaba un poco de inglés, y Zola le dijo que era estadounidense y que no hablaba francés. Se sorprendieron al ver su pasaporte de Estados Unidos y su permiso de conducir de New Jersey, el auténtico. Con buen criterio, Zola había dejado el falso en el hotel.

Tras unos quince minutos que se le hicieron muy largos, le devolvieron los documentos y le permitieron marcharse. Sin embargo, el incidente la asustó y decidió dejar lo de hacer turismo para otro día.

Sus socios se alojaban en una suite pequeña de un hotel barato en Schermerhorn Street, en el centro de Brooklyn. Un dormitorio, un sofá cama y una cocina abierta por trescientos dólares la noche. En una papelería pagaron noventa dólares por alquilar durante un mes una impresora/fotocopiadora/escáner/fax.

Vestidos con chaqueta y corbata fueron a la sucursal del Citibank de Fulton Street y pidieron ver a la directora. Con sus nombres, permisos de conducir y números de la Seguridad Social reales, abrieron una cuenta cuyo titular sería el Centro de Asistencia Legal de Lucero & Frazier. Explicaron la vieja historia de que eran amigos de la facultad y que se habían cansado del duro trabajo en los grandes bufetes de Manhattan. Su centro de asistencia, dijeron, estaba pensado para ayudar a la gente de verdad con problemas de verdad. Utilizaron la dirección de un edificio de oficinas que había a seis manzanas, aunque solo era necesaria para imprimirla en los cheques, que no llegarían a ver de todas formas. Mark ingresó mil dólares para abrir la cuenta mediante un cheque de su cuenta personal y, en cuanto volvieron a la suite, enviaron por fax una autorización de transferencia a su banco en Washington D. C. El saldo, de un poco menos de treinta y nueve mil dólares, se transfirió a su nueva cuenta y cancelaron la antigua. Escribieron un email a Jenny Valdez, de Cohen-Cutler, en Miami, para darle la noticia de que su bufete, Upshaw, Parker & Lane, se había fusionado con otro de Brooklyn, Lucero & Frazier. Valdez les envió un montón de formularios para hacer los cambios necesarios, y Mark y Todd se pasaron una hora cumplimentando el papeleo. Jenny les pidió otra vez los números de cuenta y de la Seguridad Social de los mil cien clientes que habían aportado a la demanda colectiva y ellos volvieron a darle largas, diciéndole que estaban aún recopilando la información.

Conseguir que Hinds Rackley se pusiera al teléfono iba a ser imposible, así que decidieron intentarlo con uno de sus bufetes. La web de Ratliff & Cosgrove contenía bastante información y servía de forma pasable para disimular que se trataba de un bufete de cuatrocientos abogados que llevaba poco más que ejecuciones hipotecarias, embargos, créditos morosos, bancarrotas, reclamaciones de deudas e impagos de préstamos estudiantiles. Gordy lo había descrito como «la parte más sucia» de los servicios financieros. Tenía unos cien abogados en su sede de Brooklyn y el socio que dirigía el bufete era Marvin Jockety, un sexagenario con la cara redonda y un currículum de lo más mediocre.

Mark le envió un email.

Estimado señor Jockety:

Me llamo Mark Finley y soy periodista de investigación *freelance*. Estoy trabajando en un artículo sobre Hinds Rackley, quien, si no me equivoco, es su socio. Tras semanas de investigación he descubierto que el señor Rackley, a través de Shiloh Square Financial, Varanda Capital,

Baytrium Group y Lacker Street Trust, es el dueño de un total de ocho facultades privadas por todo el país. A juzgar por los resultados de los exámenes de colegiación, da la sensación de que esas ocho facultades están dirigidas a un sector de la población que no debería estudiar Derecho ni, menos aún, presentarse a un examen oficial. Pero, al parecer, las facultades son muy lucrativas.

Me gustaría tener una reunión con el señor Rackley lo antes posible. He hablado de este artículo, sin dar muchos detalles, con *The New York Times* y *The Wall Street Journal*, y ambos periódicos están interesados. Por eso el tiempo es fundamental.

Mi teléfono es el 838-774-9090. Estoy en la ciudad, y me encantaría hablar con el señor Rackley o con alguno de sus asesores.

Sinceramente agradecido,

Mark Finley

Era la una y media de la tarde del lunes 12 de mayo. Mark y Todd miraron la hora y se preguntaron cuánto tiempo tardaría el señor Jockety en contestar. Mientras esperaban en la suite, para entretenerse se lanzaron a por unos cuantos incautos habitantes de los barrios residenciales de Wilmington, Delaware, y empezaron a añadir más nombres a su lista de demandantes, utilizando la guía telefónica que encontraron en internet. Ya habían cometido mil cien delitos, ¿qué importaban otros doscientos más, pues?

A las tres de la tarde Mark reenvió el email a Jockety, y se lo mandó por tercera vez a las cuatro. A las seis cogieron el metro para ir el estadio de los Yankees, donde los Mets estaban jugando contra un equipo de la otra punta de la ciudad, un derbi que en esa ocasión no había conseguido agotar las entradas. Compraron dos de las más baratas del centro del campo, pagaron diez dólares por trescientos mililitros de cerveza suave y se acomodaron en la fila de más arriba para mantenerse lejos del resto de los aficionados, desperdigados por las gradas.

Tenían que comparecer en el juzgado el viernes y habían decidido que no presentarse no era una buena idea porque, dada su amplia experiencia en los juzgados, sabían que el juez emitiría órdenes de búsqueda y captura si no comparecían. Todd llamó a Hadley Caviness, quien respondió al segundo tono.

—Vaya, vaya —dijo al contestar—. Parece que al final os habéis metido en problemas, chicos.

—Sí, cielo, tenemos problemas. ¿Estás sola? No lo pregunto por nada raro.

—Sí, voy a salir después.

—Que vaya bien la caza. Oye, necesitamos un favor. Se supone que tenemos que comparecer ante el juez este viernes, pero estamos fuera de la ciudad y no tenemos intención de volver pronto.

—Lo comprendo. Habéis causado un buen revuelo en los juzgados. Todo el mundo tiene algo que contar sobre vosotros.

—Que hablen. En cuanto a lo del favor...

—¿Te he negado algo alguna vez?

—No, hasta ahora no, y por eso me caes tan bien.

—Eso dicen todos.

—El favor es el siguiente. ¿Podrías ir al juzgado número 6 y pedir al funcionario que nos retrase la vista un par de semanas? Debería ser fácil, solo un poco de papeleo que seguro que tú sabes hacer muy bien.

—No sé... Puede que haya gente pendiente de vosotros. Si me preguntan, ¿qué motivo arguyo?

—Diles que estamos intentando contratar un abogado, pero que no tenemos dinero. Solo son un par de semanas...

—A ver si puedo hacer algo.

—Eres un encanto.

—Ya, ya...

En la segunda mitad del tercer cuarto, el teléfono de Mark empezó a vibrar. Era un número desconocido.

—Podría ser la llamada que estamos esperando —dijo.

Era Marvin Jockety.

—El señor Rackley no quiere reunirse con usted —empezó diciendo— y le pondrá una demanda de mil demonios si escribe cualquier cosa que no sea cierta.

Mark sonrió, guiñó un ojo a Todd, pulsó la tecla del altavoz y respondió:

—Buenas tardes tenga usted también, señor. ¿Y por qué está el señor Rackley tan ansioso por demandarnos? ¿Es que tiene algo que ocultar?

—No. Pero le importa mucho su privacidad y tiene en nómina a unos cuantos abogados con muy malas pulgas.

—Lo suponía. Controla al menos cuatro bufetes, entre ellos el suyo. Dígale que me demande. Me importa un bledo.

—Eso no lo detendrá. Lo demandará y acabará con su reputación como periodista. ¿Y para quién trabaja, por cierto?

—Para mí. Soy *freelance*. Ahora que lo pienso, señor Jockety, un pleito sería justo lo que necesito, porque yo lo demandaré a él y le pediré mucho dinero. Puedo sacar una fortuna en sanciones por un pleito sin base legal.

—No sabe dónde se mete, amigo.

—Ya veremos. Diga al señor Rackley que cuando me demande también tendrá que demandar al *New York Times*, porque voy a reunirme con ellos mañana. Quieren publicar el artículo el domingo, en primera página.

Jockety rio.

—El señor Rackley tiene más contactos en *The New York Times* y *The Wall Street Journal* de los que usted se imagina. No aceptarán un artículo de ese tipo.

—Bueno, pues creo que es un riesgo que va a tener que

correr. Yo sé la verdad, y seguro que causará una gran conmoción cuando salga en la primera página.

—Lo lamentará, señor —aseguró Jockety, y colgó.

Mark se quedó mirando el teléfono y después se lo metió en el bolsillo de los vaqueros.

—Un tipo duro. —Inspiró hondo—. Esto no va a ser fácil.

—Todos son duros. ¿Crees que volverá a llamarte?

—¡Quién sabe! Debemos suponer que ha hablado con Rackley y que están asustados. Lo último que Rackley quiere es publicidad. No hay nada ilegal en su chanchullo de las facultades, pero huele muy mal de todas formas.

—Llamarán. ¿Por qué no? Si tú fueras Rackley, ¿no tendrías curiosidad por enterarte de cuánto sabemos?

—Tal vez.

—Llamarán.

36

Mark estaba durmiendo en el sofá cama cuando sonó su teléfono a las siete menos diez de la mañana del martes.

—El señor Rackley puede reunirse con usted a las diez en nuestras oficinas —dijo Jockety—. Estamos en el centro de Brooklyn, en Dean Street.

—Ya sé dónde están —respondió Mark. No lo sabía, pero no le resultaría difícil encontrar el bufete.

—Lo espero en el vestíbulo de la entrada al edificio a las nueve cincuenta. Sea puntual. El señor Rackley es un hombre muy ocupado.

—Yo también. Y voy a llevar conmigo a un amigo, otro periodista, Todd McCain.

—Está bien. ¿Vendrá alguien más?

—No. Solo nosotros dos.

Mientras se tomaban un café, Mark y Todd especularon sobre por qué Rackley no quería que se acercaran a sus dominios en Water Street, en el distrito financiero de Manhattan. Sin duda esa era su guarida dorada, a la altura de un hombre de su importancia, algo que un par de reporteros disfrutarían mucho describiendo. Pero mejor verlos a ras de suelo, en el lugar por donde se arrastraban sus propios abogados. Habían amenazado con interponer demandas contra él. Estaban entrando en su mundo, un lugar complicado en el que debía proteger su privacidad a toda costa, y la intimidación siempre era un arma muy útil para conseguirlo.

No se afeitaron y fueron vestidos con vaqueros y chaquetas viejas, la apariencia desliñada de unos periodistas a los que no les impresionaba el lujo que pudiera rodear a nadie. Mark cogió un maletín de nailon viejo que encontraron en una tienda de segunda mano de Brooklyn, y mientras se alejaban del hotel, a pie, daban la impresión de ser un par de tíos a los que no merecía la pena demandar.

El edificio era alto y moderno, uno de los muchos de ese tipo que había en el centro de Brooklyn. Hicieron un poco de tiempo en una cafetería a la vuelta de la esquina y entraron en el vestíbulo principal cuando faltaba un cuarto de hora para las diez. Marvin Jockety, que parecía diez años mayor que en la foto de la web, estaba junto al mostrador de seguridad, hablando con uno de los guardias. Mark y Todd lo reconocieron y se presentaron, y Jockety les dio la mano a regañadientes. Señaló con la cabeza al guardia de seguridad.

—Este hombre necesita que le mostréis vuestras identificaciones —les dijo.

Mark y Todd sacaron de sus carteras sus falsos permisos de conducir de Washington D. C. El guardia de seguridad los examinó, los miró a ellos para confirmar que eran los que aparecían en las fotos y se los devolvió.

Siguieron a Jockety a una fila de ascensores, donde aguardaron en silencio. Cuando entraron en uno de ellos, vacío, Jockety les dio la espalda y se quedó mirando hacia la puerta sin decir nada.

«Un tipo muy simpático», pensó Mark. «Un imbécil integral», se dijo Todd.

El ascensor se detuvo en la planta diecisiete y entraron en el anodino vestíbulo de Ratliff & Cosgrove. En sus breves carreras como abogados habían estado en varios despachos espectaculares. El espléndido cuartel general de Jeffrey Corbett en Washington D. C. era el más impresionante, con diferencia, aunque Mark sentía especial predilección por aquel museo de los trofeos, tan peculiar, que Edwin Mossberg tenía en Charleston. El de Rusty había sido sin duda el peor, con aquel ambiente de consulta de médico y lleno de clientes lesionados. Ese lugar solo era un poco mejor que el de Ratliff & Cosgrove. Pero ¿a quién le importaba? No habían ido allí para criticar la decoración.

Jockety ignoró a la recepcionista, quien por su parte los ignoró a ellos. Doblaron una esquina, cruzaron una puerta sin llamar y entraron en una sala de reuniones larga y ancha. Había dos hombres con trajes oscuros y caros de pie junto a una mesita auxiliar, bebiendo café en tazas de porcelana. Ninguno se acercó.

—El señor Finley y el señor McCain —anunció Jockety.

Mark y Todd habían visto tres fotos de Hinds Rackley, todas sacadas de artículos de revistas. Una de ellas había formado parte de la investigación de Gordy, el primer plano ampliado de su cara que su difunto amigo había colocado en su inolvidable pared. Las otras dos las habían encontrado en internet. Rackley tenía cuarenta y tres años, el pelo oscuro, que ya empezaba a ralearle, peinado hacia atrás y unos ojos pequeños protegidos tras unas gafas con montura semi al aire. Miró a Jockety y asintió, y este último abandonó la sala y cerró la puerta sin decir una palabra.

—Soy Hinds Rackley y este es mi asesor jurídico, Barry Strayhan.

Strayhan los miró con el ceño fruncido y asintió, pero no amplió la información de la presentación que su cliente acababa de hacer. Al igual que Rackley, tenía la taza en una mano y el platillo en la otra, así que no hizo amago siquiera de tendérsela para que se la estrecharan.

Mark y Todd mantuvieron las distancias y se quedaron a

unos tres metros de ellos. Pasaron unos segundos incómodos, tiempo suficiente para que los dos intrusos recibieran el mensaje de que allí no tenía cabida ningún comportamiento educado. Al final, Rackley se dirigió de nuevo a ellos.

—Siéntense. —Y señaló con la cabeza una hilera de sillas que había al otro lado de la mesa.

Mark y Todd se sentaron. Rackley y Strayhan se acomodaron enfrente de ellos.

—¿Les importa que grabe la conversación? —preguntó Todd después de poner su teléfono sobre la mesa.

—¿Por qué? —preguntó Strayhan como el verdadero cabrón que era.

Tenía al menos diez años más que su cliente y daba la impresión de que todo en su vida tenía un punto beligerante.

—Es una costumbre que los reporteros tenemos —contestó Todd.

—¿Tiene intención de transcribir lo que grabe? —preguntó Strayhan.

—Probablemente —dijo Todd.

—Entonces querremos una copia.

—No hay problema.

—Y yo también voy a grabar la reunión —añadió Strayhan, poniendo su teléfono sobre la mesa a su vez. Duelo de móviles.

Durante toda la conversación, Rackley no apartó la mirada de Mark, una mirada petulante y confiada, como si estuviera diciéndole: «Tengo miles de millones y tú ninguno. Soy superior en todos los aspectos, no te queda más remedio que aceptarlo».

Una ventaja de haber sido abogado callejero sin licencia era que eso había acabado con cualquier reparo que pudiera tener. Cuando Mark y Todd trabajaban en los juzgados de Washington D. C. se acostumbraron a fingir que eran personas que no eran. Si podían comparecer ante los jueces con nombres falsos y hacer de abogados, también podían sentarse delante de Hinds Rackley y hacer de periodistas.

Mark le sostuvo la mirada, sin pestañear.

—Deseaban verme, ¿no es así? —empezó Rackley.

—Sí —dijo Mark—. Estamos trabajando en un artículo, y pensamos que tal vez le gustaría hacer algún comentario.

—¿De qué va el artículo?

—El titular será «La gran estafa de las facultades de Derecho». Usted posee, controla y de alguna manera participa en varias empresas que son las propietarias de ocho facultades de Derecho privadas. Unas facultades muy lucrativas, por cierto.

—¿Ha encontrado alguna ley que prohíba a alguien tener facultades privadas? —preguntó Strayhan.

—Yo no he dicho que eso sea ilegal, ¿a que no? —Miró a su derecha, a Todd y preguntó—: ¿He dicho yo eso?

—Yo no he oído nada de eso —corroboró Todd.

—No va contra la ley —continuó Mark—, y no insinuaremos que algo así sea un delito. Es solo que esas facultades no son más que fábricas de títulos que engatusan a muchos estudiantes para que se matriculen, al margen de cuál sea su calificación en el examen LSAT, y después soliciten importantes créditos para hacer frente a sus carísimas matrículas. Y el dinero de esas matrículas, claro, acaba en sus manos, señor Rackley, mientras los estudiantes se gradúan con unas deudas astronómicas. Y solo más o menos la mitad de ellos logran aprobar el examen de colegiación. La mayoría ni siquiera encuentra trabajo.

—Eso es problema suyo —dijo Rackley.

—Claro que sí. Y nadie los obliga a pedir prestado el dinero.

—¿Admite usted que posee o tiene el control de esas ocho facultades de Derecho? —intervino Todd.

—Yo no admito ni tampoco niego nada, especialmente si

me lo preguntan ustedes —contestó Rackley con malos modos—. Pero ¿quién demonios creen que son?

«Buena pregunta», pensó Todd. A veces se confundía entre sus muchos alias y tenía que pararse un segundo para recordar cómo se llamaba en ese momento.

Strayhan soltó una carcajada burlona.

—¿Tienen ustedes alguna prueba de lo que dicen? —les espetó.

Mark metió la mano en su maletín barato y sacó una hoja de recio papel de casi ochenta centímetros cuadrados. La desdobló dos veces y la colocó sobre la mesa. Era una versión condensada de todo lo que había en la pared de Gordy, la gran conspiración, con el nombre de Hinds Rackley en la casilla superior, él solo, y el laberinto de su imperio extendiéndose por debajo.

Rackley miró el papel un par de segundos, sin mostrar mucha curiosidad, y después lo cogió y le echó un vistazo. Strayhan se acercó para verlo mejor. Su reacción inicial sería reveladora. Si Gordy tenía razón, y ellos estaban convencidos de que así era, Rackley se daría cuenta de que habían logrado seguirle el rastro y tenían pruebas de cuanto afirmaban. Seguramente le pondría alguna pega, o quizá reconocería que poseía o controlaba todo ese enjambre de entidades. Sin embargo, tal vez lo negara todo y los amenazara con demandarlos.

Rackley volvió a dejar el esquema sobre la mesa.

—Interesante, pero no es exacto.

—Muy bien, ¿le importaría indicarme dónde residen las inexactitudes? —pidió Mark.

—No tengo por qué. Si publica un artículo basado en este esquema, se enfrentará a un gran problema.

—Los demandaremos por difamación y nos pasaremos los próximos diez años persiguiéndolos —añadió Strayhan.

Pero Mark contraatacó.

—Oiga, ya han intentado la táctica de amenazarnos con

demandas y está claro que con nosotros no funciona. No nos da miedo toda esa palabrería sobre ir a los tribunales. No tenemos nada, así que demándennos cuanto quieran.

—Así es —intervino Todd—, aunque la verdad es que preferiríamos evitarnos una demanda. ¿Cuál es, exactamente, la parte de nuestra investigación que no es correcta?

—Yo no voy a responder a sus preguntas —cortó Rackley—. Pero cualquier reportero con dos dedos de frente debería saber que es ilegal que yo, o cualquier otra persona, posea un bufete del que no es miembro. Un abogado no puede ser socio de más de un bufete.

—Pero nosotros no aseguramos que sea el dueño de los cuatro bufetes —explicó Mark—, sino que los controla. Este bufete, por ejemplo, Ratliff & Cosgrove, lo dirige su amigo Marvin Jockety, que casualmente es un socio minoritario de Varanda Capital. En los otros tres bufetes pueden encontrarse relaciones similares. Ahí está la conexión, la forma que tiene de ejercer el control. Y usted utiliza los cuatro bufetes para contratar licenciados de sus facultades con sueldos atractivos. Después sus facultades se anuncian publicitando esos trabajos estupendos, con el fin de seducir a más chicos incautos para que se matriculen y paguen las desorbitadas matrículas. Ahí está la estafa, señor Rackley, y es brillante. Y no es ilegal, pero sí poco ética.

—Están desbarrando —dijo Strayhan con otra carcajada, si bien esa vez con cierto nerviosismo.

El teléfono de Rackley sonó, y él se lo sacó del bolsillo y escuchó a su interlocutor.

—Vale, que pase —le dijo poco después.

La puerta se abrió de inmediato y entró un hombre que, tras cerrarla, se quedó de pie junto a un extremo de la mesa. Sostenía unos documentos en la mano.

—Este es Doug Broome, mi jefe de seguridad —dijo Rackley.

Mark y Todd miraron a Broome, que no los saludó.

—No he podido encontrar nada sobre Mark Finley ni Todd McCain —dijo Broome después de ponerse las gafas de lectura—. Hemos estado buscando toda la noche y toda la mañana, pero nada, no hay ni un artículo, ni un blog, ni un libro ni un reportaje en todo internet. Hay un Mark Finley que escribe sobre jardinería en un periódico de Houston, pero tiene cincuenta años. Hay otro que tiene un blog sobre la Guerra Civil, pero tiene sesenta. Otro escribió una vez en un periódico universitario de California, pero cuando se graduó se hizo dentista. Nada más aparte de eso. En cuanto a Todd McCain, solo hemos encontrado a un tipo de Florida que escribe en una revista local. Así que, si estos dos tipos son periodistas, sus carreras todavía no han despegado. En cuanto a los nombres, hay cuatrocientos treinta y un Mark Finley y ciento cuarenta y dos Todd McCain en este país. Los he revisado a todos, y ninguno concuerda. Y lo más interesante de este asunto es que los dos carnets que han mostrado al guardia de seguridad del vestíbulo principal son del Distrito de Columbia. Y, sorpresa, sorpresa, ambos son falsos.

—Gracias, Doug —dijo Rackley—. Eso es todo.

Doug salió y cerró la puerta.

Rackley y Strayhan miraron a Mark y a Todd y sonrieron. Los dos amigos, sin embargo, siguieron como si nada. En ese punto, ya no había marcha atrás. Mark consiguió controlar sus nervios y hacer frente a la embestida.

—Impresionante. Menudo trabajo.

—Muy impresionante —repitió Todd, aunque los dos estaban pensando en levantarse y echar a correr hacia la puerta.

—Bien, muchachos —dijo Rackley—, como han perdido toda credibilidad, ¿por qué no nos dicen quiénes son y a qué están jugando?

—Si usted no va a responder a nuestras preguntas, nosotros tampoco lo haremos —contestó Mark—. Quiénes somos nosotros no tiene importancia. Lo importante es que nuestro esquema se acerca mucho a la realidad y puede sacar a la luz su estafa y dejarle en una posición muy comprometida.

—¿Qué quieren? ¿Dinero? ¿Se trata de una extorsión? —preguntó Strayhan.

—No, en absoluto. Nuestros planes son los que ya les hemos explicado. Nos sentaremos con el reportero adecuado y le facilitaremos toda la información... Hay mucha más en nuestro archivo. Por ejemplo, tenemos el testimonio de antiguos abogados asociados de sus bufetes que sospechan que los han utilizado con fines propagandísticos. Tenemos declaraciones de antiguos profesores de Derecho de sus facultades. Tenemos todos los datos que evidencian las pésimas tasas de aprobados en el examen de colegiación de los licenciados de sus facultades. Tenemos datos que claramente demuestran que el número de matrículas de sus facultades aumentaron en la misma época en que las autoridades federales abrieron el cupo a miles de estudiantes con malas calificaciones. Tenemos docenas de testimonios de esos estudiantes que se graduaron con una deuda enorme y luego no pudieron encontrar trabajo. El archivo es muy grueso y, si aparece todo eso en primera página, se armará un gran revuelo.

—¿Y dónde está ese archivo? —preguntó Strayhan.

Todd metió la mano en el bolsillo de su camisa, sacó un lápiz de memoria y lo puso sobre la mesa.

—Todo está aquí. Léanlo y lloren.

Rackley lo ignoró.

—Tengo contactos en *The New York Times* y *The Wall Street Journal*, y me han asegurado que allí no saben nada de esto.

Con gran satisfacción Mark sonrió a Rackley.

—Bobadas. Mentiras arrogantes y ridículas. ¿Espera que nos creamos que conoce a todos los que trabajan en esos periódicos? ¿Y no solo que los conoce, sino que tienen con usted la confianza suficiente para darle información de lo que ocurre en ambos periódicos? Pero ¡qué chiste más bueno! Y eso lo dice un hombre que intenta por todos los medios evitar a los reporteros. Vamos, Rackley...

—Yo conozco muy bien a los abogados de *The New York Times* y *The Wall Street Journal* —dijo Strayhan—, y pueden ustedes estar seguros de que no querrán verse metidos en un pleito por difamación.

—¿Está de broma? —exclamó Todd riendo—. Les encantará, porque eso reportará a sus bufetes un caso por el que cobrarán mil dólares la hora. Por ellos, pueden demandar a sus clientes todos los días.

—No tiene ni idea, muchacho —dijo Strayhan, pero eran palabras vacías.

El esquema los había puesto nerviosos, y también el hecho de que Mark y Todd no eran quienes decían ser. Rackley apartó la silla, se levantó y se sirvió otro café. A los impostores no les habían ofrecido nada. Tranquilamente, Rackley se llenó de nuevo su taza de una cafetera plateada, añadió dos terrones de azúcar, removió despacio, cavilando, y después volvió a la mesa para sentarse otra vez.

—Tienen razón —dijo con calma tras dar un sorbo a su café—. Es un bonito escándalo para una primera página, pero es una historia de las que no duran ni veinticuatro horas, porque todo es correcto y es legal. No he cruzado la línea, y ahora mismo no sé por qué estoy perdiendo el tiempo explicándoles esto.

—Oh, no lo crea. Es una historia de más de veinticuatro horas —respondió Mark—. Cuando pongan las cifras de las facultades de Derecho y saquen las cuentas que demuestran que usted se embolsa veinte millones de dólares al año por cada una de las ocho que controla, la historia empezará a tener repercusión en varios frentes. Vincularán ese dinero al que sale de la tesorería federal y empezará para usted una pesadilla de relaciones públicas interminable.

Rackley se encogió de hombros.

—Tal vez sí o tal vez no.

—Hablemos de Swift Bank —intervino Todd.

—No, ya estamos cansados de hablar —interrumpió Rackley—, sobre todo con un par de individuos que utilizan nombres y documentación falsos.

Todd lo ignoró.

—Según lo que consta en la SEC, la Comisión de Bolsa y Valores, Shiloh Square Financial posee el cuatro por ciento de Swift, lo que convierte a esa empresa en el segundo mayor accionista del banco. Aunque creemos que tiene un porcentaje mucho mayor que ese.

Rackley parpadeó y pareció recular un poco. Strayhan frunció el ceño, como si estuviera confuso. Mark metió la mano en su maletín y sacó otra hoja de papel. La desdobló una vez, pero no se la pasó.

Desde la tumba, Gordy asestó su golpe final.

—Tenemos una lista de los principales accionistas de Swift —continuó Todd—, cuarenta en total. La mayoría de ellos son fondos de inversión que tienen el uno o el dos por ciento de la empresa. Algunos de esos fondos son extranjeros y, al parecer, se trata de inversiones legales. Pero otros son sociedades con sede en paraísos fiscales, pantallas de otras pantallas que poseen partes de Swift; me refiero a empresas con nombres sospechosos, domiciliadas en lugares como Panamá, Gran Caimán y Bahamas. Es muy complicado investigarlas, sobre todo para un par de tipos como nosotros, que no somos periodistas. No podemos pedir citaciones ni órdenes de registro; tampoco podemos pinchar teléfonos ni hace arrestos. Pero el FBI sí que puede.

Mark deslizó la segunda hoja de papel sobre la mesa. Rackley la cogió con toda la calma del mundo y estudió el esquema. Era una continuación del primero; lo encabezaba Swift Bank y debajo se desplegaba toda su actividad. Tras unos segundos, Rackley volvió a encogerse de hombros y sonrió incluso.

—No reconozco ninguna de esas empresas.

—Eso solo es basura —consiguió murmurar Strayhan.

—No estamos diciendo que usted tenga nada que ver con ellas, ¿entiende? —dijo Mark—. No tenemos forma de investigar empresas cuya sede está en otros países.

—Lo he entendido la primera vez que lo han dicho —repuso Rackley—. ¿Qué es lo que quieren?

—¿Dinero? —repitió Strayhan.

—No, y eso ya nos lo han preguntado —contestó Todd—. Queremos la verdad. Queremos que usted y su gran estafa de las facultades de Derecho salga a la luz en la primera página. Nosotros somos víctimas de ella. Nos matriculamos en una de sus fábricas de títulos, acumulamos una fortuna en deudas con el gobierno, deudas que no podemos pagar porque no encontramos trabajo, y ahora somos un par de chicos que han dejado los estudios y se enfrentan a un futuro muy negro. Y no somos los únicos. Hay miles como nosotros, señor Rackley, todos víctimas suyas.

—La persona que hizo esos esquemas era nuestro mejor amigo —continuó Mark—. No pudo más y en enero se suicidó. Tenía muchas razones, y hay un montón de personas a las que culpar. Una de ellas es usted. Él debía un cuarto de millón de dólares por los créditos estudiantiles, dinero que acabó en su bolsillo, señor Rackley. Todos nosotros nos hemos visto atrapados por su estafa de las facultades de Derecho. Supongo que nuestro amigo simplemente era un poco más frágil de lo que creíamos.

Las caras de Rackley y Strayhan no reflejaron ninguna expresión que pudiera describirse ni remotamente como remordimiento.

Con toda la tranquilidad del mundo, Rackley volvió a hablar.

—Se lo preguntaré una vez más: ¿qué es lo que quieren?

—Un acuerdo rápido en las seis demandas colectivas contra Swift Bank —dijo Mark—, empezando por la que Cohen-Cutler ha interpuesto en Miami.

Rackley levantó ambas manos y las mantuvo alzadas con expresión atónita.

—Creía que ya estábamos negociando esos acuerdos —dijo al final a Strayhan.

—Así es —confirmó Strayhan con el ceño fruncido.

—Según los informes que el banco no deja de filtrar a la prensa, están en proceso de negociación de los acuerdos —insistió Mark—, pero llevan explicando ese cuento los últimos noventa días. La realidad es que los abogados están haciendo todo lo posible por dilatar el proceso. Hay un millón de clientes ahí fuera a los que Swift ha jodido bien y se merecen una compensación.

—¡Eso ya lo sabemos! —exclamó Rackley. Por fin había perdido la compostura—. Créanme que lo sabemos, y estamos intentando llegar a acuerdos... o al menos eso pensaba yo. —Se volvió y fulminó con la mirada a Strayhan—. Entérate de qué está pasando —le ordenó. Después miró a Mark y le dijo—: ¿Qué interés tienen ustedes en ese pleito?

—Es confidencial —respondió Mark con aires de suficiencia.

—No podemos hablar de ello —añadió Todd—. Ahora mismo son casi las diez y media del martes. ¿Cuánto tiempo necesita el banco para anunciar un acuerdo para todas las demandas colectivas?

—Aguarde un momento —dijo Rackley—. ¿Y qué pasa con su historia sobre la gran estafa de las facultades de Derecho, el escándalo de primera página?

—Este es el trato —continuó Todd—. Mañana a las cuatro tenemos una reunión con un reportero de *The New York Times*.

—¿Uno de verdad? —preguntó Rackley.

—De carne y hueso. Uno de los que puede hacer mucho daño. Y le daremos toda la información. Si la publica, y no tenemos razones para creer que no lo hará, entonces usted se convertirá en el villano del mes. O peor: tal vez la historia atraiga la atención del FBI que, como sin duda usted sabe, ya lleva un tiempo detrás de Swift. El tema de que el banco sea propiedad de una compañía con sede en un paraíso fiscal añadirá más leña al fuego.

—Hasta ahí llego —interrumpió Rackley—. Vayan al grano.

—Si Swift anuncia un acuerdo global en las próximas veinticuatro horas, no iremos a ver al reportero.

—¿Y desaparecerán sin más?

—Sin más. Usted agilice el acuerdo. Asegúrese de que el bufete de Miami consigue el dinero primero y, cuando llegue a manos de los demandantes, desapareceremos. Ni una palabra más. La historia de la estafa de las facultades se quedará ahí para que la investigue otro.

Rackley se los quedó mirando fijamente. Strayhan tuvo el buen tino de no decir nada. Pasó un minuto, aunque a Mark y Todd les pareció media hora. Al final Rackley se puso de pie y les dio una respuesta.

—El banco no tiene más remedio que llegar a un acuerdo, de todos modos. Lo comunicaré en una declaración esta tarde. Y después supongo que tendré que confiar en su palabra.

Mark y Todd se levantaron, encantados de irse de allí.

—Le damos nuestra palabra, tenga eso el valor que tenga para usted —aseguró Mark.

—Váyanse ya —dijo Rackley.

37

Idina Sanga no consiguió hacer ningún progreso durante el fin de semana. La policía no le permitió ver a Abdou, aunque le aseguraron que estaba bien y que estaban tratándolo adecuadamente. Llamó a Zola alrededor del mediodía del lunes para contarle que no había grandes cambios. Estaba tirando de sus contactos en varios niveles de la burocracia del Estado y añadió, en varias ocasiones, que esas cosas requerían tiempo.

Tras cuatro días de espera en el hotel, Zola se subía por las paredes. Se sentaba con Fanta en su habitación y hablaban durante horas y horas, algo que no habían hecho desde hacía años. Bo y ella iban varias veces al día a la pequeña cafetería del hotel para tomarse un té. También llamó a sus socios para enterarse de las novedades en su cadena de desgracias.

Las dos habitaciones estaban costándole el equivalente a cien dólares estadounidenses diarios. A eso había que sumar las comidas en la cafetería, de modo que Zola empezaba a preocuparse por su situación económica. Había llegado a Senegal con unos diez mil dólares y ya había pagado unos tres mil al bufete de madame Sanga por sus servicios y sus influencias. Si soltaban por fin a Abdou, la familia necesitaría alojamiento, ropa, comida y demás, y Zola pronto se quedaría sin fondos. Tenía seis mil dólares en su cuenta de Washington D. C. y sabía que Mark y Todd la ayudarían sin dudarlo, pero ya comenzaba a inquietarse por el dinero. Cuando los agentes del ICE los arrestaron, Abdou tenía ochocientos dólares en efectivo y Bo alrededor de doscientos. Los ahorros de la familia desaparecieron al contratar a aquel abogado de inmigración que no hizo nada. El futuro que pudieran tener en Senegal dependía de los pequeños ahorros de Zola.

Y había que contar con la posibilidad de que tal vez necesitaran repartir sobornos.

A última hora de la tarde del lunes, la precaria economía de los Maal empeoró. Dos coches de policía aparcaron en la acera que había delante del hotel y cuatro agentes uniformados salieron de los vehículos. Zola y Bo estaban tomando un té en el vestíbulo y reconocieron a dos de ellos. Los policías les dijeron que permanecieran donde estaban, y el recepcionista les entregó las llaves de sus habitaciones en la cuarta planta. Uno de los agentes se quedó con ellos y los otros tres subieron en el ascensor. Minutos después, Fanta salió del ascensor escoltada por los policías, quienes la llevaron al vestíbulo con Zola y Bo.

—Están registrando nuestras habitaciones —susurró Fanta a su hija.

Por aterrador que eso fuera, Zola se sintió aliviada porque su dinero y sus objetos de valor estaban en la caja fuerte del hotel, allí mismo, detrás del mostrador de recepción.

Tuvieron que esperar una hora, seguros de que estaban poniendo sus habitaciones patas arriba. Cuando los policías se reunieron en el vestíbulo, el sargento que los lideraba entregó una hoja de papel al recepcionista, quien obedeció de inmediato.

—Tenemos una orden de registro para inspeccionar la caja fuerte del hotel —dijo en inglés el sargento a los Maal.

—Un momento —intervino Zola, y se acercó al mostrador—. No pueden registrar mis cosas.

Pero uno de los policías la detuvo.

Fanta empezó a hablar en francés y Bo acudió en su ayuda, pero lo apartaron de un empujón. El recepcionista desapareció y volvió con una caja metálica pequeña, idéntica a la que Zola había alquilado. Había visto al recepcionista meterla en la caja fuerte, con otra docena de ellas. No tenía cerradura.

El sargento miró a Zola.

—Venga aquí.

Zola se acercó al mostrador y vio cómo abría la caja. El sargento encontró un sobre y sacó unos cuantos billetes de dólares; veinte de cien, contó despacio. También extrajo un grueso fajo de francos de África Occidental. El cambio era de seiscientos francos por dólar estadounidense, así que contar todo el fajo le llevó su tiempo. Zola lo observó, ultrajada por esa violación de sus derechos, pero totalmente impotente. Todo el dinero que había allí equivalía a una cantidad de casi seis mil dólares. Satisfecho con su botín hasta el momento, el sargento volcó la caja para vaciarla. Sujetas con una goma había tres tarjetas: el carnet de conducir de Washington D. C. falso, el carnet de estudiante de Foggy Bottom y una tarjeta de crédito caducada. Su colección de teléfonos estaba escondida en una bolsa debajo del colchón.

En el bolso, que apretaba con fuerza contra su costado, tenía el pasaporte, el carnet de conducir de New Jersey, unos quinientos dólares en efectivo y dos tarjetas de crédito. Si intentaban quitárselo, no lo soltaría sin pelear.

—¡Su pasaporte! —le exigió el sargento.

A Zola le fallaron las rodillas. Aun así, abrió el bolso, lo buscó y lo sacó. El sargento lo examinó atentamente y se quedó mirando su bolso, pero al final se lo devolvió. Mientras ocurría todo eso, otro policía estaba haciendo una lista del contenido de la caja. Resultaba evidente que pensaban llevarse cuanto había dentro.

—¿Van a llevarse mis cosas? —preguntó Zola con el bolso bien agarrado.

—Tenemos una orden —respondió el sargento.

—Pero ¿por qué? No he cometido ningún delito.

—Tenemos una orden —repitió—. Firme aquí.

Y señaló el inventario improvisado.

—No voy a firmar nada —dijo, pero supo que no tenía elección.

En ese momento se dio cuenta de la realidad. Inspiró hondo y comprendió que era inútil resistirse.

El sargento metió el dinero y las tarjetas en un sobre grande del hotel y se lo dio a otro policía. Miró a Bo.

—Tú te vienes con nosotros —le dijo en francés.

Bo no entendió lo que pasaba hasta que el policía que tenía más cerca sacó un par de esposas y le cogió una muñeca. Él se apartó instintivamente, pero otro agente lo agarró por el brazo.

—¿Qué están haciendo? —preguntó Zola en inglés mientras Fanta protestaba en francés.

Bo inspiró hondo y se relajó mientras le esposaban las manos a la espalda.

—No te preocupes —dijo a su madre.

—¿Qué están haciendo? —repitió Zola.

El sargento abrió un par de esposas y se las puso delante de la cara.

—¡Silencio! ¿O quiere que las use con usted?

—No pueden llevárselo —exclamó Zola.

—¡Silencio! —volvió a gruñir el sargento—. Si no se calla, nos llevaremos a su madre también.

—No pasa nada, Zola —dijo Bo—. No pasa nada. Así veré a papá.

Los dos policías empujaron a Bo hacia la puerta y se fueron con él, acompañados por el otro agente. El sargento también abandonó el hotel, con el sobre en la mano. Zola y Fanta los vieron irse sin poder creérselo. Cuando llegaron a los coches, los policías sentaron a Bo en el asiento trasero de uno de ellos.

En cuanto se fueron, Zola llamó a Idina Sanga.

A las cuatro de la tarde del martes 13 de mayo, los abogados de Swift Bank anunciaron el acuerdo que ofrecían para las seis demandas colectivas que se habían presentado por todo el país. Dada la cantidad de rumores y especulaciones que se habían ido difundiendo durante los tres últimos meses, la noticia fue casi decepcionante. Las predicciones de que Swift iba a proponer un gran acuerdo de repente se habían quedado obsoletas.

Swift, según los términos del acuerdo, aportaría una suma inicial de cuatro mil doscientos millones de dólares a un fondo que serviría para cubrir las demandas anticipadas de alrededor de un millón cien mil potenciales clientes. Entre las seis demandas ya contaban con ochocientos mil demandantes y quedaban otros trescientos mil ahí fuera, clientes que los abogados se disputarían para presentar demandas individuales en su nombre. Con doscientos veinte mil demandantes, la demanda de Cohen-Cutler era la mayor, la que se había presentado antes y la mejor organizada, y sería la primera en cobrar.

En el acuerdo se incluían tres niveles de demandantes. En el primero estaban los que habían sufrido mayor perjuicio: los propietarios que habían perdido sus casas por culpa de la mala praxis de Swift. Ellos eran, con diferencia, el grupo más pequeño, se calculaba que habría unas cinco mil personas en él. El nivel dos estaba compuesto por los ochenta mil clientes de Swift que, por culpa de las cosas que el banco había hecho, nunca podrían solicitar un préstamo o, en todo caso, lo tendrían muy difícil para obtenerlo. Y en el nivel tres estaban todos los demás demandantes: los clientes de Swift a los que habían engañado con comisiones ocultas y tipos de interés reducidos. Cada uno de ellos recibiría tres mil ochocientos dólares en compensación.

Los honorarios de los abogados se negociarían aparte y se crearía otro fondo para cubrirlos. Se habían establecido unos honorarios de ochocientos dólares por caso, fueran cuales fuesen las indemnizaciones obtenidas. Cohen-Cutler, como los demás bufetes que llevaban las demandas colectivas, se llevaría un ocho por ciento adicional del total.

Los periodistas de economía se pusieron rápidamente a comentar la noticia, y la opinión general era que Swift estaba haciendo justo lo que todo el mundo esperaba: poner un montón de pasta sobre la mesa para solucionar el problema, hacerlo desaparecer, y seguir adelante como si nada hubiera ocurrido. Con todo ese dinero cayendo del cielo, todos estaban convencidos que los tribunales aprobarían el acuerdo pocos días después.

A las cinco de la tarde no constaba que ni uno solo de los abogados de las demandas colectivas se hubiera opuesto al acuerdo. Estaban demasiado ocupados consiguiendo los casos de los clientes de Swift que aún no se habían unido a las demandas.

Hadley llamó a Todd a última hora de la tarde del martes con muy malas noticias. No había podido hacer su magia y retrasar la comparecencia de los dos amigos un par de semanas. El fiscal que llevaba el caso había sido categórico y había insistido en que se presentaran el viernes en el juzgado para su primera comparecencia. Hadley dijo que el caso estaba recibiendo mucha atención. Todos estaban tan aburridos de traficantes y conductores borrachos que les resultaba divertido que apareciera un caso atípico como ese en el orden del día de los juzgados. Así que se disculpó con ellos por no haberlo conseguido.

—Tenemos que contratar un abogado —anunció Todd.

Estaban sentados en el banco de un parque de Coney Island fumándose unos largos puros oscuros y bebiendo agua embotellada.

—Discutamos eso —dijo Mark—. Yo digo que no lo contratemos.

—Vale. No aparecemos el viernes en el juzgado. ¿Qué pasará después? El juez seguramente emitirá órdenes de búsqueda y nuestros nombres constarán en el sistema.

—¿Y qué? Vaya cosa. No es que seamos narcotraficantes ni miembros de Al-Qaeda. No vendemos drogas ni planeamos un atentado. ¿De verdad crees que van a tomarse muy en serio lo de atraparnos?

—No, pero estaremos en busca y captura, vivos o muertos.

—¿Y qué importa, si nadie se molesta mucho en buscarnos?

—¿Y si nos vemos en un aprieto y necesitamos salir del país? Mostramos los pasaportes en el aeropuerto y suena la alarma en alguna parte. Unas llamativas órdenes de búsqueda de Washington D. C. A los de aduanas les importa un bledo de qué se nos acuse. Podemos intentar explicarles que es una tontería, solo un par de idiotas que fingían ser abogados, pero eso no los convencerá. Lo único que verán será la alerta, y de repente no encontraremos esposados otra vez. Yo, la verdad, quiero evitar lo de las esposas a toda costa.

—¿Y qué hará por nosotros un abogado?

—Retrasarlo todo y después volver a retrasarlo un poco más. Darnos algo de tiempo y evitarnos lo de las órdenes de búsqueda. Y negociarnos un trato con el fiscal para que no vayamos a la cárcel.

—Yo no voy a ir a la cárcel, Todd. Pase lo que pase, no voy a ir.

—Ya hemos hablado de eso. Lo que necesitamos es tiempo, y un abogado puede alargar las cosas varios meses.

Mark dio una calada al puro, se llenó la boca de humo y lo dejó escapar en una densa nube.

—¿Se te ocurre alguien?

—Darrell Cromley.

—Qué gilipollas. Espero que siga tratando de localizarnos —deseó Mark.

—Yo había pensado en Phil Sarrano. Estaba en tercero en Foggy Bottom cuando nosotros empezamos. Es un buen tío. Trabaja en un pequeño bufete penalista que está cerca de Capitol Hill.

—Me acuerdo de él. ¿Y cuánto nos cobraría?

—No lo sabremos si no preguntamos. Cinco o diez mil, ¿no crees?

—Negociemos, ¿vale? Todavía estamos en un punto en que no nos sobra el dinero.

—Lo llamaré.

Phil Sarrano les pidió diez mil dólares en concepto de honorarios. Todd dio un respingo, carraspeó, tartamudeó, fingió estar perplejo y le explicó que él y su compañero no eran más que un par de estudiantes que habían abandonado la facultad, que no tenían trabajo y que acumulaban casi medio millón de dólares en deudas entre los dos. Le aseguró que su caso no iría a juicio y que no le exigiría mucho tiempo. Fueron rebajando la cantidad poco a poco y, al final, acordaron unos honorarios de seis mil dólares, un dinero que Todd le comentó que tendría que pedir prestado a su abuela.

Una hora después Sarrano llamó para darles la mala noticia de que el juez del caso, su señoría Abe Abbott, quería que los dos acusados acudieran en persona el viernes a las diez de la mañana al juzgado número 6 del juzgado del distrito. Evidentemente, al juez Abbott le intrigaba el caso y quería ser exhaustivo. Así que no había forma de posponer sus primeras comparecencias.

—Y quiere saber dónde está Zola Maal en la actualidad —anunció Sarrano.

—No sabemos nada de Zola Maal —dijo Todd—. Que pregunte por África. Acaban de deportar a su familia y Zola se ha ido con ellos.

—¿África? Vale, se lo diré.

Todd dio a Mark la noticia de que regresarían a Washington D. C. mucho antes de lo que habían previsto. Todd había comparecido ante el juez Abbott en una ocasión y Mark también. Y no tenían muchas ganas de que llegara el momento del reencuentro.

38

La casa de los Frazier estaba en York Street, Dover, Delaware. Los Lucero vivían en Orange Street, al sur de Baltimore. Así fue como nació York & Orange Traders, gracias a la asombrosamente eficiente ley para la creación de empresas del estado natal de Mark. Por quinientos dólares, pagados mediante tarjeta de crédito, formalizaron por internet la escritura de constitución, y la recién creada empresa utilizó como sede la que le proporcionó una de las muchas empresas de servicios corporativos que había en Delaware. Una vez creada y en funcionamiento en el territorio nacional, York & Orange Traders empezó a expandirse inmediatamente. Con la vista puesta en los países del sur, eligieron la nación caribeña de Barbados como lugar para establecer su primera sucursal. Por una tasa de seiscientos cincuenta dólares, registraron la empresa en las Antillas Menores.

Pero abrir una cuenta bancaria allí no era tan fácil como registrar una empresa.

Tras semanas de búsqueda por internet, Mark y Todd se enteraron de que no debían trabajar con un banco suizo. Ante el menor indicio de dinero ilícito, los suizos se negaban a tener ninguna relación con el negocio. En general, sus bancos temían a las autoridades estadounidenses y muchos directamente no aceptaban empresas estadounidenses de reciente creación. Sin embargo, en el Caribe parecía que todo era un poco menos estricto.

En Wall Street las noticias de la proposición de acuerdo fueron bien recibidas. Las acciones de Swift Bank subieron mucho nada más abrir la Bolsa, y siguieron aumentando de precio y muy solicitadas durante la mañana. Para el mediodía del miércoles ya habían doblado su valor, alcanzando los veintisiete dólares por acción.

Los abogados de Swift intentaban conseguir cuanto antes las aprobaciones de los seis jueces federales que se encargaban de las demandas colectivas. A Mark y Todd, que estaban vigilando todo lo que pasaba en los juzgados minuto a minuto gracias a varias aplicaciones, no les sorprendió que el juez de Miami fuera el primero en cruzar la meta: refrendó el acuerdo antes de las dos de la tarde, menos de veinticuatro horas después de que Swift anunciara sus planes.

Poco después Marvin Jockety llamó a Mark.

—Llame usted a Barry Strayhan —le dijo, haciendo un esfuerzo por mostrarse educado.

—Claro. ¿Cuál es su número?

Jockety se lo facilitó y colgó.

Mark llamó a Strayhan de inmediato.

—Hemos cumplido nuestra parte del trato —le dijo este—. ¿Y ustedes?

—Hemos cancelado la reunión con el periodista de *The New York Times*. Dejaremos las cosas en espera hasta que se pague el dinero y después no volverá a saber de nosotros. Como prometimos.

—¿Qué ganan ustedes con el acuerdo?

—Fue a la facultad de Derecho de Harvard, ¿verdad, señor Strayhan? ¿Promoción del ochenta y cuatro?

—Correcto.

—¿Y no le enseñaron en Harvard que evitara hacer preguntas para las que no iba a obtener respuesta? —exclamó Mark.

Y colgó.

La mañana del miércoles Idina Sanga se presentó en la cárcel y dijo a los funcionarios que no se iría de allí hasta que no hablara con sus clientes. Añadió que tenía en la mano el nombre y el teléfono de una importante juez por si le hacía falta. Hizo todo el ruido que pudo durante una hora y, al final, la acompañaron a un ala repleta de salas diminutas, muchas de las cuales ya había visitado en otras ocasiones. No había ventanas ni ventiladores y no corría ni una brizna de aire allí, así que durante otra hora esperó en medio del denso y sofocante calor hasta que llevaron a la sala a Bo, esposado. Tenía el ojo izquierdo hinchado y un pequeño corte encima. Los guardias salieron, pero no le quitaron las esposas.

—Estoy bien —dijo Bo a Idina—. No le diga nada de esto a Zola... ni a mi madre.

—¿Qué ha pasado? —preguntó ella.

—Los guardias se aburrían, ya sabe.

—Lo siento. ¿Quiere que presente una queja?

—No, por favor. Únicamente empeoraría las cosas, si es que eso es posible. Estoy en una celda con otros cinco hombres, todos deportados de Estados Unidos. Las condiciones no son buenas, pero sobrevivimos. Las quejas solo complican las cosas.

—¿No sabes nada de Abdou?

—No. No he visto a mi padre y estoy preocupado por él.

—¿Te han interrogado? —preguntó Idina.

—Sí, esta mañana, un oficial de alto rango. Estábamos solos en la habitación. Creen que mi hermana es una abogada rica de Estados Unidos y, claro, quieren dinero. He intentando explicar a ese hombre que Zola no es más que una pobre estudiante que no tiene trabajo, pero el oficial no me ha creído. Ha dicho que miento. Que tienen pruebas. Encontraron el dinero de Zola en la caja fuerte del hotel. Ha dicho que eso es el pago inicial, pero que desean más.

—¿Cuánto más?

—Diez mil dólares por mi padre, ocho mil por mi madre y otros ocho mil por mí.

—Eso es una barbaridad —exclamó Idina, perpleja—. No es raro que pidan sobornos, pero nunca semejantes cantidades.

—Lo que pasa es que creen que Zola es rica. Como ha venido aquí con un montón de dinero, están convencidos de que tiene más en Estados Unidos.

—¿Y los seis mil que ya se llevaron?

—El oficial me ha dicho que ese es el precio por Zola. Le he contestado que ella es ciudadana estadounidense, que ya se ha registrado en la embajada de Estados Unidos. Ni se inmutó. Dice que las arrestarán a ella y a mi madre si no pagan.

—Pero eso es ridículo. Tengo amigos en el gobierno, y voy a llamarlos ahora mismo.

Bo negó con la cabeza e hizo una mueca.

—No lo haga, por favor. Aquí murieron dos hombres la semana pasada, eso me han contado. Las cosas pueden ponerse mucho peor. A veces oímos gritos. Si nos quejamos, ¿quién sabe lo que puede pasar? —Bo se limpió como pudo la boca con el dorso de una de las manos esposadas—. Tengo amigos en Estados Unidos, pero todos son personas humildes, trabajadoras, como nosotros, gente con poco dinero. Mi hermano, Sory, vive en California, pero nunca ahorra y siempre está sin blanca. No se me ocurre nadie a quien pueda llamar. Mi jefe, bueno, exjefe, es un buen hombre, pero no querrá tener nada que ver en esto... Nadie quiere saber nada cuando atrapan a los ilegales y los envían de vuelta a su país de origen. Estuvimos cuatro meses en un centro de detención y perdimos el contacto con casi todos los de fuera. Cuando tus amigos se enteran de que van a deportarte dejan de ser tus amigos. Es una cuestión de supervivencia. —Cerró los ojos y frunció el ceño, angustiado—. No tengo a nadie a quien llamar. Deberá preguntar a Zola.

Los Mets ganaron los dos primeros partidos en el estadio de los Yankees. Los dos siguientes serían en Citi Field. Mark y Todd volvieron a comprar las entradas más baratas y se sentaron muy lejos de la acción, en las gradas más altas de la parte izquierda del campo. Por mucha publicidad que hubieran dado a ese tercer partido, el estadio no estaba lleno.

Bebieron cerveza, miraron el partido, animaron a los dos equipos porque Todd era seguidor de los Orioles y Mark prefería a los Phillies, y planearon en voz baja lo que harían los días siguientes. Por la mañana cogerían un tren a Washington D. C. y se reunirían con Phil Sarrano, quien iba a hablar con el fiscal para averiguar cómo estaban las cosas.

Todd estaba comprando una bolsa de cacahuetes cuando el teléfono de Mark sonó. Era Zola, todavía atrapada en aquel hotel cochambroso y en una situación en la que nada era seguro. Los dos amigos hablaban con ella todos los días, aunque solo durante unos minutos. Se escribían emails para contarse las noticias, pero tenían cuidado de no poner todo por escrito. Si había que hablar de sobornos, mejor tratar el tema por teléfono.

—Tiene un problema grave —dijo Mark a Todd cuando colgó. Le resumió lo que le había contado y terminó diciendo—: Necesita veintiséis mil dólares. Tiene seis mil en el banco, en Washington D. C., así que veinte mil serán a cuenta de la empresa.

Todd reflexionó un momento.

—La cuenta de la antigua empresa está temblando ya. Sale mucho dinero y no entra nada.

—Pero tenemos treinta y un mil dólares todavía, ¿no?

—Un poco más. Y lo de hacer una transferencia de veinte mil dólares a alguien de Senegal, ¿qué te parece?

—Quiere que se lo enviemos a la cuenta del bufete de su abogada. Una vez allí, quién sabe, pero supongo que Zola podrá arreglárselas.

—¿Y si la encierran por soborno?

—No creo que metan a nadie en la cárcel por soborno en ese país. Aun así, tenemos que correr el riesgo.

—Entonces ¿vamos a hacerlo? ¿Sin más? ¿Decimos adiós a veinte mil dólares que hemos ganado con el sudor de nuestra frente captando borrachos en los juzgados?

—Bueno, la mayor parte ha salido de los bolsillos de los contribuyentes, si no recuerdo mal. Pusimos nuestra pasta para cubrir gastos cuando empezamos con el bufete. Estamos en esto juntos, Todd, no ha cambiado nada. Zola necesita el dinero. Lo tenemos. Fin de la conversación.

Todd partió un cacahuete y se echó las semillas en la boca.

—Vale. Pero a ella no pueden arrestarla, ¿no? Está registrada en la embajada de Estados Unidos.

—¿Me preguntas a mí qué puede hacer la policía en Dakar, Senegal?

—No, no te lo pregunto.

—Bien. Zola es estadounidense, Todd, igual que tú y yo, y nosotros estamos aquí sentados, mirando un partido de béisbol, mientras ella las pasa canutas en África, un sitio en el que no ha estado nunca. A nosotros nos preocupa presentarnos ante un juez hostil el viernes, pero ella está intentando que no la metan en la cárcel, un lugar donde podría pasarle cualquier cosa. ¿Te imaginas a los vigilantes cuando la vean?

—¿Por qué me sueltas a mí ese sermón?

—No tengo ni idea de lo que hago, solo sé que estoy to-mándome una cerveza. Le debemos mucho a Zola, Todd. Hace cinco meses su vida iba bastante bien. Gordy y ella se divertían. Estaba a punto de terminar la facultad y luego ha-cer lo que fuera que pensaba hacer. Entonces aparecimos no-sotros y ahora está en Senegal, aterrorizada, sin dinero, sin trabajo, en Estados Unidos está acusada de varios delitos y pronto será juzgada, etcétera. Pobre chica. Probablemente estará maldiciendo el día que nos conoció.

—No, Zola nos adora.

—Nos adorará mucho más cuando le mandemos los vein-te mil dólares.

—Probablemente es más frágil de lo que creemos.

—Creo que en eso tienes razón. Menos mal que tú y yo no somos frágiles. Somos unos chiflados, lo más seguro, pero no frágiles.

—Chiflados es justo lo que somos. Un par de lunáticos.

—¿Te has preguntado alguna vez por qué lo hicimos?

—No. Pasas demasiado tiempo pensando en el pasado, Mark, y tal vez yo no paso suficiente. Pero lo hecho hecho está. No podemos dar marcha atrás y cambiar las cosas, así que deja de pensar en ellas e intenta arreglarlas. Pasó. Lo hi-cimos. No está en nuestras manos deshacerlo. Coño, ya te-nemos bastantes preocupaciones con lo que nos espera en un futuro próximo.

—¿Nada de arrepentimientos?

—Yo no me arrepiento nunca de nada, ya lo sabes.

—Ojalá yo pudiera dar carpetazo a todo así. —Mark dio un sorbo a la cerveza y estuvo unos minutos mirando el par-tido. Después dijo—: Yo me arrepiento del día en que empe-cé en la facultad. Me arrepiento de haber pedido prestado todo ese dinero. Me arrepiento de lo que le pasó a Gordy. Y voy a arrepentirme mucho de todo si nos meten en la cárcel seis meses y después quedamos marcados para siempre como expresidiarios.

—Genial. Ahora tienes un montón de arrepentimientos. ¿Y de qué te sirve lloriquear por ellos?

—No estoy lloriqueando.

—Pues a mí me parece que sí.

—Vale, estoy lloriqueando un poco. Y si acabas en la cárcel, ¿seguro que no te arrepentirás de nada?

—Mark, tú y yo sabemos que no vamos a ir a la cárcel. Punto. Puede que algún juez firme algún día una sentencia que diga que debemos ir a la cárcel, pero no estaremos en la sala cuando eso ocurra. Ni en la ciudad ni, seguramente, en el país, ¿vale?

—Vale.

39

A las nueve de la mañana del jueves, Mark y Todd entraron en su nuevo banco de Fulton Street, que acababa de abrir. Tenían una cita con la directora y le contaron una enrevesada historia para justificar su urgente necesidad de trasferir veinte mil dólares a un bufete en Senegal. Zola les había enviado por email unas instrucciones muy precisas para la transferencia. La directora nunca había hecho una operación así en su breve carrera. Hizo unas cuantas llamadas y se enteró, a la vez que Todd y Mark, de que la tasa de cambio entre dólares estadounidenses y francos de África Occidental era elevada. Primero cambiaron los dólares por francos de África Occidental y después el señor Lucero, socio sénior, autorizó la transferencia. Una vez hecha, el dinero tardaría en llegar a Senegal unas veinticuatro horas, si todo iba bien. La transacción llevó una hora, tiempo suficiente para que Mark y Todd se ganaran a la directora con sus comentarios inteligentes y su irresistible personalidad.

Con el dinero en camino, Mark y Todd cogieron el tren hasta Manhattan y llegaron a Penn Station. Se entretuvieron porque no tenían prisa por llegar a Washington D. C., y al final se subieron al tren a mediodía y se pasaron todo el camino a casa durmiendo.

¿Esa era su casa? Aunque solo llevaban fuera cinco días,

Washington D. C. les pareció otro mundo cuando llegaron. Durante años había sido el lugar que habían elegido, en el que empezarían y desarrollarían sus carreras en un mundo lleno de oportunidades, una ciudad repleta de abogados, bufetes y profesionales jóvenes, todos en constante ascenso. Pero de repente se había convertido en el lugar donde habían fracasado estrepitosamente, y todavía podían empeorarlo todo más. Pronto dejarían Washington D. C. con prisa y avergonzados, perseguidos por gente que los buscaba, así que les costaba mirar la ciudad desde la parte de atrás del taxi y sentir esa punzada de nostalgia.

El despacho de Phil Sarrano estaba en Massachusetts Avenue, cerca de Scott Circle. Phil era uno de los cuatro socios de un bufete con diez abogados, especializado en la defensa penal de delitos de guante blanco, un trabajo que por lo general implicaba buenos honorarios pagados por políticos, miembros de grupos de presión y contratistas del gobierno con mucha pasta. Y ese bufete había conseguido sacar tiempo para dos estudiantes que habían dejado la carrera para hacer una descarada incursión en la orgullosa profesión de la abogacía y que, además, eran demasiado pobres para contratar a un abogado con más experiencia.

Phil era solo un año mayor que Todd y Mark. Se había graduado en Foggy Bottom en 2011, el año que ellos empezaron. Pero en su despacho no vieron el título de esa facultad. En la pared que tenía detrás de su mesa, que bien podría llamarse su «egoteca», tenía enmarcado y colgado un bonito título de sus estudios de pregrado de Humanidades en la Universidad de Michigan, pero nada de Foggy Bottom. Era un despacho bonito, en un bufete con buena apariencia y con un ambiente interesante y próspero. Y Phil parecía disfrutar con su trabajo.

¿Dónde se les había torcido el futuro a ellos? ¿Por qué sus carreras habían descarrilado de esa forma?

—¿Quién es el fiscal? —preguntó Todd.

—Mills Reedy. ¿La conoces?

—No. No me he acostado con ella. ¿Y tú? —preguntó a Mark.

—No, con esa no.

—¿Cómo? —exclamó Phil.

—Disculpa, es un chiste entre nosotros —comentó Todd.

—Pues mejor que no volváis a hacerlo en voz alta.

—¿Es dura? —quiso saber Mark.

—Sí, una verdadera bruja —dijo Phil, y cogió una carpeta—. Me ha mandado el archivo del caso y le he echado un vistazo. Hay copias de todas las veces que habéis comparecido en los juzgados, con otros nombres, claro, así que tengo que haceros una pregunta que no suelo hacer: ¿tenéis alguna defensa?

—No —reconoció Mark.

—Ninguna —dijo Todd—. Somos culpables, total y absolutamente culpables.

—¿Y por qué lo hicisteis?

—¿Esa no es una de esas pregunta que se supone que nunca hay que hacer a un cliente? —replicó Todd.

—Supongo —reconoció Phil—. Tengo curiosidad, nada más.

—Ya te lo contaremos en otro momento, tomando una copa tal vez —contestó Mark—. Pero yo tengo que preguntarte algo que tiene que ver con la fiscalía. ¿Van en serio de verdad con esta chorrada? Es un delito menor. De hecho, en la mitad de los estados ejercer sin licencia no es más que una falta. Y una leve.

—Pero este no es uno de los estados de esa mitad —lo contradijo Phil—. Esto es Washington D. C. y, como sabríais si tuvierais licencia, el colegio se toma su trabajo muy en serio. Y lo hace muy bien. He tenido una conversación con la señora Reedy y la he visto muy decidida. Me recordó que la condena máxima son dos años de cárcel y una multa de mil dólares.

—Eso es ridículo —comentó Todd.

—No vamos a ir a la cárcel, Phil —aseguró Mark—. Y te hemos pagado a ti los últimos seis mil dólares que nos quedaban, así que estamos sin blanca. A cero.

—Tuve que pedir la pasta a mi abuela —le recordó Todd.

—¿Qué queréis, que os los devuelva? —se quejó Phil, irritado.

—No, no, quédatelos —dijo Mark—. Solo queremos que sepas que no tenemos nada de nada y que no pensamos ir a la cárcel. Escribe eso en alguna parte.

—Tampoco podemos pagar una fianza —añadió Todd.

Phil sacudió la cabeza.

—Dudo que os impongan una fianza. Y si no tenéis defensa y no queréis aceptar ninguna pena, ¿qué pretendéis que haga yo?

—Retrasar las cosas —anunció Mark.

—Demorarlo todo —aportó Todd—. Atascarlo, dejar que se pudra. Si solicitamos fecha de juicio, ¿para cuándo nos darían?

—Para dentro de seis meses, por lo menos. Tal vez un año —dijo Phil.

—Estupendo —contestó Mark—. Di a la señora Reedy que vamos a juicio, y así tendremos mucho tiempo para llegar a un acuerdo.

—Sonáis como un par de abogados de verdad —respondió Phil.

—Es que hemos estudiado en Foggy Bottom —fue la respuesta de Todd.

Cuando oscureció, se colaron en su apartamento de encima de The Rooster Bar para ver cómo estaba todo y, tal vez, quedarse a dormir. Pero daba más pena de lo que recordaban, de manera que, una hora después, llamaron a un coche y fueron a un hotel barato. Cada uno de ellos tenía cinco mil dólares en efectivo en el bolsillo, lo que significaba que en la cuenta corriente de Lucero & Frazier habían quedado solo 989,31 dólares. Encontraron un asador económico y se zamparon para cenar dos filetes y dos botellas de un buen cabernet de California.

Cuando les retiraron los platos y ya casi no quedaba vino, Todd preguntó a Mark:

—¿Te acuerdas de la película *Fuego en el cuerpo*? La de Kathleen Turner y William Hurt.

—Sí, una película muy buena sobre un abogado incompetente.

—Entre otras cosas. Mickey Rourke hace de un tío que está en la cárcel y suelta una frase muy famosa que decía algo así como: «Cuando matas a alguien, puedes cometer diez errores. Si te vienen a la cabeza ocho, eres un genio». ¿La recuerdas?

—Me suena. ¿Has matado a alguien?

—No, pero hemos cometido errores. De hecho, probablemente hemos cometido tantos que no seríamos capaces de recordar ni la mitad.

—¿Cuál es el primero?

—La fastidiamos cuando explicamos a Rackley que nuestro amigo se suicidó. Fue una estupidez. Ese tipo de seguridad... ¿Cómo se llamaba?

—Doug Broome, creo.

—Ese. Broome nos acojonó cuando entró y dijo que había revisado a todos los Mark Finley y los Todd McCain del país, ¿verdad?

—Sí.

—Es obvio que Rackley es un fanático de la seguridad y la información. No le costará mucho revisar los suicidios recientes de estudiantes en sus facultades de Derecho y aparecerá el nombre de Gordy. Broome y sus hombres pueden ir a preguntar por Foggy Bottom y alguien les dará nuestros nombres reales, que salieron en *The Washington Post* la semana pasada, por cierto. Y con nuestros nombres reales, Broome se pondrá a rebuscar y sin mucha dificultad el rastro lo llevará, por supuesto, hasta nuestro nuevo bufete de Brooklyn.

—Espera, me he perdido. Aunque conozca nuestros nombres reales y de dónde somos, ¿cómo va a encontrar Lucero & Frazier en Brooklyn? El bufete no está registrado allí. Tampoco está en la guía, y no tenemos web. No sé cómo iba a hacerlo.

—Error número dos. Nos pasamos con lo de la demanda colectiva de Miami. Rackley y Strayhan se habrán preguntado por qué estábamos tan interesados en la demanda de Cohen-Cutler. Es lo único que le pedimos, así que deducirá que debemos de tener alguna relación con ello. ¿Y si Broome, pongamos por caso, se entera de que el bufete Lucero & Frazier ha pasado mil trescientos casos a Cohen-Cutler?

—Para, para. No somos los abogados que constan en la demanda y el nombre de nuestro bufete no se ha hecho público, como el de todos los demás abogados que les han pasado sus casos. Cohen-Cutler tiene esa información, pero es confidencial. Y no hay forma de que Rackley se entere de lo que pasa internamente en Cohen-Cutler. Además, ¿por qué querría enterarse?

—Tal vez ni siquiera tenga que llegar hasta ahí. Puede informar al FBI de que hay un potencial fraude en el acuerdo de Swift Bank.

—Pero él quiere que el acuerdo siga adelante y que todo pase y se olvide lo antes posible.

—Quizá, pero tengo la corazonada de que Rackley es de

esos que reaccionaría mal si tuviera la sospecha de que estamos robándole.

—Dudo que le interese que el FBI se inmiscuya en sus asuntos, en especial en los que tienen que ver con Swift.

—Cierto, pero puede encontrar otra forma de levantar la liebre.

Mark hizo girar el vino en la copa mientras lo contemplaba. Le dio un sorbo y frunció los labios. Todd miraba a lo lejos.

—Creía que no te arrepentías nunca de nada —comentó Mark.

—Esto son errores, no arrepentimientos. Se acabaron los arrepentimientos, y es una pérdida de tiempo flagelarse por ellos. Pero los errores son movimientos en falso del pasado que pueden afectar al futuro. Con suerte, los errores pueden contenerse o incluso corregir.

—Estás preocupado de verdad.

—Sí, y tú también. Estamos jugando con gente muy rica con recursos ilimitados e infringiendo todas las leyes que nos encontramos a nuestro paso.

—Mil trescientas veces, para ser exactos.

—Como mínimo.

El camarero se pasó por la mesa y les preguntó si tomarían postre. Pidieron un brandy.

—He llamado a Jenny Valdez de Cohen-Cutler en cuatro ocasiones hoy, pero no he conseguido contactar con ella —dijo Todd—. No puedo ni imaginarme el caos que habrá allí ahora mismo mientras intentan procesar doscientas veinte mil demandas. Probaré mañana otra vez. Tenemos que asegurarnos de que el nombre de nuestro bufete sigue bien enterrado y de que nos enteraremos si alguien llama para investigar sobre nosotros.

—Bien. ¿Crees que Broome aparecerá mañana en el juzgado?

—No, en persona no. Pero quizá envíe a alguien a echar un vistazo.

—Estás poniéndome paranoico a mí.

—Cuando uno huye como nosotros estamos haciendo, Mark, las paranoias son buenas.

40

Para evitar atravesar los pasillos de los juzgados, que una vez recorrieron tan campantes en busca de clientes, los acusados utilizaron un ascensor de servicio que pocos abogados conocían y que conectaba con una entrada trasera. Por suerte, Phil lo conocía y supo guiar a los chicos después por un laberinto de cortos pasillos flanqueados por los despachos de los jueces, las secretarias y los funcionarios. Mark y Todd llevaban chaqueta y corbata, por si quizá alguien iba al juzgado a hacerles una foto, pero no hablaron con nadie e intentaron no intercambiar miradas con las pocas personas que les resultaban familiares.

Cuando faltaban diez minutos para las diez llegaron desde la parte de atrás y entraron en la sala de su señoría Abraham Abbott, Juzgado número 6 del Tribunal de Delitos Menores. Ansiosos por saber quiénes eran los curiosos que había allí, los dos acusados echaron un vistazo rápido al público. Había unos treinta espectadores, unos pocos más que los que normalmente se veían en una primera comparecencia. Se sentaron a la mesa de la defensa, dando la espalda a la gente, mientras su abogado se acercaba a hablar con la fiscal. El juez Abbott estaba en el estrado repasando unos papeles. La guapa Hadley Caviness apareció como surgida de la nada, se coló entre ambos y se agachó para hablarles.

—Estoy aquí para daros un poco de apoyo inmoral, chicos —susurró.

—Gracias —dijo Mark.

—Estuvimos a punto de llamarte anoche —dijo Todd.

—Estaba ocupada —contestó Hadley.

—¿Y esta noche?

—Lo siento, pero tengo una cita.

—¿Qué puedes decirnos de la señora Reedy? —preguntó Mark al tiempo que la señalaba con la cabeza.

—Una incompetente total —dijo Hadley con una sonrisita—. Aunque demasiado imbécil para darse cuenta. Pero es una verdadera hija de puta.

—¿Hay algún periodista en la sala? —quiso saber Todd.

—El de *The Washington Post* está en la parte izquierda, cuarta fila; es el tío de la chaqueta marrón. Tengo que irme. No perdáis mi número y llamadme cuando salgáis —les pidió, y desapareció tan rápido como había aparecido.

—¿Cuándo salgamos? ¿De dónde, de la cárcel? —susurró Mark.

—Adoro a esa zorrita —murmuró Todd.

Se abrió una puerta a la derecha del estrado y entraron en la sala tres presos con monos naranjas que estaban encadenados entre sí. Tres hombres jóvenes negros, recién sacados de las peores calles de Washington D. C., y que seguramente iban a pasar unos años en prisión. Si no eran ya miembros de alguna banda, se unirían a una muy pronto en busca de protección. Durante sus breves carreras como abogados penalistas, Mark y Todd habían oído muchas historias sobre los horrores de la cárcel.

El funcionario pronunció los nombres de Frazier y Lucero. Los dos se levantaron, se acercaron al estrado con Phil y alzaron la vista para mirar al juez Abbott, que estaba muy serio.

—La verdad es que no reconozco a ninguno de ustedes

dos, pero me han dicho que han estado aquí con anterioridad —fueron sus primeras palabras.

Sí que habían estado, pero no tenían intención de decirlo. El juez continuó.

—Señor Mark Frazier, se le acusa de infringir la sección 54B del Código Penal del Distrito de Columbia por ejercer la abogacía sin licencia. ¿Cómo se declara?

—Inocente, señoría.

—¿Y el señor Lucero, que se enfrenta a los mismos cargos?

—Inocente, señoría.

—Aquí consta una tercera acusada, la señora Zola Maal, también conocida como Zola Parker, que asumo que será el nombre que utilizaba para ejercer. ¿Dónde está la señora Maal? —preguntó mirando a Mark, quien se encogió de hombros como si no tuviera ni idea.

Sarrano intervino.

—Al parecer, la señora Maal se encuentra fuera de Estados Unidos, señoría. Han expulsado a su familia del país y la han enviado de vuelta a África. Por lo que sé, ella habría viajado hasta allí para ayudarlos. Pero yo no la represento.

—Muy bien —dijo el juez Abbott—. Este caso tan peculiar se vuelve más extraño por momentos. Sus casos serán examinados por el gran jurado. Si deciden acusarlos, se les notificará la fecha del juicio. Pero seguro que ya conocen el procedimiento. ¿Alguna pregunta, señor Sarrano?

—No, señoría.

Mills Reedy interrumpió la conversación.

—Señoría, quiero solicitar que se imponga una fianza para los dos acusados —pidió.

Phil manifestó su contrariedad con un gruñido y el juez Abbott se mostró sorprendido.

—¿Por qué? —preguntó.

—Ha quedado probado que estos acusados han utilizado anteriormente identidades falsas y eso implica un evidente riesgo de fuga. La fianza asegurará que vuelvan a comparecer en el juzgado cuando se les requiera.

—¿Señor Sarrano? —dijo el juez.

—No lo veo necesario, señoría. A mis clientes los detuvieron el viernes y los convocaron hoy a las diez de la mañana. Me contrataron, y estábamos aquí esta mañana quince minutos antes de la hora convenida. Cuando se establezca la fecha en la que tienen que comparecer, yo me aseguraré de que se presenten.

«Eso es lo que tú te crees —pensó Todd—. Mírenos bien, señor juez, porque no volverá a vernos.»

«Riesgo de fuga —repitió mentalmente Mark—. Más bien lo nuestro va a ser una misteriosa desaparición de la faz de la tierra. Si creéis que voy a aceptar voluntariamente pasar parte de mi vida en la cárcel, estáis locos.»

—La otra acusada ya ha huido del país, señoría —insistió la señora Reedy—. Y todos ellos han utilizado identidades falsas.

—No creo que haya necesidad de establecer fianza en este momento, señor Sarrano —concedió el juez—. ¿Sus clientes acceden a quedarse en el Distrito de Columbia hasta que sus casos se presenten ante el gran jurado?

Phil miró a Mark, quien se encogió de hombros.

—Por supuesto —dijo—, pero necesito ir a ver a mi madre a Dover. Aunque supongo que puede esperar.

—Y mi abuela está muy enferma en Baltimore —añadió Todd—, pero supongo que eso también puede posponerse. Lo que diga el tribunal.

Qué fácil era mentir.

—Estos dos hombres no irán a ninguna parte, señoría —aseguró Sarrano—. Imponerles una fianza les supondría un desembolso innecesario.

El juez parecía frustrado.

—De acuerdo —concluyó por fin—. No lo veo necesario.

La señora Reedy lo intentó de nuevo.

—Señoría, ¿al menos podría retirarles los pasaportes?

Mark se echó a reír.

—No tenemos pasaporte, señoría —dijo—. Solo somos dos estudiantes de Derecho que han dejado la facultad y están sin blanca.

Llevaba su pasaporte auténtico en el bolsillo y estaba deseando usarlo. Pero una hora después iba a comprar también uno falso, solo por si acaso.

Su señoría levantó una mano para indicarle que se callara.

—No les impondré una fianza. Los veré de nuevo dentro de un par de meses.

—Gracias, señoría —dijo Sarrano.

Ya se alejaban del estrado cuando Darrell Cromley cruzó la barrera con unos documentos en la mano.

—Disculpe la interrupción, señoría —se excusó elevando la voz—, pero necesito entregar una notificación a estas dos personas. Aquí tienen una copia de la demanda que he presentado en nombre de mi cliente, Ramon Taper.

—Pero ¿qué demonios está haciendo? —preguntó Sarrano.

—Estoy demandando a sus clientes —contestó Cromley, que se diría que disfrutaba con la atención que estaba atrayendo.

Mark y Todd recogieron las copias de la citación y de la demanda cuando iban de camino a la mesa de la defensa. El juez Abbott parecía estar pasándoselo muy bien. En ese momento un caballero que estaba sentado en la primera fila se levantó.

—Perdone, señoría, pero yo también necesito notificar algo a estos hombres —anunció—. Represento a Kerrbow Properties, y estas dos personas no abonaron en enero la renta correspondiente a las viviendas que a mis representados les alquilaban —dijo mientras agitaba con la mano alzada unos papeles.

Sarrano se acercó para cogerlos. Cuatro filas por detrás del tipo de Kerrbow, otro hombre se puso en pie.

—Y yo, señor juez —dijo—, contraté a ese hombre, Mark Upshaw, para que defendiera a mi hijo de una acusación de conducción bajo los efectos del alcohol. Le pagué mil dólares en efectivo, pero después no se presentó en el juzgado. Ahora han emitido una orden de detención contra mi hijo, y quiero que me devuelva el dinero.

Mark miró al hombre, que de repente le resultó familiar. Y en el pasillo central, tambaleándose, apareció Ramon Taper.

—¡Esos tíos aceptaron mi caso y lo estropearon, señor juez! —dijo a voz en cuello—. Tienen que ir a la cárcel.

Un alguacil de uniforme se acercó a la barrera para impedir el paso a Ramon. El juez Abbott dio unos golpes con su maza y exclamó:

—¡Orden en la sala, orden!

Phil Sarrano miró a sus clientes.

—Vámonos de aquí.

Y los tres rodearon el estrado y desaparecieron por una puerta lateral.

Cuatro meses después de haber comprado sus permisos de conducir falsos para empezar su desafortunada aventura de ejercer de abogados callejeros, Mark y Todd volvieron al taller de Bethesda donde trabajaba su falsificador favorito para comprar pasaportes falsos. Eso también era un delito, no cabía duda, pero el tipo anunciaba abiertamente en internet que hacía pasaportes falsos. Y no era el único que se dedicaba al «negocio de los documentos». Él les garantizó que sus pasaportes engañarían a cualquier agente de inmigración y aduanas del mundo. Todd estuvo a punto de preguntarle si estaba dispuesto a dar la cara para demostrarlo, si era necesario. ¿Acaso confiaban en que se presentaría en el aeropuerto para discutir con los agentes? No. Mark y Todd sabían que si los pillaban, ese tío no volvería a contestar al teléfono.

Tras posar para las fotografías y firmar con los nombres Mark Upshaw y Todd Lane en los recuadros correspondientes, estuvieron una hora viéndolo cortar y pegar meticulosamente las páginas de los datos personales con las blancas y después incluir una impresionante colección de sellos, señal de que habían viajado mucho. Seleccionó unas tapas muy gastadas de pasaporte normal para cada uno e incluso les puso pegatinas de seguridad en el reverso. Le pagaron mil dólares en efectivo.

—Buen viaje, chicos —les deseó cuando se fueron.

La fiesta de graduación consistió en una celebración improvisada en un bar de deportes de Georgetown. Wilson Featherstone envió un mensaje a Mark para invitarlo, y como Todd y él no tenían nada mejor que hacer esa noche de viernes, acudieron, algo tarde, y se unieron a media docena de amigos de la facultad para festejarlo emborrachándose. Al día siguiente Foggy Bottom organizaba la típica ceremonia formal de graduación, a la que, como siempre, asistiría muy poca gente. Solo dos del grupo tenían intención de ir para recoger esos títulos que no valían para casi nada, y lo harían únicamente porque sus madres habían insistido.

Así que todos bebieron. Los otros se quedaron fascinados por las aventuras que Mark y Todd habían vivido durante los últimos cuatro meses, y ellos dos los obsequiaron con todas las historias de las peripecias de Upshaw, Parker & Lane. La mesa estalló en carcajadas cuando Mark y Todd les contaron a dos voces los episodios de Freddy Garcia, Ramon Taper y su prometedora demanda que se estropeó en sus manos, sus visitas a los despachos de Rusty, Jeffrey Corbett y Edwin Mossberg, cómo la pobre Zola intentaba captar clientes en las cafeterías de los hospitales, cómo habían esquivado al notificador en The Rooster Bar y cómo los asesores crediticios no les habían dejado en paz en todo ese tiempo. Ya no había más secretos. Se habían convertido en leyendas en Foggy Bottom, y el hecho de que, aunque se enfrentaban a una posible condena de cárcel, estuvieran tomándose todo a risa solo servía para aumentar el interés que sus historias despertaban.

Cuando les preguntaron por sus planes, Mark y Todd dijeron que estaban planteándose la posibilidad de abrir otra sucursal de Upshaw, Parker & Lane en Baltimore y ponerse a buscar clientes en los juzgados penales de allí. ¿Quién necesitaba una licencia para ejercer? Pero en ningún momento les revelaron su verdadero y ambicioso plan.

De los ocho que había allí, seis iban a presentarse al examen de colegiación dentro de dos meses. Tres tenían trabajo, aunque dos de ellos eran en oenegés. Solo uno iba a trabajar en un bufete, y el puesto estaba condicionado a que aprobara el examen. Todos tenían una montaña de deudas derivadas de la enorme estafa de las facultades de Derecho que Hinds Rackley había orquestado.

Y aunque todos sentían que Gordy estaba allí, nadie lo mencionó.

41

Todd ganó cuando él y Mark lanzaron una moneda al aire, así que cogió un taxi al aeropuerto de Dulles a última hora de la mañana del sábado. Pagó setecientos cuarenta dólares por un billete de ida y vuelta a Barbados con la compañía Delta. Su pasaporte falso no levantó la menor sospecha en los dos mostradores de Delta ni en los controles de seguridad. Voló dos horas hasta Miami, roncando la mayor parte del tiempo. Se despertó por completo en la escala de tres horas que pasó en una sala de espera del aeropuerto y estuvo a punto de perder su avión al sur. Llegó a Bridgetown, la capital, cuando ya era de noche y cogió un taxi hasta un pequeño hotel de la playa. Al oír música se quitó los zapatos, se remangó los pantalones y caminó por la arena caliente hasta que encontró un complejo turístico cercano en el que había una fiesta. Una hora después ya estaba flirteando con una atractiva mujer de Houston, de unos cincuenta años, cuyo marido estaba inconsciente en una hamaca allí al lado. Hasta entonces Barbados estaba gustándole.

Mark se subió a un tren en Union Station y dejó Washington D. C. para siempre. Llegó a Nueva York a las cinco de la madrugada, cogió el metro hasta Brooklyn y encontró su suite justo como la habían dejado el jueves.

El sábado de Zola fue más ajetreado. A media mañana un destacado miembro de la policía vestido con traje y corbata llegó al hotel, junto con dos agentes uniformados. Dejó a sus acompañantes en el vestíbulo y subió con Zola a su habitación en la cuarta planta. Al tiempo que Fanta le hacía las veces de traductora, la joven entregó al policía un abultado sobre con francos de África Occidental, el equivalente a veintiséis mil dólares. Él contó el dinero despacio y pareció satisfecho con la transacción. De un bolsillo de la chaqueta sacó las tarjetas y los documentos de Zola; del otro, un sobre bastante menos lleno.

—Aquí tiene su dinero —dijo a Zola.

—¿Qué dinero? —preguntó ella, claramente sorprendida.

—El dinero que había en la caja del hotel. Unos seis mil dólares. El hotel guardaba registro de ello.

«Honor entre ladrones», pensó Zola, pero no dijo nada. Cogió su sobre mientras el policía se guardaba el suyo en el bolsillo.

—Volveré dentro de una hora —dijo, y salió de la habitación.

Exactamente una hora después, una furgoneta de la policía se detuvo delante del hotel. Abdou y Bo salieron de la parte de atrás, sin esposas, y entraron en el vestíbulo como un par de turistas. Se les saltaron las lágrimas al ver a Zola y a Fanta, y toda la familia lloró durante un buen rato. Después se fueron a la cafetería y lo celebraron con huevos y magdalenas.

Idina Sanga los encontró allí y los puso rápidamente en movimiento. Recogieron sus cosas y se prepararon para marcharse del hotel. Zola pagó la cuenta en la recepción mientras Idina paraba dos taxis. Salieron a toda prisa, sin mirar atrás, y se fueron en los vehículos. Cuarenta y cinco minutos después se detuvieron delante de un complejo de edifi-

cios altos y modernos. Idina estaba al teléfono, y un empleado salió a su encuentro cuando entraron en el vestíbulo del
edificio más alto. El apartamento temporal de los Maal se
encontraba en la séptima planta. Tenía pocos muebles, pero
¿qué más daba? Tras cuatro meses en un centro de detención y una semana en una cárcel de Dakar, a Abdou el piso le
pareció un palacio. Y además su familia estaba unida, libre y
a salvo.

Idina les dio muchas instrucciones. El apartamento estaba alquilado para tres meses, les dijo, y añadió que el lunes
comenzaría a tramitar la solicitud de documentación para
todos ellos. Recuperarían su ciudadanía senegalesa pronto
(habían nacido todos allí, al fin y al cabo, alegó) y Zola también podría solicitar la nacionalidad. De hecho, con lo que
sus dos socios le contaban, la joven no tenía ninguna prisa
por volver a Estados Unidos.

Por segunda mañana consecutiva, Todd se despertó con dolor de cabeza y la boca seca. Se recobró un poco con un café
cargado que se tomó junto a la piscina, y para el mediodía ya
estaba listo para ir de compras. Cogió un taxi hasta una ur-
banización nueva en el extremo norte de Bridgetown, una
laberíntica zona residencial en expansión de casas prefabricadas y edificios de apartamentos que resultaba mucho más
atractiva en la web que en la realidad. Páginas web... No
sabía muy bien por qué, pero cuando estaba de mal humor
miraba la web de Foggy Bottom y maldecía las caras sonrientes de esos estudiantes tan atractivos y diversos que se
enfrentaban, felices, al reto que suponía la facultad de Derecho. ¿Cómo se podía confiar en lo que ponía en una página web?

Había quedado con un agente inmobiliario, y este le enseñó dos apartamentos disponibles para venta o alquiler a

unos precios increíbles. Escogió el más pequeño de los dos y, tras negociar un poco, firmó el contrato para comprarlo y dio al agente un cheque de Lucero & Frazier por valor de cinco mil dólares, un cheque cuyos fondos llegarían directos desde Brooklyn. Con el contrato en la mano regresó al hotel, informó de las novedades a sus socios, se puso un bañador y se fue a la piscina, donde pidió un daiquiri helado en un tiki bar y se tumbó al sol para tostarse.

A última hora de la tarde del domingo, Barry Strayhan se presentó en la mansión de la Quinta Avenida de Hinds Rackley. Abrieron una botella de vino y se sentaron al sol en la terraza, con Central Park a sus pies. Doug Broome y su equipo habían conseguido identificar a Mark y a Todd, y seguían trabajando para unir todas las piezas del puzle. Las noticias de prensa del suicidio de Gordy los condujeron a la facultad de Derecho de Foggy Bottom y enviaron a un investigador a la triste ceremonia de graduación, que había tenido lugar el día anterior. Con una lista de graduados en la mano, obtenida del programa de la ceremonia, hicieron unas cuantas llamadas y consiguieron los nombres de Frazier y Lucero, un par de estudiantes de tercer año, amigos del difunto, que habían colgado la carrera en enero. Un compañero incluso les contó que los habían detenido por ejercer la abogacía sin licencia. Un breve artículo de *The Washington Post* del día anterior detallaba su movidita comparecencia del viernes en los juzgados. Rackley no era la única persona que estaba buscándolos; al parecer, estaban dejando un rastro de clientes descontentos y gente que quería demandarlos. Habían cerrado sus páginas de Facebook dos meses antes, pero un hacker que Broome contrató consiguió recuperar algunas fotos. No había duda de que Frazier y Lucero eran los dos chicos que fingieron ser periodistas cinco días antes, en la reunión con Rackley y Strayhan en Brooklyn.

Rackley miró las fotos y las comparó con las de sus carnets de conducir falsos de Washington D. C. Después las tiró sobre la mesa.

—¿Y a qué están jugando? —preguntó.

—Hace dos meses y medio —empezó Strayhan—, Mark Frazier se unió a una demanda colectiva de Miami contra Swift Bank como cliente afectado. Había abierto una cuenta en una de las sucursales de Washington D. C. en enero.

—Pues vaya cosa... Gracias al acuerdo, va a conseguir unos pocos dólares. Tiene que haber algo más.

—Todd Lucero se unió a una demanda colectiva de Nueva York y su compañera Zola Maal a la de Washington D. C. No sé qué tramaban, pero tal vez solo querían ver si podían sacar algo de todo este lío.

—Tiene que haber algo más —repitió Rackley—. No se habrían tomado tantas molestias por unas cantidades tan reducidas. ¿Qué sabemos de la demanda de Cohen-Cutler?

—Es la más importante de las seis. Doscientos veinte mil clientes, que les han ido llegando remitidos desde docenas de bufetes más pequeños. La mayoría de los demandantes pueden localizarse por internet con uno de esos servicios de seguimiento de demandas, pero no todos. Como son tantos y todo lo que tiene que ver con el acuerdo está pasando tan rápidamente, las cosas son un poco caóticas, ya te habrás dado cuenta. Cohen-Cutler no está obligado a comunicar los nombres de los bufetes que le han remitido los casos. Pero Broome sigue buscando.

—¿Cómo podemos averiguar lo que ocurre dentro de Cohen-Cutler?

—No podemos. Es confidencial. Pero el FBI puede hacer preguntas.

—No quiero que el FBI meta la nariz en esto.

—Entendido. Pero hay formas de darles el soplo.

—Pues encuentra una, y rápido. ¿Cuándo va a cambiar de manos el dinero?

—Pronto. Esta semana, gracias al acuerdo y por orden judicial.

—Estoy atado de pies y manos en este asunto, Barry, y no me gusta. Quiero terminar con todo lo que tiene que ver con el acuerdo y lo antes posible, para que el banco deje atrás esta pesadilla. Pero, al mismo tiempo, no soporto la idea de que me desplumen. Tú y yo sabemos que no se puede confiar en esos abogados de las demandas colectivas y, con un millón de posibles demandantes ahí fuera, todo esto es una verdadera locura. Habrá fraudes a montones.

El lunes por la mañana Todd se vistió con su mejor traje y cogió un taxi para ir al Second Royal Bank of the Lesser Antilles en Center Street, en pleno distrito financiero de Bridgetown. A las diez de la mañana tenía una cita con el señor Rudolph Richard, un hombre mayor y muy arreglado que estaba especializado en atender a los clientes extranjeros. La historia de Todd era que él y sus socios, que estaban en Estados Unidos, habían conseguido una gran victoria tras una batalla en los tribunales y, a la provecta edad de veintisiete años, iban a coger el dinero, olvidarse de todo e irse a vivir al Caribe. Cerrarían el bufete y se pasarían los próximos años dirigiendo, desde la orilla de una piscina y mirando al mar, una nueva empresa: un fondo de cobertura que se llamaba York & Orange Traders. Todd mostró a Richard su pasaporte falso, el contrato para la compra del apartamento, un sitio que no volvería a pisar, y una carta de recomendación bastante efusiva de la directora del Citibank de Brooklyn. Rudolph Richard le pidió diez mil dólares para abrir una cuenta, pero Todd se negó. Le explicó, con unos términos legales que al señor Richard le costó entender, que solo faltaban un par de semanas para que llegara el dinero de verdad y que lo máximo que podía ingresar en ese momento eran dos mil dólares estadounidenses en efectivo. Si eso no era suficiente, simplemente se iría un poco más abajo por esa misma calle, donde había al menos cien bancos que estarían encantados de hacer negocios con él. Después de una hora de mentiras, sonrisas y palabras convincentes, Todd consiguió abrir la cuenta.

Salió del banco y encontró una cafetería vacía desde la que escribió un mensaje a sus socios con la gran noticia de que ya estaba todo en marcha en Barbados.

En Estados Unidos, Mark estaba dando la lata a Jenny Valdez, de Cohen-Cutler. Ya habían aprobado el acuerdo de Swift para los demandantes de todos los niveles, pero ¿dónde estaba el maldito dinero? Valdez no lo sabía, las cosas llevaban su tiempo, intentó explicar, pero estaban esperando la trasferencia. El lunes no llegó. Mark paseó por las calles del centro de Brooklyn, bajo un cielo nublado y oscuro, e intentó no pensar en su socio, tumbado al sol y destrozándose el hígado. Para empeorar las cosas aún más, Todd le enviaba, prácticamente cada hora, una nueva foto de una tía buena con un biquini diminuto.

A última hora de la tarde del martes, dos agentes del FBI entraron en las oficinas de Cohen-Cutler, en el centro de Miami, y de inmediato los condujeron al despacho de Ian Mayweather, el socio director del bufete. El agente especial Wynne fue prácticamente el único que habló y el ambiente de la reunión fue tenso desde el primer momento. Los federales querían una información que era confidencial y en Cohen-Cutler no iban a proporcionársela.

—¿Cuántos bufetes le han remitido demandantes para su demanda colectiva? —preguntó Wynne.

—Varias docenas, y no voy a darles detalles —respondió Mayweather con malos modos.

—Necesitamos una lista de esos bufetes.

—Muy bien. Tráiganme una orden judicial y se la proporcionaremos. Están pidiéndome información confidencial, caballeros, y sin una orden judicial no podemos facilitársela.

—Tenemos la sospecha de que es posible que haya un fraude relacionado con su demanda.

—Eso no me sorprendería. En acuerdos de estas dimensiones los fraudes están a la orden del día, como bien sabrán. Lo hemos visto antes, aunque hemos hecho todo lo posible para evitarlo. Pero tenemos más de doscientos mil demandantes provenientes de docenas de bufetes. No podemos comprobarlo absolutamente todo.

—¿Cuándo van a entregar el dinero?

—Nuestro personal del departamento de Finanzas está trabajando día y noche ahora mismo. La primera remesa ha llegado desde Swift esta tarde. Empezaremos a pagar a primera hora de la mañana. Como supondrán, con tanto dinero en el aire, los teléfonos no paran de sonar. Y el juzgado nos ha ordenado que abonemos las indemnizaciones cuanto antes.

—¿No pueden retrasarlo un par de días? —preguntó Wynne.

—No —respondió Mayweather, irritado—. Tenemos una orden judicial que nos obliga a pagar lo antes posible. Por lo que veo, caballeros, el FBI está en la primera fase de una investigación, así que ahora mismo están ustedes dando palos de ciego, a ver qué encuentran. Tráiganme una orden y el bufete hará lo que me piden.

Nunca hay que interponerse entre un abogado de pleitos de responsabilidad civil masivos y el dinero obtenido tras un acuerdo en una demanda colectiva. El FBI sabía que, según las estimaciones, Cohen-Cutler iba a sacar de la demanda de Swift cerca de ochenta millones de dólares.

Wynne se levantó.

—Está bien —dijo—. Volveremos con una orden judicial.

Y los dos agentes salieron del despacho sin decir nada más.

42

A las diez menos veinte minutos de la mañana del miércoles, Mark recibió un email de Cohen-Cutler mediante el que le informaban de que iban a transferir algo más de cuatro millones y medio de dólares desde el departamento de Finanzas del bufete de Miami hasta la cuenta del Citibank de Lucero & Frazier, Abogados. Esa cantidad se había obtenido multiplicando los tres mil ochocientos dólares de la indemnización por daños que correspondía a cada cliente por los mil trescientos once clientes de su bufete, y de ahí se había deducido el ocho por ciento del total en concepto de honorarios de Cohen-Cutler por la gestión de la demanda. Eso daba un total de 4.583.256,00 dólares, exactamente.

Mark corrió al Citibank y esperó en el despacho de su directora favorita. Durante una agónica hora, cincuenta y seis minutos para ser precisos, caminó arriba y abajo por el despacho, incapaz de quedarse sentado y de actuar como si se tratara de un acuerdo rutinario. La directora también estaba nerviosa ante la situación, pero había pasado tanto tiempo con Mark que ya le caía bien y se alegraba por el joven abogado. Mientras los minutos iban pasando lentamente, Mark le pidió que preparara seis cheques certificados. Tres eran para las empresas de supervisión crediticia de los tres socios y en ellos estaban escritas las impresionantes cantidades que debían Todd Lucero, Zola Maal y Mark Frazier. Entre los tres sumaban un total de seiscientos cincuenta y dos mil dólares. El cuarto cheque se haría a nombre de Joseph Tanner, el padre de Gordy, y era de doscientos setenta y seis mil dólares. El quinto, de cien mil dólares, era para la madre de Mark y el sexto, de la misma cantidad, para los padres de Todd. Prepararon los cheques, pero la directora no los emitió aún.

La transferencia llegó cuando pasaba un minuto de las once, y Mark firmó inmediatamente una autorización para que se transfirieran tres millones cuatrocientos mil dólares a la cuenta de York & Orange Traders en el Second Royal Bank of the Lesser Antilles, en Barbados. Dejó unos pocos dólares en la cuenta del bufete, cogió los seis cheques, dio las gracias a la directora y salió al brillante sol de Brooklyn mucho más rico de lo que habría soñado en toda su vida. Caminó a buen paso, y por el camino llamó a Todd y a Zola para darles las maravillosas noticias.

Poco después entró en una oficina de la empresa de mensajería FedEx en Atlantic Avenue y pidió seis sobres de entrega en veinticuatro horas, cuatro de ellos para envíos aéreos nacionales. Escribió una nota para el padre de Gordy en una hoja de papel amarillo. Decía:

Querido señor Tanner:

Encontrará junto a esta nota un cheque certificado del Citibank por la cantidad de 276.000 dólares. Ese dinero debería ser suficiente para cubrir la deuda por los préstamos estudiantiles de Gordy.
Con cariño,

Mark Frazier

La transacción no era neta ni definitiva. Quedaba en el aire el tema de los impuestos correspondientes, el de donaciones, y tal vez el de la renta, pero eso ya era problema del señor Tanner. Mark no tenía intención de preocuparse por eso. Dobló la nota, puso el cheque dentro y lo metió todo en el sobre. En los de envío aéreo escribió la dirección del señor Tanner en Martinsburg y las de los tres asesores crediticios: Morgana Nash, de NowAssist, en New Jersey; Rex Wagner, de Scholar Support Partners, en Filadelfia; y Tildy Carver, de LoanAid, en Chevy Chase. Toda esa operación le llevó media hora, tiempo que le sirvió para calmar los nervios y dejar de mirar constantemente por encima de su hombro. Se recordó que llevaba varios meses escondido y que, cuando estás en esa situación, lo peor que puedes hacer es parecer nervioso. Aun así, haber recibido ya todo ese dinero le ponía los nervios de punta.

Entregó los seis sobres urgentes a la persona que había detrás del mostrador, pagó por el envío en efectivo y salió del local. En cuanto estuvo en la calle envió un mensaje a Todd y a Zola para anunciarles que sus créditos estudiantiles estaban liquidados en su totalidad. Desde la suite de su hotel llamó a Jenny Valdez, de Cohen-Cutler, y le preguntó cuándo estaba previsto que pagaran los honorarios de los abogados. A Lucero & Frazier le faltaban aún 1.048.800 dólares, u ochocientos dólares por cada uno de sus clientes. La señora Valdez dijo que el dinero «debería salir al día siguiente».

Mark envió entonces un email a su asesora crediticia.

Estimada Morgana Nash:

Estoy seguro de que se ha enterado de los problemas legales que tengo actualmente en el Distrito de Columbia. Pero no se preocupe. Ha muerto recientemente un tío rico que tenía y me ha dejado en herencia una buena suma.

Acabo de enviarle a NowAssist por mensajería urgente un cheque certificado por la cantidad de 266.000 dólares para cubrir todas mis deudas.

Ha sido un verdadero placer.

Mark Frazier

Desde Barbados, Todd escribió:

Estimado Rex Wagner, asesor crediticio de SS:

Al final seguí su consejo y me busqué un trabajo. Y es el mejor de todos los trabajos, se lo aseguro. Estoy ganando tanto dinero que no me da tiempo a gastármelo. Puedo comprarme lo que me dé la gana, pero lo único que quiero de verdad es librarme de usted para siempre. Mañana recibirá por FedEx un cheque certificado de 195.000 dólares, la cantidad total a la que asciende mi deuda. Ahora vaya a perseguir a otro.

Su amigo,

Todd Lucero

Desde Dakar, Zola escribió:

Estimada Tildy Carver:

Acaba de tocarme la lotería, así que le he enviado un cheque por 191.000 dólares. Debería llegar a sus manos mañana.

Con mis mejores deseos,

Zola Maal

Todd se pasó la tarde en la oficina del señor Rudolph Richard, del Second Royal Bank of the Lesser Antilles. Cuando llegó por fin la transferencia, a las dos y cuarto, dio las gracias al señor Richard y salió para llamar a sus socios.

Diez minutos después, un equipo de agentes del FBI entró en las oficinas de Cohen-Cutler de Miami, donde Ian Mayweather y su equipo de abogados se encontraron con ellos en la sala de reuniones más grande del bufete. El agente especial Wynne les entregó una orden de registro, que Mayweather revisó y, acto seguido, se la dio al mejor abogado penalista de la firma, quien también la leyó detenidamente. Satisfecho porque ya no tenían elección, Mayweather miró a otro de los socios y asintió, y este último sacó la lista de los cincuenta y dos bufetes que les habían remitido los doscientos veinte mil clientes para la demanda colectiva. Wynne la revisó, y al parecer encontró lo que estaba buscando.

—Este bufete de Nueva York, Lucero & Frazier —dijo—, ¿qué saben de él?

Mayweather comprobó su copia de la lista.

—Nos enviaron mil trescientos casos.

—¿Habían trabajado con ellos antes?

—No, pero eso nos pasa con la mayoría de esos bufetes. Hay seis demandas colectivas contra Swift, y los bufetes pequeños comparan y buscan la mejor oferta. Supongo que a este le venía mejor la nuestra.

—¿Y no comprobaron que los bufetes fueran legales?

—No estamos obligados a hacerlo. Asumimos que lo son y sus clientes también. ¿Sabe usted algo sobre ese bufete?

Wynne esquivó la pregunta.

—Queremos ver los nombres de los mil trescientos clientes de Lucero & Frazier.

—Están colgados online, en el archivo del caso —respondió Mayweather.

—Sí, junto con un millón de nombres más, y no están separados por bufetes. Así es muy difícil investigarlos. Necesitamos saber qué clientes son de Lucero & Frazier.

—Claro, pero la orden que han traído no incluye eso.

Desde un extremo de la sala los agentes del FBI clavaron la mirada en los abogados, que se mantuvieron firmes y no se dejaron intimidar. Ese era su territorio, no el de los agentes del gobierno, y como abogados ricos que eran, no les gustaba la intromisión. Que los federales se fueran a meter las narices en el dinero de otro. Pero a los federales les daba igual; su trabajo era investigar, y consideraban suyos todos los territorios. Los dos bandos se miraron fijamente unos segundos, esperando que fuera el otro el que pestañeara primero.

Uno de los agentes entregó una carpeta a Wynne, de la que este sacó un documento.

—Ahí tiene otra orden de registro —anunció—. El juez dice que podemos examinar cualquier actividad sospechosa relacionada con Mark Frazier y Todd Lucero, un par de tipos que ni siquiera son abogados.

—Espero que no esté diciéndolo en serio —contestó Mayweather parpadeando.

—¿Le parece que estoy de broma? —exclamó Wynne—. Tenemos razones para creer que estos dos abogados ficticios han colado en su demanda colectiva un grupo nutrido de falsos afectados. Y necesitamos verificarlo.

Mayweather leyó la orden judicial y la tiró sobre la mesa. Se encogió de hombros, reconociendo su derrota.

—Está bien.

Mark había entrado en una cafetería de Brooklyn para comer un sándwich, pero no tenía hambre. Sentía un verdadero conflicto de emociones. Por un lado, quería regodearse con el hecho de haber conseguido ese dinero. Por otro lado, sin embargo, sabía que era hora de huir. Disfrutó solo con pensar que habían ideado una estafa inversa perfecta para perjudicar al «Diablo Supremo», como Gordy llamaba a Rackley, y que habían robado a un sinvergüenza. Pero le aterraba que lo pillaran.

Todd estaba sentado en una playa, con una bebida fría en la mano y contemplando otro atardecer caribeño perfecto. A salvo, al menos por el momento, sonrió al futuro e intentó pensar en qué haría con la parte del dinero que le correspondía. Aunque su ilusión quedaba un poco empañada si pensaba en sus padres y en la vergüenza que pasarían si no regresaba nunca a Washington D. C. ¿Regresar? ¿Sería posible? ¿Merecía la pena? Intentó dejar a un lado esos pensamientos diciéndose que habían cometido un delito perfecto.

Zola estaba disfrutando de la vida con su familia en Dakar. Era una noche preciosa de primavera, estaban cenando en la terraza de una cafetería, cerca del mar, y sus mayores problemas ya habían quedado atrás.

Ninguno de los tres tenía ni idea de que, justo en ese momento, una docena de agentes de FBI estaban pegados al teléfono, investigando, y que pronto iban a descubrir que los clientes de Swift que ellos habían remitido a Cohen-Cutler no existían.

Mucho después de la puesta de sol, Todd telefoneó a Mark por cuarta vez ese día. Durante las dos primeras llamadas se mostraron emocionados, celebrando el aparente éxito de su hazaña. Pero en la tercera la realidad ya estaba calando y empezaron a colarse las preocupaciones en la conversación.

—Creo que deberías largarte —dijo Todd a bocajarro—. Ya.

—¿Por qué?

—Ya tenemos suficiente dinero, Mark. Y hemos cometido errores cuyo nombre ni siquiera sabemos. Sal del país. Mañana nos harán la transferencia de los honorarios, la guinda del pastel, y el banco ya sabe adónde tiene que enviar el dinero. Me quedaría mucho más tranquilo si para entonces estuvieras en un avión.

—Tal vez tengas razón. ¿El pasaporte nuevo no te dio problemas?

—Ninguno, como te dije. De hecho, parece más auténtico que el de verdad, porque ese no lo he usado mucho. Nos costaron mil dólares, acuérdate.

—Oh, sí, ¡cómo olvidarlo!

—Súbete a un avión, Mark, y sal del país —insistió Todd.

—Me lo voy a pensar. Ya te contaré.

Mark metió el portátil y unos cuantos documentos en un maletín grande, el de sus días de abogado callejero, y guardó algunas prendas de ropa y un cepillo de dientes en una maleta de mano. Esa habitación estaba hecha un desastre, y ya estaba harto. Tras pasar nueve noches allí, no vio la necesidad de avisar en recepción de que se iba. Habían pagado dos noches más. Así que se fue y dejó atrás ropa sucia de Todd y suya, montones de papeles —ninguno que pudiera incriminarlos—, unas revistas, artículos de aseo usados y la impresora alquilada, a la que había quitado el chip de memoria. Caminó unas manzanas, detuvo un taxi y fue al aeropuerto JFK, donde pagó seiscientos cincuenta dólares en efectivo por un billete de ida y vuelta a Bridgetown, Barbados. El guardia del control de pasaportes estaba medio dormido y apenas miró su documentación. Mark aguardó una hora en la sala de espera. Cuando pasaban diez minutos de las diez de la noche su avión despegó, y aterrizó en Miami en hora, a la una y cinco de la madrugada. Mark encontró un banco junto a una puerta de embarque cerrada e intentó dormir un poco, pero no lo consiguió.

A menos de cinco kilómetros de donde Mark se encontraba, el agente especial Wynne y otros dos miembros del FBI entraron de nuevo en las oficinas de Cohen-Cutler, donde Ian Mayweather y otro de los socios de la firma estaban esperándolos. Desde que el bufete cooperaba, si bien lo que hacía era más bien cumplir escrupulosamente las órdenes judiciales, se había rebajado la tensión y el ambiente era casi cordial. Una secretaria les llevó café y todos se sentaron alrededor de una mesita redonda.

Fue Wynne quien inició la conversación.

—Ha sido una noche larga. Hemos revisado la lista que nos dieron, hemos hecho unas cuantas llamadas y hemos cotejado los nombres con los registros de Swift Bank. Según parece, esos mil trescientos clientes son falsos. Tenemos una orden judicial que bloquea todos los reembolsos durante cuarenta y ocho horas.

Mayweather no se sorprendió. Su equipo de ayudantes había trabajado toda la noche también y había llegado a la misma conclusión. Habían visto, además, el archivo policial de Frazier y Lucero, y conocían los cargos de los que se los acusaba en Washington D. C.

—Vamos a colaborar en lo que haga falta —aseguró Mayweather—. Lo que ustedes pidan. Pero no tendrán que comprobar los nombres de los doscientos veinte mil clientes, ¿verdad?

—No. Al parecer, todos los demás bufetes están en regla. Dennos un poco de tiempo y les dejaremos en paz en cuanto estemos seguros de que el fraude se limita a este pequeño grupo.

—Muy bien. ¿Y Frazier y Lucero?

—No sabemos dónde están, pero los encontraremos. El dinero que les enviaron ayer se transfirió inmediatamente a un banco de un paraíso fiscal, así que lograron sacarlo del país, por poco. Sospechamos que están huyendo, pero han demostrado ser, digamos, poco sofisticados.

—Si el dinero está en otro país, no pueden tocarlo, ¿no?

—No, pero sí que podemos atraparlos a ellos. Cuando los tengamos bajo custodia y encerrados, seguro que quieren hacer un trato. Recuperaremos el dinero.

—Muy bien. El problema es el acuerdo. Hay millones en juego, y tengo un montón de abogados hechos una furia. Dense prisa, por favor.

—Estamos en ello.

A las nueve Mark se terminó otro expreso doble y se dirigió a la puerta de embarque. En un buzón de Correos echó un pequeño sobre acolchado y siguió su camino. Iba dirigido a un reportero de *The Washington Post*, un tenaz periodista de investigación cuyo trabajo Mark llevaba semanas siguiendo. En el sobre había metido uno de los lápices de memoria de Gordy.

Mientras hacía cola para embarcar llamó a su madre, y le contó que Todd y él iban a hacer juntos un largo viaje. Estarían fuera varios meses, le dijo, y no podría llamarla por teléfono, pero le daría noticias suyas siempre que tuviera ocasión, añadió. También le comunicó que el lío de Washington D. C. estaba controlado y que no había nada de lo que preocuparse. Y agregó que tenía que estar atenta porque iba a recibir un sobre por FedEx, ese mismo día, en el que había dinero para que lo usara como quisiera, si bien le suplicó que no lo malgastara contratando un abogado para Louie. Acto seguido, Mark se despidió de ella diciéndole que la quería.

Subió al avión sin incidentes y se sentó junto a la ventanilla. Abrió su portátil, se conectó a internet y vio un email de Jenny Valdez de Cohen-Cutler. Se había retrasado el reembolso de los honorarios de los abogados hasta nuevo aviso debido a «un problema ajeno al bufete». Lo leyó por segunda vez y cerró el ordenador. Con un acuerdo de ese calibre, podían surgir diferentes problemas, así que no tenía por qué ser algo relacionado con ellos, ¿no? Cerró los ojos, y ya respiraba profundamente cuando una azafata anunció por los altavoces que sufrirían un leve retraso por un problema con la «documentación». El vuelo estaba lleno de gente que se iba de vacaciones a las islas y, por lo visto, unos cuantos habían estado pasando el rato en el bar antes de embarcar. Se oyeron quejas, pero también risas y gritos.

Pasaron varios minutos, que para Mark transcurrieron muy despacio mientras notaba que el pulso y el corazón se le aceleraban. Las azafatas repartieron entre el pasaje las cartas de bebidas y dijeron que invitaba la aerolínea. Mark pidió un ponche de ron doble y se lo bebió en dos tragos. Estaba a punto de pedir otro cuando el avión se sacudió y empezó retroceder. Se alejaban de la terminal. Mark escribió un mensaje a Todd para decirle que estaba a punto de despegar. Minutos después, vio desde la ventanilla que Miami desaparecía entre las nubes.

43

Siguiendo las instrucciones que Todd le había mandado, Zola fue al Senegal Post Bank a primera hora del jueves y llevó a su abogada con ella. Idina Sanga la acompañó gustosa, cobrándole por su tiempo, por supuesto, para ayudarla a abrir una cuenta. Tenían una cita con una vicepresidenta de la entidad, una mujer agradable que no hablaba inglés. Idina le explicó en francés que su cliente era una ciudadana estadounidense que iba a establecerse en Dakar para estar con su familia. Zola sacó su pasaporte, el carnet de conducir de New Jersey y una copia del contrato de alquiler del apartamento. Contó, a través de Idina, que su novio estadounidense, que era bastante rico, quería enviarle dinero para ayudarla y que pudiera comprarse una casa. Él viajaba mucho por cuestión de negocios y tenía previsto pasar un tiempo en Senegal, añadió. Cabía la posibilidad, incluso, de que abriera una de sus oficinas allí. La historia sonaba creíble y resultó convincente para la vicepresidenta. El hecho de que a Zola la representara una abogada con buena reputación también ayudó mucho. Idina hizo hincapié en una necesidad extrema de privacidad y explicó a la mujer que muy pronto llegaría por transferencia una importante suma de dinero. Acordaron un depósito inicial de la cantidad equivalente a mil dólares estadounidenses, e Idina revisó el papeleo. No tardarían en mandar a Zola por correo postal las tarjetas de crédito. La transacción les llevó menos de una hora. De vuelta en el apartamento, Zola envió a Todd la información de la cuenta.

Cuando Mark aterrizó en Bridgetown a la una y veinte, Todd lo esperaba en la puerta.

—¡Qué moreno estás! —fue lo primero que dijo Mark.

—Gracias, pero ya estoy deseando largarme de aquí.

—Explícate.

Entraron en un bar y pidieron cervezas. Se sentaron a una mesita en un rincón y bebieron un par de tragos largos.

—Pareces un poco nervioso —dijo Mark tras limpiarse la boca.

—Lo estoy. Sé que a ti te apetece pasarte unos días en la playa, pero ahora estamos huyendo. Huyendo de verdad. El FBI es capaz de rastrear la transferencia hasta nuestro banco.

—Ya hemos hablado de esto un millón de veces.

—Sí, y hasta ahí podrán llegar, al menos en lo que respecta al dinero. Pero cuando no nos encuentren allí, tal vez vengan a buscarnos aquí. No tenemos nada que hacer en la isla. Esta mañana Zola ha abierto una cuenta en Dakar sin problemas. El retraso del reembolso de la última parte puede ser por nosotros. Tal vez no, pero ¿por qué arriesgarnos? Ignoramos qué está pasando, pero los federales podrían estar pisándonos los talones. Vámonos mientras todavía están perdidos en medio de la investigación.

Mark dio otro sorbo y se encogió de hombros.

—Vale. Supongo que puedo tomar el sol en Dakar.

—Hay unas playas fabulosas allí y unos complejos turísticos que no tienen nada que envidiar a estos. Y me parece que vamos a tener mucho tiempo para pasarlo junto a la piscina.

Acabaron las cervezas, salieron a un sol cegador y cogieron un taxi hasta el Second Royal Bank, donde esperaron una hora para ver al señor Rudolph Richard. Todd le presentó a Mark, su socio en York & Orange, y le explicó que querían transferir tres millones de su cuenta a un banco en Dakar. El señor Richard sintió curiosidad, pero no preguntó. Lo que sus clientes desearan. Sacaron veinte mil dólares en efectivo y salieron del banco. En el aeropuerto estudiaron las diferentes rutas y repararon en que casi todas pasaban por Miami o el JFK de Nueva York, lugares que preferían evitar. Así que pagaron cinco mil doscientos dólares en efectivo por dos billetes solo de ida y salieron de Barbados a las cinco y diez de la tarde para, once horas después, hacer escala en Gatwick, Londres, a casi seis mil ochocientos kilómetros de allí. Mientras volaban, Mark miró su correo y se encontró un email de la directora del Citibank en Brooklyn, quien le informaba de que la segunda transferencia no había llegado.

—No podemos olvidarnos de ese millón de los honorarios —dijo en voz baja a Todd.

—La verdad es que no nos lo hemos ganado —contestó su amigo.

Las dos horas de escala en Gatwick las pasaron bebiendo cerveza y después embarcaron rumbo a Argelia, a más de mil seiscientos kilómetros. La escala allí fue de ocho horas y se les hizo interminable en aquel aeropuerto caluroso y atestado. Pero según iban sumando kilómetros y cambiando de culturas, se convencieron de que los malos quedaban cada vez más lejos. Más de tres mil doscientos kilómetros y cinco horas después, aterrizaron en Dakar a las once y media de la noche. Aunque era tarde, el aeropuerto estaba lleno de gente, se oía música, muy alta, y había unos vendedores ambulantes bastante agresivos ofreciendo bisutería, artículos de cuero y fruta fresca. Al cruzar la entrada, los mendigos se lanzaban a por los recién llegados de piel clara: los blancos y los asiáticos. Mark y Todd aguantaron unos cuantos empujones, pero lograron encontrar un taxi. Veinte minutos después llegaron a la puerta del Radisson Blu Hotel en Sea Plaza.

Zola había reservado dos habitaciones junto a la piscina a su nombre y les había pagado siete días de estancia. Evidentemente, había hablado muy bien de ellos, porque a Mark y a Todd los recibieron como si fueran importantes personalidades. Nadie les pidió los pasaportes.

Era su primera visita a África y ninguno de los dos sabía cuánto iba a durar. Sus pasados eran un desastre. Sus futuros, inciertos. Así que en algún punto decidieron vivir el presente y olvidarse de los arrepentimientos. La vida podía ser peor. Podrían estar encerrados estudiando para el examen de colegiación.

A eso del mediodía del sábado, cuando el sol caía a plomo sobre las senderos de azulejos cerámicos que había alrededor de la piscina y por las terrazas, Mark salió tambaleándose de su habitación, entornó los ojos por la luz cegadora, se los frotó, fue hasta el borde del agua y se tiró. Agua salada, agradable y tibia. Nadó un poco como pudo e intentó hacer un par de largos, pero al final se rindió. Se sentó en la parte menos profunda, con el agua rozándole la barbilla, e intentó recordar dónde estaba hacía una semana. En Washington. Tuvo que ser la mañana después de su noche de borrachera con sus antiguos compañeros de la facultad de Derecho. El día después de su primera comparecencia con Phil Sarrano en el juzgado, donde los esperaba toda esa gente furiosa que solo quería ir a por ellos. El día que debería haberse graduado en Foggy Bottom para después seguir con su vida y conquistar el mundo.

No lo había conquistado, pero sin duda estaba en un mundo diferente. Se dijo que había semanas que pasaban sin más, no ocurría nada en ellas. Pero otras, como aquella, eran tan apoteósicas que uno no era capaz de recordar todo lo que le había sucedido en un día concreto. Una semana antes estaban soñando con el dinero. En ese momento ya lo tenían en su poder y estaba guardado en un banco senegalés, donde nadie podía encontrarlo.

Como sus cuerpos todavía estaban acostumbrados al mismo huso horario, Todd no tardó en aparecer y se metió en la piscina. No hizo el esfuerzo de intentar nadar; directamente llamó a un camarero y pidió algo de beber. Tras dos rondas, los dos amigos se dieron una ducha y se pusieron la ropa con la que habían llegado al hotel. Ir de compras era una prioridad acuciante.

Su socia, sin embargo, llevaba puesto algo que no le habían visto nunca. Zola llegó al restaurante del hotel con un vestido estampado en rojo y amarillo intensos que rozaba el suelo. Con un collar de grandes cuentas y bolitas de muchos colores y una flor en el pelo, se la veía muy africana. Se abrazaron y se saludaron efusivamente, si bien intentaron no llamar mucho la atención. El restaurante estaba medio lleno y casi todos los huéspedes eran europeos.

—Estás preciosa —le dijo Todd en cuanto se sentaron.

—Zola, ¡cásate conmigo! —exclamó Mark, por su parte.

—Oye, iba a pedírselo yo —se quejó Todd.

—Perdonad, pero no quiero más chicos blancos —contestó Zola—. Dan demasiados problemas. Voy a buscarme a un africano decente que pueda mangonear a mi antojo.

—Llevas tres años mangoneándonos a nosotros —bromeó Mark.

—Sí, pero vosotros os quejáis y mentís mucho. Quiero un hombre que no hable a menos que le hablen primero y que siempre diga la verdad.

—Buena suerte —deseó Todd.

Se acercó una camarera y pidieron las bebidas. Cerveza para los chicos y té para Zola. Le preguntaron por su familia. Los Maal estaban a salvo y contentos, les explicó. Tras el susto inicial de la cárcel, las cosas se habían calmado. No habían vuelto a ver a ningún policía ni sabían nada de las autoridades. Bo y ella estaban pensando en alquilar un apartamento pequeño cerca del de sus padres; necesitaban un espacio para ellos solos. Abdou había vuelto a casa, a Senegal, territorio musulmán, y estaba ejerciendo un mayor control sobre sus hijos. Fanta y él ya estaban aburridos, porque no tenían trabajo. Tras cuatro meses de inactividad en el centro de detención, necesitaban algo en lo que ocupar el tiempo. De repente tenían la vida solucionada, aunque aún había cierta inestabilidad. Su abogada estaba trabajando para recuperarles la ciudadanía y conseguirles documentación.

Zola quería conocer los detalles de lo que había ocurrido durante las últimas dos semanas, empezando por las detenciones, la huida a Brooklyn y después a Barbados. Todd y Mark se alternaron para contar la historia, siempre con un toque de humor. La camarera regresó con las bebidas, y Zola insistió en que pidieran *yassa au poulet*, un plato tradicional senegalés elaborado con pollo asado y cebolla marinada. Cuando la camarera se fue, Mark y Todd retomaron el relato. Les costó describir la escena en el juzgado del juez Abbott, cuando la mitad de los asistentes se lanzaron hacia la barrera para ir a por ellos, porque ninguno de los tres podía parar de reír.

Algunas personas de otras mesas empezaron a mirar en su dirección, así que procuraron contenerse. Disfrutaron del *yassa* y no tomaron postre. Poco después, con un café cargado frente a ellos, la conversación se volvió más seria y los tres bajaron la voz.

—Nuestro problema es obvio —casi susurró Mark—. Estamos aquí de vacaciones unos días y viajamos con pasaportes falsos. Si nos pillan, tal vez nos lleven a la misma cárcel donde tu padre y Bo estuvieron, Zola. Dos blanquitos en una prisión infame.

Zola negó con la cabeza.

—No, aquí no hay problema. Podéis quedaros todo el tiempo que queráis y nadie dirá nada. Permaneced en los lugares donde están los blancos y no os alejéis de las playas. Y no llaméis la atención.

—¿Qué opinión tienen aquí de los homosexuales? —preguntó Todd.

Zola frunció el ceño.

—No he preguntado nunca. ¿Es que ahora vosotros dos sois gais? Os dejo dos semanas y...

—No, pero cuando entramos en el hotel anoche algunas personas nos miraron con extrañeza. Viajamos los dos juntos. La gente asume cosas.

—He leído que en la mayoría de los países africanos, sobre todo en los musulmanes, no aprueban la conducta gay —aportó Mark.

—No está tan aceptado como en Estados Unidos, pero nadie os hará sentir incómodos. Hay docenas de hoteles de estilo occidental al lado de las playas y muchos turistas de piel clara, sobre todo europeos. Encajaréis bien.

—También he leído que la policía es bastante dura —comentó Todd.

—En la zona de las playas no. El turismo es demasiado importante. Pero tened en cuenta que os pueden parar en la calle por lo que les dé la gana y pediros la documentación. Un par de blancos en una parte equivocada de la ciudad podrían atraer demasiada atención.

—Eso suena bastante racista —dijo Mark.

—Oh, sí, lo es, pero aquí los diferentes sois vosotros.

Llevaban casi dos horas hablando. Tras una pausa en la conversación, Zola se acercó un poco a sus amigos.

—¿Cómo de grandes son los problemas que tenemos? —preguntó.

Mark y Todd se miraron. Todd habló primero.

—Todo depende del acuerdo. Si completan el pago y nadie sospecha, puede que hayamos cometido el delito perfecto. Nos quedaremos por aquí un par de semanas y tal vez traigamos el resto del dinero desde Barbados. Así nos aseguraremos de que está lejos de sus garras y a buen recaudo.

—Entonces volveremos a casa —añadió Mark—, pero nos mantendremos alejados de Washington D. C. y de Nueva York, y nos pasaremos una larga temporada observando y escuchando. Si la historia de Swift al final se olvida, nos habremos librado y no tendremos problemas.

—Por otro lado —añadió Todd—, si alguien sospecha, tal vez nos veamos obligados a poner en marcha el plan B.

—¿Y cuál es?

—Aún estamos definiéndolo.

—¿Y el lío de Washington D. C.? —preguntó Zola—. Tengo que decirlo, chicos, no me gusta nada estar acusada, aunque sea de algo tan trivial como ejercer sin licencia.

—Todavía no nos han acusado —la corrigió Mark—. Y no olvides que hemos pagado a un abogado para que retrase el caso todo lo que pueda y llegue a un acuerdo. No me preocupa lo de Washington D. C.

—¿Y qué te preocupa?

Mark reflexionó un momento.

—Cohen-Cutler —respondió—. Han retrasado el desembolso de los honorarios de los abogados. Eso podría ser una señal de alarma.

Zola se fue después de comer, y Mark y Todd se echaron una siesta y después nadaron un rato y tomaron unas copas junto a la piscina. Según avanzaba la tarde los alrededores de la piscina se animaron mucho con la llegada de unas parejas jóvenes belgas. La música subió de volumen, empezó a llegar más gente y los dos amigos se quedaron a un lado, disfrutando del espectáculo.

Zola regresó a las siete con dos bolsas grandes llenas de tecnología: portátiles a estrenar y móviles de prepago nuevos. Cada uno de los tres se creó varias cuentas de email. Pensaron en diferentes posibilidades en cuanto a la seguridad y hablaron del dinero, pero no tomaron ninguna decisión definitiva. El *jet lag* hizo mella en Mark y Todd y decidieron que debían irse a dormir. Poco después de las nueve Zola los dejó y volvió a su apartamento.

44

La llamada llegó al tercer teléfono de Todd, el primero de los de prepago, el que había comprado en Washington D. C. el día que Zola se fue a Senegal. A esas alturas ya tenían cuatro, y él y sus amigos habían pensado en unificar dispositivos para poder vivir solo con uno. Pero eso no parecía posible.

El tercer teléfono era el que le había dado al señor Rudolph Richard, y la llamada fue demoledora. El señor Richard dijo que le telefoneaba porque no quería que quedara registro por escrito de la conversación. El FBI acababa de llamarlo para hacerle preguntas sobre la transferencia realizada desde la cuenta de Lucero & Frazier del Citibank de Brooklyn. Él, por supuesto, no respondió a ninguna de sus preguntas, ni siquiera confirmó la existencia de la cuenta de York & Orange en su banco. No divulgó ninguna información, esa era su política, y según las leyes de Barbados el FBI no podía tener acceso a esa cuenta. Aun así, el señor Richard pensaba que era su deber informar a su cliente de que el FBI estaba investigándolo.

Todd le dio las gracias y luego estropeó el día a Mark. Lo primero que a Mark se le pasó por la cabeza fue contactar con Jenny Valdez e intentar sacarle información, pero rechazó esa idea de inmediato porque no tenía sentido. Si el FBI ya tenía el apoyo de los juzgados en su investigación, estarían grabando y rastreando todas las llamadas que llegaran a Cohen-Cutler.

Zola necesitó una hora para llegar al hotel. Los tres amigos se sentaron bajo una sombrilla en la terraza y miraron el mar, aunque era imposible pensar en nada agradable. Su peor pesadilla estaba haciéndose realidad y, aunque se habían planteado muchas veces qué pasaría si las cosas salían mal, la realidad los dejó desconcertados. El FBI iba tras su pista. Lo que significaba, claro, que habían descubierto la estafa de la demanda colectiva. Eso llevaría a acusaciones, órdenes de detención, alertas en los aeropuertos... Como la lucha contra el terrorismo y el narcotráfico seguían siendo cruciales, era imposible saber qué importancia daría el FBI a la persecución de los protagonistas de una estafa en una demanda colectiva, pero en ese momento los tres estaban poniéndose en lo peor.

Zola estaba especialmente aterrada, y con razón. Había utilizado su pasaporte estadounidense auténtico para ir a Senegal, y con eso había dejado un rastro que cualquier investigador podía seguir. El FBI era capaz de rastrear sus movimientos sin dificultad. Y, para empeorarlo todo aún más, se había registrado en la embajada estadounidense en Dakar cuando llegó, hacía dos semanas.

Tenían que tomar decisiones. Como ignoraban qué sabía el FBI, cuánto estaba escarbando o lo cerca que podía estar de ellos, los tres se pusieron a hacer planes. Todd iba a contactar con el señor Richard en Barbados para trasferir lo que quedaba del dinero al banco de Senegal. Zola se lo contaría todo a Bo, pero no a sus padres; tal vez más adelante, pero en ese momento no. E iría a ver a Idina Sanga a primera hora de la mañana para agilizar su proceso de obtención de la ciudanía. Si se convertía en senegalesa de pleno derecho, la extradición a Estados Unidos sería prácticamente imposible. También haría averiguaciones sobre la posibilidad de conseguir documentación nueva para un par de amigos.

El martes y el miércoles los tres estuvieron pegados a sus portátiles, buscando en internet cualquier cosa relevante sobre el acuerdo de Swift. Nada. Su parte de los honorarios no llegó al Citibank de Brooklyn, una señal bastante clara de que algo malo ocurría. Por fin, la mañana del jueves un portal de noticias financieras se hizo eco de un pequeño inconveniente en el asunto de Swift. Un juez federal de Miami había congelado los desembolsos a la espera de los resultados de una investigación, porque había indicios de fraude. Otro juez federal de Houston había hecho lo mismo. Swift había pagado ya más de tres mil millones, repartidos por todo el país, de los cuatro mil doscientos millones del total del acuerdo, pero habían empezado a surgir problemas.

Aunque el portal de noticias no describía el supuesto fraude, los tres socios sabían exactamente qué era lo que estaban encontrando en esa investigación.

Mark quería dejar Senegal, pero sin tener que pasar por la aduana o el control de pasaportes de un aeropuerto. Disponían del dinero para hacerlo, así que su plan era alquilar un coche con conductor y echarse a la carretera. Podían ir hacia el sur por la parte occidental de África, sin prisa, tomándose su tiempo y disfrutando del viaje, hasta llegar a Sudáfrica. Había leído que Ciudad del Cabo era la ciudad más bonita del mundo, y además allí hablaban inglés. Pero a Todd no le entusiasmaba la idea. No le apetecía pasarse un mes dando botes en el interior de un coche y conteniendo la respiración cada vez que un guardia de frontera con un rifle de asalto y un dedo flojo sobre el gatillo inspeccionara su pasaporte. No rechazó de plano la idea de Mark, porque tal vez necesitaran escapar de esa forma más adelante, pero tampoco dijo que sí de buen comienzo.

Pero Zola dijo que no. Ella no iba a dejar a su familia después de todo lo que habían pasado.

La investigación continuó, aunque aparecían muy pocas noticias sobre ella. Y los tres amigos esperaron. Zola se sentía más segura en Dakar, pero una vez más vivía con el miedo de que alguien llamara a su puerta.

La turística ciudad de Saint-Louis estaba en la costa atlántica, a más de trescientos kilómetros de Dakar. Con una población de ciento setenta y cinco mil habitantes, era más pequeña y tranquila que Dakar, pero lo bastante grande para poder perderse en ella. Había sido la capital del país y los franceses habían construido allí preciosos edificios que se mantenían en buen estado de conservación; de hecho, era famosa por su arquitectura colonial, aunque también por su estilo de vida relajado, sus bonitas playas y el festival de jazz más importante de África.

Zola organizó el viaje. Encontró a un chófer con un todoterreno equipado con aire acondicionado, y se fue con sus dos amigos y su hermano a pasar a unos días a Saint-Louis. A sus padres no los invitaron. Abdou estaba asfixiando a Bo y a Zola, y ambos necesitaban un descanso. Aunque lo que realmente les hacía falta era encontrar un lugar para vivir que estuviera a cierta distancia de sus progenitores. Zola tenía la corazonada de que Saint-Louis podía ser el sitio adecuado.

En cuanto salieron de Dakar se dieron cuenta de que el chófer hablaba muy poco inglés, así que, poco a poco, fueron olvidando la cautela y empezaron a hablar abiertamente sobre todo lo que había ocurrido durante los últimos seis meses. Bo les hizo preguntas, algunas duras. Le costaba creer que de verdad hubieran hecho esas cosas y que hubieran metido a su hermanita en sus líos y sus estafas. A Mark y Todd no les resultó fácil justificarse, si bien asumieron toda la responsabilidad de inmediato. Pero Zola se mantuvo firme. Tenía cerebro, dijo, y había tomado sus propias decisiones. Claro que habían cometido errores, pero ella había formado parte de todo y no podía culpar a nadie más que a sí misma.

Bo sabía que había dinero en el banco, aunque ignoraba cuánto. No imaginaba su futuro lejos de Estados Unidos, el único hogar que había conocido. Había dejado allí a su novia y tenía el corazón roto. También había perdido muchos amigos, los chicos del colegio y los del barrio, y un buen trabajo.

A pesar de todo, según iban pasado las horas, dejó de hacerles reproches. Era consciente de que seguiría en la cárcel de no haber sido por el dinero que Mark y Todd habían dado a Zola. Y no podía ignorar la adoración evidente que los dos sentían por su hermana.

Tras seis horas en la carretera, cruzaron el río Senegal por el puente Faidherbe, cuyo diseño hay quienes atribuyen a Gustave Eiffel. El centro histórico estaba en la isla de N'Dar, una estrecha franja de tierra rodeada de agua. Recorrieron manzanas de edificios antiguos y por fin se detuvieron ante el hotel Mermoz, cerca de la playa. Tras una larga cena en la terraza, con el mar a sus pies, se fueron a la cama pronto.

Las listas de propiedades disponibles en la zona no eran tan detalladas como en cualquier lugar de Estados Unidos, ni siquiera como en Dakar, pero con un poco de esfuerzo Zola encontró la casa que buscaba. La había mandado construir en 1890 un comerciante francés y había cambiado de manos varias veces. Era una villa de tres plantas y el exterior era más bonito que lo que se ocultaba tras las puertas y las ventanas, pero tenía encanto y era espaciosa. Los suelos de madera estaban hundidos en varios lugares, y los muebles eran antiquísimos, estaban cubiertos de polvo y descabalados. Había estantes llenos de tarros, urnas y libros antiguos en francés. La instalación de fontanería funcionaba solo en parte. El refrigerador era un aparato de los años cincuenta, con sus típicas líneas redondeadas. El patio y el balcón ofrecían una buena sombra gracias a una tupida buganvilla y estaban diseñados para los trópicos. Había un televisor pequeño en el salón, y aunque el folleto de la inmobiliaria prometía que la vivienda disponía de conexión a internet, la agente les dijo que iba muy lento.

Se separaron y deambularon por la casa, que les llevaría horas inspeccionar por completo. En la galería de la segunda planta, justo delante del dormitorio que Todd ya había elegido para él, los dos amigos se encontraron.

—Nunca darán con nosotros en este sitio —dijo Todd.

—Seguramente, pero ¿no te cuesta creer que de verdad estemos aquí?

—Sí. Todo esto es surrealista.

A Zola le encantó la casa y, sin preocuparse de lo que pensaran sus amigos, firmó un contrato de alquiler para medio año por el equivalente a mil dólares estadounidenses al mes. Dos días después se mudaron allí: Todd y Mark ocuparon la planta superior (tres dormitorios, dos baños y ni una sola ducha que funcionara), y Zola se quedó con la suite principal de la planta baja. Bo se acomodó en la planta del medio, la que tenía más metros de todas. Permanecieron dos días más en N'Dar, con sus noches, comprando suministros, cambiando bombillas y fusibles e intentando saber todo lo posible sobre la casa. Al parecer, venía con un jardinero, un tal Pierre, un senegalés que no hablaba ni una palabra de inglés pero al que se le daba estupendamente señalar y gruñir.

La isla era como Venecia, una ciudad rodeada de agua, pero en N'Dar había unas playas preciosas. La arena atraía a los turistas, y había docenas de bonitos y pintorescos hoteles cerca de la orilla. Cuando no estaban en la casa haciendo las tareas que Zola les encargaba, Mark y Todd estaban en la playa, tomando cócteles con ron y buscando chicas.

Dos días después Zola y Bo se fueron de vuelta a Dakar en el todoterreno, y Mark y Todd les dieron un abrazo y les pidieron que regresaran pronto. Los dos hermanos habían planeado estar fuera una semana, tiempo suficiente para recoger unas cuantas cosas y despedirse de sus padres.

Esa noche, en el salón poco iluminado de una vieja mansión que habían construido unos europeos en otro siglo, en otra época, Mark y Todd se bebieron una botella de whisky e intentaron analizar sus vidas desde su nueva perspectiva. Pero era una tarea imposible.

El domingo 22 de junio, *The Washington Post* publicó un artículo en primera página con el titular: «La gran estafa de las facultades de Derecho privadas impulsada por un inversor neoyorquino». Y debajo del pliegue había una gran foto de Hinds Rackley. El artículo era básicamente una versión mejor escrita de lo que Gordy había colgado en la pared de su salón, con los nombres de docenas de sociedades, empresas pantalla y el de las ocho facultades de Derecho. Pero el artículo no prestaba demasiada atención a la relación con Swift Bank. Era obvio, al menos para Mark y Todd, que el periodista no había conseguido penetrar en el laberinto de empresas en paraísos fiscales en las que se suponía que Rackley tenía alguna participación.

A pesar de todo, la historia era una reivindicación, en cierto modo; la confirmación de que Gordy había hecho un buen trabajo. El Diablo Supremo, Hinds Rackley, iba a tener que hacer un buen manejo de sus relaciones públicas y, aunque el artículo no lo implicaba directamente, cabía suponer que la información contenida en él lo situaría en el radar del FBI.

Los medios de comunicación se entusiasmaron con la historia durante un par de días, pero luego la olvidaron.

Dos días después, el 24 de junio, el gran jurado de Miami acusó a Mark Frazier, Todd Lucero y Zola Maal del delito federal de asociación ilícita y estafa. Esa acusación formaba parte de una investigación en curso sobre las numerosas alegaciones de fraude en la demanda colectiva que desembocó en el acuerdo ofrecido por Swift Bank. Existía la posibilidad de que se añadieran más acusaciones posteriormente, según se afirmaba en el reportaje que Mark y Todd leyeron en la prestigiosa empresa de información financiera y noticias Bloomberg. La historia se difundió por internet, pero no llegó a ocupar muchos titulares. Al parecer, en el mundo de las grandes noticias financieras no era importante.

Tal vez no lo fuera para la nación, pero sí lo era para los tres acusados. Aunque esperaban que eso ocurriera, en cualquier caso se inquietaron. Aun así, estaban preparados. Disponían de un buen escondite y el FBI no tenía ni idea de dónde estaban.

Lo de Zola era otro tema. Mark y Todd dudaban que el FBI se molestara en ir a buscarla a Dakar, intentar que la policía local cooperara para detenerla y después forzar a los tribunales de Senegal a que la extraditaran, solo por haber cometido un delito que no tenía nada que ver con el terrorismo, el asesinato o el tráfico de drogas. Eso era lo que ambos creían, pero no lo compartieron con su amiga. Eran conscientes de que, a esas alturas, Zola ya no confiaba en lo que ellos dijeran o creyeran, y no le faltaban motivos.

Zola había hecho sus propios planes. Les pidió que fueran a Dakar para una reunión importante que llevaba tiempo preparando. Con la ayuda de un intermediario que Idina Sanga le había recomendado, había ido tirando de contactos hasta dar con la persona adecuada. El trato era simple y complejo a la vez. Por doscientos mil dólares cada uno, el gobierno proporcionaría a los tres socios de Upshaw, Parker & Lane nuevas identidades, nuevos documentos y pasaportes y la ciudadanía. Su contacto era un funcionario importante del Departamento de Estado con una larga carrera y muchas influencias. Zola se reunió con él en tres ocasiones antes de que ambos empezaran a confiar el uno en el otro. Nunca quedó muy claro cuánto se llevaría el funcionario, pero Zola esperaba que el soborno fuera más bajo cuando más alto en la jerarquía estuviera el sobornado.

El trato era simple porque suponía pagar a cambio de obtener la ciudadanía, una transacción que no era infrecuente en Senegal. Pero era complicado también porque para ello debían renegar de quiénes eran y de sus orígenes. Senegal contemplaba la doble ciudadanía, pero no podrían mantenerla con sus nombres reales. Si querían hacerse senegaleses y así gozar de la protección del gobierno y tener la posibilidad de esconderse a plena vista de las autoridades estadounidenses, ya no podían ser Mark, Todd y Zola. La doble nacionalidad implicaría dobles identidades, algo que ningún gobierno permitía.

Mark y Todd aceptaron el plan de Zola sin dudar, solo se quejaron un poco por el coste. Su botín había mermado y únicamente les quedaban dos millones y medio de dólares, un buen colchón, desde luego, pero el futuro de los tres amigos era incierto.

Volvieron a Saint-Louis, a su decadente villa señorial, con sus nuevos documentos, sus nuevas tarjetas de crédito y unos bonitos pasaportes con sus caras sonrientes. El señor Frazier ahora era Christophe Vidal, o Chris para abreviar, y su colega era Tomas Didier, o Tommy para los amigos, dos jóvenes descendientes de franceses, aunque ninguno de los dos hablaba ni una palabra de ese idioma. La población caucásica de Senegal representaba tan solo el uno por ciento del total, y dos gringos más no supusieron un gran cambio.

Zola ahora era Alima Pene, un nombre totalmente africano, y empezaron a llamarla Alice.

Bo, que no tenía que enfrentarse a una larga lista de delitos en Estados Unidos, mantuvo su identidad. Sus papeles serían mucho más baratos, pero llevarían más tiempo.

La vida ociosa de dormir, leer, navegar por internet, pasear por las playas, beber y cenar a la orilla del mar a medianoche pronto acabó por aburrirlos. Tras un mes más o menos de ser totalmente senegaleses, Chris y Tommy se pusieron a buscar trabajo, esa vez algo legal preferiblemente.

Su bar favorito era una cabaña con techumbre de paja que estaba situada entre dos complejos vacacionales pequeños que había en la playa principal, a cinco minutos de su villa. Se pasaban allí horas jugando al dominó, lanzando dardos, charlando con los turistas, tostándose al sol, comiendo y bebiendo Gazelle, una cerveza que parecía ser la cerveza nacional de Senegal. El bar era propiedad de una alemana, una anciana malhumorada que acababa de perder a su marido y que se dejaba caer por allí de vez en cuando, solo para beber algo y gruñir al personal. A nadie parecía caerle bien. Tomas empezó a charlar con ella desplegando sus encantos, y poco después le presentó a su amigo Christophe. La engatusaron durante una larga comida. Y al día siguiente la anciana volvió a por más. Durante la cuarta comida, Tomas le preguntó si había pensado alguna vez en vender el bar. Añadió que él y su amigo estaban buscando algo que hacer, y ella admitió que se sentía vieja y cansada.

Chris y Tommy le compraron el bar y lo cerraron para hacer reformas. Con Alice también en el negocio, invirtieron ochenta mil dólares en instalar una cocina mejor, añadir equipamiento para la barra, poner televisores grandes y duplicar el número de asientos. Su plan era convertirlo en algo parecido a un bar de deportes estadounidense, si bien con la música, la comida, las bebidas y la decoración local. Cuando lo reabrieron, Alice estaba a cargo del comedor, Chris y Tomas se ocupaban de la barra y Bo supervisaba al reducido personal de la cocina. El lugar se llenó desde el primer día, y la vida no podía ser mejor.

Y, por hacer un guiño a su pasado y para que les sirviera como recuerdo de su otra vida, llamaron al local The Rooster Bar.

Nota del autor

Como siempre, he jugado con la realidad, sobre todo con los temas legales. Las leyes, los tribunales, los procedimientos, los códigos, los bufetes, los jueces y los juzgados, y los abogados y sus costumbres son todo parte de una ficción que he creado para acomodarla a la historia.

Mark Twain decía que movía estados y ciudades completos para que encajaran en su narración. Esa es la licencia que se les da a los novelistas o que ellos se toman por su cuenta.

Alan Swanson me guio por las calles de Washington D. C. Bobby Moak, un especialista en demandas de responsabilidad civil con un conocimiento enciclopédico de las leyes, me ha revisado una vez más el manuscrito. Jennifer Hulvey, de la facultad de Derecho de la Universidad de Virginia, me ayudó con el complejo mundo de los préstamos estudiantiles. Gracias a todos. Los errores que pueda haber en el libro son responsabilidad exclusivamente mía.

La pregunta que la totalidad de los escritores odian es: «¿De dónde sacas las ideas?». Pero en el caso de esta historia la respuesta es sencilla. Leí un artículo en *The Atlantic* en septiembre de 2014 que se titulaba: «El fraude de las facultades de Derecho». Era un buen artículo de investigación de Paul Campos. Cuando lo terminé, me inspiró y supe que ahí estaba mi siguiente novela.

Gracias, señor Campos.